노인을 위한 나라는 없다

NO COUNTRY FOR OLD MEN
by Cormac McCarthy

Copyright ⓒ 2005 by M-71, Ltd
All rights reserved.

Korean translation copyright ⓒ 2025 by Munhakdongne Publishing Corp.
Korean translation rights arranged with ICM Partners
through EYA Co., Ltd, Seoul.

이 책의 한국어판 저작권은 EYA Co., Ltd를 통해
ICM Partners와 독점 계약한 (주)문학동네에 있습니다.
저작권법에 의해 한국 내에서 보호를 받는 저작물이므로
무단 전재 및 무단 복제를 금합니다.

Cormac McCarthy : No Country For Old Men

노인을 위한 나라는 없다

코맥 매카시 장편소설
황유원 옮김

문학동네

일러두기

1. 번역 대본으로는 *No Country For Old Men*(Cormac McCarthy, Vintage International, 2005)를 사용했다.
2. 주석은 모두 옮긴이주다.

차례

노인을 위한 나라는 없다   7

해설 | 어둡고 추운 세상에 피워낸 불꽃 한 점   345
코맥 매카시 연보   359

I

    나는 헌츠빌에서 한 소년을 가스실로 보냈다. 그때 딱 한 명. 내가 체포하고 내가 증언했다. 나는 그 소년을 두세 번 찾아갔다. 세 번. 마지막으로 찾아간 날은 그의 사형 집행일이었다. 갈 필요는 없었지만 그래도 갔다. 물론 가고 싶진 않았다. 그는 열네 살짜리 소녀를 죽였고, 지금도 똑똑히 말할 수 있지만 나는 그의 사형 집행 참관은커녕 딱히 그를 방문하고 싶은 마음이 든 적도 없었으나 그래도 갔다. 신문에서는 치정에 의한 범죄라고 했으나 그는 내게 치정 같은 건 없었다고 했다. 그는 이 어린 여자애와 사귀고 있었다. 그는 열아홉 살이었다. 그리고 내게 말하길, 자신은 기억할 수 있는 가장 오래전부터 누군가를 죽이기로 마음먹고 있었다고 했다. 만일 풀려나면 다시 그 일을 저지를 거라고 했다. 자신이 지옥에 갈 것임을 알고 있다고 했다. 자기 입으로 나에게 직접 한 말이다. 그 말을 어떻게 이해하면 좋을지 모르겠다. 정말로 모르겠다. 그런 녀석은 한 번도 본 적이 없다고 생각했고, 어쩌면 녀석은 어떤 새로운 부류인가 하는 의문도 들었다. 나는 그들이 그를 의자에 앉혀 끈으로 묶고 문을 닫는 것을 지켜보았다. 그가 살짝 불안해 보였는지도 모르겠으나 그게 다였다. 나는 그가 자신이 십오 분 후에 지옥에 가리라는 것을 알고 있었다고 믿는다. 정말로 그렇다고 믿는다. 그리고 그것에 대해 많이 생각해봤다. 대화를 나누기 어려운 녀석은 아니었다. 나를 '보안관님'이라고 불렀다. 하지만 나는 그에게 무슨 말을 해야 할지 알 수 없었다. 스스로 영혼이 없다고 시인하는 사람에게 무슨 말을 할 수 있겠나? 말을 해봤자 무슨 소용이 있겠나? 나는 그것에 대해 정말 많이 생각해봤다. 하지만 녀석은 앞으로 나타날 존재에 비하면 아무것도 아니었다.

 흔히 눈이 영혼의 창이라고들 말한다. 나는 눈이라는 게 무엇의 창인지 모르겠고 그냥 모르는 편이 나을 것 같다. 하지만 저 바깥에는 세상을 바라보는 다른 관점, 다른 눈이라는 게 존재하고 이것은 그에 대한 이야기다. 그 일은 내 삶을 생각지도 못한 곳으로 이끌었다. 저기 바깥 어딘가에는 살아 있는 진정한 파괴의 예언자가 있고 나는 그와 맞서고 싶지 않다. 나는 그가 실재한다는 것을 안다. 그가 저지른 일을 본 적이 있다. 한때 그의 눈앞에서 걸어다녔다. 다시는 그러지 않을 것이다. 운을 시험하며 자리에서 일어나 그를 만나러 가지 않을 것이다. 내가 나이들었기 때문만은 아니다. 그랬으면 좋겠지만. 어떤 행위를 기꺼이 하려는 각오가 되어 있는지의 문제라고 할 수도 없다. 왜냐하면 나는 이 일을 하려면 기꺼이 죽을 각오가 되어 있어야 한다는 것을

들 쓰고 있었다. 그것은 두 사자였었다. 비장한 정의감과 친
는 닮이 아닐까 나가라도 살이 가슴에 이르러와 눈물이 그치
용어진 그들이 짓자. 그들은 용자시람에 아저씨의 모습이 내
이 이성의 어떤 공격 처를 걸었으니 공격이 가게되어 더 일행한
피는 사람들의 자신의 용성을 실험하여 매부장이라 된다. 오지만 그렇다면
지 운을 잡아야다. 이제 사는 어머 꺼내로 그리라로 운영 것 같다.

부관은 등뒤로 수갑을 채운 시거를 보안관 사무실 구석에 세워둔 채 회전의자에 앉아 모자를 벗고 발을 올리고는 이동전화로 러마에게 전화를 걸었다.

  방금 들어왔습니다, 보안관님. 녀석은 폐기종 환자가 사용하는 산소탱크 같은 것을 가지고 있었어요. 그리고 소매 밖으로 나온 호스는 도살장에서 쓰는 것 같은 스턴건에 연결되어 있었고요. 네, 알겠습니다. 뭐, 그렇게 보이는데요. 오셔서 확인해보시죠. 네, 알겠습니다. 제가 처리하겠습니다. 네, 알겠습니다.

  그는 의자에서 일어나 벨트에 매어둔 열쇠고리를 휙 빼낸 다음 유치장 열쇠를 꺼내려고 잠긴 책상 서랍을 열었다. 그가 몸을 살짝 앞으로 숙이자 시거가 쪼그리고 앉더니 수갑이 채워진 양손을 서둘러 무릎 뒤쪽으로 옮겼다. 그는 같은 동작으로 앉은 채 뒤로 뛰어 쇠사슬을 발아래로 통과시키고는 곧장 가볍게 일어섰다. 여러 번 연습한 듯한 몸놀림이었다. 그는 수갑을 찬 양손을 부관의 머리 위로 내리고 허공으로 뛰어올라 양 무릎으로 부관의 목덜미를 찍고 쇠사슬을 목에 걸어 힘껏 잡아당겼다.

둘은 바닥에 넘어졌다. 부관은 양손을 쇠사슬 안쪽으로 집어넣으려 애썼으나 그러지 못했다. 시거는 바닥에 누워 얼굴을 돌린 채 양팔 사이로 올린 무릎에 힘을 주며 수갑을 끌어당겼다. 몸을 마구 흔들어대던 부관은 바닥에서 원을 그리며 게걸음을 치기 시작했고 사무실 휴지통을 발로 차서 넘어뜨리고 의자를 방 건너편으로 걷어찼다. 그가 발로 찬 문이 쾅 닫혔고 둘의 몸에는 작은 깔개가 둘둘 말렸다. 꺽꺽거리는 그의 입에서 피가 흘러나왔다. 그는 자기 피에 숨통이 막혀가고 있었다. 시거는 더욱더 세게 잡아당길 뿐이었다. 니켈 도금한 수갑이 뼈까지 파고들었다. 부관의 오른쪽 경동맥이 터지며 뿜어져나온 핏줄기가 사무실을 가로질러 벽을 때리고는 아래로 흘러내렸다. 부관의 다리가 느려지더니 움직임을 멈추었다. 그는 누운 채로 경련을 일으켰다. 그리고 이내 움직임이 완전히 멎었다. 시거는 누워서 조용히 숨을 쉬며 그를 붙들고 있었다. 그러고는 일어나서 부관의 벨트에서 열쇠를 빼내어 수갑을 풀고는 부관의 리볼버를 자기 바지 허리끈 안에 넣고 화장실로 갔다.

그는 피가 멈출 때까지 찬물로 손목을 씻은 다음 핸드 타월을 이로 찢어서 손목에 감고 다시 사무실로 돌아갔다. 책상 위에 앉아서 바닥에 입을 딱 벌린 채 누워 있는 시체를 살피며 디스펜서에서 빼낸 테이프로 타월을 고정했다. 그 일이 끝나자 그는 부관의 주머니에서 지갑을 빼내 돈을 꺼내고는 자기 셔츠 주머니에 넣고 지갑을 바닥에 떨어뜨렸다. 그러고는 산소 탱크와 스턴건을 집어들고 밖으로 걸어나가 부관의 차에 올라타 시동을 건 다음 후진으로 차를 빼서 도로로 향했다.

주간州間 고속도로에서 운전자 한 명만 탑승한 신형 포드 세단을 발견한 그는 경광등을 켜고 짧게 사이렌을 울렸다. 세단이 갓길에 멈춰섰다. 시거는 세단 뒤에 차를 대고 시동을 끈 뒤 어깨에 산소 탱크를 메고 차에서 내렸다. 남자는 걸어오는 시거를 백미러로 지켜보고 있었다.

왜 그러시죠, 경관님? 그가 말했다.

잠시 차에서 내려주시겠습니까?

남자는 문을 열고 차에서 내렸다. 왜 그러시는 건데요? 그가 말했다.

차에서 물러나주시겠습니까.

남자는 차에서 물러났다. 시거는 피가 묻은 상대를 본 남자의 눈에 의혹의 빛이 어리는 것을 볼 수 있었지만 이미 때는 늦었다. 시거는 신앙 치료사처럼 남자의 머리에 한 손을 올렸다. 쉬익 하는 공기압소리와 딸각하고 공이를 치는 소리는 마치 문 닫히는 소리처럼 들렸다. 남자는 소리 없이 땅에 쓰러졌고, 그의 이마에 난 둥근 구멍에서는 피가 거품을 내며 흘러내려 눈 안으로 들어가면서 서서히 보이지 않게 되는 세상도 함께 데려갔다. 시거는 손수건으로 손을 닦았다. 나는 그저 당신이 차에 피를 묻히지 않길 바랐을 뿐이야, 그가 말했다.

모스는 부츠 뒷굽을 산등성이의 화산 자갈에 박아넣고 앉아서 독일제 12배율 쌍안경으로 아래쪽 사막을 살펴보았다. 모자는 그의 머리 뒤로 넘겨져 있었다. 팔꿈치는 무릎에 받치고 있었다. 어깨에는 가죽 멜빵이 달린 라이플총을 메고 있었는데, 단풍나무와 호두나무 박판을 붙인 개머리판이 달리고 총열이 묵직한 270구경 마우저 98 액션 소총이었다. 총에는 쌍안경과 같은 배율의 유너틀* 망원 조준경이 장착되어 있었다. 일 마일쯤 떨어진 아래쪽에 영양이 있었다. 해가 뜬 지 한 시간도 되지 않았고 산등성이와 다틸라**와 바위의 그림자가 저멀리 아래쪽 범람원까지 길게 드리웠다. 그곳 어딘가에는 모스 자신의 그림자

---

* 미국의 망원렌즈 제조사.
** 사막에서 흔히 볼 수 있는 유카속의 식물.

도 있었다. 그는 쌍안경을 내리고 앉아서 땅을 살펴보았다. 멀리 남쪽으로는 멕시코의 거친 산들. 굽이진 강. 서쪽으로는 흐르듯 이어진 국경지대의 구운 테라코타 같은 지형. 그는 마른침을 뱉고 면직 작업복의 어깨 쪽으로 입을 닦았다.

라이플총 탄착군의 범위는 0.5MOA*였다. 천 야드 거리에서 쏘았을 때 탄착군이 지름 오 인치의 원 안에 형성되는 범위. 그가 사격 장소로 고른 곳은 용암 부스러기가 쌓인 긴 비탈면 바로 아래였고 그 정도면 사정거리는 충분할 터였다. 다만 거기까지 가려면 거의 한 시간이 걸릴 텐데 영양들은 풀을 뜯으며 그에게서 멀어져가고 있었다. 유일하게 다행인 점은 바람이 불지 않는다는 것이었다.

비탈면 발치에 다다른 그는 천천히 몸을 일으켜 영양을 찾았다. 녀석들은 마지막으로 보았던 곳에서 멀리 이동하진 않았지만 사정거리가 여전히 칠백 야드는 족히 되었다. 그는 쌍안경으로 녀석들을 살펴보았다. 압축된 대기의 티끌과 열기로 인한 일그러짐 속에서. 연무처럼 낮게 일렁이는 먼지와 꽃가루. 그것 말고 다른 차폐물은 없었고 다른 총소리가 들려올 일도 없었다.

그는 비탈면을 어기적거리며 내려가 한쪽 부츠를 벗고 바위에 올린 다음 라이플총의 총신을 가죽 부츠 위에 내려놓고 엄지손가락으로 안전장치를 풀고는 조준경에 눈을 붙였다.

녀석들이 전부 고개를 든 채 서서 그를 쳐다보고 있었다.

제기랄, 그는 속삭였다. 그가 태양을 등지고 있었기에 조준경 유리

---

* minute of angle. 1MOA는 백 야드 거리에서 사격시 지름 일 인치의 원 안에 총알이 모두 들어감을 뜻한다.

에 반사된 빛을 녀석들이 제대로 봤을 리는 없었다. 녀석들은 그저 그를 멍하니 쳐다봤을 뿐이다.

라이플총에는 장력이 구 온스에 맞춰진 캔자 방아쇠가 달려 있었고, 그는 라이플총과 부츠를 아주 조심스레 자기 쪽으로 끌어당긴 다음 다시 조준경을 보며 자신에게 몸을 가장 많이 드러내고 서 있는 영양의 등에서 살짝 위쪽에 십자선을 맞추었다. 그는 거리가 백 야드 증가할 때마다 생기는 탄환의 낙차 변화를 정확히 알고 있었다. 하지만 거리가 불분명했다. 그는 굽은 방아쇠에 손가락을 걸었다. 금목걸이에 단 멧돼지 이빨이 팔꿈치 안쪽에서 바위 위에 감겼다.

묵직한 총열과 포구제퇴기를 달았음에도 라이플총은 반동이 컸다. 그가 다시 조준경으로 영양들을 겨냥했을 때 녀석들은 아까처럼 모두 그대로 서 있었다. 백오십 그레인짜리 총알이 거기까지 날아가는 데는 거의 일 초가 걸렸지만 소리가 들리는 데는 그 두 배가 걸렸다. 녀석들은 총알이 박힌 곳에서 솟아오르는 먼지를 쳐다보며 서 있었다. 그러더니 갑자기 달아났다. 거의 곧장 전속력으로 건조지대를 향해 달려갔고, 총소리의 긴 울림은 녀석들을 쫓다가 바위에 부딪혀 튕겨나와 이른아침의 고독 속에 탁 트인 땅을 가르며 퍼져나갔다.

그는 서서 녀석들이 도망치는 것을 지켜보았다. 쌍안경을 들어올렸다. 영양 한 마리가 뒤로 처져서 다리 하나를 접고 있었고, 그는 아마도 총알이 옴폭한 땅을 스치며 튕겨나와 녀석의 뒷몸 왼쪽을 맞힌 것 같다고 생각했다. 그리고 몸을 숙여 침을 뱉었다. 제기랄, 그가 중얼거렸다.

그는 녀석들이 시야에서 벗어나 남쪽의 바위투성이 돌출부 너머로 사라지는 모습을 지켜보았다. 바람 없는 아침의 빛 속에 떠 있던 옅은 오렌지빛 먼지가 희미해지더니 그마저도 사라져버렸다. 건조지대는 태양 아래서 고요히 텅 비어 있었다. 마치 아무 일도 없었던 것처럼. 그는 앉아서 부츠를 신고 라이플총을 집어들고는 탄피를 빼내 셔츠 주머니에 넣고 노리쇠를 잠갔다. 그런 다음 라이플총을 어깨에 메고 앞으로 나아갔다.

건조지대를 지나는 데는 대략 사십 분이 걸렸다. 그는 거기서 긴 화산 경사면을 올라가 남동쪽 산등성이의 꼭대기를 지나 영양들이 사라진 땅 위의 전망이 트인 고지대로 갔다. 쌍안경으로 그 지역을 천천히 살펴보았다. 꼬리가 없는 커다란 검은 개 한 마리가 그곳을 가로지르고 있었다. 그는 개를 지켜보았다. 개는 머리가 크고 귀 끝이 잘렸으며 심하게 절뚝이고 있었다. 개가 걸음을 멈추고 섰다. 녀석이 뒤를 돌아보았다. 그러고는 다시 걸어갔다. 그는 쌍안경을 내리고 서서 녀석이 걸어가는 모습을 바라보았다.

그는 엄지손가락을 라이플총의 어깨끈에 걸고 모자를 머리 뒤로 넘긴 채 산등성이를 따라 터벅터벅 걸었다. 셔츠 뒤쪽은 이미 땀에 흠뻑 젖어 있었다. 바위들에 아마도 천 년은 된 듯한 그림문자가 새겨져 있었다. 그 문자를 새긴 이들은 그처럼 사냥꾼이었을 것이다. 그들과 관련한 다른 흔적은 없었다.

산등성이 끝에는 바위가 무너져내린 거친 내리막길이 있었다. 칸델리아와 캣클로.* 그는 바위에 앉아 팔꿈치를 무릎에 고정하고 쌍안경으

---

* 모두 멕시코 북부와 미국 남서부 등지에 자라는 식물.

로 그 지역을 유심히 살폈다. 일 마일 떨어진 범람원에 차 세 대가 서 있었다.

그는 쌍안경을 내리고 그 지역을 전체적으로 훑어보았다. 그러고는 다시 쌍안경을 들어올렸다. 땅에 사람들이 누워 있는 것처럼 보였다. 그는 부츠를 바위 사이에 고정하고 초점을 맞추었다. 차들은 사륜구동 트럭 혹은 커다란 전지형全地形 타이어와 윈치와 루프라이트* 랙이 달린 브롱코였다. 사람들은 죽은 것 같았다. 그는 쌍안경을 내렸다. 그런 다음 다시 들어올렸다. 그런 다음 다시 내리고 거기 그냥 앉아 있었다. 아무것도 움직이지 않았다. 그는 오랫동안 거기 앉아 있었다.

트럭에 가까이 다가갔을 때 그는 라이플총을 어깨에서 내려 안전장치를 풀고 허리에 살짝 붙여 들었다. 그는 멈추었다. 주변을 살피고 나서 트럭을 살펴보았다. 모두 총격을 당한 상태였다. 얇은 금속판을 가로질러 난 몇몇 총알구멍은 일직선으로 간격이 일정했고, 그는 그것이 자동화기로 생긴 자국임을 알아보았다. 유리창은 대부분 총알에 박살이 났고 타이어도 펑크나 있었다. 그는 그 자리에 서 있었다. 귀를 기울이면서.

첫번째 차에는 남자 하나가 핸들에 엎어진 채 죽어 있었다. 그 너머의 말라비틀어진 노란 풀밭에는 시체 두 구가 더 누워 있었다. 땅 위에는 검게 말라붙은 피. 그는 멈춰 서서 귀를 기울였다. 아무 소리도 들리지 않았다. 윙윙거리는 파리 소리. 그는 트럭 뒤로 돌아갔다. 범람원을 건너올 때 본 것과 같은 종인 커다란 개 한 마리가 죽어 있었다. 개

---

* 차량 지붕에 다는 보조 조명.

는 배에 총을 맞았다. 그 너머에는 얼굴을 아래로 한 채 누워 있는 또 다른 시체가 보였다. 그는 창문으로 트럭 안에 있는 남자를 보았다. 남자는 머리를 관통당했다. 사방에 피가 흥건했다. 두번째 차로 걸어갔지만 그 안에는 아무도 없었다. 그는 세번째 시체가 누워 있는 곳으로 걸어갔다. 풀밭에 산탄총 하나가 떨어져 있었다. 산탄총은 짧은 총열에 권총형 개머리판과 스무 발짜리 드럼 탄창이 장착되어 있었다. 그는 발끝으로 남자의 부츠를 살짝 밀어보고는 주위를 둘러싼 야트막한 언덕을 살펴보았다.

세번째 차는 서스펜션을 들어올려 개조하고 어둡게 선팅한 브롱코였다. 다가가서 운전석 문을 열었다. 한 남자가 운전석에 앉아 그를 쳐다보고 있었다.

모스는 멈칫 물러서며 라이플총을 겨누었다. 남자의 얼굴은 피투성이였다. 남자가 마른 입술을 움직였다. 아과, 쿠아테,* 그가 말했다. 아과, 포르 디오스.**

남자의 무릎에는 검은 나일론 어깨끈이 달린 짧은 총열의 H&K*** 기관단총이 놓여 있었고, 모스는 손을 뻗어 그것을 집은 다음 뒤로 물러섰다. 아과, 남자가 말했다. 포르 디오스.

물은 없소.

아과.

모스는 문을 열어둔 채 H&K 기관단총을 어깨에 메고 물러났다. 남

---

* '물, 친구'라는 뜻의 에스파냐어.
** '물, 제발'이라는 뜻.
*** 독일의 총기 제조업체인 헤클러 운트 코흐.

자의 시선이 그를 좇았다. 모스는 트럭 앞으로 돌아가서 반대편 문을 열었다. 걸쇠를 들어올리고 좌석을 앞으로 접었다. 뒤쪽의 짐칸은 금속 같은 은색 방수포로 덮여 있었다. 그는 방수포를 걷었다. 각각 비닐에 싸인 벽돌 크기의 꾸러미가 가득했다. 한쪽 눈으로 남자를 주시하며 칼을 꺼내 꾸러미 하나를 길게 갈랐다. 성긴 갈색 가루가 조금씩 흘러내렸다. 집게손가락에 침을 묻혀서 가루를 찍어 냄새를 맡아보았다. 그러고는 손가락을 청바지에 닦고 꾸러미들 위에 방수포를 도로 덮은 다음 뒤로 물러서서 다시 주변을 살펴보았다. 아무것도 없었다. 그는 트럭에서 떨어져서 선 채 쌍안경으로 야트막한 언덕을 살펴보았다. 용암 능선. 남쪽으로 이어진 평지. 그는 손수건을 꺼내들고 돌아와 자신이 만진 모든 것을 깨끗이 닦았다. 문손잡이와 좌석 걸쇠와 방수포와 비닐 꾸러미. 트럭 반대편으로 가서 그곳에서도 모든 것을 말끔히 닦아냈다. 그리고 자신이 또 무엇을 만졌을지 생각해내려 애썼다. 그는 첫번째 트럭으로 되돌아가서 손수건으로 문을 열고 안을 들여다보았다. 글러브박스를 열었다가 다시 닫았다. 핸들에 엎어져 죽은 남자를 살펴보았다. 그러고는 문을 열어둔 채 운전석 쪽으로 돌아갔다. 문에는 총알구멍이 가득했다. 앞유리에도. 소구경. 6밀리미터. 아마도 4번 벅샷.* 자국을 보니 그랬다. 문을 열고 창문 버튼을 눌렀지만 차에 시동이 걸려 있지 않았다. 그는 문을 닫고 거기 서서 야트막한 언덕을 살펴보았다.

그는 쪼그리고 앉아 어깨에서 라이플총을 풀어 풀밭에 내려놓고는

---

* buckshot. 사슴 등을 사냥할 때 사용하는 큰 산탄.

H&K 기관단총을 집어들고 손바닥의 불룩한 부분으로 탄창 밀대를 밀었다. 약실에는 실탄이 한 발 들어 있었지만 탄창에는 겨우 두 발밖에 없었다. 그는 총구를 쿵쿵거리며 냄새를 맡았다. 그러고는 탄창 클립을 빼낸 다음 한쪽 어깨에는 라이플총을 메고 다른 쪽 어깨에는 기관단총을 멘 채 브롱코로 돌아가서 남자에게 클립을 내밀며 보여주었다. 오트라,* 그가 말했다. 오트라.

남자가 고개를 끄덕였다. 엔 미 볼사.**

영어 할 줄 아시오?

남자는 대답하지 않았다. 남자는 턱끝으로 무언가를 가리키려 애쓰고 있었다. 남자가 입은 재킷의 캔버스 주머니 밖으로 비죽 튀어나온 클립 두 개가 모스의 눈에 들어왔다. 그는 운전석 안으로 손을 뻗어 그것을 챙기고는 뒤로 물러섰다. 피와 배설물 냄새. 그는 총알이 가득 채워진 클립 하나를 기관단총에 끼워넣고 다른 두 개는 주머니에 넣었다. 아과, 쿠아테, 남자가 말했다.

모스는 주변 지대를 훑어보았다. 말했잖소, 그가 말했다. 물은 없소. 라 푸에르타,*** 남자가 말했다.

모스가 그를 쳐다보았다.

라 푸에르타. 아이 로보스.****

로보스는 없소.

───────────

* '다른 것'이라는 뜻.
** '내 주머니 안에'라는 뜻.
*** '문'이라는 뜻.
**** '늑대들이 있소'라는 뜻.

시, 시. 로보스. 레오네스.*

모스는 팔꿈치로 문을 닫았다.

그는 첫번째 트럭으로 돌아가서 선 채로 조수석의 열린 문을 쳐다보았다. 문에는 총알구멍이 없었지만 좌석에는 피가 보였다. 열쇠가 여전히 시동장치에 꽂혀 있어서 손을 뻗어 열쇠를 돌리고 창문 버튼을 눌렀다. 가느다란 홈에서 창문이 천천히 올라왔다. 창문에는 총알구멍이 두 개 나 있었고 창문 안쪽에는 미세하게 튄 피가 말라붙어 있었다. 그는 거기 서서 그것에 대해 생각했다. 그리고 땅을 쳐다보았다. 피로 얼룩진 흙. 풀에 묻은 피. 그는 트럭이 지나온 남쪽 칼데라** 너머의 길을 내려다보았다. 최후의 생존자 한 명이 있었던 게 분명했다. 그게 브롱코에서 물을 구걸하는 친구는 아니었다.

그는 범람원으로 걸어가서 크게 원을 그리며 태양 아래 말라비틀어진 풀밭에서 타이어 자국을 찾았다. 남쪽으로 백 피트 떨어진 곳에서 흔적이 발견됐다. 그는 사람의 자취를 계속 따라가다가 풀에 묻은 피를 보았다. 그러고는 더 많은 피.

너는 멀리 못 가, 그가 말했다. 그럴 수 있다고 생각하겠지. 하지만 아니야.

그는 추적을 완전히 중단하고 안전장치를 푼 H&K 기관단총을 겨드랑이에 낀 채 눈에 보이는 가장 높은 지대로 올라갔다. 그리고 쌍안경으로 남쪽 지역을 살펴보았다. 아무것도 보이지 않았다. 그는 셔츠 앞에 매달린 멧돼지 엄니를 만지작거리며 서 있었다. 지금쯤 어디 그늘

---

* '있어, 있어. 늑대. 사자'라는 뜻.
** 화산 분화구 주변에 폭발로 인해 형성된 우묵한 지형.

에서 더위를 피하며 네가 걸어온 길을 지켜보고 있겠지, 그가 말했다. 그리고 네가 나를 발견하기 전에 내가 너를 발견할 가능성은 네가 죽지 않고 살아남을 가능성만큼이나 희박해.

그는 쪼그리고 앉아 팔꿈치를 무릎에 고정한 채 쌍안경으로 골짜기 꼭대기의 바위를 훑어보았다. 그런 다음 책상다리를 하고 앉아서 좀더 찬찬히 그 지역을 살펴보았고, 그뒤에는 쌍안경을 내리고 그냥 앉아 있었다. 멍청하게 여기서 총에 맞으면 안 되지, 그가 말했다. 그러면 안 돼.

그는 몸을 돌려 태양을 쳐다보았다. 대략 열한시였다. 이 모든 게 지난밤에 일어난 일이라고 확신할 수도 없어. 이틀 전에 일어난 일일 수도 있겠지. 심지어 사흘 전에 일어난 일일 수도 있고.

혹은 지난밤에 일어난 일일 수도.

가벼운 바람이 불어왔다. 그는 모자를 뒤로 넘기고 반다나로 이마를 닦고는 반다나를 다시 청바지 뒷주머니에 집어넣었다. 그는 동쪽 방면의 칼데라 너머에 있는 낮게 깔린 바위 쪽을 바라보았다.

부상당한 사람이 비탈을 오르는 일은 없지. 그런 일은 일어나지 않아.

산등성이 꼭대기로 오르는 것은 꽤 힘든 일이었고, 그가 거기 이르렀을 때는 정오가 다 되어 있었다. 멀리 북쪽에서 어른어른 일렁이는 풍경을 가로지르는 견인 트레일러의 형체가 보였다. 십 마일. 어쩌면 십오 마일. 90번 고속도로. 그는 앉아서 쌍안경으로 이 새로운 지역을 훑어보았다. 그러다가 멈추었다.

바하다* 가장자리의 바위 비탈 발치에 어떤 푸르고 작은 형체가 보였다. 그는 쌍안경으로 그것을 오랫동안 쳐다보았다. 아무것도 움직이지 않았다. 그는 주변 지역을 살펴보았다. 그러고는 그것을 좀더 쳐다 보았다. 거의 한 시간이 지나서야 자리에서 일어나 내려가기 시작했다.

죽은 남자는 바위에 기댄 채 누워 있었고, 그의 다리 사이로 난 풀 위에는 니켈 도금한 거번먼트 45구경 자동 권총이 공이치기가 당겨진 채 놓여 있었다. 남자는 똑바로 앉은 자세에서 옆으로 기울어 있었다. 두 눈은 뜨인 상태였다. 풀밭에서 무언가 작은 것을 살펴보는 중이었 던 것처럼 보였다. 땅에는 피가 흘러 있었고 남자 뒤쪽의 바위에도 피 가 묻어 있었다. 피는 여전히 검붉었는데, 여전히 해가 들지 않는 그늘 에 있으니 그럴 법했다. 모스는 권총을 집어들어 엄지손가락으로 그립 안전장치**를 누르고 공이치기를 내렸다. 쪼그리고 앉아서 권총 손잡 이에 묻은 피를 남자의 바지에 닦으려 애써봤지만 피는 이미 너무 단 단히 굳어 있었다. 그는 일어나서 등허리의 벨트에 권총을 끼운 다음 모자를 뒤로 넘기고 셔츠 소매로 이마의 땀을 닦아냈다. 그러고는 몸 을 돌려 선 채로 그 지역을 살펴보았다. 죽은 남자의 무릎 옆에는 무거 운 가죽 서류 가방이 똑바로 세워져 있었는데, 모스는 가방 안에 무엇 이 들어 있는지 너무나도 잘 알았고, 그에 대해 이해할 수 없는 종류의 두려움을 느꼈다.

마침내 가방을 집어든 그는 아주 조금 걸어나와 풀밭에 앉은 뒤 어 깨에서 라이플총을 풀어 옆쪽에 내려놓았다. 그는 다리를 벌리고 앉은 채 H&K 기관단총을 무릎에 올리고 가방은 무릎 사이에 세워놓았다. 그러고는 손을 뻗어 스트랩 두 개를 풀고 놋쇠 걸쇠를 끄르고는 덮개

---

* 건조한 지역에서 급경사면 발치의 충적토에 형성되는 넓은 완사면.
** 권총을 꼭 쥐어야 발사할 수 있게 만든 안전장치.

를 열어 뒤로 접었다.

　백 달러짜리 지폐가 고르게 가득 담겨 있었다. 각각 액면가 만 달러를 표시하는 도장이 찍힌 은행용 띠지로 고정된 돈다발이었다. 정확히 얼마인지는 몰라도 엄청난 액수라는 건 충분히 짐작할 수 있었다. 그는 거기 앉아서 그것을 쳐다보다가 덮개를 닫고 고개를 숙인 채 앉아 있었다. 그의 삶 전체가 지금 바로 눈앞에 놓여 있었다. 새벽부터 밤까지 매일 죽을 때까지 이어질 삶이. 그 모든 게 작은 가방 안에 사십 파운드짜리 종이로 압축된 채 들어 있었다.

　그는 고개를 들고 바하다 너머를 바라보았다. 북쪽에서 불어오는 가벼운 바람. 시원했다. 화창했다. 오후 한시. 그는 풀밭에 죽은 채 누워 있는 남자를 쳐다보았다. 피로 가득차 검게 변해가는 남자의 질 좋은 악어가죽 부츠를. 남자의 인생이 막을 내리는 것을. 바로 이곳에서. 남쪽의 먼 산들. 풀밭에 부는 바람. 정적. 그는 가방의 걸쇠를 걸고 스트랩을 조이고 버클을 채운 뒤 일어나 라이플총을 어깨에 메고 가방과 기관단총을 집어든 다음 자신의 그림자로 위치를 확인한 후 걸음을 옮겼다.

　자기 트럭까지 가는 길을 안다고 생각했지만, 또한 어둠 속에서 사막을 헤매는 일에 대해서도 생각했다. 그 지역에는 모하비 방울뱀이 살았고 만일 여기서 밤에 뱀에게 물리면 그 또한 십중팔구 다른 사람들과 같은 신세가 될 것이며 서류 가방과 그 내용물은 다른 누군가의 손으로 넘어갈 것이었다. 그렇다고 한쪽 어깨에 완전 자동화기를 메고 수백만 달러가 든 가방을 든 채 대낮에 탁 트인 땅을 도보로 지나게 되는 것도 문제였다. 이 모든 걸 다 떠나 누군가가 돈을 찾으러 올 거라는 사실 또한 너무나도 명백했다. 어쩌면 여러 명의 누군가가.

그는 돌아가서 드럼 탄창이 장착된 산탄총을 가져올까 하고 생각했다. 그에게는 산탄총에 대한 강한 믿음이 있었다. 심지어 기관단총을 놔두고 갈 생각도 했다. 기관단총을 소유하는 것은 감옥에 갈 수 있는 위법행위였다.

그는 아무것도 놔두고 가지 않았고 트럭들이 있는 곳으로 돌아가지도 않았다. 그 지역을 가로지르며 화산 능선 사이의 틈을 통과했고 평평하거나 기복이 진 땅을 지났다. 그날 늦게서야 아주 오래전인 그날 아침의 어둠 속에서 도착했던 목장 도로에 이르렀다. 그러고는 일 마일쯤 지나 트럭에 도착했다.

그는 문을 열고 라이플총을 바닥에 세웠다. 그리고 돌아가서 운전석 문을 열고 레버를 밀어 운전석을 앞으로 당긴 다음 가방과 기관단총을 그 뒤에 놓았다. 45구경 권총과 쌍안경을 좌석에 내려놓고 차에 올라타서 운전석을 최대한 뒤로 밀고 시동장치에 열쇠를 꽂았다. 그러고는 모자를 벗고 등을 기대고서 그저 뒤쪽의 차가운 유리에 머리를 댄 채 눈을 감았다.

고속도로에 이르자 그는 속도를 줄이고 캐틀가드*의 쇠막대기 위를 덜컹거리며 지난 다음 아스팔트 도로로 빠져나와 헤드라이트를 켰다. 그는 샌더슨을 향해 서쪽으로 차를 몰며 가는 내내 제한속도를 지켰다. 마을 동쪽 끝에 있는 주유소에 차를 세우고 담배를 사고 물을 양껏 마신 다음 데저트 에어**로 들어가 트레일러 앞에 멈춰 서서 시동을 껐

---

* 자동차는 지나가되 가축은 발이 빠져 지나가지 못하도록 쇠막대기 여러 개를 가로로 길게 늘어놓은 장애물.
** 주거형 트레일러가 모여 있는 트레일러 파크.

다. 트레일러 안에는 불이 켜져 있었다. 네가 백 살까지 산다고 해도, 오늘 같은 날은 두 번 다시 오지 않을 거야, 그가 말했다. 그렇게 말하자마자 비참한 기분이 들었다.

그는 글러브박스에서 손전등을 꺼내고 차에서 내린 다음 운전석 뒤에서 기관단총과 가방을 꺼내들고 트레일러 아래로 기어들었다. 그곳의 흙 위에 드러누운 채 트레일러의 아래쪽을 올려다보았다. 싸구려 플라스틱 파이프와 합판. 약간의 단열재. 그는 H&K 기관단총을 한구석에 끼워넣고 단열재를 당겨 덮고는 거기 누워 생각을 했다. 그러고는 가방을 들고 다시 기어나와 흙을 떨고 계단을 올라가 안으로 들어갔다.

그녀는 소파에 몸을 쭉 펴고 누워 텔레비전을 보며 콜라를 마시고 있었다. 시선을 들어 쳐다보지도 않았다. 세시야, 그녀가 말했다.

그럼 나중에 다시 올까.

그녀는 소파 뒤로 그를 쳐다보고는 다시 텔레비전을 보았다. 그 가방에 든 건 뭐야?

돈이 잔뜩 들었지.

그래. 퍽이나 그렇겠네.

그는 부엌으로 가서 냉장고에서 맥주를 꺼냈다.

열쇠 좀 줄래? 그녀가 말했다.

어디 가려고.

담배 좀 사러.

담배라.

그래, 루엘린. 담배. 하루종일 여기 처박혀 있었어.

차라리 청산가리를 마시는 게 어때? 남은 게 좀 있지 않나?

그냥 열쇠 좀 줘. 망할 마당에 나가서 피울 테니까.

그는 맥주를 한 모금 마시고는 다시 침실로 들어가서 한쪽 무릎을 꿇고 가방을 침대 밑으로 밀어넣었다. 그러고는 다시 밖으로 나왔다. 당신 주려고 담배를 좀 사왔어, 그가 말했다. 가져다줄게.

그는 맥주를 조리대에 놓고 밖으로 나가서 담배 두 갑과 쌍안경과 권총을 꺼내고 270구경 라이플총을 어깨에 멘 후 트럭 문을 닫고 돌아왔다. 그러고는 그녀에게 담배를 건네고 다시 침실로 들어갔다.

그 권총은 어디서 난 거야? 그녀가 물었다.

어딘가에서 났지.

산 거야?

아니. 그냥 생겼어.

그녀가 소파에서 몸을 일으켰다. 루엘린?

그가 다시 밖으로 나왔다. 왜? 그가 말했다. 소리 좀 그만 질러.

어떻게 얻은 거야?

몰라도 돼.

얼만데.

말했잖아. 그냥 생긴 거라니까.

아니, 당신은 절대 그럴 사람이 아니야.

그는 소파에 앉아서 다리를 탁자에 올려놓고 맥주를 한 모금 마셨다. 내 게 아니야, 그가 말했다. 내가 산 권총이 아니야.

아니었으면 좋겠네.

그녀는 담배 한 갑을 뜯어서 담배를 꺼내고 라이터로 불을 붙였다.

하루종일 어디에 있다 온 거야?

당신 줄 담배 사러 갔다 왔지.

알고 싶지도 않아. 당신이 뭐하고 다녔는지 알고 싶지도 않다고.

그는 맥주를 한 모금 마시고 고개를 끄덕였다. 그거 잘됐네, 그가 말했다.

그냥 뭣도 모르는 게 차라리 낫지.

계속 그렇게 입 함부로 놀리면 내가 침대로 데려가서 혼내줄 거야.

큰소리치기는.

어디 한번 계속해보시지.

헛소리.

이 맥주만 다 마시고 보자고. 큰소리인지 헛소리인지 곧 알게 될 테니.

그가 깨어났을 때 침대 옆 탁자의 디지털시계는 한시 육분을 가리키고 있었다. 그는 누운 채로 천장을 바라보았고, 침실은 바깥에서 증기등이 비추는 날것의 불빛으로 차갑고 푸르스름하게 물들어 있었다. 겨울 달 같았다. 혹은 어떤 다른 종류의 달. 그 빛에서 느껴지는 외계의 별 같은 기운에 그는 편안함을 느꼈다. 어둠 속에서는 도저히 잠을 이룰 수가 없었다.

그는 이불 밖으로 발을 휙 빼내고 일어나 앉았다. 그녀의 벌거벗은 등을 바라보았다. 베개에 얹힌 그녀의 머리카락도. 그는 손을 뻗어 그녀의 어깨 위로 담요를 끌어올려주고는 일어서서 부엌으로 갔다.

그는 냉장고에서 물병을 꺼내 뚜껑을 열고 열린 냉장고 문에서 쏟아져나오는 빛을 받으며 선 채로 물을 마셨다. 그러고는 그냥 거기 서서 유리 표면에 차가운 물방울이 맺히는 물병을 손에 든 채, 창밖으로 빛이 비치는 고속도로 쪽을 내다보았다. 그는 오랫동안 그렇게 서 있었다.

그는 침실로 돌아가서 바닥에 떨어진 팬티를 주워 입고 욕실로 들어가 문을 닫았다. 그리고 욕실을 지나 두번째 침실로 들어간 뒤 침대 밑에서 가방을 꺼내 열었다.

그는 바닥에 앉아서 다리 사이에 가방을 끼운 채 그 속에 손을 넣어 지폐를 끄집어냈다. 돈다발은 스무 개였다. 그는 그것들을 다시 가방 안에 밀어넣은 다음 가방을 바닥에 놓고 마구 흔들어 돈을 평평하게 만들었다. 곱하기 십이. 그는 암산을 할 수 있었다. 이백사십만 달러. 모두 헌 돈. 그는 앉아서 그것을 쳐다보았다. 심각하게 받아들여야 할 문제야, 그가 말했다. 그냥 행운으로만 여길 일이 아니야.

그는 가방을 닫고 버클을 도로 채운 후 침대 밑으로 밀어넣고 일어나서 창밖으로 마을 북쪽의 암석 절벽 위로 뜬 별을 내다보았다. 쥐죽은듯 고요했다. 개 한 마리 짖지 않았다. 하지만 그가 잠에서 깬 것은 돈 때문이 아니었다. 거기서 죽어버린 건가? 그가 말했다. 그럴 리가, 자네는 죽지 않았어.

그가 옷을 입고 있을 때 그녀가 깨어나 침대에서 몸을 돌려 그를 쳐다보았다.

루엘린?

응.

뭐하는 거야?

옷 입어.

어디 가려고?

밖에.

어딜 가려는 거야, 자기?

깜박한 게 있어. 금방 돌아올게.

뭘 하려는 건데?

그는 서랍을 열어 45구경 권총을 꺼내고 클립을 빼내 확인한 후 다시 끼운 뒤 권총을 벨트에 쑤셔넣었다. 그리고 돌아서서 그녀를 바라보았다.

정말 바보 같은 짓을 하러 갈 작정인데 어쨌거나 그러기로 했어. 만일 내가 돌아오지 않으면 어머니한테 사랑한다고 전해줘.

당신 어머니는 돌아가셨어, 루엘린.

음, 그럼 내가 직접 전해야겠군.

그녀가 침대에서 일어나 앉았다. 그렇게 말하니까 무서워 죽겠잖아, 루엘린. 무슨 문제라도 생긴 거야?

아니야. 잠이나 자.

자라고?

금방 돌아올게.

루엘린, 이 망할 놈.

그는 문 쪽으로 물러서며 그녀를 쳐다보았다. 만일 내가 돌아오지 못한다면? 그게 당신이 내게 남길 마지막 말이야?

그녀는 가운을 걸치며 복도를 지나 부엌까지 그를 따라왔다. 그는 싱크대 아래에서 빈 물병을 꺼내 수도꼭지에 대고 서서 물병을 채웠다.

지금 몇시인 줄 알아? 그녀가 말했다.

응. 몇시인 줄 알아.

나는 자기가 가지 않았으면 좋겠어. 어딜 가려는 거야? 가지 않았으면 좋겠어.

음, 그 문제에 있어서는 나도 자기랑 의견이 같은데, 왜냐하면 나도 가고 싶진 않거든. 돌아올게. 기다리지는 마.

그는 불이 켜진 주유소에 차를 세우고 시동을 끈 후 글러브박스에서 실측 지도를 꺼내 좌석에 펼치고 앉은 채로 자세히 살펴보았다. 마침내 그 트럭들이 있을 거라 생각되는 곳을 표시하고 그곳에서부터 하클네 목장 게이트에 이르는 길을 따라 선을 그었다. 그의 트럭에는 훌륭한 전지형 타이어가 장착되어 있고 화물칸에 스페어타이어도 두 개 실려 있었지만 이곳은 지형이 다소 험한 지역이었다. 그는 앉아서 자신이 그은 선을 바라보았다. 그러다가 몸을 굽혀 지형을 살펴보고 선을 하나 더 그었다. 그러고는 그냥 거기 앉아서 지도를 쳐다보았다. 다시 시동을 걸고 고속도로에 들어섰을 때는 새벽 두시 십오분이었고, 도로는 텅 비어 있었으며, 이곳 변두리 지역에서는 트럭 라디오의 어느 주파수를 맞추어도 잡음조차 들리지 않았다.

그는 목장 게이트 앞에 차를 세우고 내려 문을 열고 차를 통과시킨 후 다시 차에서 내려 문을 닫고 서서 침묵에 귀를 기울였다. 그러고는 다시 트럭에 올라 목장 도로를 따라 남쪽으로 차를 몰았다.

그는 이륜구동을 유지하며 이단 기어로 트럭을 몰았다. 아직 뜨지 않은 달의 빛이 극장 영사막에 비친 빛처럼 그의 눈앞에서 어두운 현수막 같은 언덕을 따라 퍼졌다. 그는 그날 아침에 차를 세웠던 곳 아래에서 차를 돌려 동쪽의 하클네 땅으로 이어지는 옛 마찻길 같은 곳으로 들어섰다. 마침내 떠오른 달은 언덕 사이에서 창백하게 부풀고 일그러진 채 주변 땅을 모두 비추었고, 그는 트럭의 헤드라이트를 껐다.

삼십 분 후 그는 차를 세우고 산마루를 따라 올라가다가 멈춰 서서 동쪽과 남쪽 지역을 살펴보았다. 달이 떠 있었다. 푸른 세상. 범람원을 가로지르는 구름 그림자가 보였다. 경사지에서는 더 급히 움직였다. 그는 부츠를 신은 채 화산암 바위에 책상다리로 앉았다. 코요테는 없었다. 아무것도 없었다. 어느 멕시코인 마약상을 위하여. 그래. 뭐. 모두가 귀한 목숨이니까.

트럭으로 돌아갈 때 그는 달빛의 안내를 받으며 흔적을 남겼다. 골짜기 상단의 화산 돌출부 아래를 지나 다시 남쪽으로 방향을 틀었다. 그는 그 지역을 잘 기억하고 있었다. 그가 지나고 있는 곳은 전날 일찍 산등성이에서 정찰한 지형이었고, 그는 다시 걸음을 멈추고 귀를 기울였다. 트럭으로 돌아온 그는 실내등에서 플라스틱 커버를 벗겨 전구를 빼낸 다음 그것을 재떨이 안에 놓았다. 그러고는 손전등을 들고 앉아 다시 지도를 살펴보았다. 다음에 차를 세웠을 때는 그냥 시동을 끄고 창문을 내린 채 앉아 있었다. 오랫동안 그렇게 앉아 있었다.

그는 칼데라 상단에서 반 마일 위쪽에 트럭을 세우고 바닥에서 플라스틱 물통을 꺼낸 뒤 손전등을 뒷주머니에 쑤셔넣었다. 그런 다음 45구경 권총을 좌석에서 집어들고 엄지손가락으로 잠금 버튼을 눌러 문을 조용히 닫고는 돌아서서 트럭들을 향해 걸어갔다.

트럭들은 그가 떠났을 때와 마찬가지로 타이어에 총을 맞은 채 주저앉아 있었다. 그는 공이치기를 당긴 45구경 권총을 손에 들고 다가갔다. 쥐죽은듯 고요했다. 달 때문인지도 몰랐다. 모스 자신의 그림자가 필요 이상으로 그의 곁을 따라다녔다. 이곳에서는 불쾌한 기분이 들었다. 무단 침입자. 죽은 이들 사이의. 이상하게 굴지 말라고, 그가 말했다. 자네는 아직 죽지 않았잖아. 아직은.

브롱코의 문은 열려 있었다. 그것을 보고 그는 한쪽 무릎을 꿇었다. 그리고 물병을 땅에 내려놓았다. 이런 멍청이, 그가 말했다. 결국 이렇게 됐군. 살아남기에는 너무 멍청했어.

그는 천천히 돌아서서 하늘 빛이 비추는 주변 풍경을 보았다. 들리는 소리라고는 그의 심장소리뿐이었다. 그는 트럭으로 가서 열린 문 옆에 쭈그리고 앉았다. 남자는 옆으로 쓰러져 계기판 위에 엎어져 있었다. 안전벨트는 여전히 채워진 상태였다. 사방에 선혈이 낭자했다. 모스는 주머니에서 손전등을 꺼내 손으로 렌즈를 감싼 후 전원을 켰다. 남자는 총알로 머리를 관통당했다. 로보스의 짓은 아니었다. 레오네스의 짓도 아니었다. 그는 손으로 감싼 손전등으로 좌석 뒤쪽의 짐칸을 비추었다. 모든 게 사라졌다. 손전등을 끄고 일어났다. 그리고 다른 시체들이 누워 있는 곳으로 천천히 걸어갔다. 산탄총은 사라지고 없었다. 달은 이미 사분의 일 높이까지 떠올라 있었다. 거의 대낮처럼 환했다. 독 안에 든 것 같은 기분이 들었다.

트럭으로 돌아가기 위해 칼데라를 반쯤 올랐을 때 무언가가 그를 멈춰 세웠다. 그는 몸을 웅크린 채 공이치기를 당긴 권총을 한쪽 무릎 위로 들었다. 달빛 아래 오르막 꼭대기에 있는 트럭이 보였다. 그는 트럭을 더 잘 보기 위해 트럭의 한쪽에 시선을 고정했다. 트럭 옆에 누군가가 서 있었다. 그러다 이내 그들은 사라져버렸다. 세상에 이런 바보가 또 있을까, 그가 말했다. 이제 나는 죽은 목숨이로군.

그는 45구경 권총을 벨트 뒤에 쑤셔넣고 용암 능선을 향해 빠른 속도로 걸어갔다. 멀리서 트럭에 시동이 걸리는 소리가 들렸다. 오르막 꼭대기에서 불빛이 비쳤다. 그는 달리기 시작했다.

그가 바위에 도착했을 무렵에는 트럭이 칼데라를 반쯤 내려왔고 불빛이 위아래로 움직이며 거친 땅을 비추었다. 그는 숨을 곳을 찾았다. 시간이 없었다. 양팔 사이에 머리를 묻고 풀밭에 엎드린 채 기다렸다. 그들은 그를 보았거나 보지 못했을 것이었다. 그는 기다렸다. 트럭이 지나갔다. 트럭이 사라지자 그는 일어나서 비탈을 기어오르기 시작했다.

중간까지 올라온 그는 걸음을 멈추고 서서 공기를 들이마시며 귀를 기울이려 애썼다. 아래쪽 어딘가에 불빛이 있을 것이었다. 불빛은 보이지 않았다. 그는 계속 올라갔다. 얼마 후 아래쪽에 자동차들의 어두운 형체가 보였다. 이내 트럭이 라이트를 끈 채 칼데라를 다시 올라왔다.

그는 바위 위에 납작 엎드렸다. 스포트라이트가 용암 능선을 재빨리 훑고 지나갔다가 다시 돌아왔다. 트럭이 속도를 줄였다. 엔진이 공회전하는 소리가 들렸다. 캠축이 느리게 움직이는 소리. 빅블록 엔진. 스포트라이트가 다시 바위를 훑고 지나갔다. 괜찮아, 그가 말했다. 이 고통을 끝내야 해. 그게 모두를 위한 최선일 테지.

엔진이 회전속도를 살짝 올리더니 다시 공회전했다. 배기관이 내뿜는 깊은 목구멍소리. 캠축과 엔진 헤더와 뭔지 모를 다른 무엇. 잠시 후 트럭은 다시 어둠 속을 달리기 시작했다.

산등성이의 꼭대기에 다다른 그는 몸을 웅크리고 벨트에서 45구경 권총을 꺼내 공이치기를 내린 뒤 다시 벨트에 쑤셔넣고 북쪽과 동쪽을 내다보았다. 트럭은 보이지 않았다.

어떻게 저걸 피해 나의 낡은 픽업트럭으로 달아날 수 있을까? 그가 말했다. 곧이어 그는 자신의 트럭을 다시는 보지 못하리라는 사실을 깨달았다. 음, 그가 중얼거렸다. 다시는 보지 못할 게 아주 많겠어.

스포트라이트가 다시 칼데라 위쪽을 비추더니 산등성이를 가로질렀다. 모스는 배를 깔고 누워서 지켜보았다. 스포트라이트가 다시 이쪽으로 왔다.

만일 자기 돈 이백만 달러를 가져간 누군가가 이곳에서 두 발로 걸어다니고 있다는 걸 안다면, 너는 어느 순간에 수색을 멈출까?

그렇다. 그런 순간은 절대 오지 않을 것이다.

그는 누워서 귀를 기울였다. 트럭소리는 들리지 않았다. 잠시 후 그는 일어나서 건너편 산등성이 끝으로 내려갔다. 지형을 살피며. 달빛이 쏟아지는 범람원은 넓고 고요했다. 그곳을 건널 방법은 없었지만 달리 갈 곳도 없었다. 자, 친구, 이제 어쩔 셈이지?

새벽 네시야. 네가 예뻐하던 소년이 어디 있는지 알고 있나?

내가 말해주지. 그냥 네 트럭을 타고 저기로 가서 그 개자식에게 물이나 한 모금 먹여주는 게 어때?

달은 높이 작게 떠 있었다. 그는 비탈을 오르며 아래쪽 범람원을 주시했다. 지금 네 의욕은 어느 정도지? 그가 말했다.

망할 의욕이야 충만하지.

그래야 할 거야.

트럭소리가 들렸다. 트럭은 라이트를 끈 채 산등성이 위쪽의 돌출부를 돌아 달빛이 쏟아지는 범람원의 가장자리로 내려오기 시작했다. 그는 바위 사이에 납작 엎드렸다. 다른 나쁜 소식에 더해 전갈과 방울뱀에도 생각이 미쳤다. 스포트라이트는 산등성이 표면을 계속 이리저리 비추었다. 꼼꼼하게. 환한 빛이 좌우로 움직이다가 어둠이 찾아왔다. 그는 움직이지 않았다.

트럭이 반대편으로 가로질러갔다가 다시 돌아왔다. 이단 기어로 달리다가 멈추더니 엔진이 공회전했다. 그는 더 잘 볼 수 있게 몸을 앞으로 내밀었다. 이마에 난 상처에서 피가 계속 눈으로 흘러내렸다. 어디서 생긴 상처인지도 알 수 없었다. 그는 손바닥 아래 불룩한 부분으로 눈을 닦고 청바지에 손을 닦았다. 손수건을 꺼내 머리를 눌렀다.

남쪽 강으로 가는 방법도 있어.

그래. 그럴 수도 있지.

탁 트인 땅이 더 적어.

적다는 게 없다는 뜻은 아니지만.

그는 계속 손수건으로 이마를 누른 채 몸을 돌렸다. 구름 한 점 보이지 않았다.

해가 떴을 때는 다른 곳에 있어야만 해.

집에서 침대에 누워 있었으면 좋겠군.

그는 침묵 속에서 푸른 범람원을 살펴보았다. 거대하고 숨막히는 분지. 기다림. 전에도 이런 기분을 느껴본 적이 있었다. 다른 나라에서. 그 기분을 다시 느끼리라고는 생각지도 못했다.

그는 오랫동안 기다렸다. 트럭은 돌아오지 않았다. 그는 산등성이를 따라 남쪽으로 향했다. 그러다가 서서 귀를 기울였다. 코요테 한 마리도, 아무것도 없었다.

강가 평지로 내려왔을 무렵에는 동쪽 하늘에 희미한 첫 빛이 밀려왔다. 오늘밤 중 가장 어두운 시간이었다. 평지는 강의 굽이까지 이어졌고 그는 마지막으로 귀를 기울이고는 속보로 이동했다.

그것은 먼길이었는데 강까지 아직 이백 야드 정도가 남았을 때 트럭소리가 들렸다. 거친 회색빛이 언덕 위로 퍼지고 있었다. 뒤를 돌아보자 새로이 밝아오는 지평선에 피어오른 먼지가 보였다. 아직 일 마일 정도 떨어져 있었다. 새벽의 고요 속에서 트럭소리는 호수에 뜬 보트소리만큼이나 예사롭게 들렸다. 그러다 트럭이 저속 기어로 바꾸는 소리가 들렸다. 그는 잃어버리지 않게 벨트에서 45구경 권총을 꺼내들고는 전력 질주했다.

다시 뒤돌아봤을 때는 트럭과의 거리가 상당히 좁혀져 있었다. 강은 아직도 백 야드 떨어져 있었는데 강에 이르더라도 무엇이 있을지는 알 수 없었다. 깎아지른 듯한 바위 협곡. 동쪽 산들 사이에 들어찬 긴 창유리 같은 여명이 눈앞의 지역 위로 펼쳐졌다. 트럭은 루프 랙과 범퍼 스포트를 환하게 밝히고 있었다. 바퀴가 땅에서 떨어질 때마다 엔진이 돌아가며 울부짖는 소리가 났다.

녀석들이 총을 쏘진 않겠지, 그가 말했다. 그럴 여유는 없을 거야.

라이플총의 날카로운 총성이 옴폭한 땅에서 튕겨나와 길게 울렸다. 머리 위로 속삭이듯 스쳐간 소리는 총알이 그를 지나 강 쪽으로 날아가는 소리였다. 뒤돌아보니 한 남자가 선루프 밖으로 몸을 내민 채 한 손으로는 트럭 지붕을 붙잡고 다른 손으로는 라이플총을 수직으로 떠받치고 있었다.

그가 다다른 곳은 협곡에서 흘러나온 넓고 세찬 강물이 대규모의 물억새 무리를 지나 흘러가는 곳이었다. 강물은 바위 절벽에 부딪히는 지점에서 진로를 바꾸어 남쪽으로 흘러갔다. 협곡 깊이 자리한 어둠. 어두운 강물. 그는 끊어진 길 아래로 뛰어내리고는 넘어져 데굴데굴 구른 다음 일어나 긴 모래 능선을 따라 강으로 걸어가기 시작했다. 그러다 이십 피트도 못 가서 그럴 시간이 없다는 사실을 깨달았다. 그는 능선 언저리에서 한번 힐끗 뒤돌아보고는 양손으로 45구경 권총을 쥔 채 쪼그리고 앉아 비탈 옆면으로 몸을 던졌다.

그는 자신이 일으킨 먼지와 모래가 눈에 들어가지 않게 눈을 거의 감고 권총은 품에 꼭 껴안은 채 제대로 한참을 미끄러졌다. 그러고는 그 모든 게 멈추더니 그냥 추락했다. 그는 눈을 떴다. 아침을 맞이한 상쾌한 세계가 그의 머리 위에서 천천히 빙빙 돌고 있었다.

그는 자갈 강기슭에 쾅 하고 부딪히며 신음을 내뱉었다. 그러고는 이름 모를 거친 풀 사이를 굴러갔다. 완전히 멈춘 그는 배를 깔고 누운 채 헐떡거렸다.

권총은 사라지고 없었다. 그는 납작해진 풀 사이를 다시 기어가 권총을 찾아 집어든 다음 돌아서서 총열을 팔뚝에 툭 쳐서 흙먼지를 떨어내며 위쪽 강굽이의 가장자리를 훑어보았다. 입안이 모래로 가득했다. 눈도. 하늘을 배경으로 두 남자가 모습을 드러내자 그는 권총의 공이치기를 당기고 둘을 향해 총을 쏘았고, 둘은 다시 사라졌다.

그는 강까지 기어갈 시간이 없다는 걸 알고는 그냥 일어나서 이리저리 갈라진 자갈 저지대를 가로질러 철벅거리며 달려갔고 긴 모래톱을 지나 본류에 이르렀다. 열쇠와 지갑을 꺼내 셔츠 주머니에 넣고 단추를 잠갔다. 강으로부터 불어오는 찬바람에서 쇠 냄새가 났다. 쇠맛도

느낄 수 있었다. 그는 손전등을 집어던지고 45구경 권총의 공이치기를 내리고는 권총을 청바지 가랑이에 쑤셔넣었다. 그러고는 부츠를 벗어 벨트의 오른쪽과 왼쪽 안에 거꾸로 끼워넣고 벨트를 최대한 당겨서 조인 후 돌아서서 강으로 뛰어들었다.

냉기에 숨이 멎을 듯했다. 그는 몸을 돌려 숨을 몰아쉬며 청회색 강을 거꾸로 헤엄치면서 강 가장자리를 바라보았다. 아무도 없었다. 그는 다시 몸을 돌려서 헤엄쳤다.

물살에 휩쓸려 강굽이로 밀려간 그는 바위에 세게 부딪혔다. 그는 바위에서 몸을 밀어냈다. 위로 보이는 절벽은 어둡게 솟은 채 깊게 패 있었고 그 그림자가 드리운 검은 물은 거칠게 일렁였다. 마침내 하류로 밀려나와 돌아보니 절벽 꼭대기에 서 있는 트럭이 보였지만 사람은 아무도 보이지 않았다. 그는 부츠와 총이 잘 있는지 확인하고는 몸을 돌려 먼 강기슭을 향해 손발을 젓기 시작했다.

몸을 떨며 강 밖으로 나왔을 때 그는 처음에 입수했던 곳에서 거의 일 마일이나 떨어져 있었다. 양말은 온데간데없었으므로 물억새가 솟아 있는 곳을 향해 맨발로 터벅터벅 걸어갔다. 고대인들이 곡식을 넣고 빻았던 완만한 바위의 둥근 구멍들. 다시 뒤돌아봤을 때 트럭은 사라지고 없었다. 높은 절벽을 따라 빠르게 걷고 있는 두 남자의 윤곽이 하늘을 배경으로 드러났다. 물억새에 거의 다 이르러 주위에서 온통 억새가 서걱대는 소리가 들려왔을 때 갑자기 묵직하게 탕 하는 소리가 나더니 강 건너편에서 메아리가 울려퍼졌.

그는 위팔에 벅샷을 맞았고 말벌에 쏘인 것처럼 따가웠다. 팔 뒤쪽에 납 탄알*이 반쯤 박힌 채 그는 손으로 위팔을 감싸고 물억새 속으로 뛰어들었다. 왼다리에서 힘이 계속 빠지려 했고 숨쉬기가 힘들었다.

덤불 깊숙한 곳에서 털썩 무릎을 꿇고 그 상태로 숨을 들이마셨다. 벨트를 풀고 부츠를 모래 위에 떨어뜨린 후 손을 뻗어 45구경 권총을 집어 한쪽에 내려놓은 다음 팔 뒤쪽을 만져보았다. 벅샷 탄알은 빠지고 없었다. 그는 단추를 풀어 셔츠를 벗고 팔을 끌어당겨 상처를 확인했다. 딱 벅샷을 맞았을 때의 상처로, 피가 살짝 났고 셔츠의 섬유 조각이 잔뜩 달라붙은 상태였다. 팔 뒤쪽은 이미 전부 흉하게 피멍이 들어가고 있었다. 그는 젖은 셔츠의 물기를 짜서 다시 걸치고 단추를 채운 다음 부츠를 신고 일어나 벨트를 채웠다. 권총을 집어들어 클립을 빼내고 약실에서 실탄을 제거한 뒤 총을 흔들고 총열 안쪽을 후 불고서 다시 조립했다. 총알이 발사될지 아닐지 알 수 없었지만 아마도 발사될 거라고 생각했다.

그는 억새밭 건너편으로 빠져나와 걸음을 멈추고 뒤돌아봤지만 물억새가 삼십 피트 높이로 자라 있어서 아무것도 보이지 않았다. 하류에는 넓은 단구와 미루나무 숲이 있었다. 그곳에 이르렀을 무렵에는 맨발로 젖은 부츠를 신고 걸은 탓에 이미 발에 물집이 잡히기 시작했다. 팔은 붓고 욱신거렸지만 피는 멈춘 듯했고, 그는 햇빛이 비치는 모래사장으로 걸어가 앉아서 부츠를 벗고 까진 발뒤꿈치의 붉은 상처를 바라보았다. 앉자마자 다리가 다시 아파오기 시작했다.

그는 벨트에 달린 작은 가죽 케이스를 열고 칼을 꺼낸 뒤 일어서서 다시 셔츠를 벗었다. 팔꿈치 부근까지 소매를 잘라낸 후 앉아서 그 소

---

* 벅샷 안에는 여러 개의 작은 탄알이 들어 있다.

매로 발을 감싸고 부츠를 신었다. 그러고는 칼을 다시 케이스에 넣고 케이스를 잠근 다음 권총을 집어들고 서서 귀를 기울였다. 붉은날개검은새 한 마리. 그리고 아무것도 없었다.

돌아서서 가려 하던 차에 강 저편에서 트럭소리가 아주 희미하게 들려왔다. 트럭을 찾으려 했지만 보이지 않았다. 지금쯤이면 아마 두 남자가 강을 건너와 그의 뒤쪽 어딘가에 있을 거라는 생각이 들었다.

그는 나무 사이로 계속 나아갔다. 나무의 몸통에는 강이 최고 수위로 차올랐을 때 묻은 진흙 찌끼가 남아 있었고, 뿌리는 바위 사이에 엉켜 있었다. 그는 아무런 흔적도 남기지 않고 자갈밭을 건너기 위해 다시 부츠를 벗었고, 부츠와 자른 소매와 권총을 손에 든 채 긴 바위 기슭을 올라 강 협곡의 남쪽 언저리를 향해 가며 아래쪽 지형을 주시했다. 햇빛이 협곡을 비추고 있었고 그가 지나온 바위는 금방 마를 것이었다. 그는 협곡 언저리 근처의 단구에서 걸음을 멈추고 부츠를 옆의 풀밭에 내려놓은 채 배를 깔고 엎드렸다. 꼭대기까지는 십 분만 더 가면 되었지만 십 분도 허락되지 않을 거라는 생각이 들었다. 강 저편 절벽에서 매 한 마리가 희미한 휘파람소리를 내며 날아올랐다. 그는 기다렸다. 잠시 후 한 남자가 상류의 물억새 속에서 나오더니 걸음을 멈추고 가만히 서 있었다. 남자는 기관총을 들고 있었다. 그 남자 아래쪽에서 두번째 남자가 모습을 드러냈다. 둘은 서로를 힐끗 쳐다보더니 다시 걸음을 뗐다.

그들은 그의 아래쪽으로 지나갔고, 그는 강 아래쪽으로 사라지는 둘을 바라보았다. 사실 그는 그들에 대해 생각하고 있지도 않았다. 그는 자기 트럭을 생각하고 있었다. 월요일 아침 아홉시에 청사가 문을 열면 누군가가 차량 번호를 조회해서 그의 이름과 주소를 알아낼 터였다. 지금으로부터 스물네 시간 정도 후면 말이다. 그때쯤이면 저들은 그가 누구인지 알아낼 것이고 그를 찾는 일을 절대 멈추지 않을 것이다. 절대, 어떤 일이 있어도.

캘리포니아에 사는 남동생에게 뭐라고 말하면 좋을까? 아서, 육 인치짜리 공업용 바이스의 쥠쇠 사이에 네 불알을 올려놓게 하고는 형이 어디 있는지 아느냐고 한 번 물을 때마다 핸들을 사분의 일씩 돌릴 어떤 녀석들이 너를 찾아가고 있어. 중국으로 이민 가는 걸 고려해보는 게 좋을 거야.

그는 똑바로 앉아서 천으로 발을 감싸고 부츠를 신고 일어나 협곡 언저리로 가는 마지막 구간을 오르기 시작했다. 꼭대기에 오르자 완전히 평평한 지대가 남쪽과 동쪽으로 펼쳐졌다. 붉은 흙과 크레오소트.* 원거리와 중거리에 보이는 산들. 그곳에는 아무것도 없었다. 아지랑이. 그는 권총을 벨트에 쑤셔넣고 강을 한번 더 내려다보고는 동쪽으로 걸음을 뗐다. 텍사스주 랭트리는 일직선 거리로 삼십 마일 떨어져 있었다. 어쩌면 그 이하. 열 시간. 열두 시간. 벌써부터 발이 아팠다. 다리가 아팠다. 가슴도. 팔도. 등뒤로 강이 멀어져갔다. 그는 물을 한 모금도 마시지 못했다.

---

* 미국 남서부와 멕시코 북부에서 자라는 남가샛과의 상록 관목.

II

 법을 집행하는 일이 예전보다 더 위험해졌는지는 모르겠다. 처음 취임했을 때 어딘가에서 주먹싸움이 벌어져서 뜯어말리러 가면 녀석들이 싸움을 걸어왔던 기억이 난다. 때로는 싸움을 받아줘야 했다. 그러지 않으면 녀석들은 물러설 생각이 없었으니까. 그럴 때는 지지 않는 편이 좋다. 이제 그런 일은 별로 없지만 대신 그보다 더 나쁜 일이 일어나기도 한다. 한번은 어떤 남자가 내게 총을 들이댔는데, 그가 막 쏘려할 때 내가 총을 붙잡아서 공이치기의 공이가 내 엄지손가락 살을 파고든 적이 있다. 아직도 그 흔적이 남아 있다. 아무튼 그 남자는 나를 정말로 죽일 셈이었다. 그리 오래되지 않은 몇 년 전 어느 밤에 좁은 이차선 아스팔트 도로를 달리다가 짐칸에 두 녀석이 올라타 있는 픽업트럭을 우연히 발견했었다. 녀석들은 다정하게 라이트를 깜박거렸고 나는 속도를 살짝 줄이며 뒤로 물러났는데, 트럭이 코아우일라* 번호판을 달고 있기에 음, 저 친구들을 붙잡아 세우고 좀 살펴봐야겠는데, 하는 생각이 들었다. 그래서 경광등을 켰는데, 그러자 트럭 운전칸 뒤쪽의 미닫이창이 열리더니 누군가가 산탄총을 창밖으로 내밀어 짐칸에 탄 녀석에게 건네주는 것이었다. 분명히 말하건대 나는 양발로 브레이크를 밟았다. 순찰차는 옆으로 미끄러지며 경광등이 비추는 덤불로 들어갔고, 내가 마지막으로 본 것은 짐칸에서 한 녀석이 어깨에 산탄총을 얹고 있는 모습이었다. 나는 좌석에 몸을 부딪혔고 산산이 부서진 작은 앞유리 조각이 내 위로 온통 쏟아져내렸다. 한쪽 발로는 여전히 브레이크를 밟고 있었고, 순찰차가 길가의 얕은 배수로로 미끄러져내려가는 게 느껴졌기에 굴러가 처박힐 줄 알았지만 그러진 않았다. 차 안에 흙먼지만 가득 들어찼다. 그 녀석은 내게 총을 두 발 더 쏘아서 순찰차의 한쪽 측면 유리를 모두 박살냈고, 나는 그때쯤 완전히 멈춰 선 차 안에 누워서 권총을 꺼내들고 있다가 픽업트럭이 떠나는 소리를 듣고는 일어서서 미등을 향해 몇 발을 쏘았지만 트럭은 떠난 지 오래였다.

 요점은 누군가의 차를 세울 때 그 안에 타고 있는 게 누구인지 모른다는 것이다. 우리는 고속도로로 나간다. 우리가 세운 차로 걸어가지만 거기서 무엇을 발견하게 될지는 알지 못한다. 나는 그 순찰차 안에 오랫동안 앉아 있었다. 엔진은 꺼졌지만 경광등은 여전히 켜져 있었다. 순찰차는 유리와 흙먼지로 가득했다. 나는 차에서 내려 가만히 몸

---

* 텍사스와 국경을 접한 멕시코 북부의 주.

을 털고는 다시 차에 타서 그냥 앉아 있었다. 그저 가만히 생각을 가다듬으면서. 계기판 위로 와이퍼가 달랑거렸다. 나는 경광등을 끄고 그냥 거기 앉아 있었다. 법을 집행하는 경관을 향해 총을 뽑아들고 발포하는 누군가가, 몇몇 아주 심각한 수준의 부류들이 있다. 나는 그 트럭을 다시는 보지 못했다. 다른 누구도 보지 못했다. 그 번호판마저도. 어쩌면 그 트럭을 추격했어야 했는지도 모른다. 혹은 시도라도 했어야 했는지도. 모르겠다. 차를 몰고 샌더슨으로 돌아가서 카페에 세웠는데 사방에서 사람들이 몰려와 순찰차를 구경했다. 순찰차에는 총알구멍이 잔뜩 나 있었다. 꼭 보니와 클라이드의 차처럼 보였다. 내 몸에는 상처 하나 없었다. 유릿조각이 그렇게 많이 쏟아져내렸는데도. 나는 그것으로도 비난받았다. 그런 상태로 거기 주차를 하다니. 사람들은 내가 으스대고 있다고 말했다. 글쎄, 어쩌면 그랬는지도 모른다. 하지만 분명히 말하건대 그때 그 커피 한 잔이 정말로 필요했던 것도 사실이다.

매일 아침 신문을 본다. 대개는 나를 향해 다가오는 일들이 무엇인지 알아내고 싶어서인 것 같다. 그렇다고 내가 그런 일들을 딱히 잘 막아냈다고 할 수는 없지만. 상황이 갈수록 더 어려워진다. 얼마 전에 본 기사에서는 우연히 만난 두 소년의 이야기가 나왔는데, 그중 한 명은 캘리포니아 출신이고 다른 한 명은 플로리다 출신이었다. 둘은 중간 지점 어딘가에서 만났다. 그러고는 함께 전국을 돌아다니며 사람들을 죽였다. 몇 명이나 죽였는지는 잊어버렸다. 그런데 그런 일이 벌어질 가능성이 얼마나 될까? 둘은 그전에 서로 눈도 마주친 적이 없는 사이였다. 그런 인간들이 많을 리는 없다. 내 생각에는 그렇다. 글쎄, 누가 알겠나. 지난번에는 자기 아기를 쓰레기 압축기에 넣은 여자에 대한 기사를 보았다. 대체 누가 그런 일을 벌일 생각을 하는 걸까? 내 아내는 더이상 신문을 보지 않으려 한다. 아마도 그녀가 옳은 것 같다. 아내는 대체로 옳으니까.

벨은 청사 뒷계단을 올라가서 복도를 지나 자신의 사무실로 들어갔다. 그는 의자를 빙 돌려서 앉은 뒤 전화기를 쳐다보았다. 어서 울려라, 그가 말했다. 내가 왔으니.

전화벨이 울렸다. 그는 손을 뻗어 수화기를 집어들었다. 보안관 벨입니다, 그가 말했다.

그는 그냥 들었다. 고개를 끄덕였다.

다우니 부인, 아마 녀석은 곧 내려올 겁니다. 조금 뒤에 다시 전화주시죠. 네, 부인.

그는 모자를 벗어 책상에 내려놓고는 앉은 채로 눈을 감고 콧등을 꼬집었다. 네, 부인, 그가 말했다. 네, 부인.

다우니 부인, 저는 나무 위에 고양이가 죽어 있는 걸 본 적이 별로 없습니다. 그냥 내버려두면 곧 내려올 거예요. 잠시 후에 다시 전화 주세요, 아시겠죠?

그는 전화를 끊고 앉은 채로 전화기를 바라보았다. 그놈의 돈, 그가 말했다. 사람들과 나무에 올라간 고양이에 대해 떠들어대지 않아도 될 만큼의 돈은 있잖아.

글쎄. 어쩌면 계속 떠들어대야 하는지도.

무전기가 삐삐 울렸다. 그는 수신기를 들고 버튼을 누른 후 다리를 책상 위에 올렸다. 벨입니다, 그가 말했다.

그는 앉아서 가만히 들었다. 그러고는 바닥에 발을 내리고 똑바로 앉았다.

열쇠 챙기고 차 안도 살펴봐. 괜찮아. 듣고 있네.

그가 손가락으로 책상을 두드렸다.

좋아. 경광등은 계속 켜두게. 오십 분 내로 도착할 거야. 참, 토버트? 트렁크는 닫게.

벨과 웬들은 순찰차 앞의 포장된 갓길에 차를 세우고 차에서 내렸다. 토버트도 내려서 자기 순찰차 문 옆에 서 있었다. 보안관이 고개를 끄덕였다. 그는 도로 가장자리를 따라 걸으며 타이어 자국을 살펴보았다. 자네도 이건 봤겠지, 그가 말했다.

네, 보안관님.

음, 어디 한번 볼까.

토버트가 트렁크를 열었고, 그들은 서서 시체를 쳐다보았다. 남자의 셔츠 앞부분은 피로 뒤덮인 상태였고 일부는 말라 있었다. 얼굴 전체가 피투성이였다. 벨은 몸을 숙이고 트렁크 안쪽으로 손을 뻗어 남자의 셔츠 주머니에서 무언가를 꺼내 펼쳤다. 텍사스주 정크션의 어느 주유소에서 받은 피 묻은 주유 영수증이었다. 흠, 그가 말했다. 빌 와이릭의 인생길은 여기서 끝났군.

지갑이 있는지는 살펴보지 못했습니다.

괜찮네. 지갑은 없으니까. 이건 순전히 운이 좋아서 발견했을 뿐이야.

그는 남자의 이마에 난 구멍을 살펴보았다. 45구경 같군. 깨끗해. 거의 워드커터* 같아.

워드커터가 뭐죠?

표적지용 총알이야. 열쇠 챙겼나?

네, 보안관님.

벨은 트렁크 뚜껑을 닫았다. 그러고는 주위를 둘러보았다. 주간 고속도로를 지나는 트럭들이 다가오며 저속 기어로 바꾸고 있었다. 러마와는 벌써 이야기했네. 약 사흘 안에 순찰차를 돌려받을 수 있을 거라고 말해뒀어. 오스틴**에도 전화했으니 아침이면 그쪽에서 먼저 자네부터 찾을 걸세. 시체를 우리 순찰차에 실을 생각은 없고, 굳이 헬리콥터까지 필요하지도 않겠지. 자네가 일을 마친 뒤에 러마의 순찰차를 소노라에 갖다주고 나나 웬들에게 전화하면 우리 중 하나가 데리러 가겠네. 돈은 좀 있나?

네, 보안관님.

---

* 윗부분이 평평한 특수 총알로, 특히 종이 표적지를 쏠 때 사용된다.
** 텍사스주의 주도.

보고서는 늘 하던 대로 작성하게.

네, 보안관님.

백인 남성, 삼십대 후반, 보통 체격.

와이릭의 철자가 어떻게 되죠?

철자는 알 필요도 없네. 우리는 아직 그의 이름을 모르니까.

네, 보안관님.

어딘가에 가족이 있을지도 몰라.

네. 그런데 보안관님?

응.

범인에 대한 정보는 어떤 게 있죠?

없어. 잊기 전에 웬들에게 열쇠나 건네주게.

열쇠는 순찰차 안에 있습니다.

음, 열쇠는 순찰차 안에 두지 말게.

네, 보안관님.

그럼 이틀 후에 보세.

네, 보안관님.

그 개자식이 캘리포니아에 있었으면 좋겠군.

네, 보안관님. 무슨 말씀인지 압니다.

그런데 그렇지 않을 거라는 느낌이 들어.

네, 보안관님. 저도 그러네요.

웬들, 준비됐나?

웬들이 몸을 숙이고 침을 뱉었다. 네, 보안관님, 그가 말했다. 준비됐습니다. 그가 토버트를 바라보았다. 저 시체를 싣고 가다가 경관이 멈춰 세우면 그냥 아무것도 모른다고 해. 커피를 마시는 동안 누가 시체를 거기 집어넣은 게 틀림없다고 말이지.

토버트가 고개를 끄덕였다. 너랑 보안관님이 와서 나를 사형수 감방에서 꺼내주겠지?

만약 널 꺼내주지 못하면 우리가 너랑 함께 거기 들어갈게.

다들 그런 식으로 죽은 자를 우습게 만들지 말게, 벨이 말했다.

웬들이 고개를 끄덕였다. 네, 보안관님, 그가 말했다. 보안관님 말씀이 옳습니다. 저도 언젠가는 저렇게 되겠죠.

벨은 90번 고속도로를 타고 드라이든의 갈림길로 향하다가 도로에서 죽은 매 한 마리를 발견했다. 바람에 깃털이 움직이는 게 보였다. 그는 차를 세우고 내려 뒤쪽으로 걸어가서는 부츠 뒷굽에 체중을 싣고 쪼그려앉아 매를 바라보았다. 한쪽 날개를 들었다가 다시 떨어뜨렸다. 차갑고 노란 눈이 멍하니 창공을 향하고 있었다.

그것은 커다란 붉은꼬리매였다. 그는 한쪽 날개 끝을 잡아 매를 들어올리고 배수로로 가져가서 풀밭에 놓아두었다. 녀석들은 높은 전신주에 앉아서 고속도로 양쪽 수 마일을 지켜보며 아스팔트 위에서 사냥하곤 했다. 위험을 무릅쓰고 도로를 건너는 작은 동물이면 무엇이든 찾아냈다. 태양을 등진 채 먹잇감을 덮쳤다. 그림자 없이. 사냥꾼의 집중력을 발휘하여. 그는 매가 트럭들에 치이게 내버려둘 수 없었다.

그는 거기 선 채로 사막을 내다보았다. 아주 고요했다. 바람에 전깃줄이 낮게 윙윙거리는 소리. 도로를 따라 높이 자라난 단풍잎돼지풀. 왕바랭이와 사커위스타.* 그 너머 돌투성이 소협곡에 새겨진 용의 발자국. 거친 바위산들이 석양 아래 그림자를 드리웠고, 동쪽으로는 그

울음처럼 어두운 비의 장막이 사분면 전체에 드리워진 하늘 아래, 가로좌표처럼 뻗은 사막 평원이 어른어른 일렁였다. 소금과 재로 이 땅을 만들어낸 그 신은 침묵 속에 거하고 있었다. 그는 순찰차로 되돌아가 차에 올라타고 출발했다.

소노라의 보안관 사무실 앞에 차를 댄 그가 가장 먼저 본 것은 주차장에 길게 쳐진 노란색 폴리스라인이었다. 청사 앞에 모인 작은 무리. 그는 차에서 내려 길을 건넜다.

무슨 일이죠, 보안관님?

저도 모릅니다, 벨이 말했다. 저도 방금 도착해서요.

그는 테이프 아래로 몸을 휙 숙여 들어간 뒤 계단을 올라갔다. 그가 문을 두드리자 러마가 고개를 들었다. 들어오게, 에드 톰, 그가 말했다. 들어와. 아주 골치 아픈 일이 터졌어.

둘은 청사 뜰로 걸어나갔다. 몇몇 사람이 뒤따라왔다.

당신들은 그만 가봐요, 러마가 말했다. 보안관이랑 둘이 할 이야기가 있으니까.

그는 초췌해 보였다. 러마는 벨을 쳐다보다가 땅을 쳐다보았다. 고개를 젓더니 눈길을 돌렸다. 어렸을 때 여기서 잭나이프 던지기 놀이를 하곤 했지. 바로 여기서 말이야. 요즘 애들은 그게 뭔지도 모를 거야. 에드 톰, 이놈은 완전히 미치광이야.

그렇군.

요즘 바쁜가?

---

* 미국 남서부와 멕시코 북부에서 자생하는 사막 식물.

딱히.

러마가 시선을 돌렸다. 그가 소매 뒷자락으로 눈가를 훔쳤다. 내가 분명히 말하는데 말이야. 이 개자식은 법정에 설 일도 없을 거야. 나한테 잡히면 그런 일은 없을 거라고.

음, 어쨌거나 일단 놈을 잡아야지.

그 친구는 결혼도 했다고.

그건 몰랐군.

스물세 살. 말쑥한 친구였지. 주사위만큼이나 아주 반듯했어. 이제 나는 그 친구의 아내가 망할 라디오로 먼저 소식을 듣기 전에 그의 집으로 찾아가야만 해.

그건 하나도 부럽지 않군. 정말로 부럽지 않아.

아무래도 때려치워야겠어, 에드 톰.

같이 가줄까?

아니. 그래도 고마워. 내가 가야 해.

그래.

전에는 단 한 번도 본 적 없는 무언가를 목도하고 있다는 느낌이 들어.

내 느낌도 그래. 저녁에 전화할게.

고맙네.

그는 러마가 잔디밭을 가로지른 뒤 계단을 올라 자신의 사무실로 돌아가는 것을 지켜보았다. 자네가 때려치우지 않길 바라네, 그가 말했다. 우리는 자네의 도움이 최대한 필요할 것 같으니까.

버스가 카페 앞에 섰을 때는 새벽 한시 이십분이었다. 버스에는 세 사람밖에 없었다.

샌더슨입니다, 운전사가 말했다.

모스는 앞쪽으로 나아갔다. 운전사가 거울로 자신을 유심히 쳐다보고 있음을 알았다. 이봐요, 그가 말했다. 혹시 데저트 에어에서 내려줄 수 있을까요? 내가 다리를 다쳤고 사는 곳은 거기인데 데리러 와줄 사람이 아무도 없어서요.

운전사가 문을 닫았다. 네, 그가 말했다. 그렇게 해드리죠.

모스가 들어가자 그녀가 소파에서 일어나 달려오더니 두 팔로 그의 목을 껴안았다. 죽은 줄 알았잖아, 그녀가 말했다.

글쎄, 안 죽었으니까 그렇게 울고불고할 거 없어.

안 그래.

내가 샤워하는 동안 베이컨 앤드 에그나 좀 만들어주지 그래.

이마에 상처 좀 봐. 무슨 일이 있었던 거야? 트럭은 어디 뒀어?

샤워를 해야겠어. 먹을 것 좀 만들어줘. 지금 내 배는 내가 목이 잘린 줄 알고 있다고.

그가 샤워를 하고 팬티 차림으로 나와서 부엌의 작은 포마이카 식탁 앞에 앉았을 때 그녀가 처음으로 한 말은 팔 뒤쪽에 난 상처는 뭐야? 였다.

계란을 몇 개 넣은 거지?

네 개.

토스트 더 없어?

두 조각 더 나올 거야. 그거 뭐냐니까, 루엘린?

무슨 말을 듣고 싶은 건데?

진실.

그는 커피를 홀짝이고 계란에 소금을 치기 시작했다.

말해주지 않을 셈이구나, 그렇지?

응.

다리는 또 왜 그래?

발진이 났어.

그녀는 갓 구운 토스트에 버터를 발라 접시에 올리고는 맞은편 의자에 앉았다. 밤에 아침식사를 하니 좋은걸, 그가 말했다. 총각 시절로 돌아간 기분이야.

대체 무슨 일이야, 루엘린?

무슨 일인지 말해주지, 칼라 진. 당신은 당장 짐을 싸서 날이 밝자마자 이곳을 뜰 준비를 해야 해. 지금 두고 가는 것은 다시는 찾지 못할 테니 중요한 건 빼먹지 말고 챙겨. 오전 일곱시 십오분에 이곳을 떠나는 버스가 있어. 오데사에 가서 내가 전화할 때까지 기다려.

그녀가 의자에서 몸을 뒤로 젖힌 채 그를 쳐다보았다. 나보고 오데사로 가라고, 그녀가 말했다.

맞아.

지금 농담하는 거지?

내가? 아니야. 전혀 농담이 아니야. 잼은 다 떨어졌나?

그녀가 일어나 냉장고에서 잼을 꺼내 식탁에 놓고는 다시 앉았다. 그는 병뚜껑을 돌려서 열고 잼을 조금 떠서 토스트에 올린 다음 나이프로 얇게 폈다.

그때 들고 온 그 가방에는 뭐가 들었어?

그 가방에 뭐가 들었는지는 이미 말해줬잖아.

돈이 가득 들었다고 했지.

그래 그럼 그게 들었겠네.

어디 있어?

뒷방 침대 밑에.

침대 밑이라.

그래.

가서 봐도 돼?

당신은 스물한 살 먹은 백인 자유민*이니까 뭐든 원하는 대로 해도 되겠지.

나 스물한 살 아니야.

뭐, 어쨌거나.

그런데 나보고 버스를 타고 오데사로 가라고.

당신은 버스를 타고 오데사로 갈 거야.

엄마한테는 뭐라고 말해?

글쎄, 그냥 문 앞에 서서 이렇게 외쳐보면 어때. 엄마, 나 왔어.

트럭은 어디다 둔 거야?

모두가 가는 길을 갔지.** 세상에 영원한 것은 없으니.

그럼 아침에 버스 타는 데까지 어떻게 가?

미스 로자에게 데려다달라고 해. 한가한 사람이잖아.

대체 무슨 일을 저지른 거야, 루엘린?

포트스톡턴에서 은행을 털었어.

순 거짓말쟁이.

믿지도 않을 거면서 왜 묻는 거야? 당장 들어가서 짐이나 싸. 동트기까지 네 시간 정도밖에 안 남았어.

팔에 난 상처 좀 보자.

이미 봤잖아.

뭘 좀 발라줄게.

그래, 다 떨어지지 않았다면 캐비닛에 벅샷용 연고가 좀 있을 거야. 이제 나 그만 괴롭히고 가주면 안 될까? 토스트 좀 먹자.

---

* free white and twenty-one. 자기 운명의 주인임을 뜻하는 영어 관용구.
**「열왕기」 2장 2절. "내가 이제 세상 모든 사람이 가는 길로 가게 되었노니"에서 유래한 표현으로 '죽었다'는 뜻이다.

총에 맞은 거야?

아니야. 그냥 당신 골려주려고 그렇게 말한 거야. 어서 가봐.

그는 텍사스주 셰필드 바로 북쪽의 페코스강을 지나 349번 도로를 타고 남쪽으로 향했다. 셰필드의 주유소에 차를 세웠을 때는 날이 거의 어두워져 있었다. 길게 깔린 붉은 황혼을 배경으로 비둘기떼가 고속도로를 지나 남쪽의 어느 목장 물탱크 쪽을 향해 날아가고 있었다. 그는 주인에게 잔돈을 받아 전화를 한 통 걸고 기름을 넣은 다음 다시 들어가 기름값을 지불했다.

오는 길에 비가 오지 않았소? 주인이 말했다.

어떤 길을 말하는 거요?

댈러스 번호판을 달고 있길래.

시거는 카운터에 놓인 거스름돈을 집어들었다. 그런데 내가 어디서 왔든 그게 당신이랑 무슨 상관이지, 형씨?

그냥 별 뜻 없이 한 말이오.

별 뜻 없이 한 말이라.

그냥 간단히 인사를 건넨 것뿐입니다.

당신 같은 촌구석 무지렁이한테는 그딴 게 예의인가보군.

음, 손님, 사과드렸잖습니까. 제 사과를 받기 싫으시다면 뭘 더 어떻게 해드려야 할지 모르겠군요.

이거 얼마요?

네?

이거 얼마냐고 했소.

육십구 센트요.

시거가 카운터 위에 일 달러를 펼쳤다. 남자는 금전등록기로 계산하고는 딜러가 칩을 쌓듯이 거스름돈을 시거 앞에 쌓았다. 시거는 그에게서 눈을 떼지 않고 있었다. 남자가 눈길을 돌렸다. 그리고 기침을 했다. 시거는 캐슈너트 비닐 포장지를 이로 뜯고는 삼분의 일을 손바닥에 털어서 선 채로 먹었다.

뭐 또 필요한 게 있습니까? 남자가 말했다.

모르겠군. 있을까?

무슨 문제라도 있습니까?

무슨?

뭐가 됐든지요.

지금 내게 묻고 싶은 게 그거요? 뭐가 됐든 무슨 문제라도 있는지?

남자는 몸을 돌려 주먹을 입에 대고 다시 기침했다. 그런 다음 시거를 쳐다보고는 눈길을 돌렸다. 그는 가게 앞 창문 밖을 내다보았다. 주유 펌프기와 거기 서 있는 차. 시거는 캐슈너트를 조금 더 손에 털어서 먹었다.

뭐 또 필요한 게 있습니까?

그건 이미 물어봤소.

글쎄, 이제 문을 닫을까 해서요.

문을 닫을까 한다라.

네, 손님.

몇시에 문을 닫소?

지금요. 지금 닫습니다.

지금은 시간이 아니오. 몇시에 문을 닫소.

보통 어두워질 무렵에 닫습니다. 저녁에요.

시거는 선 채로 천천히 캐슈너트를 씹었다. 당신은 자신이 무슨 말을 하는지도 모르는군, 안 그렇소?

네?

당신은 자신이 무슨 말을 하는지도 모른다고 말했소.

나는 문을 닫는다고 말했습니다. 그게 내가 한 말이에요.

몇시에 잠자리에 드시오.

네?

당신은 귀가 좀 먹었군, 안 그렇소? 몇시에 잠자리에 드느냐고 물었소.

글쎄요. 아홉시 반쯤에 잡니다. 대략 아홉시 반쯤에요.

시거는 캐슈너트를 손바닥에 더 쏟았다. 내가 그때 다시 올 수도 있소, 그가 말했다.

그때는 문을 닫았을 텐데요.

괜찮소.

음, 왜 다시 오신다는 거요? 문을 닫았을 텐데요.

그 말은 이미 했소.

글쎄요, 아무튼 그럴 겁니다.

가게 뒤쪽의 저 집에 사시오?

네, 그래요.

여기서 평생을 살았소?

주인은 잠시 뜸을 들이다가 대답했다. 이곳은 장인어른의 집이었습니다. 그가 말했다. 원래는요.

집 때문에 결혼한 게로군.

우리는 텍사스주 템플에서 오랫동안 살았어요. 거기서 가정을 꾸렸지요. 템플에서. 이곳에 온 지는 사 년쯤 됩니다.

집 때문에 결혼한 게로군.

좋을 대로 생각하세요.

달리 생각할 것도 없소. 사실이 그러니까.

음, 이제 문을 닫아야겠습니다.

시거는 남은 캐슈너트를 손바닥에 전부 쏟고는 작은 포장지를 뭉쳐서 카운터에 올려놓았다. 그러고는 이상할 만큼 꼿꼿하게 서서 캐슈너트를 씹었다.

당신은 질문이 참 많은 것 같군요, 주인이 말했다. 어디 출신인지 말하고 싶어하지 않는 사람치고는 말입니다.

동전 던지기로 가장 크게 잃어본 게 뭐요?

네?

동전 던지기로 가장 크게 잃어본 게 뭐냐고 물었소.

동전 던지기요?

동전 던지기.

모르겠군요. 일반적으로 동전 던지기에 뭘 걸진 않잖아요. 보통은 그냥 어떤 결정을 내릴 때 동전 던지기를 하죠.

지금까지 동전 던지기로 내린 가장 큰 결정은 뭐요?

모르겠군요.

시거가 주머니에서 이십오 센트짜리 동전을 꺼내더니 위쪽 형광등의 푸르스름한 불빛 속으로 핑그르르 던졌다. 그러고는 동전을 붙잡아 팔뚝 바깥쪽, 손목에 감은 피 묻은 천 바로 윗부분에 탁 내려놓았다. 정하시오, 그가 말했다.

정하라고요?

그렇소.

뭘 걸고요?

그냥 정하시오.

글쎄, 무엇 때문에 정하는 건지는 알아야죠.

그걸 안다고 해서 바뀌는 게 있소?

남자는 처음으로 시거의 눈을 쳐다보았다. 청금석처럼 푸른 눈. 반짝이는 동시에 완전히 불투명한. 젖은 돌멩이처럼. 이제 정하시오, 시거가 말했다. 내가 대신 정해줄 수는 없소. 그건 공평하지 않을 테니까. 심지어 옳지도 않고. 그냥 정하시오.

나는 아무것도 걸지 않았는데요.

아니, 걸었소. 당신은 인생 전체를 걸었지. 그런 줄 모르고 있었을 뿐. 이 동전에 적힌 연도가 언제인지 아시오?

아니요.

1958년이오. 이십이 년 동안 떠돌다가 여기 온 거지. 그리고 지금 그 동전이 여기 있소. 나도 여기 있고. 그리고 내 손이 그 동전을 덮고 있소. 앞면 아니면 뒷면이겠지. 그리고 당신은 정해야만 하오. 정하시오.

내가 이기면 얻는 게 뭐죠.

푸른 불빛에 비친 남자의 얼굴에 작은 땀방울이 송골송골 맺혔다. 그가 윗입술을 핥았다.

모든 걸 얻소, 시거가 말했다. 모든 걸.

여보시오, 그건 말도 안 되는 소리 같소만.

정하시오.

그럼 앞면.

시거가 동전에서 손을 뗐다. 그러고는 팔을 살짝 돌려 남자에게 보여주었다. 제법이군, 그가 말했다.

시거가 팔목에서 동전을 집어 남자에게 건넸다.

이걸로 뭘 하라고요?

받으시오. 당신의 행운의 동전이니까.

필요 없습니다.

아니, 필요하오. 받으시오.

남자는 동전을 받았다. 이제 문을 닫아야겠군요, 그가 말했다.

주머니에는 넣지 마시오.

네?

주머니에는 넣지 마시오.

그럼 어디에 넣으란 말입니까?

주머니에는 넣지 마시오. 다른 동전과 구분할 수 없게 될 테니까.

알았소.

무엇이든 수단이 될 수 있소, 시거가 말했다. 작은 것들도. 심지어 알아차릴 수 없을 만한 것들도. 그것들은 손에서 손으로 건네지지. 사람들은 그것에 관심을 기울이지 않소. 그러다 어느 날 결산이 이루어지지. 그러고 나면 모든 게 달라지는 거요. 뭐, 당신은 말하겠지. 그건 그저 동전일 뿐이라고. 이를테면 이런 식으로. 그건 전혀 특별할 게 없잖아. 그게 과연 무엇의 수단이 될 수 있겠어? 바로 그게 문제요. 행위를 사물로부터 분리해서 생각하는 것. 마치 역사 속 어떤 순간의 일부를 다른 어떤 순간의 일부와 맞바꿀 수 있다는 듯이. 어떻게 그럴 수 있겠소? 뭐, 그건 그저 동전일 뿐이오. 맞소. 그건 사실이지. 그런데 과연 그럴까?

시거는 동그랗게 구부린 손으로 카운터 위의 거스름돈을 손바닥에 쓸어 담아 주머니에 넣은 뒤 돌아서서 문밖으로 걸어나갔다. 주인은 그가 가는 모습을 바라보았다. 그가 차에 오르는 모습을 바라보았다. 차는 출발하더니 자갈 깔린 마당을 벗어나 남쪽 방면 고속도로로 들어섰다. 라이트는 끝까지 켜지지 않았다. 주인 남자는 카운터에 동전을 내려놓고 쳐다보았다. 그는 양손을 카운터에 올리고 몸을 기댄 채 서서 가만히 고개를 떨구고 있었다.

그가 드라이든에 도착했을 때는 여덟시 무렵이었다. 그는 라이트는 끄고 시동은 켜둔 채 콘드라 사료 가게 앞의 교차로에 멈춰 서 있었다. 그러다 이내 라이트를 켜고 90번 고속도로로 빠져나가 동쪽으로 향했다.

그는 도롯가에서 측량 표지처럼 보이는 하얀 표지를 발견했는데, 숫자는 적혀 있지 않고 V자 표시만 있었다. 그는 주행거리계로 마일 수를 확인하고 일 마일을 더 간 다음 속도를 늦추고 고속도로를 빠져나왔다. 그러고는 라이트를 끄고 시동은 켜둔 채 차에서 내린 뒤 걸어가서 목장 게이트를 열고 다시 차로 돌아왔다. 그는 캐틀가드의 쇠막대기들을 지난 다음 차에서 내려 다시 게이트를 닫고 선 채로 귀를 기울였다. 그리고 차에 타서 바퀴자국이 깊이 팬 길을 따라 내려갔다.

그는 남쪽으로 이어진 울타리를 따라갔고, 그의 포드는 거친 땅 위에서 덜컹거렸다. 울타리는 그저 오래된 허섭스레기로, 메스키트[*] 기둥에 철사 세 줄을 엮어 만든 것이었다. 일 마일쯤 더 가자 자갈 평지가 나왔고, 그곳에는 닷지 램차저가 그를 향한 채 주차되어 있었다. 그는 그 옆에 천천히 차를 대고 시동을 껐다.

램차저의 창문은 아주 어둡게 선팅되어 있어서 검은색처럼 보였다. 시거는 문을 열고 차에서 내렸다. 한 남자가 램차저의 조수석에서 내려 좌석을 앞으로 접은 다음 뒷좌석에 올라탔다. 시거는 차 앞으로 돌아가서 차에 타고는 문을 닫았다. 출발하지, 그가 말했다.

그분이랑은 얘기해보셨나요? 운전사가 말했다.

---

[*] 남미산 콩과의 관목.

아니.

그분은 무슨 일이 벌어졌는지 모르시죠?

몰라. 출발하지.

그들은 어둠 속에서 사막을 가로질러갔다.

그분께는 언제 말씀드릴 생각입니까? 운전사가 말했다.

내가 뭘 말해줘야 할지 알게 되면.

그들이 모스의 트럭에 이르자 시거가 몸을 앞으로 구부리고 트럭을 살펴보았다.

그자의 트럭인가?

그렇습니다. 번호판은 사라졌어요.

여기 세우게. 드라이버 있나?

자키박스* 안을 보세요.

시거는 드라이버를 들고 차에서 내려 트럭으로 걸어가 문을 열었다. 그는 문 안쪽에서 리벳으로 고정된 알루미늄 차량 식별 번호판을 비틀어 떼어내 주머니에 넣고 차로 돌아와서 드라이버를 다시 글러브박스 안에 집어넣었다. 타이어는 누가 펑크냈지? 그가 말했다.

우린 아닙니다.

시거가 고개를 끄덕였다. 출발하지, 그가 말했다.

그들은 트럭들에서 조금 떨어진 곳에 차를 세우고 걸어가 그것들을 보았다. 시거는 오랫동안 거기 서 있었다. 건조지대는 추웠고 그는 재킷을 입고 있지 않았지만 추위를 느끼지 못하는 듯했다. 다른 두 남자

---

* jockeybox. '글러브박스'를 달리 부르는 말.

는 서서 기다렸다. 그는 손에 든 손전등을 켜고 트럭 사이를 걸어다니며 시체들을 살펴보았다. 두 남자는 약간 거리를 둔 채 그를 따라왔다.

누구 개지? 시거가 말했다.

모릅니다.

그는 서서 브롱코의 계기판 위로 엎어져 죽어 있는 남자를 들여다보았다. 그러고는 좌석 뒤쪽의 짐칸에 손전등을 비추었다.

박스는 어디 있나? 그가 말했다.

트럭 안에 있어요. 가져올까요?

거기서 뭐라도 들리나?

아니요.

전혀?

삐 소리 한 번 안 나던데요.

시거는 죽은 남자를 살펴보았다. 그러고는 손전등으로 남자를 쿡 찔렀다.

여기 피튜니아 몇 송이가 활짝 피어 있네요. 남자들 중 하나가 말했다.

시거는 대답하지 않았다. 그는 트럭에서 물러나 선 채로 달빛에 물든 바하다를 바라보았다. 쥐죽은듯 고요했다. 브롱코 안의 남자는 죽은 지 사흘이 채 안 되었다. 그는 벨트에서 권총을 뽑아 두 남자가 서 있는 쪽으로 돌아서서 둘의 머리를 연속으로 재빨리 한 발씩 쏘고는 총을 다시 벨트에 집어넣었다. 아닌 게 아니라 두번째 남자는 쓰러질 때 첫번째 남자를 보려고 몸을 반쯤 돌린 상태였다. 시거는 둘 사이로 걸어가 몸을 숙이고 두번째 남자의 어깨끈을 벗긴 뒤 그가 차고 있던

9밀리미터 글록 권총을 휙 빼들고는 차로 돌아가 시동을 걸고 후진한 후 칼데라를 벗어나 다시 고속도로로 들어섰다.

III

신기술이 법집행에 큰 도움이 되는지는 잘 모르겠다. 우리 손에 들어오는 도구는 그들 손에도 들어간다. 과거로 되돌아갈 수 있다는 건 아니다. 그러고 싶다는 말도 아니다. 예전에 우리는 오래된 모토로라 송수신 겸용 무전기를 들고 다녔다. 이제는 광대역 무전기를 사용한 지도 몇 년 됐다. 변하지 않은 것도 있다. 상식은 변하지 않았다. 나는 부관들에게 때로는 그냥 떨어진 빵가루만 따라가라고* 말할 것이다. 여전히 구형 44-40구경 콜트를 좋아한다. 만일 그걸로 제압할 수 없는 상대라면 총을 내던지고 얼른 내빼는 게 상책이다. 나는 1897년형 구형 윈체스터도 좋아한다. 공이치기가 달려 있어서 좋다. 안전장치

---

* 동화 『헨젤과 그레텔』에서 유래한 표현으로, 단서나 흔적을 차근차근 따라가라는 뜻.

를 더듬어 찾아야 하는 총은 좋아하지 않는다. 물론 더 나빠진 것도 있다. 내가 타는 순찰차는 칠 년이나 된 것이다. 차에는 454엔진*이 장착되어 있다. 더는 구할 수 없는 엔진이다. 나는 새 순찰차 한 대를 몰아보았다. 그걸로는 뚱보 한 명도 앞지르지 못할 것 같았다. 그래서 그냥 예전에 쓰던 걸 계속 쓰겠다고 말했다. 그게 늘 좋은 방침이 되지는 못한다. 하지만 늘 나쁜 것만도 아니다.

그 다른 문제에 대해서라면 나도 잘 모른다. 사람들은 종종 내게 그것에 대해 묻곤 한다. 그에 대해 아예 생각하고 싶지도 않은 나로서는 해줄 말이 없다. 가능하면 다시는 겪고 싶지 않은 일이다. 사형 집행을 참관하는 일. 정말로 사형수 감방에 있어야 할 자들조차도 그 일은 절대 감당하지 못할 것이다. 그럴 거라 믿는다. 그런 일에서는 어떤 특정한 것들이 기억에 남는 법이다. 사람들은 어떤 옷을 입고 와야 할지 몰랐다. 한두 명은 검은 옷을 입고 왔는데, 내 생각에 그건 괜찮았던 것 같다. 어떤 이들은 그냥 와이셔츠 차림으로 왔는데 그건 좀 신경이 쓰였다. 왜 그랬는지는 나도 잘 모르겠다.

그래도 그들은 어떻게 행동해야 할지 아는 듯했고, 나는 그게 놀라웠다. 내가 알기로 그들 대부분은 사형 집행을 참관해본 적이 한 번도 없었다. 집행이 끝나자 그들은 가스실에 달린 커튼을 치고 축 늘어진 채 앉아 있는 그를 거기 내버려둔 채 그냥 자리에서 일어나 줄지어 나갔다. 마치 무슨 교회에서 빠져나가듯이. 기이한 광경이었다. 글쎄, 정말로 기이했다. 어쩌면 그날은 내 인생에서 가장 특이한 날이었는지도

---

* 쉐보레에서 생산했던 7400cc 빅블록 엔진.

모르겠다.

꽤 많은 사람들이 사형제에 찬성하지 않았다. 사형수 감방에서 일하던 사람들조차도. 그런 이들이 얼마나 많은지 알면 놀랄 것이다. 그들 중에는 한때는 찬성했던 이들도 있을 것이다. 몇 년 동안 누군가를 매일 보다가 어느 날 그 사람을 데리고 복도를 걸어가 죽이는 일이 아닌가. 글쎄. 그러면 누구든 웃음기를 잃을 수밖에 없을 것이다. 그게 어떤 사람이든. 물론 그들 중 몇몇은 그리 똑똑한 친구가 아니었다. 피킷 목사는 내게 자신이 도움을 준 어떤 사형수에 대해 말한 적이 있는데, 그는 최후의 식사를 마치고 어떤 디저트를 요청했다. 그러다 갈 시간이 되어서 피킷 목사가 그에게 디저트는 먹지 않을 거냐고 묻자 그 녀석은 돌아와서 먹으려고 남겨둔 거라고 대답했다. 그것에 대해 뭐라고 말해야 좋을지 나는 모르겠다. 피킷 목사도 그랬다.

나는 누구도 죽여야 했던 적이 없고 그 사실을 매우 다행스럽게 생각한다. 옛날 보안관들 중 몇몇은 심지어 총기를 들고 다니지도 않았다. 많은 사람들이 믿기 어려워하지만 그래도 사실이다. 짐 스카버러는 총을 들고 다닌 적이 한 번도 없다. 그러니까 아들 짐은 말이다.* 개스턴 보이킨스도 총을 들고 다니지 않았다. 저 위쪽 커맨치 카운티에서 말이다. 나는 늘 옛 선배들에 대한 이야기를 듣는 걸 좋아했다. 그럴 기회가 있으면 절대 놓치지 않았다. 보안관들이 주민들에게 지닌 관심은 아무래도 옛날에 비하면 좀 시들해졌다. 어쩔 수 없이 그렇다는 게 느껴진다. 배스트럽 카운티의 검둥이** 호스킨스는 카운티에 사

---

* 짐 스카버러 삼대(三代)는 실존했던 텍사스주 클레이버그 카운티의 보안관으로 셋 다 같은 이름을 사용했다.

는 모든 사람의 전화번호를 외우고 다녔었다.

생각해보면 이상한 일이다. 권력을 남용할 기회가 거의 모든 경우에 존재한다. 텍사스주 헌법은 보안관의 자격 요건을 명시하지 않았다. 단 하나도 말이다. 카운티 법 같은 것도 존재하지 않는다. 거의 신과 같은 권한을 부여받는 직업이 있는데 아무 자격 요건이 없고 게다가 존재하지 않는 법을 수호하는 책임까지 맡게 된다니 참으로 기이하지 않은가. 내가 보기에는 그렇다. 그래서 잘 돌아가냐고? 그렇다. 열에 아홉은. 선한 사람들을 다스리는 데는 힘이 거의 들지 않는다. 정말로 거의. 그리고 나쁜 사람들은 다스리기가 아예 불가능하다. 혹여 가능하다고 해도 그랬다는 얘기는 한 번도 들어본 적 없다.

** 실존 인물인 백인 보안관 아이라 레이먼드 호스킨스의 별칭.

버스는 여덟시 사십오분에 포트스톡턴에 도착했고, 모스는 일어나서 선반에서 가방을 내리고 좌석에서 서류 가방을 집어든 후 선 채로 그녀를 내려다보았다.
 그걸 들고 비행기에 타지는 마, 그녀가 말했다. 감방에 가게 될 거야.
 우리 엄마는 자식을 멍청하게 키우지 않았어.
 언제 전화할 건데.
 며칠 내로 전화할게.
 알았어.
 잘 지내고 있어.
 느낌이 안 좋아, 루엘린.
 음, 내 느낌은 좋은데. 그러니까 둘을 더하면 아무것도 아니네.

그랬으면 좋겠다.

공중전화로만 전화할 수 있어.

나도 알아. 전화해.

그럴게. 아무 걱정 말고.

루엘린?

왜.

아무것도 아니야.

뭔데 그래.

아무것도 아니야. 그냥 부르고 싶어서.

잘 지내고 있어.

루엘린?

왜.

아무도 해치지 마. 알겠지?

그는 가방을 어깨에 걸쳐 멘 채로 거기 서 있었다. 약속은 못하겠어, 그가 말했다. 그러면 꼭 다치는 법이거든.

벨이 저녁식사 자리에서 포크를 처음으로 입에 가져가는 순간 전화 벨이 울렸다. 그는 포크를 다시 내려놓았다. 그녀가 의자를 뒤로 밀며 일어나려 했지만 그가 냅킨으로 입을 닦고 일어섰다. 내가 받을게, 그가 말했다.

알았어.

망할 놈들이 우리가 저녁 먹는 시간을 대체 어떻게 알고 저러는 거지? 평소에는 이렇게 늦게 먹은 적도 없는데 말이야.

욕은 하지 마, 그녀가 말했다.

그가 수화기를 들었다. 보안관 벨입니다. 그가 말했다.

그는 잠시 말없이 귀를 기울였다. 그러고는 말했다. 지금 저녁식사 중이라서 말이야. 사십 분쯤 뒤에 거기서 만나지. 순찰차 경광등은 그냥 켜놓게.

그는 전화를 끊고 의자로 돌아와 앉은 후 냅킨을 집어 무릎에 놓고는 포크를 들었다. 누가 불타는 자동차를 봤다고 신고했대, 그가 말했다. 로지어 캐니언 이쪽 편에서.

대체 무슨 일일까?

그는 고개를 저었다.

그는 식사를 했다. 그리고 마지막 남은 커피를 마셨다. 같이 가지, 그가 말했다.

코트 좀 가져올게.

둘은 게이트 쪽에서 도로를 벗어나 캐틀가드를 지난 다음 웬들의 순찰차 뒤에 차를 세웠다. 웬들이 걸어왔고 벨은 창문을 내렸다.

여기서 반 마일쯤 아래쪽이에요, 웬들이 말했다. 저를 따라오세요.

여기서도 보이는군.

네, 보안관님. 한 시간쯤 전에는 정말 활활 타오르고 있었어요. 신고한 사람들은 도로에서 봤다더군요.

그들은 조금 떨어진 곳에 차를 세우고는 내려서 가만히 선 채로 그것을 쳐다보았다. 얼굴에 열기가 느껴지는군. 벨이 차 옆으로 돌아가서 문을 열고 아내의 손을 잡았다. 그녀는 차에서 내려 팔짱을 낀 채로 서 있었다. 조금 아래쪽에는 픽업트럭 한 대가 주차되어 있었고 두 남자가 흐릿한 붉은 불빛 속에 서 있었다. 둘은 차례로 고개를 끄덕이며 보안관님 하고 인사했다.

소시지라도 가져올 걸 그랬네, 그녀가 말했다.

그래. 마시멜로도.

차가 저런 식으로 불탈 줄은 몰랐네요.

그래, 몰랐군. 다들 뭐라도 본 게 있나?

아니요, 보안관님. 그냥 불만 봤습니다.

지나간 사람이나 차는 없고?

네, 보안관님.

저 차 77년형 포드처럼 보이지 않나, 웬들?

그럴 수도 있을 것 같네요.

내 생각에는 그런 것 같아.

그 친구가 몰던 차 아닙니까?

맞아. 댈러스 번호판이군.

그 친구 운수가 사나운 날이었군요, 안 그렇습니까, 보안관님.

제대로 사나운 날이었지.

왜 차에 불을 질렀을까요?

나도 모르겠군.

웬들이 몸을 돌려 침을 뱉었다. 그 친구가 댈러스에서 출발했을 때는 이런 일이 생길 줄 전혀 몰랐겠죠?

벨이 고개를 저었다. 그래, 그가 말했다. 아마 꿈에도 몰랐을 거야.

아침에 그가 사무실로 들어가자 전화벨이 울리고 있었다. 토버트는 아직 돌아오지 않았다. 토버트는 마침내 아홉시 삼십분에 전화했고 벨은 웬들을 보내 그를 데려오게 했다. 그러고는 발을 책상에 올린 채 앉아서 부츠를 빤히 쳐다보았다. 그는 한동안 그렇게 앉아 있었다. 그러다가 이동전화를 들고 웬들에게 전화를 걸었다.

어딘가?

이제 막 샌더슨 캐니언을 지났습니다.

차를 돌려서 돌아오게.

알겠습니다. 토버트는 어쩌고요?

전화해서 그냥 거기 꼼짝 말고 있으라고 해. 내가 오늘 오후에 데리러 갈 테니.

네, 보안관님.

우리집으로 가서 로레타한테 트럭 열쇠를 받고 거기에 말 운반용 트레일러를 연결해두게. 내 말이랑 로레타 말에 안장을 얹어서 트레일러에 실어두고 내가 한 시간쯤 후에 거기로 가겠네.

네, 보안관님.

그는 전화를 끊고 일어나서 유치장을 확인하러 아래층으로 내려갔다.

그들은 차를 몰고 게이트를 지난 다음 다시 게이트를 닫고 울타리를 따라 백 피트쯤 내려간 후 차를 세웠다. 웬들은 트레일러 문의 빗장을 끄르고 말을 꺼냈다. 벨이 아내 말의 고삐를 쥐었다. 자네가 윈스턴을 타게, 그가 말했다.

정말로요?

오, 정말이다마다. 장담하건대 로레타의 말에 무슨 일이 생기기라도 한다면 그때 거기 타고 있던 장본인이 되고 싶은 사람은 이 세상에 아무도 없을 걸세.

그는 웬들에게 자신이 가져온 레버 액션 라이플총 중 하나를 건네고는 안장에 휙 올라타 모자를 꾹 눌러썼다. 준비됐나? 그가 말했다.

둘은 나란히 말을 몰았다. 우리가 몰고 온 차의 바큇자국이 섞였는데도 어떤 차였는지 알겠군, 벨이 말했다. 커다란 오프로드용 타이어 자국이야.

둘이 차에 도착했을 때 차는 그저 시커먼 잔해로 변해 있었다.

번호판에 대해서는 보안관님 말이 맞았네요, 웬들이 말했다.

하지만 타이어에 대해서는 거짓말을 한 셈이 됐군.

어째서요.

아직도 불타고 있을 거라고 말했거든.

차는 네 개의 타르 웅덩이처럼 보이는 곳에 내려앉은 상태였고, 바퀴는 시커멓게 변한 와이어 다발에 싸여 있었다. 둘은 계속 말을 몰았다. 벨이 이따금 땅을 가리켰다. 낮에 생긴 바큇자국과 밤에 생긴 바큇자국은 구별이 가능하지, 그가 말했다. 그들은 여기서 라이트를 끈 채로 차를 몰았어. 저기 바큇자국이 얼마나 비뚤어져 있는지 보이나? 전방의 시야가 덤불 바로 앞까지 와서야 급하게 보고 피할 정도밖에 되지 않았다는 거지. 피하지 못하면 바로 저기 보이는 것처럼 바위에 페인트 자국을 남기게 되는 거야.

모래 비탈에서 그는 말에서 내려 위로 걸어갔다가 돌아와서는 눈길을 남쪽으로 향했다. 올라간 바큇자국과 내려온 바큇자국이 똑같군. 거의 같은 시간에 생긴 자국이야. 사이프* 무늬가 아주 선명해. 양쪽

---

* 타이어 접지면에 가로로 가늘게 파인 홈.

다. 어느 쪽으로든 두세 번은 달린 것 같군.

웬들은 커다란 안장 머리에 양손을 교차해 얹은 채 말 위에 앉아 있었다. 그가 몸을 숙여 침을 뱉었다. 그러고는 보안관과 함께 남쪽을 바라보았다. 여기서 뭘 찾을 작정이시죠?

나도 모르겠네, 벨이 말했다. 그는 등자에 발을 걸고 안장에 가볍게 올라탄 뒤 작은 말을 앞으로 몰았다. 나도 모르겠어, 그가 다시 말했다. 하지만 그리 좋은 걸 발견할 거라는 예감은 안 드는군.

그들이 모스의 트럭에 이르렀을 때 보안관은 말에 탄 채로 트럭을 살핀 후 천천히 그 주위를 돌았다. 양쪽 문이 모두 열려 있었다.

누군가가 문에서 차량 식별 번호판을 떼어갔군, 그가 말했다.

거기 차량 번호가 적혀 있으니까요.

그래. 그것 때문에 떼어간 건 아닌 듯하지만.

제가 아는 트럭이에요.

나도 알겠군.

웬들이 몸을 숙여 말의 목을 쓰다듬었다. 그 친구 이름은 모스입니다.

그래.

벨이 트럭 뒤로 돌아가서 말의 머리를 남쪽으로 향하고는 웬들을 쳐다봤다. 그 친구가 어디 사는지 아나?

아니요, 보안관님.

결혼했지, 안 그런가.

아마도요.

보안관은 말에 앉은 채 트럭을 쳐다보았다. 그 친구가 없어진 지 이삼일이 지났는데 아무도 신고를 안 한 거라면 이상하다는 생각이 드는군.

많이 이상하네요.

벨은 칼데라를 내려다보았다. 아무래도 큰 골칫거리가 생긴 것 같아.

그런 것 같습니다, 보안관님.

그 친구가 마약 운반책일까?

모르겠습니다. 그런 일을 할 친구라고는 생각해본 적 없는데요.

내 생각도 그렇네. 저기로 내려가서 이 난장판을 좀더 살펴보세.

둘은 안장의 앞테 쪽에 윈체스터 라이플총을 똑바로 세워 들고서 칼데라로 내려갔다. 그 친구가 여기 죽어 있지 않으면 좋겠군, 벨이 말했다. 한두 번 봤을 때는 썩 괜찮은 친구 같았거든. 부인도 고왔고.

둘은 땅에 있는 시체들을 지나 말을 세운 다음 내리면서 고삐를 놓았다. 말들이 불안하게 발을 움직였다.

말들을 저쪽으로 멀찍이 끌고 가게, 벨이 말했다. 말들이 이 꼴을 볼 필요는 없으니까.

네, 보안관님.

웬들이 돌아오자 벨이 시체에서 꺼낸 지갑 두 개를 그에게 건넸다. 벨은 트럭들 쪽을 바라보았다.

이 두 녀석은 죽은 지 그리 오래되지 않았어, 그가 말했다.

어디서 온 녀석들입니까?

댈러스.

그는 웬들에게 자신이 집어든 권총 하나를 건네고는 쪼그리고 앉아 들고 있던 라이플총에 몸을 기댔다. 이 두 녀석은 처형됐어, 그가 말했다. 한패인 놈이 한 짓 같군. 여기 이 친구는 심지어 권총의 안전장치를 풀지도 못했어. 둘 다 양미간에 정통으로 맞았고.

다른 한 녀석에게는 총이 없었나요?

살인범이 가져갔을 수도 있지. 아니면 원래 총이 없었거나.

총싸움에 임하는 좋은 자세는 아니네요.

아니지.

둘은 트럭들 사이를 걸었다. 이 개자식들은 먹딴 돼지처럼 피투성이네요. 웬들이 말했다.

벨이 그를 힐끗 쳐다봤다.

알겠습니다, 웬들이 말했다. 죽은 자를 욕하는 일은 삼가야겠죠.

적어도 죽은 자를 욕해서 좋을 게 없다는 정도는 말할 수 있겠지.

이 녀석들은 그저 멕시코인 마약 운반책일 뿐인데요.

그랬었지. 지금은 아니야.

무슨 말씀인지 잘 모르겠습니다만.

내 말은 이들이 과거에 뭘 했든 지금은 그저 죽은 자가 되었을 뿐이라는 걸세.

그 말씀에 관해서는 하룻밤 자면서 생각해봐야겠네요.

보안관은 브롱코 좌석을 앞으로 기울이고 뒤쪽을 들여다보았다. 그는 손가락에 침을 묻혀 깔판을 누르고는 손가락을 불빛 쪽으로 가져갔다. 이 트럭 뒤쪽에 멕시코산 갈색 마약이 있었군.

하지만 사라진 지 오래로군요.

사라진 지 오래야.

웬들이 쪼그려앉아 문 아래쪽 땅을 살펴보았다. 여기 땅에도 조금 떨어져 있는 것 같습니다. 누군가가 꾸러미 하나를 칼로 잘랐을 수도 있겠네요. 안에 뭐가 들었는지 보려고 말이죠.

품질을 확인하려고 그랬을 수도 있겠지. 거래를 준비하면서.

거래는 하지 않았잖아요. 서로 총질을 했지.

벨이 고개를 끄덕였다.

애초에 돈은 없었는지도 몰라요.

그럴지도 모르지.

하지만 그렇게 생각하지 않으시는군요.

벨은 그 문제에 대해 생각했다. 그래, 그가 말했다. 그런 것 같아.

여기서 두번째 싸움이 벌어졌군요.

맞아, 벨이 말했다. 적어도 그건 확실하지.

그는 일어나서 좌석을 뒤로 밀었다. 이 선량한 친구도 양미간에 총을 맞았군.

네.

둘은 트럭 주위를 걸었다. 벨이 손짓으로 가리켰다.

저건 기관총 자국이야, 저기 저 일직선으로 난 자국을 보라고.

그렇네요. 운전사는 어디로 갔을까요?

아마 저쪽 풀밭에 누워 있는 시체 중 하나겠지.

벨이 손수건을 꺼내 코를 가리고는 손을 뻗어 바닥에서 놋쇠 탄피 몇 개를 집어 아래쪽에 새겨진 숫자를 보았다.

몇 구경이죠, 보안관님?

9밀리미터로군. 그리고 45구경 ACP* 탄알 몇 개.

---

* Automatic Colt Pistol. 콜트 자동 권총.

그는 탄피를 다시 바닥에 떨어뜨리고 물러서서 차에 기대어 세워놓은 라이플총을 집어들었다. 보아하니 누군가가 이 차에 산탄총을 쏜 모양이야.

구멍이 그만큼 큰가요?

00번은 아닌 것 같아. 4번 벅샷에 더 가까워 보이는군.

본전을 뽑기 어려울 만큼 큰 걸 썼군요.

그렇다고 말할 수도 있겠지. 싹 쓸어버리려면 그것도 썩 괜찮은 방법이야.

웬들은 칼데라 쪽을 바라보았다. 음, 그가 말했다. 누군가가 여기서 저기로 걸어갔네요.

그런 것 같군.

왜 코요테들이 이들을 노리지 않았을까요?

벨은 고개를 저었다. 모르겠네, 그가 말했다. 아마 멕시코인은 안 먹는 모양이지.

저기 저자들은 멕시코인이 아닌데요.

음, 그건 그렇군.

여기가 거의 베트남을 방불케 했겠어요.

베트남이라, 보안관이 말했다.

둘은 트럭들 사이로 걸어갔다. 벨이 탄피 몇 개를 더 집어서 살펴보고는 다시 떨어뜨렸다. 그러고는 파란색 플라스틱 스피드로더*를 집어들었다. 그는 서서 그곳 현장을 바라보았다. 내가 보기엔 말이야, 그가

---

* 총기 재장전을 빠르고 쉽게 해주는 도구.

말했다.

말씀하세요.

논리적으로 따졌을 때 마지막 남자가 한 방도 맞지 않았다는 건 말이 안 돼.

저도 동의합니다.

말을 타고 돌아다니면서 이 주변을 살펴보는 게 좋겠네. 어쩌면 흔적을 좀더 발견할 수 있을지도 모르지.

그렇게 하죠.

대체 개는 여기 왜 데려왔던 걸까?

전혀 모르겠네요.

그들이 북동쪽으로 일 마일 떨어진 바위 사이에서 죽은 남자를 발견했을 때 벨은 아내의 말 위에 가만히 앉아 있었다. 오랫동안 그렇게 있었다.

무슨 생각을 하십니까, 보안관님?

보안관은 고개를 저었다. 그는 말에서 내려 시체가 쓰러져 있는 곳으로 걸어갔다. 라이플총을 어깨에 둘러멘 채 땅 위를 걸어갔다. 그러고는 쪼그리고 앉아서 풀밭을 살펴보았다.

여기서도 처형이 있었던 걸까요, 보안관님?

아니, 이 친구는 자연적 원인으로 죽은 것 같아.

자연적 원인이요?

이 친구가 몸담은 분야에서는 자연적이라고 볼 수 있는 원인 말일세.

총도 없네요.

그래.

웬들이 몸을 숙이고 침을 뱉었다. 누군가가 우리보다 먼저 여기 왔었군요.

그런 것 같군.

그자가 돈을 챙겨갔을까요?

그럴 가능성이 크다고 봐야지.

그러면 우리는 아직 마지막 남자를 찾지 못한 거로군요, 그렇죠?

벨은 대답하지 않았다. 그는 일어나서 선 채로 주변 지역을 둘러보았다.

난장판이네요. 안 그렇습니까, 보안관님?

만일 난장판이 아니라면 난장판이 될 때까지 계속될 거야.

그들은 말을 타고 다시 칼데라 위쪽 가장자리를 가로질렀다. 두 사람은 말 위에 앉아 모스의 트럭을 내려다보았다.

그러면 이 착한 친구는 어디로 간 걸까요? 웬들이 말했다.

나도 모르겠네.

제 생각엔 그 친구의 행방을 찾는 게 수사에서 최우선일 듯합니다.

보안관이 고개를 끄덕였다. 최우선이지, 그가 말했다.

그들은 차를 몰고 시내로 돌아왔고 보안관은 웬들에게 트럭과 말을 집에 갖다놓으라고 했다.

부엌문을 두드리고 로레타에게 고맙다는 말을 꼭 전하게.

그러겠습니다. 어차피 열쇠를 돌려드려야 하니까요.

카운티에서 말 사용료를 주진 않거든.

그렇군요.

그는 이동전화로 토버트에게 전화를 걸었다. 지금 자네를 데리러 가겠네, 그가 말했다. 조금만 더 기다리게.

그가 러마의 사무실 앞에 차를 세울 때 보니 청사 뜰에는 여전히 폴리스라인이 쳐져 있었다. 토버트는 계단에 앉아 있었다. 그가 일어나더니 차 쪽으로 걸어왔다.

잘 있었나? 벨이 말했다.

네, 보안관님.

러마 보안관은 어디 있지?

전화를 받고 나가셨습니다.

그들은 차를 타고 고속도로 쪽으로 나아갔다. 벨은 부관에게 칼데라에 대해 이야기했다. 토버트는 말없이 들었다. 그는 창밖을 내다보고 있었다. 잠시 후 그가 말했다. 오스틴에서 보고서가 왔습니다.

뭐라고 하던가.

별 내용은 없었습니다.

무슨 총을 맞은 거래?

모른답니다.

모른다고?

네, 보안관님.

어떻게 모를 수가 있지? 총알이 빠져나간 상처는 없었지 않나.

네, 보안관님. 그들도 그 점은 순순히 인정했습니다.

순순히 인정했다고?

네, 보안관님.

아니, 그들이 대체 뭐라고 지껄인 거지, 토버트?

피해자의 이마에 대구경 총알에 의한 것으로 보이는 상처가 있고 전술前述한 상처는 두개골을 대략 이와 이분의 일 인치 뚫고 들어가 대녀의 전두엽 내부까지 이르렀지만 총알은 발견되지 않았다고 했습니다.

전술한 상처라.

네, 보안관님.

벨은 주간 고속도로로 빠져나왔다. 그는 손가락으로 핸들을 두드렸다. 그러고는 부관을 쳐다보았다.

자네 말은 앞뒤가 맞질 않네, 토버트.

저도 그들에게 그렇게 말했습니다.

그러니까 뭐라던가?

아무 말도요. 보고서는 페덱스로 보내준답니다. 엑스레이 사진 등등이요. 아침이면 보안관 사무실에서 받아보실 수 있을 거라더군요.

그들은 말없이 달렸다. 잠시 후 토버트가 말했다. 이 모든 게 꼭 지옥이 눈앞에 펼쳐진 것만 같네요, 안 그런가요, 보안관님.

그러게 말일세.

시체는 모두 몇 구죠?

좋은 질문이야. 나도 확실히 세어보진 않은 것 같네만. 여덟 구. 해스킨스 부관까지 합치면 아홉 구로군.

토버트는 바깥 풍경을 살펴보았다. 도로에는 긴 그림자가 드리워 있었다. 대체 어떤 자식들인 거죠? 그가 말했다.

나도 모르겠네. 예전에는 우리가 늘 상대해왔던 녀석들과 같은 자들이라고 말하곤 했어. 내 할아버지가 상대해야 했던 녀석들과 같다고 말이야. 그 시절에 그들은 가축을 훔쳤지. 지금은 마약을 운반하고. 하지만 이제는 그게 사실인지 잘 모르겠네. 나도 자네랑 다를 바 없어.

우리가 이런 인간들을 전에 본 적이 있는지 잘 모르겠군. 그들 같은 부류 말일세. 이제 더는 그들을 어찌해야 할지도 모르겠어. 그자들을 모두 죽이면 지옥에서는 별채까지 지어야 할 거야.

시거는 정오 직전 데저트 에어에 도착해 모스의 트레일러 바로 아래쪽에 차를 세우고 시동을 껐다. 그는 차에서 내려 거친 흙이 깔린 뜰을 가로지른 뒤 계단을 오르고는 알루미늄 문을 톡톡 두드렸다. 그러고는 기다렸다. 그리고 다시 톡톡 두드렸다. 그는 몸을 돌려 트레일러를 등지고 서서 작은 공원을 살펴보았다. 움직이는 것은 아무것도 없었다. 개 한 마리 없었다. 그는 돌아서서 손을 출입문 자물쇠 쪽으로 가져간 다음 캐틀건*의 코발트강 플런저로 자물쇠 실린더를 날려버리고는 문을 열고 안으로 들어가 등뒤로 문을 닫았다.

그는 부관의 리볼버를 손에 들고 서 있었다. 그는 부엌 안을 들여다보았다. 돌아나와 침실로 들어갔다. 침실을 지나 욕실 문을 밀어 열고 두번째 침실로 들어갔다. 바닥에 옷가지가 떨어져 있었다. 옷장 문은 열려 있었다. 그는 서랍장 맨 위 칸을 열었다가 다시 닫았다. 그러고는 총을 다시 벨트에 끼우고 셔츠를 끄집어내 덮은 후 다시 부엌으로 나갔다.

그는 냉장고를 열고 우유갑을 꺼내 뚜껑을 연 다음 냄새를 맡아본 후 마셨다. 그러고는 한 손에 우유갑을 든 채 거기 서서 창밖을 내다보았

---

* 도살장에서 가축을 죽이거나 기절시킬 때 사용하는 도구.

다. 그는 다시 우유를 마시고는 우유갑을 냉장고에 넣고 문을 닫았다.

거실로 가서 소파에 앉았다. 탁자 위에는 더할 나위 없이 훌륭한 이십일 인치 텔레비전이 놓여 있었다. 그는 꺼져 있는 회색 화면에 비친 자기 모습을 바라보았다.

그는 일어나서 바닥에 떨어진 우편물을 주운 후 다시 앉아 그것들을 살펴보았다. 그러고는 봉투 세 개를 접어 셔츠 주머니에 넣고 자리에서 일어나 밖으로 나갔다.

차를 몰고 내려가 사무실 앞에 세우고 안으로 들어갔다. 무슨 일이시죠, 여자가 말했다.

루엘린 모스를 찾고 있소.

여자가 그를 살펴보았다. 그의 트레일러에는 가보셨나요?

그렇소.

그럼 일하러 갔나보죠. 메시지를 남기시겠어요?

그가 일하는 데가 어디요?

이곳 거주자에 대한 정보는 제 마음대로 알려드릴 수가 없습니다.

시거는 합판을 덧대어 만든 작은 사무실을 둘러보았다. 그리고 여자를 쳐다보았다.

그가 일하는 데가 어디요.

네?

그가 일하는 데가 어디냐고 했소.

제 말 못 들으셨나요? 어떤 정보도 알려드릴 수 없습니다.

어디선가 변기 물 내리는 소리가 들려왔다. 문의 걸쇠가 딸깍하고 풀리는 소리. 시거는 다시 여자를 쳐다보았다. 그러고는 밖으로 나가 램차저에 올라타고 그곳을 떠났다.

그는 카페에 차를 세운 뒤 셔츠 주머니에서 봉투를 꺼내 펴고 뜯어서 안에 든 편지를 읽었다. 전화 요금 명세서 봉투를 열어 내용을 살펴보았다. 델리오와 오데사에 전화한 기록이 있었다.

그는 카페 안으로 들어가 지폐를 잔돈으로 바꾼 후 공중전화로 가서 델리오의 번호로 전화를 걸었지만 아무런 응답이 없었다. 오데사의 번호로 전화를 걸자 어떤 여자가 받았고 그는 루엘린이 거기 있느냐고 물었다. 여자는 없다고 대답했다.

샌더슨에서 그를 찾으려 했지만 이제 거기 없는 것 같소.

침묵이 흘렀다. 잠시 후 여자가 말했다. 그가 어디 있는지는 저도 몰라요. 그런데 누구시죠?

시거는 전화를 끊고 카운터로 가서 자리에 앉아 커피 한 잔을 주문했다. 루엘린이 여기 온 적이 있소? 그가 말했다.

그가 주유소 앞에 차를 세웠을 때 두 남자가 건물의 벽에 등을 기대고 앉아 점심을 먹고 있었다. 그는 안으로 들어갔다. 한 남자가 계산대에 앉아 커피를 마시며 라디오를 듣고 있었다. 어서 오세요, 그가 말했다.

루엘린을 찾고 있소.

여기 없는데요.

언제 올 것 같소?

저도 모릅니다. 미리 연락이 왔었다거나 한 게 아니니 모르기는 피

차 마찬가지죠. 그가 고개를 살짝 기울였다. 마치 시거를 다시 한번 보려는 듯이. 제가 또 도와드릴 일이 있을까요?

없소.

바깥에서 그는 깨진 기름투성이 보도 위에 서 있었다. 그는 건물 끝에 앉아 있는 두 남자를 바라보았다.

루엘린이 어디 있는지 아시오?

둘은 고개를 저었다. 시거는 램차저에 올라타 그곳에서 빠져나간 다음 다시 시내로 향했다.

버스는 이른 오후에 델리오에 도착했고 모스는 가방을 챙겨 버스에서 내렸다. 그는 택시 승차장으로 걸어가 거기 서 있는 택시의 뒷문을 열고 올라탔다. 모텔로 가주시오, 그가 말했다.

운전사가 거울로 그를 쳐다보았다. 특별히 원하는 데라도 있습니까?

아니요. 그냥 싼 곳으로.

택시는 트레일 모텔이라는 곳으로 갔고 모스는 가방과 서류 가방을 들고 택시에서 내린 뒤 운전사에게 요금을 지불하고 모텔 사무실로 들어갔다. 한 여자가 앉아서 텔레비전을 보고 있었다. 그녀가 일어나 프런트 뒤로 걸어갔다.

방 하나 있습니까?

어디 방이 하나만 있을까요. 며칠 묵으시나요?

모르겠군요.

주간 요금이 있어서 묻는 거예요. 삼십오 달러에 세금 일 달러 칠십오 센트가 추가됩니다. 삼십육 달러 칠십오 센트예요.

삼십육 달러 칠십오 센트요.

네, 손님.

한 주에요.

네. 한 주에요.

그게 제일 싼 가격입니까?

네. 주간 요금은 할인 적용이 안 됩니다.

그럼 한 번에 하루 치씩만 내죠.

네, 손님.

그는 열쇠를 받아 방으로 가서 안으로 들어간 후 문을 닫고 가방을 침대 위에 올려놓았다. 그러고는 커튼을 치고 서서 커튼 너머로 지저분한 작은 안뜰을 바라보았다. 쥐죽은듯 고요했다. 그는 도어체인을 걸고 침대에 앉았다. 그리고 더플백의 지퍼를 열어 기관단총을 꺼내 침대보 위에 내려놓고 그 옆에 누웠다.

깨어났을 때는 늦은 오후였다. 그는 침대에 누운 채로 얼룩투성이 석면 천장을 바라보았다. 그러다 일어나 앉아서 부츠와 양말을 벗고 발뒤꿈치에 붙인 반창고를 살펴보았다. 그리고 욕실로 들어가 거울에 비친 자기 모습을 보다가 셔츠를 벗고 팔 뒤쪽을 살펴보았다. 어깨부터 팔꿈치까지 피부가 변색되어 있었다. 그는 방으로 돌아가서 다시 침대에 앉았다. 거기 놓인 총을 바라보았다. 잠시 후 그는 싸구려 나무 책상 위에 올라서서 주머니칼로 통풍관 환기구 그릴의 나사를 풀며 나사를 하나씩 입에 물었다. 그러고는 그릴을 떼어내서 책상 위에 내려놓고 발끝으로 서서 통풍관 안을 들여다보았다.

그는 창문에 드리운 베니션 블라인드의 끈을 한 가닥 잘라내서 한쪽 끝을 서류 가방에 묶었다. 그런 다음 가방의 걸쇠를 끄르고 천 달러를 꺼내 접어서 주머니에 넣고는 가방을 닫고 걸쇠를 걸고 스트랩을 조였다.

그는 옷장에서 옷걸이 봉을 꺼내 옷걸이는 바닥에 모두 떨어뜨리고 다시 화장대에 올라가서 가방을 통풍관 안으로 최대한 밀어넣었다. 가방은 그 안에 꼭 끼었다. 그는 가방에 묶은 끈의 끝자락에 손이 간신히 닿을 때까지 옷걸이 봉으로 가방을 더 밀어넣었다. 그런 다음 먼지 쌓인 그릴을 다시 끼우고 나사를 조인 후 내려와 욕실로 들어가서 샤워했다. 욕실에서 나온 그는 팬티 바람으로 침대에 누워 셔닐 침대보를 끌어당겨 자기 몸과 옆에 있는 기관단총을 덮었다. 그는 안전장치를 풀었다. 그리고 잠이 들었다.

깨어났을 때는 어두웠다. 그는 다리를 휙 움직여 침대 옆으로 내리고 앉아서 귀를 기울였다. 그러다 일어나서 창가로 걸어가 커튼을 살짝 걷고 밖을 내다보았다. 깊은 어둠. 정적. 아무것도 없었다.

그는 옷을 입고 여전히 안전장치가 풀려 있는 총을 매트리스 아래에 넣은 다음 더스트 스커트*를 반듯하게 펴고 침대에 앉아 수화기를 들고 택시를 불렀다.

그는 운전사에게 추가 운임으로 십 달러를 얹어주고 시우다드아쿠냐**로 가는 다리를 건넜다. 거리를 걸으며 가게의 진열창을 들여다보았다. 저녁은 부드럽고 따스했으며 작은 가로수길에서는 찌르레기들

---

* 침대 아래로 내려오는 장식용 침대보. '베드 스커트'나 '더스트 러플'이라고도 한다.
** 멕시코 코아우일라주에 있는 도시.

노인을 위한 나라는 없다 95

이 나무에 앉아 서로를 부르는 소리가 들려왔다. 그는 부츠 가게에 들어가서 이국적인 부츠들—악어나 타조나 코끼리 가죽으로 만든 것—을 보았지만 그가 신고 있는 래리 메이핸*만한 것은 없었다. 약국에 들어가 반창고 한 통을 사서 공원에 앉아 피부가 벗겨진 발에 붙였다. 양말은 이미 피로 흥건했다. 모퉁이에서 한 택시 운전사가 그에게 아가씨들을 보러 갈 생각이 없느냐고 물었고 모스는 손을 들어 결혼반지를 보여주고는 계속 걸어갔다.

그는 흰색 테이블보가 깔려 있고 흰색 재킷을 입은 웨이터가 있는 레스토랑에서 식사를 했다. 레드 와인 한 잔과 포터하우스 스테이크를 주문했다. 아직 이른 시간이었고 레스토랑에는 모스 말고는 아무도 없었다. 그는 와인을 한 모금씩 마셨고 스테이크가 나오자 썰어서 천천히 씹으며 자신의 인생에 대해 생각했다.

열시가 조금 지난 시각에 그는 모텔로 돌아와 엔진이 돌아가는 택시 안에 앉아서 택시비를 세웠다. 좌석 너머로 지폐를 건넨 뒤 내리려다 말고 동작을 멈추었다. 손잡이를 잡은 채 그 자리에 가만히 앉아 있었다. 모텔 옆으로 가주시오, 그가 말했다.

운전사가 기어를 바꾸었다. 몇 호죠? 그가 말했다.

그냥 계속 가주시오. 여기 누가 있는지 보려고 그러니까.

차는 천천히 그의 방을 지나갔다. 나오기 전에 커튼을 완전히 쳤다고 확신했는데 커튼 사이에 틈이 보였다. 확신하기는 어려웠다. 그렇게 어렵지는 않았지만. 택시는 천천히 지나갔다. 주차장에 처음 보는

---

* 미국의 유명한 로데오 카우보이의 이름을 딴 카우보이 부츠.

차는 없었다. 계속 갑시다, 그가 말했다.

운전사는 거울로 그를 쳐다보았다.

계속 가요, 모스가 말했다. 멈추지 말고.

형씨, 나는 괜한 말썽에 휘말리고 싶지 않아요.

그냥 계속 갑시다.

그냥 여기서 내리시고 더는 입씨름하지 말죠.

다른 모텔로 갑시다.

그쯤 해두시죠.

모스는 몸을 앞으로 숙여 좌석 너머로 백 달러짜리 지폐 한 장을 건넸다. 당신은 이미 말썽에 휘말린 거나 다름없소, 그가 말했다. 나는 지금 당신을 거기서 벗어나게 해주려는 거요. 그러니 다른 모텔로 갑시다.

운전사는 지폐를 받아 셔츠 주머니에 밀어넣고는 차를 돌려 주차장에서 빠져나와 거리로 나아갔다.

그는 고속도로 근처의 라마다 모텔에서 그날 밤을 보내고 이튿날 아침에 아래층으로 내려가 식당에서 아침식사를 하며 신문을 읽었다. 그러고는 그냥 거기 앉아 있었다.

메이드가 청소하러 들어올 시간에는 그들도 방에 있지 않겠지.

체크아웃 시간은 열한시.

그들은 이미 돈을 찾아 떠났을 수도 있어.

물론 그를 쫓고 있는 것은 아마 적어도 두 패거리일 테고 지금 그를 쫓는 게 어느 쪽이든 다른 한쪽도 포기하진 않을 것이었다.

자리에서 일어났을 때쯤에는 아마 누군가를 죽여야 할 거라는 확신이 들었다. 다만 그게 누구인지 모를 뿐.

그는 택시를 타고 시내로 가서 스포츠 용품점으로 들어가 12게이지 윈체스터 펌프 연사식 산탄총 한 자루와 00번 벅샷 한 상자를 구입했다. 그 상자 하나는 클레이모어 지뢰와 거의 맞먹는 화력을 지니고 있었다. 그는 총을 포장해달라고 한 후 겨드랑이에 끼고 나와 피칸 스트리트를 따라 걷다가 철물점에 들어갔다. 그곳에서 그는 쇠톱과 납작하고 거친 줄칼과 몇몇 잡다한 물건을 구입했다. 펜치와 니퍼. 드라이버. 손전등. 덕트 테이프.

그는 구입한 물건들을 들고 보도에 서 있었다. 그러고는 돌아서서 다시 거리를 걸어내려갔다.

다시 스포츠 용품점에 들른 그는 아까 그 점원에게 알루미늄 텐트 폴대가 있는지 물었다. 텐트는 무슨 종류든 상관없으며 자신은 그저 폴대만 필요하다는 사실을 설명하려 애썼다.

점원이 그를 유심히 살펴보았다. 텐트 종류가 뭐든 폴대는 따로 특별 주문해야 합니다, 그가 말했다. 제조사와 모델 번호를 아셔야 해요.

여기 텐트 팔죠, 그렇죠?

세 종류의 모델이 있습니다.

폴대가 제일 많이 들어 있는 게 어떤 겁니까?

음, 십 피트짜리 프레임 텐트겠죠. 안에 들어가서 서 있을 수도 있습니다. 그러니까 어떤 사람은 그럴 수도 있겠네요. 천장까지의 최고 높이는 육 피트입니다.

그거 하나 주시오.

네, 손님.

점원은 창고에서 텐트를 가져와 카운터에 올려놓았다. 텐트는 오렌지색 나일론 가방에 담겨 있었다. 모스는 산탄총과 철물이 든 가방을 카운터에 올려놓고 텐트 가방끈을 푼 다음 가방에서 텐트와 폴대와 끈을 모두 꺼냈다.

거기 다 있습니다, 점원이 말했다.

얼마입니까.

백칠십구 달러에 세금이 추가됩니다.

그는 백 달러짜리 지폐 두 장을 카운터에 올려놓았다. 텐트 폴대는 별도의 가방에 들어 있었고 그는 그것을 꺼내 자신의 다른 물건들과 함께 놓았다. 점원은 그에게 거스름돈과 영수증을 주었고 모스는 산탄총과 철물과 텐트 폴대를 모두 들고 점원에게 고맙다고 말한 뒤 뒤돌아서서 가게를 나왔다. 텐트는 어쩌고요? 점원이 외쳤다.

방에서 그는 포장을 벗긴 산탄총을 열린 서랍 안에 끼워넣고 고정한 채 톱으로 총신을 탄창 바로 앞부분에서 잘라냈다. 절단면에 줄칼을 맞대고 매끈하게 다듬은 다음 젖은 수건으로 총구를 닦은 후 한쪽으로 치워놓았다. 그러고는 권총 손잡이 부분만 남겨놓은 채 개머리판을 잘라내고 침대에 앉아 손잡이 부분을 줄칼로 매끈하게 다듬었다. 원하는 대로 일을 마친 그는 포엄*을 뒤로 당겼다가 다시 앞으로 밀고 엄지손가락으로 공이치기를 내린 후 총을 옆으로 돌려서 살펴보았다. 꽤 근사해 보였다. 그는 총을 뒤집어놓고 벅샷 상자를 열어 왁스를 입힌 묵직한 탄알을 하나씩 꺼내 탄창에 넣었다. 그러고는 슬라이드를 당겨

---

* forearm. 총대의 앞부분을 가리키는 말로 '포엔드(forend)'라고도 한다.

탄알 한 발을 약실에 장전하고 공이치기를 내린 다음 탄알 한 발을 탄창에 다시 넣고 총을 무릎 위에 가로질러 놓았다. 이 피트가 안 되는 길이었다.

그는 트레일 모텔에 전화를 걸어 여자에게 자기 방을 치우지 말라고 말했다. 그러고는 총과 탄알과 도구를 매트리스 아래에 밀어넣고 다시 밖으로 나갔다.

월마트로 가서 옷 몇 벌과 그것을 담을 지퍼 달린 작은 나일론 가방을 구입했다. 청바지 한 벌과 셔츠 두 벌과 양말 몇 켤레. 오후에는 잘라낸 총신과 개머리판을 가방에 넣은 채 호수를 따라 긴 산책을 했다. 그는 총신을 호수로 최대한 멀리 던졌고 개머리판은 이판암 바위 턱 아래에 묻었다. 사막 덤불 사이로 사슴이 지나다녔다. 그는 녀석들이 콧김을 뿜는 소리를 들었고 녀석들이 백 야드 떨어진 산등성이에서 그를 돌아보며 서 있는 모습을 볼 수 있었다. 그는 빈 가방을 접어 무릎 위에 놓고 자갈 호숫가에 앉아 해가 저무는 것을 지켜보았다. 땅이 푸르고 차갑게 변하는 것을 지켜보았다. 물수리 한 마리가 호수로 내려왔다. 그러고는 온통 어둠뿐이었다.

IV

나는 스물다섯 살 때 이곳 카운티의 보안관이 되었다. 믿기 어려운 일이다. 아버지는 보안관이 아니었다. 할아버지의 이름은 잭이었다. 나와 할아버지는 같은 시기에 보안관으로 일했는데, 할아버지는 플레이노 카운티에서, 나는 이곳에서였다. 할아버지는 그 사실을 꽤나 자랑스러워하셨던 것 같다. 나는 확실히 그랬다. 그때는 내가 전쟁터에서 돌아온 직후였다. 나는 훈장 같은 것을 몇 개 받았고 사람들은 당연히 그에 관한 소문을 들었다. 나는 선거운동을 꽤나 열심히 했다. 그래야만 했다. 공정하려고 애썼다. 잭은 남을 욕하면 결국 자기만 손해라고 말하곤 했지만 애초에 그런 짓을 할 성품이 아니었던 것 같다. 남을 흉보는 것 말이다. 그리고 나는 할아버지처럼 되는 것에 전혀 불만이 없었다. 나와 아내는 결혼한 지 삼십일 년이 되었다. 자식은 없다. 우리는 딸 하나를 잃었는데 그 이야기는 하고 싶지 않다. 나는 두 번 연임한 후 아내와 함께 텍사스주 덴턴으로 거처를 옮겼다. 잭은 보안관이 되는 것은 최고의 일 중 하나이며 전직 보안관이 되는 것은 최악의 일 중 하나라고 말하곤 했다. 어쩌면 많은 일이 그럴지도 모르겠다. 우리는 머물다가 떠나고 머물다가 떠나기를 반복했다. 나는 다른 일들도 했다. 한동안은 철도 보안대에서도 일했다. 그 무렵 아내는 우리가 다시 이곳에 돌아오는 것에 대해 그리 확신하지 못했다. 내가 다시 출마하는 것에 대해. 하지만 아내는 내가 그러고 싶어한다는 것을 알았고 그래서 우리는 다시 이곳에 왔다. 아내는 나보다 나은 사람인데, 나는 내 말을 들어줄 사람이라면 누구에게나 그렇다고 시인할 수 있다. 그뿐만이 아니다. 아내는 내가 아는 그 누구보다 나은 사람이다. 이야기 끝.

사람들은 자신이 뭘 원하는지 안다고 생각하지만 보통은 그렇지 않다. 때로는 운이 좋으면 원하는 걸 거저 얻기도 한다. 나로 말할 것 같으면 늘 운이 좋았다. 내 인생 전체가. 그렇지 않았다면 나는 여기 있지 못했을 것이다. 궁지에 빠져 있었을 것이다. 하지만 커 머컨타일*에서 나와 길을 건너며 내 앞을 지나가는 그녀를 보고 내가 모자를 기울여 인사하자 그녀가 미소에 가까운 얼굴로 화답한 날은 내 인생에서 가장 운좋은 날이었다.

사람들은 자신에게 일어난 나쁜 일에 대해서는 부당하다고 불평하지만 좋은 일에 대해서는 좀처럼 입을 떼는 법이 없다. 자신이 그런 좋은 일을 겪을 자격이 있는지에 대해서는. 나는 하느님이 내게 미소를

---

* 텍사스주 샌더슨에 있던 일종의 쇼핑몰.

지어주실 만한 일을 한 기억이 별로 없다. 하지만 하느님은 그렇게 해주셨다.

화요일 아침 벨이 카페에 들어갔을 때는 이제 막 햇빛이 비치고 있었다. 그는 신문을 들고 구석의 자기 테이블로 갔다. 큰 테이블에 앉아 있던 사람들이 지나가는 그에게 고개를 끄덕이며 보안관님, 하고 인사를 했다. 웨이트리스가 그에게 커피를 갖다주고 다시 주방으로 가서 그가 먹을 달걀 요리의 주문을 넣었다. 그는 커피를 블랙으로 마시기 때문에 저을 게 아무것도 없었음에도 스푼으로 커피를 저으며 앉아 있었다. 해스킨스 부관의 사진이 오스틴 신문의 1면에 실려 있었다. 벨은 신문을 읽으며 고개를 저었다. 그의 부인은 스무 살이었다. 그녀를 위해 무엇을 해줄 수 있을까? 망할 아무것도. 러마는 지난 이십여 년간 부하를 잃은 적이 한 번도 없었다. 그는 그렇게 기억하고 싶겠지. 그렇게 기억되고 싶을 거야.

웨이트리스가 달걀 요리를 들고 왔고 그는 신문을 접어 한쪽으로 치웠다.

그는 웬들을 데리고 데저트 에어로 차를 몰고 가서 웬들이 문을 두드리는 동안 문 앞에 서 있었다.

자물쇠를 보게, 벨이 말했다.

웬들이 권총을 뽑아들고 문을 열었다. 보안관이다, 그가 외쳤다.

아무도 없네요.

조심해서 나쁠 건 없지.

맞습니다. 전혀 나쁠 거 없죠.

두 사람은 집안으로 들어가서 섰다. 웬들이 권총을 권총집에 넣으려 했지만 벨이 막았다. 계속 조심하는 게 좋겠군, 그가 말했다.

네, 보안관님.

벨은 걸어가서 카펫에 떨어진 작은 놋쇠 덩어리를 집어들었다.

그게 뭐죠? 웬들이 물었다.

자물쇠에서 떨어져나온 실린더야.

벨이 공간 분리용 칸막이의 합판을 손으로 더듬었다. 여기에 맞았군, 그가 말했다. 그는 놋쇠 조각을 손바닥에 올리고 무게를 가늠하며 문 쪽을 바라보았다. 이것의 무게를 재고 떨어진 거리와 높이를 측정하면 속도를 계산할 수 있지.

그렇겠군요.

꽤 빠른 속도야.

네, 보안관님. 꽤 빠른 속도로군요.

둘은 이 방 저 방을 오갔다. 어떻게 생각하세요, 보안관님?

두 사람은 서둘러 도망친 것 같아.

제 생각도 그렇습니다.

꽤나 급했던 모양이로군.

네.

그는 부엌으로 들어가 냉장고를 열어 안을 들여다보고는 다시 닫았다. 그러고는 냉동실을 들여다보았다.

그래서 그는 여기 언제 왔던 걸까요, 보안관님?

정확히는 모르겠군. 아무래도 우리가 간발의 차이로 놓친 것 같아.

개자식들이 자신을 쫓고 있다는 걸 그도 눈치를 챈 걸까요?

모르겠군. 아마 그렇겠지. 그도 내가 본 것을 똑같이 보았고, 나처럼 깊은 인상을 받았을 테니.

두 사람은 큰 곤경에 빠졌군요, 안 그런가요?

그래.

벨은 다시 거실로 걸어갔다. 그러고는 소파에 앉았다. 웬들은 문가에 서 있었다. 그는 여전히 손에 리볼버를 쥐고 있었다. 무슨 생각 하세요? 그가 물었다.

벨이 고개를 저었다. 그는 고개를 들지 않았다.

수요일 무렵에는 텍사스주 인구의 절반이 샌더슨으로 몰려오고 있었다. 벨은 카페의 자기 테이블에 앉아 신문을 읽었다. 그러다가 신문을 내리고 고개를 들었다. 한 번도 본 적 없는 서른 살쯤 되는 남자가 거기 서 있었다. 그는 자신이 〈샌안토니오 라이트〉의 기자라고 소개했다. 이게 다 무슨 일이죠, 보안관님? 그가 물었다.

　사냥중에 일어난 사고인 것 같소.

　사냥중에 일어난 사고요?

　그렇소.

　이게 어떻게 사냥중에 일어난 사고일 수 있죠? 지금 저를 놀리시는 군요.

　뭐 하나 물어봅시다.

　좋습니다.

　작년에 테럴 카운티 법정에 회부된 중범죄 혐의는 모두 열아홉 건이오. 그중에서 마약과 무관한 게 몇 건일 것 같소?

　모르겠군요.

　두 건이오. 그런데 나는 델라웨어주 크기의 카운티를 맡고 있고 이곳은 내 도움이 필요한 사람들로 가득하오. 그 점에 대해서는 어떻게 생각하시오?

　모르겠습니다.

　나도 모르겠소. 그럼 나는 이제 아침을 좀 먹어야겠소. 꽤나 바쁜 하루가 될 예정이라서.

　벨과 토버트는 토버트의 사륜구동 트럭을 타고 나갔다. 모든 게 지난번에 남겨둔 상태 그대로였다. 그들은 모스의 트럭에서 조금 떨어진 곳에 차를 세우고 기다렸다. 열 명이네요, 토버트가 말했다.

　뭐라고?

　열 명입니다. 사망자 수. 와이릭을 깜박했어요. 열 명이에요.

　벨이 고개를 끄덕였다. 우리가 아는 바로는 그렇지, 그가 말했다.

네, 보안관님. 우리가 아는 바로는 그렇죠.

헬리콥터가 도착해 공중에서 선회하다가 먼지 소용돌이를 일으키며 바하다에 착륙했다. 아무도 내리지 않았다. 그들은 먼지가 사라지길 기다리고 있었다. 벨과 토버트는 회전 날개가 서서히 멈추는 것을 지켜보았다.

마약단속국 요원의 이름은 매킨타이어였다. 벨은 그와 안면이 조금 있었고 고개를 끄덕여 인사할 만큼의 호감도 있었다. 매킨타이어가 손에 클립보드를 들고 헬리콥터에서 내려 그들을 향해 걸어왔다. 부츠와 모자와 칼하트 캔버스 재킷 차림의 그는 입을 열기 전까지는 괜찮은 사람 같아 보였다.

벨 보안관, 그가 말했다.

매킨타이어 요원.

이게 무슨 차죠?

72년형 포드 픽업트럭입니다.

매킨타이어는 선 채로 바하다를 내려다보았다. 그는 클립보드로 다리를 톡톡 두드렸다. 그러고는 벨을 쳐다보았다. 알려주셔서 고맙군요, 그가 말했다. 색은 흰색이고.

흰색이죠. 네.

타이어도 갈아야겠고요.

매킨타이어는 걸어가서 트럭 주변을 돌아보았다. 그러고는 클립보드에 뭔가를 적었다. 그리고 트럭 안을 살폈다. 좌석을 앞으로 접고 뒤쪽을 들여다보았다.

타이어는 누가 펑크낸 겁니까?

벨은 양손을 뒷주머니에 넣고 서 있었다. 그가 몸을 숙여 침을 뱉었다. 여기 있는 헤이스 부관은 라이벌 패거리가 한 짓이라고 생각합니다.

라이벌 패거리라.

네.

저는 모든 차에 총알이 박힌 줄 알았는데요.

그렇죠.

하지만 이 차는 아니군요.

이 차는 아닙니다.

매킨타이어는 헬리콥터 쪽을 바라보고는 다른 차들이 있는 바하다를 내려다보았다. 저 아래까지 좀 태워주실 수 있을까요?

물론이죠.

그들은 토버트의 트럭을 향해 걸어갔다. 요원은 벨을 쳐다보고는 클립보드로 다리를 톡톡 두드렸다. 일을 어렵게 만드실 생각이로군요, 안 그런가요?

저런, 매킨타이어. 그냥 장난 좀 쳐본 겁니다.

그들은 바하다를 돌아다니며 총알이 박힌 트럭들을 살펴보았다. 매킨타이어가 손수건으로 코를 막았다. 시신들이 옷을 입은 채 부풀어 있었다. 제가 본 것 중 가장 끔찍한 광경이로군요, 그가 말했다.

그는 서서 클립보드에 메모했다. 걸음으로 거리를 재고 현장을 대강 스케치하고는 번호판에서 차량 번호를 베껴 적었다.

여기 총은 없었습니까? 그가 물었다.

있어야 할 만큼은 없었죠. 두 자루는 증거물로 챙겼습니다.

다들 죽은 지 얼마나 된 것 같나요?

사오일쯤.

분명 빠져나간 사람이 있겠군요.

벨이 고개를 끄덕였다. 여기서 북쪽으로 일 마일쯤 떨어진 곳에 시신이 하나 더 있습니다.

저 브롱코 뒤쪽에는 헤로인이 쏟아져 있더군요.

네.

멕시코산 블랙타르 헤로인.

벨이 토버트를 쳐다보았다. 토버트가 몸을 숙여 침을 뱉었다.

헤로인이 사라지고 돈도 사라졌다면 추측건대 누군가 사라진 사람도 있겠군요.

그게 합리적인 추측이겠죠.

매킨타이어는 계속 적었다. 걱정 마세요, 그가 말했다. 당신이 가져가지 않았다는 건 나도 아니까.

걱정 안 합니다.

매킨타이어가 모자를 고쳐 쓰고 트럭들을 바라보았다. 특수 기동대원들도 옵니까?

기동대원들도 올 겁니다. 어쩌면 한 명만요. DPS* 마약단속반이죠.

제가 찾은 건 380구경, 45구경, 9밀리미터 파라벨룸, 12게이지, 38구경 스페셜입니다. 이것 말고 또 있나요?

그게 전부인 것 같습니다.

매킨타이어가 고개를 끄덕였다. 지금쯤이면 마약을 기다리던 자들

---

* The Department of Public Safety of the State of Texas. 텍사스주 공공안전부.

은 마약이 영영 오지 않을 거라는 사실을 알아냈겠군요. 국경순찰대도 옵니까?

제가 아는 한 전부 옵니다. 아주 북적북적할 거예요. 1965년 홍수 때보다 더 많이 몰려올지도 모릅니다.

네.

이제 우리가 해야 할 일은 이 시신들을 여기서 치우는 겁니다.

매킨타이어가 클립보드로 자기 다리를 톡톡 두드렸다. 옳은 말씀입니다, 그가 말했다.

9밀리미터 파라벨룸이라, 토버트가 말했다.

벨이 고개를 끄덕였다. 그것도 자네 파일에 적어두게.

시거가 델리오 바로 서쪽에 있는 높다란 데블스강 다리를 건널 때 트랜스폰더*에 신호가 잡혔다. 거의 자정이었고 고속도로에는 차가 한 대도 없었다. 그는 조수석으로 손을 뻗어 다이얼을 이리저리 천천히 돌리며 귀를 기울였다.

헤드라이트가 앞쪽 알루미늄 다리 난간에 앉아 있는 어떤 커다란 새 한 마리를 비추었고 시거는 버튼을 눌러 창문을 내렸다. 호수에서 부는 시원한 바람이 들어왔다. 그는 트랜스폰더 옆에 놓인 권총을 들고 공이치기를 당긴 후 총신을 백미러 위에 받치고 창밖을 겨누었다. 권총은 총신 끝에 소음기를 납땜해 붙인 것이었다. 소음기는 놋쇠 MAPP

---

* transponder. 외부에서 보내온 신호를 수신한 뒤 다시 송신하는 전자장치.

가스 연소기를 헤어스프레이 캔에 붙여서 만든 것으로, 안은 유리섬유 지붕 단열재로 채우고 겉은 검은색으로 고르게 칠해져 있었다. 그는 새가 몸을 웅크리고 날개를 막 펼치는 순간 총을 쏘았다.

새는 새하얀 빛 속에서 거칠게 화르르 날아올라 몸을 돌리고는 어둠 속으로 사라졌다. 탄알은 난간에 맞고 밤의 어둠 속으로 튕겨나갔고 뒤이어 난간은 둔탁한 소리로 윙윙거리다가 잠잠해졌다. 시거는 권총을 좌석에 내려놓고 다시 창문을 올렸다.

모스는 운전사에게 택시비를 건네고 모텔 사무실 앞의 불빛 속으로 걸어나와 가방을 어깨에 둘러메고 택시 문을 닫은 뒤 돌아서서 안으로 들어갔다. 여자는 이미 카운터 뒤에 있었다. 그는 가방을 바닥에 내려놓고 카운터에 몸을 기댔다. 여자는 약간 당황한 눈치였다. 안녕하세요, 그녀가 말했다. 좀더 머무실 생각이신가요?

다른 방이 필요합니다.

방을 바꾸시겠다는 말씀인가요, 아니면 지금 쓰시는 방 외에 또다른 방을 원한다는 말씀인가요?

지금 쓰는 방은 그대로 두고 다른 방을 하나 더 썼으면 합니다.

알겠습니다.

모텔 안내도 같은 게 있나요?

그녀가 카운터 아래쪽을 쳐다보았다. 그런 게 하나 있긴 했는데요. 잠시만요. 이거 같네요.

그녀가 낡은 책자를 카운터 위에 올려놓았다. 오십 년대 자동차 한 대가 호텔 앞에 주차된 사진이 보였다. 그는 책자를 펼쳐 평평하게 누르고 살펴보았다.

142호는 비었나요?

원하시면 지금 계신 방의 옆방을 쓰셔도 됩니다. 120호도 비었어요.

괜찮습니다. 142호는 어떻죠?

그녀는 손을 뻗어 뒤쪽의 보드에서 열쇠를 집어들었다. 이틀 치 숙박료를 내셔야 합니다. 그녀가 말했다.

그는 요금을 지불한 뒤 가방을 들고 밖으로 나와 모텔 뒤쪽 통로를 돌아 걸어갔다. 그녀는 카운터 너머로 몸을 기댄 채 그가 가는 모습을 지켜봤다.

방에 들어온 그는 침대에 앉아 안내도를 펼쳤다. 그리고 일어나서 욕실로 들어가 욕조 안에 서서 벽에 귀를 갖다댔다. 어디선가 텔레비전 소리가 들렸다. 그는 방으로 돌아와 앉아 가방의 지퍼를 열고 산탄총을 꺼내 한쪽에 치워놓은 다음 가방에 든 것을 침대 위에 쏟았다.

그는 드라이버를 챙겨들고 책상 의자를 가져와 그 위에 올라서서 통풍관 그릴의 나사를 풀어 떼어낸 후 내려와 먼지 쌓인 쪽이 위로 오게 해서 싸구려 셔닐 침대보 위에 올려놓았다. 그러고는 다시 의자에 올라가서 통풍관에 귀를 갖다댔다. 그는 귀를 기울였다. 그러다 내려와서 손전등을 들고 다시 올라갔다.

통풍관 안쪽 통로에서 십 피트쯤 되는 거리에 연결 지점이 있었고 그곳에 가방 끝이 툭 튀어나와 있는 게 보였다. 그는 손전등을 끄고 선 채로 귀를 기울였다. 눈을 감은 채 소리를 들으려 애썼다.

그는 바닥으로 내려와 산탄총을 들고 문 쪽으로 가서 스위치를 내린 뒤 어둠 속에 서서 커튼 사이로 안뜰을 내다보았다. 그러고는 돌아와서 총을 침대 위에 내려놓고 손전등을 켰다.

작은 나일론 가방을 끄르고 폴대를 꺼냈다. 그것들은 각각 삼 피트 길이의 경량 알루미늄 튜브였고, 그는 폴대 세 개를 조립한 다음 서로 분리되지 않게 연결 부위를 덕트 테이프로 감았다. 그리고 옷장으로 가서 철사 옷걸이 세 개를 들고 침대로 돌아와 앉아서 니퍼로 갈고리 부분을 모두 잘라낸 다음 테이프를 감아 갈고리를 하나로 합쳤다. 그리고 그것을 테이프로 폴대 끝에 붙이고 일어나서 폴대를 통풍관 안쪽으로 밀어넣었다.

그는 손전등을 끈 뒤 침대 위에 던져놓고 창가로 돌아가서 밖을 내다보았다. 트럭 한 대가 고속도로를 지나가며 웅웅거리는 소리를 냈다. 그는 그 소리가 사라질 때까지 기다렸다. 고양이 한 마리가 안뜰을 가로지르다 말고 멈췄다. 그러고는 다시 걸어갔다.

그는 손전등을 들고 의자에 올라섰다. 그러고는 손전등을 켜고 빛줄기가 새어나가지 않도록 렌즈를 아연 도금된 금속 통풍관 벽에 바싹 붙인 다음 갈고리를 가방 너머로 밀어넣고 돌린 후 끌어당겼다. 갈고리에 걸린 가방이 살짝 돌아가는가 싶더니 갈고리가 다시 미끄러졌다. 몇 번 더 시도한 끝에 가방에 달린 스트랩 중 하나에 갈고리를 거는 데 성공한 그는 두 손을 번갈아 움직이며 가방을 조용히 끌어당기다가 마침내 폴대를 놓고 가방에 손을 뻗을 수 있었다.

그는 내려와서 침대에 앉아 가방의 먼지를 닦아내고 걸쇠와 스트랩을 끄른 후 가방을 열고 돈다발을 바라보았다. 가방에서 돈다발 하나를 꺼내 휘리릭 넘겨보았다. 그리고 그것을 다시 제자리에 넣고 가방

스트랩에 묶어놓았던 끈을 푼 다음 손전등을 끄고 앉은 채로 가만히 귀를 기울였다. 그러고는 일어나서 폴대를 통풍관 안에 밀어넣고 다시 그릴을 끼운 후 도구들을 한데 모았다. 그리고 열쇠를 책상 위에 두고 산탄총과 도구들을 가방에 넣은 후 그것과 서류 가방을 들고서 다른 모든 것은 그대로 둔 채 문밖으로 걸어나갔다.

시거는 창을 내리고 수신기를 무릎에 올려놓은 채 일렬로 늘어선 모텔방들을 따라 천천히 차를 몰았다. 그는 주차장 끝에서 차를 돌려 다시 돌아왔다. 그러고는 속도를 줄여 램차저를 멈추었다가 후진 기어를 넣고 아스팔트 도로 쪽으로 살짝 후진한 후 다시 차를 세웠다. 마침내 그는 사무실 앞으로 차를 몰고 와서 주차를 하고 안으로 들어갔다.

모텔 사무실 벽에 걸린 시계는 열두시 사십이분을 가리키고 있었다. 텔레비전이 켜져 있었고 여자는 잠을 자다가 깬 것처럼 보였다. 네, 손님, 그녀가 말했다. 뭘 도와드릴까요?

그는 열쇠를 셔츠 주머니에 넣고 사무실을 나와 램차저에 올라타고는 건물 옆으로 돌아가 차를 세우고 내려서 수신기와 총이 담긴 가방을 든 채 방으로 걸어갔다. 방에 들어간 그는 가방을 침대 위에 던지고 부츠를 벗은 뒤 수신기와 배터리팩을 들고 다시 밖으로 나와 트럭에서 산탄총을 챙겼다. 그것은 군용 플라스틱 개머리판을 달고 파커라이징* 처리한 12게이지 레밍턴 자동 산탄총이었다. 무려 일 피트 길이에 맥주

---

* 녹이 스는 것을 방지하기 위해 염기성 인산 망간에 담가 강철 표면에 내식성 피막을 만드는 작업.

캔만큼이나 커다란 사제 소음기가 장착되어 있었다. 그는 양말 바람으로 현관 포치를 따라 방들을 지나가며 신호에 귀를 기울였다.

그는 다시 방으로 돌아와 주차장에서 쏟아지는 생기 없는 하얀 불빛을 받으며 열린 문 앞에 서 있었다. 그러고는 욕실로 들어가 불을 켰다. 방의 크기를 재고 모든 것의 위치를 눈으로 확인했다. 전등 스위치들의 위치도 확인했다. 그리고 방 한가운데에 서서 모든 것을 다시 한번 복기했다. 그는 앉아서 부츠를 신고 산소 탱크를 어깨에 둘러메고는 고무 공기호스 끝에서 늘어져 흔들리던 캐틀건을 잡고 밖으로 나가 다른 방으로 걸어갔다.

그는 문 앞에 서서 귀를 기울였다. 그러고는 공기총으로 자물쇠 실린더를 날려버리고 문을 발로 차서 열었다.

침대에 앉아 있던 녹색 과야베라* 셔츠 차림의 멕시코인 남자가 옆에 있는 작은 기관총을 잡으려고 손을 뻗었다. 시거는 그를 세 번 쏘았는데 너무 빨라서 마치 한 번의 긴 총성처럼 들렸고 남자의 상체 대부분은 침대 머리판과 뒤쪽 벽에 넓게 달라붙었다. 산탄총은 기이하고 깊은 엔진소리를 냈다. 누군가가 총신에 입을 대고 기침이라도 하는 것처럼. 시거는 불을 탁 켜고 문밖으로 걸어나와 바깥벽에 등을 대고 서 있었다. 그러다가 재빨리 다시 안을 들여다보았다. 방금 전까지는 욕실 문이 닫혀 있었다. 지금은 열려 있었다. 그는 방안으로 들어가 움직이지 않는 문에 두 발을 쏘고 벽에 또 한 발을 쏜 다음 다시 밖으로 나왔다. 건물 끝 쪽에서 빛이 들어왔다. 시거는 기다렸다. 그리고 다시

---

* 라틴아메리카 국가들에서 즐겨 입는 리넨이나 면으로 된 남성용 여름 셔츠.

한번 방안을 들여다보았다. 합판으로 만든 문은 갈가리 조각난 채 경첩에 매달려 있었고 분홍색 욕실 타일에는 가는 핏줄기가 흩뿌려져 있었다.

그는 방으로 들어가서 욕실 벽을 향해 두 발을 더 쏘고는 산탄총 총구를 허리 높이로 든 채 안쪽으로 걸어갔다. 남자는 AK-47을 들고 욕조에 기댄 채 쓰러져 있었다. 가슴과 목에 총을 맞아 출혈이 심한 상태였다. 노 메 마테,* 남자가 쌕쌕거리며 말했다. 노 메 마테. 시거는 욕조의 세라믹 파편이 튀는 것을 피하려고 뒤로 물러선 후 남자의 얼굴을 쏘았다.

그는 밖으로 나와 보도에 섰다. 아무도 없었다. 다시 안으로 들어가서 방을 수색했다. 옷장 안을 살펴보고 침대 아래를 살펴보고 서랍을 모두 빼서 바닥에 떨어뜨렸다. 욕실 안도 살펴보았다. 모스의 H&K 기관단총이 세면대 위에 놓여 있었다. 그는 그것을 그냥 거기에 내버려두었다. 그러고는 발을 카펫 위에 대고 앞뒤로 문질러 부츠 바닥의 피를 닦아낸 후 가만히 서서 방을 살펴보았다. 그러다가 그의 시선이 통풍관에 가닿았다.

그는 침대 옆에서 스탠드를 집어들고 코드를 홱 잡아 뺀 다음 화장대에 올라서서 금속 스탠드 받침대로 그릴을 찌그러뜨린 후 떼어내고 안을 들여다보았다. 먼지 사이로 무언가를 잡아끈 흔적이 보였다. 그는 내려와서 가만히 서 있었다. 셔츠에 벽에서 튄 파편과 피가 묻어 있었기에 셔츠를 벗고 욕실로 들어가 몸을 씻고 욕실용 수건으로 물기를

---

* '살려주세요'라는 뜻의 에스파냐어.

닦았다. 그리고 수건을 적셔 부츠를 닦고 수건을 다시 접어 청바지를 닦아냈다. 산탄총을 집어들고는 웃통을 벗은 채로 셔츠를 둥글게 말아 한 손에 쥐고 다시 방으로 돌아왔다. 그리고 부츠 바닥을 다시 카펫에 문질러 닦고 마지막으로 방을 둘러본 다음 그곳을 떠났다.

벨이 사무실로 들어서자 토버트가 책상에서 고개를 들고 자리에서 일어나더니 벨에게 와서 종이 한 장을 내밀었다.
이게 그건가? 벨이 물었다.
네, 보안관님.
벨은 의자에 앉아 등을 기댄 채 집게손가락으로 아랫입술을 천천히 두드리며 보고서를 읽었다. 잠시 후 그가 보고서를 내려놓았다. 그는 토버트를 쳐다보지 않았다. 여기서 무슨 일이 벌어졌는지 알겠어, 그가 말했다.
그렇군요.
도살장에 가본 적 있나?
네, 보안관님. 그런 것 같습니다.
그럼 자네도 알겠군.
어렸을 때 한 번 가본 것 같습니다.
어린애를 데려가기에는 좀 이상한 곳인데.
저 혼자 갔던 것 같습니다. 몰래 들어갔어요.
거기서 소를 어떻게 죽이던가?
노커*가 도살용 통로에 버티고 서서 소가 한 마리씩 오면 큰 나무망치로 머리를 내리쳤죠. 하루종일 그랬습니다.

대충 맞는 것 같군. 하지만 이제는 그런 식으로 하지 않아. 강철 볼트를 발사하는 공압식 총을 사용하지. 그냥 쏘면 돼. 소의 눈 사이에 대고 방아쇠를 당기면 쓰러지는 거지. 순식간에 끝나.

토버트는 벨의 책상 모서리 쪽에 서 있었다. 그는 보안관이 계속 이어서 말하기를 잠시 기다렸지만 보안관은 말을 잇지 않았다. 토버트는 거기 가만히 서 있었다. 그러다가 시선을 돌렸다. 차라리 듣지 않았으면 좋았을 걸 그랬네요, 그가 말했다.

그래, 벨이 말했다. 자네가 그렇게 말할 줄 이미 알고 있었지.

모스는 새벽 한시 사십오분에 이글패스**에 도착했다. 그는 오는 내내 택시 뒤에서 거의 잠들어 있었고 택시가 고속도로를 벗어나 속도를 늦추고 시내 중심가로 들어섰을 무렵에야 깨어났다. 그는 차창 위쪽 테두리를 따라 지나가는 가로등의 창백하고 둥근 불빛을 쳐다보았다. 그러고는 자세를 바로 하고 앉았다.

강을 건너실 건가요? 운전사가 말했다.

아니요. 그냥 시내로 가주시오.

이미 시내에 왔습니다.

모스는 양쪽 팔꿈치를 좌석 등받이에 댄 채 몸을 앞으로 숙였다.

---

* knocker. 도살장에서 소를 죽이거나 기절시키는 사람.
** 멕시코와 국경을 맞댄 텍사스주 남부 매버릭 카운티의 도시로, 리오그란데강을 끼고 있다.

저 앞에 있는 저건 뭐요.

매버릭 카운티 청사입니다.

아니. 간판이 보이는 저기 말이오.

저기는 호텔 이글이죠.

저기 내려주시오.

그는 운전사에게 약속한 오십 달러를 건네고 도로 경계석에서 가방을 집어들고는 계단을 오르고 현관을 지나 호텔 안으로 들어갔다. 직원은 마치 그를 기다리기라도 했다는 듯 프런트에 서 있었다.

그는 숙박료를 내고 열쇠를 주머니에 넣은 뒤 계단을 올라간 다음 오래된 호텔 복도를 걸어갔다. 쥐죽은듯 고요했다. 채광창으로 빛이 전혀 들어오지 않았다. 그는 방을 찾아 문에 열쇠를 꽂아 열고는 안으로 들어가 등뒤로 문을 닫았다. 창가의 레이스 커튼 사이로 들어오는 가로등 불빛. 그는 가방을 침대 위에 놓고 다시 문 쪽으로 가서 천장등을 켰다. 구식 누름단추식 스위치판. 세기의 전환기에 만들어진 오크 가구. 갈색 벽. 똑같은 셔닐 침대보.

그는 침대에 앉아서 이런저런 생각에 빠졌다. 그러다가 일어나서 창밖으로 주차장을 내다보고는 욕실로 가서 물 한 잔을 따라 돌아와 다시 침대에 앉았다. 한 모금 마시고는 물잔을 침대 옆 나무 탁자의 유리판 위에 내려놓았다. 빌어먹을, 아무래도 방법이 없군, 그가 말했다.

서류 가방의 놋쇠 걸쇠와 버클을 풀고 돈다발을 꺼내서 침대 위에 쌓기 시작했다. 가방이 텅 비자 그는 이중 바닥이 없는지 확인하고 안쪽과 양옆도 확인한 뒤 가방을 한쪽으로 치워놓고 쌓인 돈다발을 하나씩 휘리릭 넘겨보면서 다시 가방 안에 채워넣기 시작했다. 가방을 삼분의 일쯤 채웠을 무렵 송신장치를 찾아냈다.

 돈다발의 중간 부분이 중앙을 도려낸 지폐들로 채워져 있었는데 그곳에 지포 라이터만한 트랜스폰더가 들어 있었다. 그는 띠지를 벗기고 트랜스폰더를 꺼내 손에 올려놓고 무게를 가늠해보았다. 그러고는 그것을 서랍에 넣고 일어나 구멍이 난 지폐들과 은행용 띠지를 욕실로 가져가 변기에 넣고 물을 내린 후 돌아왔다. 남은 백 달러짜리 지폐들을 접어서 주머니에 넣고 나머지 돈다발을 다시 서류 가방에 채워넣은 다음 가방을 의자 위에 올려놓고 앉아 그것을 쳐다보았다. 온갖 생각이 다 들었지만 계속 머릿속을 떠나지 않는 생각은 언제까지고 운에 의지해 도망 다닐 수만은 없다는 사실이었다.

 그는 가방에서 산탄총을 꺼내 침대 위에 놓고 침대 옆 스탠드를 켰다. 그러고는 문 쪽으로 가서 천장등을 끄고 돌아와 침대에 몸을 뻗고 누워 천장을 응시했다. 무엇이 오고 있는지는 알고 있었다. 그게 언제일지 모를 뿐. 침대에서 일어나 욕실로 가서 세면대 위의 줄을 당겨 불을 켜고 거울에 비친 자기 모습을 바라보았다. 유리 수건걸이에서 목욕 수건을 걷은 후 뜨거운 물을 틀어 수건을 적시고 비틀어 짠 다음 얼굴과 목덜미를 닦았다. 그러고 나서 오줌을 누고 불을 끈 뒤 다시 돌아와 침대에 앉았다. 그는 자신이 다시는 안전한 삶을 살 수 없을지도 모른다는 생각을 이미 하고 있었고 그런 삶이 익숙해질 수 있는 종류의 것인지 궁금했다. 그런데 만일 그렇다면?

 그는 가방을 비우고 산탄총을 넣은 후 지퍼를 채우고 그것과 서류 가방을 함께 들고 프런트로 내려갔다. 체크인할 때 있었던 멕시코인은 사라지고 마르고 머리털이 희끗희끗한 직원이 있었다. 얇은 흰색 셔츠와 검은 나비넥타이. 그는 담배를 피우며 〈링 매거진〉*을 읽고 있다가 별 의욕 없이 고개를 들어 담배 연기 사이로 눈을 가늘게 뜬 채 모스를 쳐다보았다. 네, 손님, 그가 말했다.

방금 교대했소?

네, 손님. 아침 열시까지 여기 있을 겁니다.

모스는 백 달러짜리 지폐 한 장을 카운터에 올려놓았다. 직원이 잡지를 내려놓았다.

불법적인 일을 부탁하려는 건 전혀 아니오, 모스가 말했다.

그럼 무슨 일일지 궁금하군요, 직원이 말했다.

나를 찾는 사람이 있소. 내가 하려는 부탁은 누구든 체크인을 하면 내게 전화로 알려달라는 것뿐이오. 여기서 누구든이란 거시기가 달린 자들을 뜻하오. 그래줄 수 있겠소?

야간 직원이 입에서 담배를 빼서 작은 유리 재떨이로 가져가 새끼손가락으로 재를 떨고는 모스를 쳐다보았다. 네, 손님, 그가 말했다. 그렇게 해드리죠.

모스는 고개를 끄덕이고 다시 계단을 올라갔다.

전화벨은 한 번도 울리지 않았다. 무언가가 그를 깨웠다. 그는 몸을 일으켜 앉아 탁자 위의 시계를 바라보았다. 네시 삼십칠분. 다리를 휙 움직여 침대 아래로 내리고 손을 뻗어 부츠를 집어 신고서 앉은 채로 귀를 기울였다.

그는 한 손에 산탄총을 든 채 문 쪽으로 가서 문에 귀를 대고 서 있

---

* 미국의 권투 잡지.

었다. 그리고 욕실로 가서 욕조 위에 고리로 매달린 비닐 샤워커튼을 걷은 다음 수도꼭지를 틀고 플런저를 당겨 샤워기를 작동시켰다. 그러고는 다시 욕조에 커튼을 치고 밖으로 나와 등뒤로 욕실 문을 닫았다.

문가에 서서 다시 귀를 기울였다. 그리고 침대 아래에 넣어두었던 나일론 가방을 끄집어내 구석에 있는 의자에 올려놓았다. 그러고는 침대 옆 탁자로 가서 불을 켜고 거기 선 채 머리를 굴려보려 애썼다. 전화벨이 울릴지도 모른다는 사실을 깨닫고는 수화기를 들어 탁자에 내려놓았다. 이불을 걷고 침대 위의 베개들을 헝클어놓았다. 시계를 보았다. 네시 사십삼분. 그는 탁자 위에 놓인 수화기를 보았다. 수화기를 집어들어 코드를 뽑은 다음 다시 수화기 거치대에 올려놓았다. 그러고는 엄지손가락을 산탄총의 공이치기에 올린 채 문가에 가서 섰다. 그는 배를 깔고 엎드린 다음 문 아래쪽 틈에 귀를 댔다. 찬바람이 들어왔다. 마치 어딘가에 문이 열려 있기라도 한 것처럼. 나는 무엇을 했나. 무엇을 하지 못했나.

그는 문에서 먼 쪽 침대 옆에 몸을 눕히고 그 아래로 기어들어 엎드린 채 문을 향해 산탄총을 겨누었다. 널빤지 아래에 가까스로 들어갈 만한 공간이 있었다. 먼지 쌓인 카펫에 닿은 심장이 쿵쾅거렸다. 그는 기다렸다. 문 아래쪽 틈새를 따라 가로로 길게 퍼진 빛에 검은 그림자 두 개가 세로로 교차한 채 서 있었다. 다음 순간 자물쇠에 열쇠를 넣고 돌리는 소리가 들렸다. 아주 가볍게. 그리고 문이 열렸다. 복도가 보였다. 거기에는 아무도 없었다. 그는 기다렸다. 눈도 깜박이지 않으려 했으나 그럴 수는 없었다. 그때 문가에 값비싼 타조 가죽 부츠가 보였다. 다림질한 청바지. 남자는 거기 서 있었다. 그러고는 안으로 들어왔다.

그리고 천천히 욕실로 갔다.

그 순간 모스는 남자가 욕실 문을 열지 않으리라는 것을 깨달았다. 남자는 돌아설 것이었다. 그리고 그가 돌아서면 때는 이미 늦으리라. 너무 늦어서 또다른 실수를 저지르기는커녕 아무것도 하지 못한 채 그냥 그렇게 죽고 말리라. 하자, 그가 말했다. 그냥 해버리자.

돌아서지 마, 그가 말했다. 돌아서면 내가 지옥으로 보내줄 테니.

남자는 움직이지 않았다. 모스는 산탄총을 쥔 채 팔꿈치로 기어 전진하고 있었다. 남자의 허리 위쪽은 보이지 않았고 남자가 무슨 총을 들고 있는지도 알 수 없었다. 총을 버려, 그가 말했다. 어서.

산탄총이 털커덕 바닥에 떨어졌다. 모스가 몸을 일으켰다. 손 들어, 그가 말했다. 문에서 떨어져.

남자는 양손을 어깨높이로 올린 채 두 걸음 물러섰다. 모스는 돌아서 침대 발치 쪽으로 갔다. 남자와의 거리는 겨우 십 피트에 불과했다. 방 전체가 천천히 고동치고 있었다. 이상한 냄새가 감돌았다. 외국 향수의 냄새 같은 것이. 어쩌면 약냄새 같기도 했다. 모든 게 윙윙거렸다. 모스는 공이치기를 당긴 산탄총을 허리 높이로 들고 있었다. 이제 그를 놀라게 할 일은 일어날 수 없을 것 같았다. 자신의 무게가 사라진 듯한 느낌이 들었다. 공중에 부유하는 듯한 느낌이 들었다. 남자는 그를 쳐다보지도 않았다. 이상할 만큼 침착해 보였다. 마치 이 모든 게 그저 일과의 일부라는 듯이.

물러서. 조금 더.

남자는 물러섰다. 모스는 남자의 산탄총을 집어들어 침대 위로 던졌다. 그러고는 천장등을 켜고 문을 닫았다. 이쪽을 봐, 그가 말했다.

남자가 고개를 돌려 모스를 빤히 쳐다보았다. 푸른 눈. 침착함. 짙은 머리카락. 어딘지 살짝 이국적인 느낌이 들었다. 모스가 경험해본 적이 없는.

원하는 게 뭐지?

남자는 대답하지 않았다.

모스는 방을 가로질러가서 침대 기둥의 아랫부분을 잡고 한 손으로 침대를 옆으로 돌렸다. 서류 가방은 먼지가 가득한 그곳에 세워져 있었다. 그는 가방을 집어들었다. 남자는 알아차리지도 못한 듯했다. 딴 생각에 빠져 있는 듯했다.

모스는 의자에 놓인 나일론 가방을 들어 어깨에 둘러메고 커다란 캔 모양의 소음기가 달린 산탄총을 침대에서 집어 겨드랑이 아래 끼우고는 다시 서류 가방을 집어들었다. 움직여, 그가 말했다. 남자는 양손을 내리고 복도로 걸어나갔다.

트랜스폰더 수신기가 들어 있는 작은 상자가 문 바로 바깥쪽 바닥에 놓여 있었다. 모스는 그것을 그냥 내버려두었다. 이미 너무 많은 것을 운에 내맡겼다는 느낌이 들었다. 그는 산탄총을 권총처럼 한 손에 쥐고서 남자의 벨트 쪽을 겨눈 채 복도에서 뒷걸음질했다. 남자에게 다시 손을 들라고 말하려 했는데 문득 남자의 손이 어디에 있든 달라지는 건 아무것도 없을 거라는 직감이 들었다. 여전히 침실 문은 열려 있고 샤워기에서는 물이 쏟아지고 있었다.

이 계단 위로 얼굴을 보이면 쏘겠다.

남자는 대답하지 않았다. 모스는 그가 말을 못하는 사람일지도 모른다고 생각했다.

거기 멈춰, 모스가 말했다. 더는 한 발짝도 움직이지 마.

남자가 멈추었다. 모스는 계단 쪽으로 뒷걸음질하며 벽 조명이 내뿜는 흐릿하고 노란 불빛 속에 서 있는 남자를 마지막으로 한번 더 쳐다보고는 몸을 돌려 한 번에 계단을 두 칸씩 디디며 서둘러 내려왔다. 그는 자신이 어디로 가고 있는지 몰랐다. 아직 거기까지는 생각할 겨를이 없었다.

로비로 가자 야간 직원의 발이 프런트 뒤로 튀어나와 있었다. 모스는 멈추지 않았다. 그는 정문을 밀고 나가 계단을 내려갔다. 거리를 건넜을 때쯤에는 시거가 이미 호텔 발코니로 나와 있었다. 모스는 무언가가 어깨에 멘 가방을 홱 잡아당기는 느낌이 들었다. 어둡고 고요한 시내에 울리는 권총소리는 단조롭고 작은 파열음에 불과했다. 그가 몸을 돌리자마자 두번째 총성과 함께 십오 피트 높이의 호텔 네온사인이 내뿜는 분홍색 불빛 아래에서 희미하지만 분명하게 빛나는 총구의 섬광이 보였다. 그는 아무것도 느끼지 못했다. 총알이 셔츠를 스치고 위팔에서는 피가 흘러내리는 가운데 그는 이미 죽을힘을 다해 달리고 있었다. 다음번 총알이 발사되자 옆구리에 찌르는 듯한 통증이 느껴졌다. 그는 쓰러졌다가 시거의 산탄총을 거리에 내버려둔 채 다시 일어났다. 망할, 그가 말했다. 멋진 솜씨군.

그는 몸을 움츠린 채 보도를 따라 성큼성큼 뛰어가며 아즈텍극장을 지났다. 작고 둥근 티켓 부스를 지날 때 유리가 모두 박살났다. 총성은 들리지도 않았다. 그는 산탄총을 들고 홱 돌아서서 공이치기를 당긴 후 방아쇠를 당겼다. 벅샷이 이층 난간으로 날아가 몇몇 창문의 유리를 깨뜨렸다. 다시 몸을 돌렸을 때는 중심가를 따라 달려오던 차 한 대가 헤드라이트 불빛 속에서 그를 발견하고는 속도를 줄였다가 다시 높였다. 그는 애덤스 스트리트로 방향을 틀었고 차는 교차로에서 옆으로 미끄러지며 고무 타는 연기를 자욱이 내뿜고는 멈춰 섰다. 시동이 꺼졌고 운전사는 다시 시동을 걸려고 애쓰고 있었다. 모스는 건물의 벽돌 벽에 등을 대고 돌아섰다. 차에서 내린 두 남자가 달려서 거리를 건너오고 있었다. 둘 중 한 명이 소구경 기관총을 난사하기 시작했고 모스는 둘을 향해 산탄총을 두 번 쏘고는 뜨끈한 피가 가랑이로 스미는 것을 느끼며 다시 성큼성큼 뛰었다. 거리에서 다시 차에 시동이 걸리는 소리가 들렸다.

그가 그란데 스트리트에 이르렀을 무렵에는 그의 등뒤로 지옥을 방불케 하는 총소리가 어지럽게 들려왔다. 더는 달릴 수 없을 것 같았다. 그는 팔꿈치를 옆구리에 붙이고 가방을 어깨에 둘러메고 산탄총과 가죽 서류 가방을 든 채 절뚝이며 거리를 걸어가는 자신의 전혀 이해할 수 없는 모습이 어두운 쇼윈도에 비친 것을 보았다. 다시 쇼윈도를 보았을 때 그는 보도에 앉아 있었다. 일어나 이 개자식아, 그가 말했다. 거기 앉아서 죽어버리면 안 돼. 당장 일어나란 말이야.

그는 피로 철벅거리는 부츠를 신은 채 라이언 스트리트를 건넜다. 가방을 앞으로 끌어당겨 지퍼를 열고 안에 산탄총을 쑤셔넣고 다시 지퍼를 닫았다. 그는 선 채로 비틀거렸다. 그러고는 다리 쪽으로 건너갔다. 춥고 오한이 났고 당장 토할 것만 같았다.

다리의 미국 쪽 게이트에는 잔돈 환전소와 회전문이 있었고 그는 동전 투입구에 일 센트를 넣고 회전문을 밀며 비틀비틀 빠져나와 다리 위로 나섰고 눈앞에 펼쳐진 좁은 보행로를 쳐다보았다. 막 동이 트고 있었다. 동쪽 강기슭을 따라 보이는 범람원 위로 흐릿한 회색빛이 비쳤다. 다리 건너편까지는 까마득한 거리였다.

그는 다리 중간쯤에서 이쪽으로 돌아오는 한 무리를 만났다. 열여덟 살쯤 되어 보이는 네 명의 남자아이였고 조금 취해 있었다. 그는 가방을 보도에 내려놓고 주머니에서 백 달러짜리 돈다발 하나를 꺼냈다. 돈은 피로 번들거렸다. 그는 피를 바지에 닦고 지폐 다섯 장을 빼낸 뒤 나머지를 뒷주머니에 넣었다.

잠깐만, 그가 말했다. 철조망에 몸을 기대면서. 그의 뒤쪽에는 피 묻은 발자국이 꼭 회랑에 남겨진 단서처럼 보도에 찍혀 있었다.

잠깐만.

그들은 모스를 피해 가려고 도로 경계석 위에서 차도 쪽으로 내려서고 있었다.

잠깐만, 혹시 나한테 코트를 팔 수 있을까.

그들은 그를 완전히 지나칠 때까지 걸음을 멈추지 않았다. 그러다가 그중 한 명이 돌아섰다. 얼마를 주실 건데요? 그가 물었다.

자네 뒤쪽에 있는 저 친구. 롱코트를 입은 친구.

롱코트를 입은 쪽이 일행과 함께 걸음을 멈췄다.

얼마 주실 건데요?

오백 달러 주지.

헛소리.

그냥 가자, 브라이언.

가자니까, 브라이언. 그냥 주정뱅이야.

브라이언은 그들을 쳐다보고는 다시 모스를 쳐다보았다. 돈을 보여주세요. 그가 말했다.

바로 여기 있어.

보여주세요.

코트부터 줘.

가자, 브라이언.

여기 백 달러를 받고 코트부터 줘. 그러면 나머지를 주지.

좋아요.

그는 코트를 벗어서 건넸고 모스는 그에게 돈을 건넸다.

여기 묻은 건 뭐죠?

피.

피요?

피.

소년은 한 손에 돈을 쥔 채 서 있었다. 그는 손가락에 묻은 피를 쳐다보았다. 무슨 일이 있었던 거죠?

총에 맞았어.

가자니까, 브라이언. 제기랄.

돈 주세요.

모스는 그에게 돈을 건넨 뒤 어깨에 멘 지퍼 가방을 보도에 내려놓고 간신히 코트를 입었다. 소년은 돈을 접어 주머니에 넣고 발걸음을 옮겼다.

소년은 일행과 합류해 계속 걸어갔다. 그러다가 일행이 걸음을 멈추었다. 그들은 서로 뭐라고 이야기를 나누며 그를 돌아보았다. 그는 코트의 단추를 채우고 돈을 안주머니에 넣고 가방을 어깨에 메고는 가죽 서류 가방을 집어들었다. 다들 계속 가던 길이나 가도록 해, 그가 말했다. 두 번 말하진 않을 테니까.

그들은 돌아서서 계속 걸어갔다. 일행은 세 명뿐이었다. 그는 손바닥의 불룩한 부분으로 눈을 세게 비볐다. 네번째 소년이 어디로 사라졌는지 찾아보려 애썼다. 그러다 이내 네번째 소년은 애초에 없었다는 사실을 깨달았다. 괜찮아, 그가 말했다. 그냥 한 번에 한 걸음씩 계속 나아가기만 하면 돼.

다리 밑으로 강이 실제로 흐르는 곳에 이르자 그는 걸음을 멈추고 서서 아래를 내려다보았다. 멕시코 국경 게이트가 바로 눈앞에 있었다. 그는 다리 뒤쪽을 돌아보았지만 세 명의 소년은 사라지고 없었다. 동쪽에서 흐릿한 빛이 비쳐왔다. 시내 저편의 낮고 검은 언덕들 너머로. 다리 아래에서는 어두운 강이 느리게 흘러갔다. 어딘가에서 개 한 마리가 짖는 소리. 정적. 아무것도 없었다.

아래로 보이는 미국 쪽 강변을 따라 키 큰 물억새가 군락을 이루며 자라고 있었고 그는 지퍼 가방을 내려놓고 서류 가방의 손잡이를 움켜잡은 후 뒤로 휙 돌렸다가 난간 너머 허공으로 힘껏 던졌다.

작열하는 고통. 그는 옆구리를 붙잡고 가방이 다리 가로등의 점차 희미해지는 빛 속에서 천천히 돌아 물억새 쪽으로 소리 없이 떨어져 사라지는 모습을 지켜보았다. 그러고는 보도 쪽으로 미끄러져 철조망에 얼굴을 붙인 채 피 웅덩이 속에 주저앉았다. 일어나, 그가 말했다. 이런 망할 놈, 일어나라고.

국경 게이트에 이르렀을 때 그곳에는 아무도 없었다. 그는 회전문을 밀며 코아우일라주의 피에드라스네그라스로 들어섰다.

그는 거리를 걸어 유칼립투스나무 사이에서 찌르레기들이 깨어나 노래하고 있는 작은 공원 혹은 광장으로 갔다. 나무들이 징두리 벽판* 높이까지 흰색으로 칠해져 있어서 멀리서 보면 공원은 흰색 기둥을 여기저기 무작위로 세워놓은 것처럼 보였다. 중앙에는 연철로 만든 정자 혹은 야외무대가 있었다. 그는 철제 벤치 하나에 주저앉아 가방을 옆에 놓고 몸을 앞으로 숙인 채 양팔로 감싸안았다. 가로등에 둥근 오렌지색 불빛이 매달려 있었다. 세상이 서서히 멀어져갔다. 공원 건너편에 교회가 있었다. 아주 멀리 있는 것처럼 보였다. 찌르레기들이 머리 위 나뭇가지에 앉아 노래하며 몸을 흔들었고 날이 밝아오고 있었다.

그는 한 손을 벤치에 내려놓았다. 메스꺼움. 누우면 안 돼.

해는 없었다. 그저 회색빛 동이 터올 뿐. 거리는 젖어 있었다. 가게들은 닫혀 있었다. 철제 셔터들. 한 노인이 빗자루질을 하며 다가오고 있었다. 노인이 동작을 멈추었다. 그러고는 다시 움직였다.

세뇨르,** 모스가 말했다.

부에노,*** 노인이 말했다.

영어를 합니까?

그는 양손으로 빗자루 손잡이를 잡은 채 모스를 유심히 보았다. 그가 어깨를 으쓱했다.

의사가 필요합니다.

노인이 좀더 기다렸다. 모스가 몸을 일으켜세웠다. 벤치에 피가 흥

---

* wainscot. 장식용으로 벽 아래쪽에 덧대는 판.
** 남성에게 쓰는 에스파냐어 경칭.
*** '좋은'이라는 뜻의 에스파냐어로 멕시코에서는 '안녕하세요'를 뜻하기도 한다.

건했다. 총에 맞았어요. 그가 말했다.

　노인이 그를 훑어보았다. 그러고는 혀를 끌끌 찼다. 그리고 동이 트는 쪽으로 시선을 돌렸다. 나무와 건물들이 형태를 갖춰가고 있었다. 노인은 모스를 쳐다보며 턱짓을 했다. 푸에데 안다르?* 그가 물었다.

　뭐라고요?

　푸에데 카미나르?** 노인이 손을 늘어뜨리고 손가락으로 걷는 동작을 흉내냈다.

　모스가 고개를 끄덕였다. 갑자기 눈앞이 새카매졌다. 그는 어둠이 지나갈 때까지 기다렸다.

　티에네 디네로?*** 청소부가 엄지손가락과 나머지 손가락을 맞대고 비볐다.

　시,**** 모스가 말했다. 시. 그가 일어나서 몸을 휘청였다. 그는 오버코트 주머니에서 피투성이 돈다발을 꺼내 백 달러를 빼서 노인에게 건넸다. 노인은 아주 공손한 태도로 그것을 받았다. 그는 모스를 쳐다보고는 빗자루를 벤치에 기대 세웠다.

　계단을 내려와 호텔 정문 밖으로 나왔을 때 시거는 오른쪽 다리 윗부분을 수건으로 감싸고 창문 블라인드 끈으로 묶고 있었다. 수건은

---

* '걸어갈 수 있소?'라는 뜻.
** '걸을 수 있소?'라는 뜻.
*** '돈이 있소?'라는 뜻.
**** '네'라는 뜻.

이미 피로 흥건하게 젖었다. 그는 한 손에는 작은 가방을 다른 손에는 권총을 들고 있었다.

캐딜락은 교차로에 사선으로 세워져 있었고 거리에서는 총성이 울렸다. 그는 이발소 문가로 물러섰다. 건물들 앞에서 자동 라이플총의 요란한 총성과 산탄총의 깊고 묵직한 총성이 울려대고 있었다. 거리의 남자들은 레인코트와 테니스화 차림이었다. 이 지역에서 만날 수 있을 법한 부류로는 전혀 보이지 않았다. 시거는 다리를 절뚝이며 다시 계단을 올라 현관으로 가서 권총을 난간에 올리고 그들을 향해 쏘았다.

그들이 총알이 어디서 날아오는지 알아냈을 무렵 그는 이미 한 명을 죽였고 다른 한 명에게 부상을 입혔다. 부상당한 남자는 차 뒤로 가서 호텔 쪽으로 총을 쏘았다. 시거는 벽돌 벽에 등을 기대고 서서 권총에 새 클립을 끼웠다. 날아오는 총알이 문의 유리를 박살내고 창틀을 산산조각내고 있었다. 로비의 조명이 나갔다. 거리는 아직 어두워서 총구에서 번쩍이는 섬광을 볼 수 있었다. 총격이 잠시 멈추자 시거는 몸을 돌려 호텔 로비로 들어갔고 유릿조각이 그의 부츠에 밟혀 으지직거리는 소리를 냈다. 그는 다리를 절며 복도를 지나 호텔 뒤쪽 계단을 내려가 주차장으로 빠져나갔다.

그는 수건으로 감싼 한쪽 다리를 흔들며 서둘러 길을 건너 건물들의 북쪽 벽을 따라 제퍼슨 스트리트로 향했다. 그곳은 매버릭 카운티 청사에서 한 블록 떨어진 거리였고 그는 새로운 패거리가 몰려오기 전까지 기껏해야 몇 분밖에 남지 않았음을 알았다.

그가 모퉁이에 이르렀을 때 거리에 서 있는 남자는 한 명뿐이었다. 남자는 차 뒤편에 있었고 차는 총알 세례를 받아 유리가 모두 사라졌거나 하얗게 변해 있었다. 차 안에는 최소한 한 구의 시체가 있었다. 남자는 호텔을 주시하는 중이었고 시거가 권총을 겨누어 두 번 쏘자 거리에 쓰러졌다. 시거는 건물 모퉁이 뒤로 물러서서 권총을 어깨높이로 꼿꼿이 들어올린 채 서서 기다렸다. 차가운 아침 공기 속에 풍기는 진한 화약냄새. 마치 불꽃놀이 냄새 같은. 사방이 고요했다.

절뚝이며 거리로 나왔을 때 그가 호텔 현관에서 쏘았던 남자들 중 한 명이 도로 경계석 쪽으로 기어가고 있었다. 시거는 그를 지켜보았다. 그러고는 그의 등을 쏘았다. 다른 한 명은 자동차의 앞쪽 펜더 옆에 누워 있었다. 머리에 총을 맞았고 주위에 시커먼 피가 고여 있었다. 그의 무기가 거기 놓여 있었지만 시거는 그것에는 관심이 전혀 없었다. 그는 차 뒤쪽으로 걸어가서 부츠로 남자를 밀치고는 몸을 숙여 그가 쏘던 기관총을 집어들었다. 스물다섯 발들이 클립이 장착된 우지 기관단총이었다. 시거는 죽은 남자의 레인코트 주머니를 살살 뒤져 클립 세 개를 더 찾아냈는데 그중 하나는 총알로 꽉 채워져 있었다. 그는 클립을 재킷 주머니에 넣고 권총을 벨트 앞쪽에 쑤셔넣은 다음 우지에 끼워진 클립의 총알을 확인했다. 그러고는 우지를 어깨에 둘러메고 절뚝거리며 도로 경계석 쪽으로 돌아갔다. 등에 총을 맞은 남자가 거기 누워서 그를 쳐다보고 있었다. 시거는 고개를 들어 거리를 향해 시선을 돌리며 호텔과 청사 쪽을 바라보았다. 키 큰 야자나무들. 그는 남자를 쳐다보았다. 남자는 점점 넓게 퍼지는 피 웅덩이 속에 누워 있었다. 도와주시오, 남자가 말했다. 시거는 벨트에서 권총을 꺼냈다. 그리고 남자의 눈을 들여다보았다. 남자는 눈길을 돌렸다.

나를 봐, 시거가 말했다.

남자는 시거를 보다가 다시 눈길을 돌렸다.

영어 할 줄 아나?

그렇소.

눈길을 돌리지 마. 나는 당신이 나를 봤으면 좋겠어.

남자는 시거를 보았다. 남자는 새로 밝아온 날의 풍경이 온통 흐릿해지는 것을 보았다. 시거는 남자의 이마를 쏘고는 서서 지켜보았다. 남자의 눈 속 모세혈관이 터지는 것을 지켜보았다. 서서히 흐려지는 눈빛을. 그 함부로 살아버린 세상 속에 비친 시거 자신의 모습이 퇴색되어가는 것을 지켜보았다. 그는 권총을 벨트에 쑤셔넣고 고개를 돌려 다시 한번 거리를 쳐다보았다. 그러고는 가방을 집어들고 우지를 어깨에 둘러멘 후 길을 건너 자기 차가 주차된 호텔 주차장을 향해 절뚝이며 걸어갔다.

V

우리는 조지아에서 여기로 왔다. 우리 집안 말이다. 말과 짐마차를 끌고. 나는 그것이 사실이라고 꽤나 확신한다. 물론 원래 가족사란 상당 부분 전혀 사실이 아니라는 것을 알고 있다. 어느 가족이든. 이야기는 전해지고 진실은 무시된다. 속담에도 이르듯이. 누군가는 이 말을 진실이 무력하다는 뜻으로 받아들일지도 모르겠다. 하지만 나는 그렇게 생각지 않는다. 나는 거짓말이 모두 말해지고 잊힌 후에도 진실은 그 자리에 남을 거라고 생각한다. 진실은 이리저리 장소를 옮기지도 않고 때에 따라 변하지도 않는다. 소금에 소금을 칠 수 없듯이 진실을 더럽힐 수는 없다. 진실을 더럽힐 수 없는 것은 진실이 원래 그런 것이기 때문이다. 사람들 말에 따르면 그렇다. 진실을 바위에 비유하는 걸 들은 적이 있는데—어쩌면 성경에서—그 말에 동의하지 않는 건 아니다. 하지만 바위가 사라진 후에도 진실은 여기 남을 것이다. 물론 이 말에 동의하지 않는 사람도 있으리라. 실은 제법 많을 것이다. 하지만 나는 그런 사람들이 믿는 게 과연 무엇인지 절대 알아낼 수 없었다.

사람들은 늘 지역사회 행사에 참여하려 애썼고 물론 나도 늘 묘지 청소 같은 일을 하러 가곤 했다. 그건 그런대로 괜찮았다. 여자들은 바닥에 저녁을 차리곤 했고 물론 그것이 선거운동의 일환이긴 했지만 그래도 그 일을 스스로 할 수 없는 사람들을 위해 대신 해준다는 의미가 있었다. 글쎄, 누구는 냉소적인 반응을 보이며 밤에 죽은 자들이 찾아오는 것을 원치 않는다고 말할지도 모르겠다. 하지만 내 생각에 그것에는 더 깊은 의미가 있는 것 같다. 물론 일차적으로는 공동체와 존중의 문제이지만 죽은 자들이 우리에게 지닌 영향력은 우리가 인정하거나 심지어 알고 있는 것보다 더 크고 또 실로 꽤나 강력하다. 정말이지 꽤나 강력하다. 그들이 우리를 놓아주길 원치 않는다는 느낌마저 든다. 그러니 그 점에 있어서는 어떤 작은 일이라도 도움이 된다.

지난번에 내가 신문에 대해 했던 이야기로 돌아가보자. 지난주에 캘리포니아에서 노인들에게 방을 빌려주고는 그들을 죽여 마당에 묻고 그들의 사회보장연금 수표를 현금으로 바꾼 부부가 발견되었다. 부부는 살해하기 전에 먼저 노인들을 고문했는데, 이유는 모르겠다. 어쩌면 텔레비전이 고장나서 심심했는지도 모른다. 신문에서는 그 사건에 대해 이렇게 말했다. 한번 인용해보겠다. "이웃들은 그곳에서 개 목걸이만 두른 채 도망쳐 나온 노인을 보고 의심을 품게 되었다." 이런 이야기는 지어낼 수 없는 법이다. 어디 할 수 있다면 해보라.

하지만 보다시피 사람들이 관심을 갖게 된 것은 바로 그 때문이었다. 아무리 고함을 지르고 마당을 파헤쳐도 사람들은 눈 하나 깜짝 안 했으니까.

뭐, 괜찮다. 나는 그 기사를 읽으며 소리 내어 웃었다. 달리 할 수 있는 게 별로 없었으니까.

오데사까지는 차로 거의 세 시간이 걸렸고 그가 도착했을 때는 날이 어두워져 있었다. 그는 무전기로 트럭 운전사들이 하는 이야기를 들었다. 그 친구가 이곳 관할권을 얻었나? 설마. 나도 모르지. 자네가 범죄를 저지르는 걸 보면 아마 그렇게 할걸. 그럼 나는 개심한 범죄자라고 해두지. 누가 아니래, 친구.

그는 스티로폼 컵에 담긴 커피를 마시며 편의점에서 구입한 오데사 지도를 순찰차 좌석에 펼쳤다. 그리고 글러브박스에서 노란색 마커펜을 꺼내 지도에 경로를 표시한 다음 지도를 접어 옆 좌석에 놓고는 실내등을 끄고 시동을 걸었다.

문을 두드리자 루엘린의 아내가 그를 맞으러 나왔다. 그녀가 문을 열 때 그는 모자를 벗었는데 곧장 그것을 후회했다. 그녀는 한 손을 입에 가져다 대며 다른 손으로 문설주를 붙잡으려 했다.

죄송합니다, 부인, 그가 말했다. 그는 무사합니다. 남편분은 무사해요. 그저 이야기를 좀 나눌 수 있을까 해서 찾아왔습니다.

거짓말하시는 건 아니죠?

아닙니다, 부인. 거짓말이 아니에요.

샌더슨에서 여기까지 차를 몰고 오신 거예요?

네, 부인.

무엇 때문에 그러시는데요.

그냥 찾아뵙고 이야기나 좀 나눌까 해서요. 남편분에 대해서요.

그런데 들어오실 수는 없어요. 엄마가 놀라서 쓰러지실 거예요. 코트 좀 가져올게요.

네, 부인.

그들은 차를 타고 선샤인 카페로 가서 뒤쪽 칸막이 좌석에 앉아 커피를 주문했다.

남편이 어디 있는지는 모르신다는 말이죠.

네, 몰라요. 이미 말씀드렸잖아요.

네 그렇게 말씀하셨죠.

그는 모자를 벗어 옆에 내려놓고 손으로 머리를 쓸어넘겼다. 남편에게서 소식은 없었습니까?

네, 없었어요.

아무 소식도 없었단 말이죠.

한마디도요.

웨이트리스가 묵직하고 하얀 도자기 머그잔에 담긴 커피 두 잔을 들고 왔다. 벨은 스푼으로 자기 커피를 저었다. 그러고는 스푼을 들고 우묵한 은빛 부분에서 피어오르는 김을 바라보았다. 남편이 돈을 얼마나 주던가요?

그녀는 대답하지 않았다. 벨이 미소를 지었다. 무슨 말씀을 하시려던 거죠? 그가 말했다. 말씀하셔도 됩니다.

그건 보안관님이 상관할 문제가 아니라고 말하려 했어요. 안 그런가요.

그냥 저를 보안관으로 생각하지 않으시면 어떨까요.

그럼 누구라고 생각해야 하죠?

남편분에게 문제가 생겼다는 건 알고 계시죠.

루엘린은 아무 잘못도 저지르지 않았어요.

남편은 저랑 문제가 생긴 게 아닙니다.

그럼 누구랑 문제가 생긴 거죠?

아주 질 나쁜 자들이랑요.

루엘린이 알아서 잘 처신할 거예요.

칼라라고 불러도 될까요?

나들 칼라 진이라고 불러요.

칼라 진. 이렇게 불러도 괜찮을까요?

괜찮아요. 저는 계속 보안관님이라도 불러도 괜찮죠?

벨이 미소를 지었다. 네, 그가 말했다. 괜찮습니다.

알겠어요.

그자들은 남편분을 죽일 겁니다, 칼라 진. 물러나지 않을 거예요.

그이도 물러나지 않을 거예요. 그랬던 적이 없는 사람이거든요.

벨이 고개를 끄덕였다. 그는 커피를 한 모금 마셨다. 잔에 담긴 검은 액체 위에서 찰랑이며 변화하는 얼굴이 앞으로 다가올 일의 전조처럼 보였다. 형태를 잃어가는 것들. 그와 더불어 사라지는 자신. 그는 컵을 내려놓고 여자를 바라보았다. 저도 남편분에게 유리한 이야기를 해드릴 수 있으면 좋겠습니다. 하지만 아무래도 상황이 그렇지 못한 것 같네요.

글쎄요, 그녀가 말했다, 그이는 자기 소신대로 사는 사람이고 앞으로도 계속 그럴 거예요. 그게 바로 제가 그이랑 결혼한 이유죠.

하지만 한동안 소식이 없었죠.

소식이 올 거라고 기대하지 않았어요.

두 분이 무슨 문제라도 있었나요?

우린 아무 문제가 없어요. 문제가 생기면 바로 해결하죠.

음, 운좋은 부부로군요.

그래요.

그녀가 그를 빤히 바라보았다. 왜 그런 걸 물으시는 건데요, 그녀가 말했다.

문제가 있었냐고 물은 것 말인가요?

네, 문제가 있었냐고 물은 거요.

그냥 혹시나 해서요.

보안관님은 알고 저는 모르는 어떤 일이라도 생긴 건가요?

아니요. 저도 같은 질문을 드릴 수 있겠습니다만.

물론 저는 대답하지 않겠죠.

네.

그이가 저를 떠났다고 생각하시는군요. 안 그런가요.

저는 모릅니다. 떠난 걸까요?

아니요. 아니에요. 저는 그이를 알아요.

예전에는 알았던 거겠죠.

지금도 알아요. 그이는 변하지 않았어요.

어쩌면요.

보안관님은 그렇다고 믿지 않으시는군요.

음, 솔직히 말씀드리면 돈 때문에 변하지 않은 사람은 알지도 못하고 들어본 적도 없습니다. 그렇다면 남편분이 최초가 되겠군요.

그이가 최초가 될 거예요.

그렇게 되길 바랍니다.

정말로 바라시는 게 맞나요, 보안관님?

네. 맞습니다.

무슨 죄로 기소된 건 아니죠?

네. 무슨 죄로 기소되진 않았습니다.

하지만 앞으로는 그런 일이 생길 수도 있겠군요.

네. 그렇습니다. 남편분이 그때까지 살아 있다면요.

음. 그이는 아직 죽지 않았어요.

그 말은 저보다는 부인께 더 위안이 되겠군요.

그는 커피를 한 모금 마시고 머그잔을 테이블에 내려놓았다. 그리고 그녀를 쳐다보았다. 남편분은 돈을 돌려주어야 합니다, 그가 말했다. 신문에 기사가 실릴 거예요. 그러면 그 녀석들이 그를 놓아줄지도 모릅니다. 장담할 수는 없습니다. 하지만 가능성은 있어요. 방법은 그것뿐입니다.

그냥 보안관님이 신문에 기사를 낼 수도 있잖아요.

벨은 그녀를 유심히 쳐다보았다. 아니요, 그가 말했다. 저는 그럴 수 없습니다.

아니면 그러고 싶지 않거나.

그럼 그러고 싶지 않다고 해두죠. 돈이 총 얼마던가요?

무슨 말씀 하시는지 모르겠네요.

그렇군요.

담배 피워도 될까요? 그녀가 물었다.

여기는 아직 미국인 것 같습니다만.

그녀가 담배를 꺼내 불을 붙이더니 얼굴을 돌려 공중에 연기를 내뿜었다. 벨은 그녀를 지켜보았다. 이 일이 어떻게 끝날 것 같나요? 그가 물었다.

모르겠어요. 뭐가 어떻게 끝날지 전혀 모르겠어요. 보안관님은요?

어떤 결말이 아닐지는 압니다.

그후로 영원히 행복하게 살았답니다 하는 결말은 아닐 거라는 말씀인가요?

대략 그렇습니다.

루엘린은 엄청나게 똑똑해요.

벨이 고개를 끄덕였다. 제 말은 부인께서 남편에 대해 좀더 걱정하셔야 할 것 같다는 뜻입니다.

그녀는 담배를 길게 한 모금 빨았다. 그리고 벨을 유심히 쳐다보았다. 보안관님, 그녀가 말했다. 저는 지금 딱 필요한 만큼의 걱정을 하고 있다고 생각해요.

남편이 누군가를 죽이게 될지도 모릅니다. 그런 생각은 안 해보셨나요?

그이는 한 번도 그런 적 없어요.

베트남에 갔었죠.

민간인으로서는 그렇다는 말이에요.

그러게 될 겁니다.

그녀는 대답하지 않았다.

커피 더 드시겠어요?

커피는 이제 됐어요. 처음부터 마시고 싶은 생각도 없었어요.

그녀가 카페 안을 둘러보았다. 빈 테이블들. 야간 직원은 열여덟 살쯤 된 소년으로 유리 카운터 위로 몸을 숙인 채 잡지를 읽고 있었다. 엄마가 암에 걸리셨어요, 그녀가 말했다. 그리 오래 사시지는 못할 거예요.

그렇다니 유감입니다.

저는 그분을 엄마라고 불러요. 실제로는 제 할머니이지만요. 그분은 저를 키워주셨고 저로서는 그분이 있어서 행운이었어요. 음. 행운이라는 말로는 어림도 없죠.

네, 부인.

엄마는 루엘린을 별로 좋아했던 적이 없어요. 왜 그런지는 저도 모르겠어요. 특별한 이유는 없는 것 같아요. 그이는 늘 엄마한테 잘해드렸죠. 암 진단을 받고 나면 같이 살기가 더 쉬워질 줄 알았는데 아니었어요. 더 나빠졌죠.

지금은 왜 같이 사시는 거죠?

같이 살지 않아요. 저는 그렇게 어리석지 않다고요. 그냥 임시로 머무는 것뿐이에요.

벨이 고개를 끄덕였다.

이제 가봐야겠어요, 그녀가 말했다.

알겠습니다. 총은 가지고 있나요?

네, 있어요. 보안관님은 제가 여기 무방비하게 던져진 미끼나 다름없다고 생각하시는군요.

저도 모르겠군요.

하지만 그렇게 생각하시잖아요.

그렇게 좋은 상황은 아닌 것 같습니다.

네.

저로서는 남편분과 이야기해보시길 바랄 뿐입니다.

생각을 좀 해봐야겠어요.

알겠습니다.

저는 루엘린을 밀고하느니 차라리 죽어서 영원히 지옥에서 살아가는 편을 택하겠어요. 그런 제 마음을 이해해주셨으면 좋겠네요.

이해합니다.

그런 일을 손쉽게 해내는 법은 한 번도 배운 적이 없어요. 앞으로도 없었으면 좋겠군요.

네, 부인.

들어주실 의향이 있다면 해드리고 싶은 이야기가 있어요.

들을 의향이 있습니다.

듣고 나면 제가 좀 별나다고 생각하실지도 모르겠네요.

그럴지도 모르죠.

이미 그렇게 생각하실 수도 있겠지만요.

그렇지 않습니다.

열여섯 살 때 고등학교를 관두고 월마트에 취직했어요. 달리 뭘 해야 할지 몰랐죠. 우리는 돈이 필요했어요. 월급이 정말 박하더군요. 아무튼 출근 전날 밤에 이런 꿈을 꾸었어요. 아니면 몽상이었는지도 모르죠. 아직 비몽사몽간이었던 것 같거든요. 어쨌든 그 꿈인지 몽상인지에서 거기 가면 그가 저를 찾을 거라는 계시를 받았어요. 월마트에 가면 말이죠. 그가 누구이고 이름은 무엇이며 어떻게 생겼는지는 전혀 몰랐어요. 보면 바로 알아볼 거라는 사실만 알았죠. 달력에 하루하루 날짜를 표시했어요. 감옥에서 그러듯이 말이에요. 물론 감옥에는 가본 적이 없지만 거기서는 아마 그렇게 할 것 같아요. 구십구 일째 되던 날 누가 들어와서 제게 스포츠 용품이 어디 있는지 물었는데 바로 그 사람이더군요. 상품 위치를 알려주자 그가 저를 쳐다보고는 그쪽으로 갔어요. 그랬다가 곧장 돌아와서 제 이름표를 보고 이름을 부르더니 저를 쳐다보며 말했죠. 근무 몇시에 끝나요? 그러고서 날짜를 표시하길 관뒀어요. 의심은 조금도 들지 않았죠. 그때도 그랬고 지금도 그렇고 앞으로도 그럴 거예요.

멋진 이야기로군요, 벨이 말했다. 결말도 멋지길 바랍니다.

그렇게 시작되었던 거예요.

알겠습니다. 이야기해줘서 고맙습니다. 시간이 늦었으니 이제 보내드리는 게 좋겠군요.

그녀는 담배를 비벼 껐다. 음, 그녀가 말했다. 여기까지 오셨는데 큰 보람이 없으셨던 것 같아서 죄송하네요.

벨이 모자를 집어 머리에 얹고 똑바로 고쳐 썼다. 음, 그가 말했다. 저는 그저 최선을 다할 뿐입니다. 그러다보면 때로는 일이 어떻게든 잘 풀리기도 하죠.

정말로 걱정하시나요?

남편분에 대해서요?

네. 제 남편에 대해서.

네, 부인. 물론입니다. 테럴 카운티 주민들은 자신들을 잘 보살펴달라고 저를 고용한 거예요. 그게 제 일이죠. 가장 먼저 다치는 사람이 되라고 월급을 주는 겁니다. 가장 먼저 죽는 사람이 되라고 말이에요. 걱정하다마다요.

보안관님은 본인 말을 믿어달라고 하시지만, 그건 그냥 보안관님의 주장일 뿐이잖아요.

벨이 미소를 지었다. 네, 부인, 그가 말했다. 그냥 저의 주장이죠. 저로서는 제가 드린 말씀을 잘 생각해보시길 바랄 뿐입니다. 저는 남편분에게 생긴 문제에 대해 한마디도 꾸며내지 않았어요. 만일 그가 살해된다면 저는 그 죽음을 안고 살아가야 합니다. 그래도 감당하지 못할 일은 아니에요. 부인은 과연 그러실 수 있는지 생각해보셨으면 좋겠군요.

알겠어요.

한 가지 좀 물어봐도 될까요?

물어보세요.

여자에게 나이를 묻는 것은 실례인 줄 알지만 그래도 궁금한 건 어쩔 수가 없네요.

괜찮아요. 저는 열아홉 살이에요. 그보다 더 어려 보이죠.

결혼한 지는 얼마나 됐나요?

삼 년이요. 거의 삼 년 됐어요.

벨이 고개를 끄덕였다. 제 아내는 저와 결혼했을 때 열여덟 살이었죠. 막 열여덟 살이 되었을 때였어요. 아내와의 결혼은 제가 그동안 저지른 모든 바보 같은 짓을 보상해주었죠. 실은 그러고도 남는 장사였던 것 같습니다. 제대로 흑자를 본 셈이죠. 그럼 가실까요?

그녀가 핸드백을 들고 일어났다. 벨은 계산서를 집어들고 모자를 다시 고쳐 쓴 다음 자리에서 천천히 일어났다. 그녀는 담배를 핸드백에 넣고 그를 쳐다보았다. 있잖아요, 보안관님. 열아홉 살은 자기한테 세상 전부나 다름없는 것일수록 그만큼 더 잃기 쉽다는 사실을 알 만한 나이예요. 그 점에서 저는 열여섯 살인 것 같네요. 그런 생각이 들어요.

벨이 고개를 끄덕였다. 그런 생각은 저한테도 낯설지가 않군요, 칼라 진. 아주 친숙한 생각이에요.

그가 침대에 누워 잠들어 있고 아직 바깥이 대체로 어두울 때 전화벨이 울렸다. 그는 침실용 탁자에 놓인 오래된 야광 시계를 확인하고는 손을 뻗어 수화기를 집어들었다. 보안관 벨입니다, 그가 말했다.

그는 이 분쯤 가만히 듣고 있었다. 그러고는 말했다. 전화해줘서 고맙네. 그래. 이제 그야말로 전면전인 거지. 달리 뭐라고 부를 수 있을

지 모르겠군.

 오전 아홉시 십오분에 이글패스의 보안관 사무실 앞에 도착했고 그와 보안관은 사무실에 앉아 커피를 마시며 세 시간 전에 두 블록 떨어진 도로에서 찍힌 사진들을 살펴보았다.
 이 망할 곳을 전부 그들*에게 돌려주는 데 찬성하고 싶을 때가 있어, 보안관이 말했다.
 무슨 말인지 알겠네, 벨이 말했다.
 거리에 시체들이 널려 있어. 시민들의 가게는 벌집이 됐고. 사람들의 차도. 듣도 보도 못한 일 아닌가?
 가서 살펴볼 수 있나?
 그래. 가서 살펴보세.
 거리에는 여전히 폴리스라인이 쳐져 있었지만 살펴볼 게 많지는 않았다. 이글호텔의 정면에는 총격의 흔적이 가득했고 도로의 양쪽 보도에는 깨진 유리가 떨어져 있었다. 총에 맞아 자동차에서 떨어져나간 타이어와 유리 그리고 자동차 판금에 난 구멍들과 그 둘레로 작은 고리 모양을 그리며 노출된 강철. 캐딜락은 이미 견인되었고 거리의 유리는 쓸어냈고 피는 호스로 물을 뿌려 씻어낸 상태였다.
 호텔에 있었던 건 누구라고 생각하나?
 어느 멕시코인 마약상들.
 보안관은 서서 담배를 피웠다. 벨은 도로를 따라 조금 걸어내려갔다. 그러고는 멈춰 섰다. 그리고 부츠로 유리를 밟으며 다시 보도로 올

---

* 멕시코인을 뜻한다. 텍사스는 멕시코의 일부였다가 1836년 독립하였다.

라왔다. 보안관이 담배를 튕겨 도로에 버렸다. 애덤스 스트리트로 반 블록쯤 올라가면 길게 이어진 핏자국이 보일 걸세.

저쪽으로 간 모양이로군.

조금이라도 분별력이 있었다면. 차에 타고 있던 녀석들은 십자포화에 휩싸였던 모양이야. 내가 보기에 녀석들은 호텔과 저 위쪽 거리 양쪽으로 총을 쏘아댄 것 같네.

왜 저런 식으로 교차로 한복판에 차를 세워두고 있었을까?

나도 모르겠네, 에드 톰.

두 사람은 호텔로 걸어갔다.

주운 탄피는 어떤 종류던가?

대부분 9밀리미터 탄환에 산탄총 탄피도 좀 있었고 380구경도 몇 개 있었지. 산탄총 한 자루와 기관총 두 자루를 확보했네.

완전 자동인가?

물론이지. 왜 아니겠나?

그렇겠지.

둘은 계단을 올라갔다. 호텔 현관은 총에 맞아 깨진 유리와 나무 파편으로 가득했다.

야간 직원은 살해되었네. 운이 더럽게 없었던 것 같아. 빗나간 총알을 맞았거든.

어디에 맞았는데?

양미간에 정통으로.

둘은 로비로 들어가서 걸음을 멈추었다. 누군가가 프런트 뒤쪽 카펫에 흐른 피 위로 수건 몇 장을 던져두었지만 수건은 이미 피로 흥건한 상태였다. 그는 총에 맞은 게 아냐, 벨이 말했다.

누구 말인가.

야간 직원.

총에 맞은 게 아니라고?

그렇다네.

왜 그렇게 생각하는 건가?

부검 보고서를 받아보면 자네도 알게 될 걸세.

그게 무슨 말인가, 에드 톰? 블랙앤드데커 드릴로 머리에 구멍이라도 냈다는 말인가?

상당히 비슷하네. 한번 생각해보게.

샌더슨으로 차를 몰고 돌아오는 길에 눈이 내리기 시작했다. 그는 청사로 가서 약간의 서류 작업을 하고 어두워지기 직전에 퇴근했다. 집 뒤쪽의 진입로에 차를 세웠을 때 그의 아내가 부엌 창문으로 밖을 내다보고 있었다. 그녀는 그를 보고 미소를 지었다. 따스한 노란 불빛 아래에서 눈이 이리저리 휘날렸다.

둘은 작은 다이닝룸에 앉아서 저녁을 먹었다. 그녀가 틀어놓은 바이올린 협주곡이 흘러나오고 있었다. 전화벨은 울리지 않았다.

수화기를 내려놨어?

아니, 그녀가 말했다.

전화선이 끊어졌나본데.

그녀가 미소를 지었다. 눈이 와서 그런 걸 거야. 눈이 오면 사람들은 하던 일을 멈추고 생각에 잠기니까.

벨이 고개를 끄덕였다. 그럼 아예 눈보라라도 치면 좋겠군.

지난번에 여기 눈 왔을 때 기억나?

아니, 안 나는 것 같아. 당신은?

나는 기억나.

언제였더라.

당신도 생각날 거야.

저런.

그녀가 미소를 지었다. 둘은 다시 먹었다.

좋군, 벨이 말했다.

뭐가?

음악. 저녁식사. 집에 있는 거.

그 여자가 사실대로 말했다고 생각해?

응. 그렇다고 생각해.

그 남자는 아직 살아 있을까?

모르겠어. 그러길 바라야지.

당신은 이 일에 대해 더이상 아무 소식도 들을 수 없을지 몰라.

그럴 수도 있겠지. 그렇다고 이 일이 끝나는 건 아닐 거야, 안 그래?

응, 그렇진 않겠지.

이번처럼 녀석들이 서로를 죽이는 일이 정기적으로 벌어지진 않을 거야. 하지만 어떤 조직이 조만간 상대편을 장악하고 결국에는 멕시코 정부와 거래하게 되겠지. 너무 많은 돈이 걸려 있어. 녀석들은 이 촌놈들을 몰아내버릴 거야. 오래 걸리지도 않겠지.

돈을 얼마나 가지고 있을까?

모스 말이야?

응.

글쎄. 몇백만 정도 되겠지. 음, 엄청나게 큰 액수는 아닐 테고. 그걸 들고 걸어서 빠져나갔으니까.

커피 좀더 줄까?

좋지.

그녀는 자리에서 일어나 사이드보드로 가서 퍼컬레이터*의 플러그를 뽑고 식탁으로 가져와 그의 컵에 커피를 따라주고 다시 앉았다. 어느 날 저녁에 시체가 되어 집으로 돌아오지만 마, 그녀가 말했다. 그건 용납할 수 없으니까.

그럼 그러지 않는 게 좋겠군.

모스가 아내를 데려갈까?

벨이 커피를 저었다. 그는 앉아서 김이 나는 스푼을 잔 위로 들고 있다가 잔 받침에 내려놓았다. 모르겠어, 그가 말했다. 하지만 그러지 않으면 지독한 바보겠지.

---

* 물을 넣고 가열해 사용하는 여과식 커피메이커.

사무실은 휴스턴의 스카이라인과 탁 트인 저지대를 지나 배가 다니는 수로와 그 너머의 내포內浦*까지 내다보이는 십칠층에 있었다. 가득 늘어선 은빛 기름 탱크들. 대낮에 희미하게 너울거리는 가스. 웰스가 나타나자 남자는 그에게 들어오라 말하고는 문을 닫으라고 했다. 남자는 심지어 뒤돌아서지도 않았다. 그는 유리에 비친 웰스의 모습을 볼 수 있었다. 웰스는 문을 닫고 양 손목을 교차시킨 채 서 있었다. 장의사가 서 있을 때 취할 법한 자세로.

남자가 마침내 돌아서서 그를 쳐다보았다. 앤턴 시거와 안면이 있다고 들었는데 맞나?

---

* 미국 남부 지역의 강이나 호수의 후미에 있는 늪 같은 작은 만.

네, 맞습니다.

마지막으로 그를 본 게 언제지?

작년 11월 28일입니다.

어떻게 하필 그 날짜를 기억하는 건가?

하필 그 날짜를 기억하는 게 아닙니다. 저는 원래 날짜를 잘 기억합니다. 숫자들 말입니다.

남자가 고개를 끄덕였다. 그는 책상 뒤에 서 있었다. 책상은 윤이 나는 스테인리스강과 호두나무로 만든 것이었고 그 위에는 아무것도 없었다. 사진 한 장이나 종이 한 장 없었다. 아무것도.

조직에 골칫거리가 하나 생겼네. 게다가 물건도 잃어버렸고 금전적인 손해도 많이 봤지.

네. 이해합니다.

이해한다라.

네.

다행이군. 자네의 관심을 끌었다니 기쁘네.

네. 제 관심을 끄셨습니다.

남자는 책상 서랍을 열어 강철 박스를 꺼내 열고는 거기서 카드 한 장을 꺼낸 후 상자를 닫고 잠가서 다시 치웠다. 그는 두 손가락 사이에 카드를 끼워 들고 웰스를 쳐다보았고 웰스는 앞으로 걸어와서 그것을 받았다.

내 기억이 정확하다면 자네는 비용을 직접 부담했지.

네.

이 계좌에서는 스물네 시간마다 천이백 달러만 꺼내 쓸 수 있네. 천 달러에서 올린 거지.

네.

시거에 대해 얼마나 잘 알고 있나.

충분히 잘 압니다.

그건 대답이 못 돼.

뭘 알고 싶으십니까?

남자는 손등 관절로 책상을 톡톡 두드렸다. 그러고는 고개를 들었다. 그저 시거에 대한 자네의 의견이 궁금할 뿐이네. 전반적으로. 무적의 미스터 시거에 대해.

무적인 사람은 없습니다.

그런 사람도 있지.

왜 그렇게 말하시는 겁니까?

세상 어딘가에는 가장 무적인 남자가 있는 법이지. 어딘가에는 가장 약한 남자가 있듯이.

그렇게 믿으시는 겁니까?

아니. 통계상 그렇다는 말이야. 그래서 녀석이 얼마나 위험한 거지?

웰스가 어깨를 으쓱했다. 무엇에 비해서요? 흑사병? 저를 부르실 만큼은 악랄한 녀석이죠. 그는 사이코패스 살인마이지만 그게 뭐 대수입니까? 그런 자들은 사방에 널렸습니다.

어제 이글패스에서 벌어진 총격전에 녀석이 있었다는군.

총격전이요?

총격전. 거리에서 사람들이 죽었지. 자네는 신문을 읽지 않나보군.

네, 안 읽습니다.

그는 웰스를 유심히 쳐다보았다. 자네는 무슨 마법의 보호라도 받고 살아온 모양이야, 안 그런가, 미스터 웰스?

솔직하게 말씀드리건대 제가 지금껏 삶을 지킬 수 있었던 건 마법과는 아무런 상관이 없습니다.

그렇군, 남자가 말했다. 또 뭐가 필요한가.

그 정도면 된 것 같습니다. 죽은 자들은 파블로의 부하들인가요?

그래.

확신하시는군요.

자네가 생각하는 의미에서의 확신은 아니겠지. 하지만 꽤 확신하네. 우리 애들은 아니었어. 놈은 이삼일 전에도 두 명을 죽였는데 그때는 공교롭게도 우리 애들이었지. 그보다 더 며칠 전에는 그 빌어먹을 난장판 속에서 세 명을 죽였고. 알겠나?

알겠습니다. 그 정도면 된 것 같군요.

예전에 쓰던 표현을 빌리자면, 사냥 잘하게.* 옛날 옛적에는 이렇게 말하곤 했지. 아주 옛날에는.

감사합니다. 한 가지 여쭤봐도 될까요?

물론이네.

이제 제가 저 엘리베이터를 타고 다시 여기 올라올 수는 없는 거겠죠?

이 층으로는 못 오지. 그건 왜?

그냥 궁금해서요. 보안. 늘 흥미로운 문제죠.

---

* good hunting. 문자 그대로는 사냥을 잘하라는 의미이지만 도전적인 상황에서 '행운을 빈다'는 뜻으로 통용되는 표현이다.

한 번 올라올 때마다 암호가 바뀌지. 무작위로 다섯 자리 수 암호가 생성돼. 암호는 어디로도 유출되지 않아. 내가 특정 번호로 전화를 걸면 전화기를 통해 새로 생성된 암호를 들을 수 있지. 그럼 나는 그걸 자네에게 알려주고 자네는 그걸 누르는 거야. 질문에 대한 답이 됐나?

멋지네요.

그래.

밖에서 건물 층수를 세어봤습니다.

그래서?

한 층이 모자라더군요.

알아봐야겠군.

웰스가 미소를 지었다.

배웅은 안 해줘도 되겠지? 남자가 말했다.

네.

좋아.

하나만 더요.

뭔가.

혹시 주차권을 좀 끊어주실 수 있을까 해서요.

남자는 고개를 살짝 옆으로 기울였다. 지금 그걸 농담이라고 한 건가.

죄송합니다.

잘 가게, 미스터 웰스.

네.

웰스가 도착했을 때 호텔은 폴리스라인이 사라지고 로비의 유리와 나무 파편도 깨끗이 쓸어낸 후 정상 영업중이었다. 문들과 두 개의 창문 위에는 못으로 합판을 박아놓았고 옛 직원이 있던 프런트에는 새 직원이 서 있었다. 어서 오세요, 그가 말했다.

방 하나 주시오, 웰스가 말했다.

네, 손님. 혼자 쓰실 건가요?

그렇소.

며칠간 묵으실 예정인가요.

아마도 하루만.

직원은 웰스에게 숙박계를 내밀고 돌아서서 보드에 걸린 열쇠들을 살펴보았다. 웰스는 숙박계를 작성했다. 사람들이 자꾸 물어봐서 피곤한 줄 알지만, 그가 말했다, 이 호텔에서 무슨 일이 벌어졌던 거요?

저는 그 문제에 대해 말하지 못하게 되어 있습니다.

알겠소.

직원이 책상 위에 열쇠를 내려놓았다. 현금으로 하실 건가요, 카드로 하실 건가요?

현금. 얼마요?

십사 달러에 세금이 추가됩니다.

얼마요. 다 해서.

네?

다 해서 얼마냐고 물었소. 최종 금액을 말해줘야 할 것 아니오. 총액이 얼마요. 모두 합해서.

네, 손님. 십사 달러 칠십 센트입니다.

그 일이 터졌을 때 여기 있었소?

아니요. 저는 어제 처음 출근했습니다. 이제 겨우 두번째 교대 근무 중인걸요.

그럼 말하지 못할 게 뭐가 있단 말이지?

네?

몇시 퇴근이오?

네?

더 정확히 말해야겠군. 몇시에 교대 근무가 끝나는지 물었소.

직원은 키가 크고 마른 체형으로, 어쩌면 멕시코인일 수도 있고 그렇지 않을 수도 있었다. 그가 호텔 로비 쪽으로 눈길을 휙 던졌다. 마치 그곳에 그를 도와줄 무언가가 있을지도 모른다는 듯이. 저는 여섯시가 되어서야 왔습니다. 그가 말했다. 교대 근무는 두시에 끝나요.

그럼 두시에는 누가 오는 거지.

이름은 모릅니다. 그 사람은 주간 직원이었어요.

그저께 밤에는 여기 없었겠군.

네, 손님. 그는 주간 직원이었어요.

그저께 밤에 근무한 사람. 그는 어디 있소?

그 사람은 이제 여기서 일하지 않습니다.

어제 신문 있나?

그는 뒤로 물러나서 프런트 아래를 살펴보았다. 없습니다 손님, 그가 말했다. 버린 것 같아요.

알겠소. 창녀 두 명이랑 칠백오십 밀리터짜리 위스키 한 병에 얼음도 좀 같이 올려보내시오.

네?

농담 좀 해봤소. 당신은 긴장을 좀 풀 필요가 있겠군. 녀석들은 돌아오지 않을 거요. 내가 장담하지.

네, 손님. 제발 그랬으면 좋겠습니다. 저는 애초에 이 일을 맡고 싶지도 않았거든요.

웰스는 미소를 짓고 섬유판 열쇠고리로 프런트의 대리석 표면을 두 번 두드리고는 계단을 올라갔다.

그는 두 방에 아직도 폴리스라인이 쳐져 있는 것을 보고 놀랐다. 그는 자기 방으로 들어가서 의자 위에 가방을 내려놓고 면도 키트를 꺼내 욕실로 들어가 불을 켰다. 그러고는 양치를 하고 세수를 한 후 방으로 돌아와 침대 위에 몸을 뻗고 누웠다. 그는 잠시 후 일어나 의자로 가서 가방을 옆으로 돌리고 맨 아래쪽 지퍼를 열어 스웨이드 가죽으로 된 권총 케이스를 꺼냈다. 그리고 케이스의 지퍼를 열어 스테인리스강 357구경 리볼버를 꺼낸 뒤 침대로 돌아가서 부츠를 벗고 권총을 옆에 둔 채 다시 몸을 뻗고 누웠다.

깨어났을 때는 날이 거의 어두워져 있었다. 그는 일어나 창가로 가서 낡은 레이스 커튼을 걷었다. 거리에 밝혀진 불. 어두워지는 서쪽 지평선을 따라 흘러가는 긴 모래톱 같은 흐릿한 붉은 구름. 낮고 지저분한 스카이라인을 이루고 있는 지붕들. 그는 권총을 벨트에 끼우고 셔츠를 바지 위로 꺼내 권총을 가리고는 양말 바람으로 밖으로 나가 복도를 걸어갔다.

약 십오 초 만에 모스의 방에 들어간 그는 폴리스라인을 건드리지 않은 채 등뒤로 문을 닫았다. 문에 몸을 기대고 방의 냄새를 맡아보았다. 그러고는 거기 서서 그냥 방안을 둘러보았다.

우선 그는 카펫 위를 조심스럽게 걸어다녔다. 침대가 옮겨진 자리에 보이는 움푹한 부분을 우연히 발견한 그는 침대를 방 안쪽으로 돌렸다. 그러고는 무릎을 꿇고 입으로 먼지를 후 불고는 카펫의 보풀을 살펴보았다. 그리고 일어나서 베개를 집어 냄새를 맡아본 후 다시 제자리에 놓았다. 그렇게 침대를 사분의 일쯤 돌려놓은 채 옷장으로 걸어가 문을 열고 안을 들여다보고는 다시 문을 닫았다.

그는 욕실로 들어갔다. 집게손가락으로 세면대를 쓸어보았다. 목욕 수건과 손 닦는 수건은 사용한 것이었지만 비누는 새것이었다. 그는 손가락으로 욕조 측면을 쓸어보고는 바지 솔기를 따라 손가락을 문질러 닦았다. 그러고는 욕조 가장자리에 앉아 타일을 발로 톡톡 두드렸다.

다른 방은 227호였다. 그는 안으로 들어가 문을 닫고 돌아서서 가만히 서 있었다. 침대는 사용한 흔적이 없었다. 욕실 문은 열려 있었다. 피 묻은 수건이 바닥에 떨어져 있었다.

욕실로 걸어가서 문을 완전히 밀어젖혔다. 세면대에 피 묻은 목욕수건이 있었다. 다른 수건은 사라지고 없었다. 피 묻은 손자국들. 샤워 커튼 가장자리에 찍힌 피 묻은 손자국 하나. 어디 구멍 속으로 기어들어가진 않았길 바란다. 그가 말했다. 나는 돈을 꼭 받아야겠으니까.

아침이 되어 동이 트자마자 그는 밖에서 거리를 걸으며 머릿속에 기록을 남기고 있었다. 보도는 이미 물로 씻어냈지만 모스가 총에 맞은 통행로의 콘크리트 위에는 아직 핏자국이 남아 있었다. 그는 중심가로 돌아가서 다시 탐색을 시작했다. 배수로와 보도에 떨어진 유릿조각들. 일부는 창문에서, 일부는 길가에 세워둔 자동차에서 떨어진 것이었다.

노인을 위한 나라는 없다 163

총에 맞아 깨진 창문들은 합판으로 덧대어져 있었지만 벽돌 여기저기에 움푹 팬 홈과 호텔에서 날아온 납탄이 남긴 눈물 자국 같은 얼룩은 여전히 눈에 띄었다. 그는 호텔로 돌아가서 계단에 앉아 거리를 바라보았다. 아즈텍극장 위로 태양이 떠오르고 있었다. 이층 높이에 있는 무언가가 그의 시선을 끌었다. 그는 일어나 계단을 내려가서 길을 건넌 후 계단을 올라갔다. 창문에 난 두 개의 총알구멍. 그는 문을 두드리고 기다렸다. 그러고는 문을 열고 안으로 들어갔다.

어두운 방. 희미한 썩은 내. 그는 눈이 어둠침침함에 익숙해질 때까지 가만히 서 있었다. 응접실. 건너편 벽 쪽에 놓인 자동피아노 혹은 작은 오르간. 양복장. 창가의 흔들의자와 거기 앉은 채 고꾸라져 있는 늙은 여자.

웰스는 여자 옆에 서서 그녀를 살펴보았다. 이마를 관통당한 채 몸을 앞으로 숙이고 있어서 두개골 뒷부분의 일부가 보였으며 흔들의자의 헤드보드에는 상당량의 뇌수 파편이 말라붙어 있었다. 무릎에는 신문이 놓여 있고 입고 있는 무명 로브는 마른 피로 검게 변해 있었다. 방은 추웠다. 웰스는 주위를 둘러보았다. 두번째 총알은 그녀의 뒤쪽 벽에 걸린 달력에 날짜를 표시해두었는데 지금으로부터 사흘 후 날짜였다. 눈에 띌 수밖에 없는 흔적이었다. 그는 방의 나머지 부분도 둘러보았다. 그러고는 재킷 주머니에서 작은 카메라를 꺼내 죽은 여자의 사진을 두 장 찍고 카메라를 다시 주머니에 넣었다. 전혀 예상하지 못한 일이었겠죠, 안 그런가요, 할머니? 그가 그녀에게 말했다.

모스는 자신과 왼쪽 침대 사이에 긴 천이 걸려 있는 병실에서 깨어났다. 그곳에 있는 사람들의 형상이 빚어내는 그림자극. 에스파냐어로 말하는 목소리들. 거리에서 들려오는 희미한 소음. 오토바이 소리. 개 짖는 소리. 그는 베개에서 얼굴을 돌려 꽃다발을 들고 벽 쪽에 놓인 철제 의자에 앉아 있는 남자의 눈을 들여다보았다. 몸은 좀 어떻소? 남자가 물었다.

좀 나아졌소. 누구시오?

카슨 웰스라고 하오.

누구시오?

누군지 알 텐데. 꽃을 좀 가져왔소.

모스는 고개를 돌리고 누워 천장을 응시했다. 대체 그쪽에는 몇 명이나 있는 거요?

글쎄, 지금 당장 걱정해야 할 사람은 한 명뿐이라고 해두지.

당신.

그래.

호텔로 왔던 그 남자는 어떻소.

그 사람 이야기도 해볼 수 있겠지.

그럼 이야기해보시오.

나는 그를 없애버릴 수 있소.

나도 그럴 수 있소.

그건 어려울 거요.

어떻게 생각하든 그건 당신 자유니까.

만일 그때 마침 아코스타의 부하들이 나타나지 않았다면 당신이 그렇게 멋지게 빠져나가진 못했을 거요.

나는 멋지게 빠져나오지 않았소.

아니, 그랬소. 아주 훌륭하게 빠져나왔지.

모스는 고개를 돌려 다시 남자를 쳐다보았다. 여기 온 지 얼마나 됐소?

한 시간쯤.

그냥 거기 앉아 있었고.

그랬지.

할일이 별로 없으신가보군, 안 그렇소?

나는 한 번에 한 가지 일만 하는 걸 좋아하지, 대답이 됐으려나.

거기 앉아 있는 꼴이 정말 바보 같군.

웰스가 미소를 지었다.

그 망할 꽃은 좀 내려놓는 게 어떻소.

그러지.

그는 일어나서 꽃다발을 침대 옆 탁자에 놓고 다시 의자에 앉았다.

이 센티미터가 뭔지 아시오?

물론. 길이의 단위지.

일 인치의 사분의 삼 정도요.

그렇군.

총알이 당신 간을 딱 그만큼 피해갔다더군.

의사한테 들은 거요?

그렇소. 간이 무슨 일을 하는지 아나?

아니.

당신을 살아 있게 하지. 당신을 쏜 남자가 누군지 아나?

어쩌면 나를 쏜 사람이 그가 아닌지도 모르지. 어쩌면 멕시코인들 중 한 명이었는지도.

그 남자가 누군지 아나?

아니. 알아야 하오?

왜냐하면 그는 당신이 별로 알고 싶어하지 않을 사람이니까. 그를 만나는 사람들에게 주어지는 미래는 대체로 아주 짧은 편이거든. 실은 존재하지 않게 되지.

거 대단한 친구로군.

내 말을 안 듣고 있군. 집중하는 게 좋을 거요. 이 남자는 당신을 쫓는 일을 절대 멈추지 않을 거야. 심지어 돈을 되찾아도 말이지. 그로서는 달라지는 게 아무것도 없을 거요. 설령 당신이 그를 찾아가서 돈을 넘겨준다 해도 그는 여전히 당신을 죽이겠지. 자신에게 불편을 끼쳤다는 이유만으로.

내가 그자에게 한 일은 불편을 끼친 것 이상인 것 같소만.

무슨 뜻이오.

놈을 맞힌 것 같소.

왜 그렇게 생각하지?

00번 벅샷을 그에게 퍼부어댔으니까. 그게 그자에게 마냥 좋은 일만은 아니었을 것 같은데.

웰스가 의자가 등을 기댔다. 그리고 모스를 유심히 쳐다보았다. 그를 죽였다고 생각하나?

모르겠소.

당신은 그자를 죽이지 못했소. 그는 거리로 나가서 멕시코인들을 모조리 죽이고 다시 호텔로 돌아갔지. 마치 신문이나 뭐 그런 걸 사려고 잠깐 나갔다 온 사람처럼.

거기 왔던 자들을 다 죽이지는 못했소.

남아 있던 자들은 모두 죽였지.

그가 총에 맞지 않았단 말이오?

나야 모르지.

굳이 내게 말해줄 이유가 없다는 뜻이로군.

좋을 대로 생각하시오.

그가 당신의 동료요?

아니.

나는 그가 당신의 동료일지도 모른다고 생각했는데.

헛소리. 그가 당장 오데사로 가지 않을 거라고 어떻게 확신하시오?

그가 왜 오데사로 가겠소?

당신 부인을 죽이러.

모스는 대답하지 않았다. 그는 거친 리넨 시트에 누운 채 천장을 바라보았다. 고통이 점점 더 심해지고 있었다. 아무 말이나 되는대로 지껄여대는군, 그가 말했다.

사진을 몇 장 가져왔소.

웰스는 일어나서 사진 두 장을 침대에 놓고 다시 등을 기대고 앉았다. 모스는 사진을 힐끗 쳐다봤다. 저게 나랑 무슨 상관이오? 그가 말했다.

오늘 아침에 찍은 사진이지. 당신이 총을 쏘아댄 건물 중 하나의 이층 방에 살던 여자요. 시체는 아직 거기 그대로 있지.

개소리.

웰스는 그를 유심히 쳐다보았다. 그러고는 몸을 돌려 창밖을 내다보았다. 당신은 이 모든 일과 아무런 상관이 없군, 그렇지?

그렇소.

그저 우연히 거기서 그 트럭들을 발견했을 뿐이야.

무슨 소린지 모르겠군.

물건은 가져가지 않았겠지, 안 그렇소?

무슨 물건.

헤로인. 가져가지 않았군.

그래. 가져가지 않았소.

웰스가 고개를 끄덕였다. 생각에 잠긴 듯한 표정이었다. 대체 앞으로 어쩔 생각인지 물어봐야 할 것 같군.

나야말로 그걸 물어보고 싶은데.

나는 아무것도 할 생각이 없소. 그럴 필요가 없지. 당신은 나를 찾아오게 되어 있어. 결국에는 말이야. 선택의 여지가 없을 테니까. 내 이동전화 번호를 알려주겠소.

내가 그냥 사라지지 않을 거라고 어떻게 확신하지?

내가 당신을 찾는 데 얼마나 걸렸는지 아나?

모르오.

세 시간쯤.

다음번에는 그렇게 운이 좋지 않을지도 모르지.

그래, 그럴지도. 하지만 그럼 당신에게도 손해일 거요.

그와 일한 적이 있는 모양이로군.

누구.

그 남자.

그렇소. 그랬지. 한때.

그자 이름이 뭐요.

시거.

슈거?

시거. 앤턴 시거.

내가 그와 거래하지 않을 거라고 어떻게 확신하지?

웰스는 의자에서 몸을 앞으로 숙이고 아래팔을 무릎에 올린 채 손 깍지를 끼었다. 그러고는 고개를 저었다. 내 말을 제대로 듣지 않았군, 그가 말했다.

어쩌면 그냥 당신 말을 안 믿는 건지도 모르지.

아니, 당신은 믿고 있어.

아니면 내가 그를 처치할 수도 있고.

통증이 심한가?

조금. 그렇소.

통증이 심한가보군. 그러면 머리가 잘 안 돌아가지. 간호사를 불러주겠소.

당신 도움은 필요 없어.

알겠소 그럼.

그자의 정체가 뭐요. 최고의 악당?

나라면 그렇게 말하지는 않을 것 같소.

그럼 어떻게 말하겠소.

웰스는 잠시 생각했다. 뭐랄까, 유머 감각이 부족한 사람이라고나 할까.

그게 범죄는 아닌데.

요점은 그게 아니오. 당신에게 뭔가를 말해주려는 거지.

말해보시오.

그와는 거래할 수 없소. 다시 말하지. 설령 그에게 돈을 준다 해도 그는 여전히 당신을 죽일 거요. 지구상에 살아 있는 자들 중에 그와 말다툼이라도 해본 사람은 존재하지 않소. 다 죽었으니까. 그와 맞서고 살아남을 가능성은 거의 없다고 봐야지. 그는 특이한 인간이오. 원칙이 있다고도 말할 수 있겠지. 돈이나 마약 같은 걸 모두 뛰어넘는 원칙.

그럼 왜 내게 그자에 대해 말해주는 거요.

당신이 물어봤으니까.

왜 내게 말해주는 거요.

당신이 어떤 입장에 처해 있는지 이해시키면 내 일이 좀더 쉬워질 거라고 생각했나보지. 나는 당신에 대해 아무것도 모르오. 하지만 당신이 이런 일에 적합하지 않은 사람이라는 건 알지. 당신은 다르게 생각하는 것 같은데. 하지만 아니야.

우리 둘 다 곧 알게 되겠지, 안 그렇소?

우리 중 누군가는 알게 되겠지. 돈은 어떻게 했나?

창녀와 위스키 값으로 이백만 달러쯤 썼고 나머지는 그냥 여기저기 탕진해버렸지.

웰스가 미소를 지었다. 그러고는 의자에 등을 기대고 다리를 꼬았

노인을 위한 나라는 없다 171

다. 그는 값비싼 루케이시 악어가죽 부츠를 신고 있었다. 그가 당신을 어떻게 찾았다고 생각하나?

모스는 대답하지 않았다.

생각은 해봤나?

어떻게 찾았는지 알고 있소. 다시는 그러지 못할 거요.

웰스가 미소를 지었다. 잘했군, 그가 말했다.

그래. 잘했지.

침대 옆 탁자에는 플라스틱 쟁반 위에 물주전자가 놓여 있었다. 모스는 그것을 힐끗 쳐다보기만 했다.

물 좀 드릴까? 웰스가 말했다.

내가 원하는 게 있다면 빌어먹을 당신한테 제일 먼저 알려줄 테니 기다려.

트랜스폰더라고 불리는 물건이지, 웰스가 말했다.

그게 뭔지는 나도 알고 있소.

그가 당신을 찾아낼 방법이 그것뿐인 건 아니오.

그렇군.

당신이 알면 유용할 정보를 알려줄 수도 있는데.

글쎄, 방금 한 말을 되풀이해야겠군. 도움은 필요 없어.

내가 말해주려는 이유가 궁금하지 않나?

이유는 나도 알아.

뭐지?

슈거라는 친구랑 거래하느니 차라리 나랑 하고 싶은 거지.

그래. 아무래도 물을 좀 줘야겠군.

지옥에나 가시지.

웰스는 다리를 꼰 채 조용히 앉아 있었다. 모스가 그를 쳐다보았다. 그 친구 이야기로 나를 겁줄 수 있다고 생각하는 모양이로군. 당신은 자기가 무슨 말을 하는지도 모르고 있어. 원한다면 그놈과 함께 당신도 없애드리지.

웰스가 미소를 지었다. 그러고는 어깨를 살짝 으쓱했다. 그리고 부츠 앞코를 내려다보더니 다리를 풀고 부츠 끝을 청바지에 비벼 먼지를 떨고서 다시 다리를 꼬았다. 무슨 일을 하나? 그가 말했다.

뭐?

무슨 일을 하느냐고.

은퇴했소.

은퇴하기 전에는 무슨 일을 했나?

용접공 일.

아세틸렌? 미그? 티그?*

뭐든. 서로 붙기만 하면 용접할 수 있지.

주철도?

그렇소.

나는 놋쇠를 말한 게 아닌데.

나도 놋쇠를 말한 게 아니오.

무쇠는?

내가 아까 뭐라고 했소?

---

* 모두 용접 방식으로, 아세틸렌을 이용한 가스 용접, 전기아크를 이용한 미그(금속 불활성 가스)와 티그(텅스텐 비활성 가스) 용접을 가리킨다.

베트남에 갔었나?

그래. 베트남에 갔었지.

나도 그랬소.

그래서 어쩌라고? 우리가 전우라도 된다는 건가?

나는 특수부대 소속이었소.

뭔가 착각하는 모양인데 나는 당신이 어디 소속이었든 쥐뿔도 관심이 없는 사람이오.

나는 중령이었어.

헛소리.

헛소리는 아닌데.

지금은 무슨 일을 하시나.

사람을 찾지. 채무 관계를 해결하고. 대충 그런 일.

살인 청부업자로군.

웰스가 미소를 지었다. 살인 청부업자라.

당신이 뭐라고 부르든.

나랑 계약하는 부류의 사람들은 세간의 이목을 피하고 싶어하지. 그들은 눈길을 끄는 일에 엮이는 걸 바라지 않소. 신문에 실리길 원치 않지.

왜 아니겠어.

이 일은 끝나지 않을 거요. 설령 당신이 운이 좋아 한두 사람을 처치하더라도—그럴 것 같진 않지만—그들은 또다른 누군가를 보내겠지. 아무것도 변하지 않을 거요. 그들은 여전히 당신을 찾아내겠지. 도망칠 곳은 없소. 물건을 운반하던 자들 손에 그 물건이 없다는 사실도 당신에게 닥친 또다른 불행이지. 그러니 그들이 누구를 찾겠소? 마약 단속국이나 다른 여러 법집행 기관들은 말할 것도 없고. 모두의 명단에는 똑같은 이름이 적혀 있지. 그리고 거기 적힌 이름은 그게 전부요. 당신은 나를 돕는 시늉이라도 해야 해. 그러지 않으면 나는 당신을 딱히 보호할 이유가 없으니까.

당신은 그 남자가 무섭나?

웰스가 어깨를 으쓱했다. 경계한다고 하는 편이 맞겠지.

벨은 언급하지 않는군.

벨. 이제 됐나?

그는 대수롭지 않게 생각하는 모양이로군.

생각할 것도 없지. 그는 촌구석 촌 동네의 무식한 남부 백인 보안관이니까. 텍사스 촌놈. 간호사를 불러주겠소. 좀 불편해 보이는군. 내 번호 여기 있소. 잘 생각해보시오. 우리가 나눈 이야기를.

그는 일어나서 탁자 위의 꽃다발 옆에 명함을 내려놓았다. 그리고 모스를 쳐다보았다. 나한테 전화하지 않을 거라고 생각하겠지만 하게 될 거요. 시간을 너무 오래 끌지만 마시오. 그 돈은 내 고객의 것이니까. 시거는 무법자요. 시간은 당신 편이 아니고. 돈도 좀 챙길 수 있게 해주겠소. 하지만 내가 시거에게서 돈을 되찾아야 한다면 당신에게 더는 희망이 없다는 뜻이겠지. 당신 부인은 말할 것도 없고.

모스는 대답하지 않았다.

좋소. 부인에게 전화해보는 게 좋겠소. 나랑 이야기할 때 들으니 아주 걱정하는 목소리던데.

그가 떠나자 모스는 침대 위에 놓인 사진을 뒤집었다. 마치 엎어놓았던 최후의 카드를 확인하는 카드 플레이어처럼. 그는 물주전자를 쳐다보았는데 그때 간호사가 들어왔다.

VI

요즘 젊은이들은 성장하는 데 어려움을 겪는 것 같다. 왜 그런지는 나도 모르겠다. 그저 그때그때 딱 필요한 만큼만 성장하는 것인지도 모른다. 내게는 열여덟 살 때 보안관보가 된 사촌이 있었다. 그는 그때 결혼도 했고 자식도 하나 있었다. 나와 함께 자란 한 친구는 같은 나이에 침례교 목사로 임명되었다. 작고 낡은 시골 교회의 목사로. 그는 삼년쯤 사역한 후 그곳을 떠나 러벅으로 갔는데 그가 떠난다고 말했을 때 신도들은 신도석에 앉은 채로 흐느껴 울었다. 남자 여자 할 것 없이 모두. 그들에게 그는 주례를 서주고 세례를 베풀어주고 장례식을 치러준 사람이었다. 그때 그는 스물한 살, 어쩌면 스물두 살이었다. 그가 설교하면 사람들은 마당에 서서 귀를 기울였다. 그 광경은 나를 놀라게 했다. 그는 학교에서 늘 조용한 편이었다. 나는 스물한 살에 입대했는데 신병 훈련소 교육대에서 나이가 가장 많은 축에 속했다. 육 개월 후 나는 프랑스에서 라이플총으로 사람을 쏘고 있었다. 당시에는 그게 그리 특이한 일이라고 생각하지도 않았다. 사 년 후에는 이곳 카운티의 보안관이 되어 있었다. 나는 무엇을 해야 하는지에 대해서 의문을 품은 적도 없었다. 요즘 사람들은 누가 옳고 그름에 대해 논하면 그저 웃어넘긴다. 하지만 나는 그런 일들에 대해 별로 의문을 품은 적이 없다. 내가 기억하기로는 그렇다. 앞으로도 그럴 일이 없기를 바란다.

로레타는 이 나라에서 조부모의 손에 자라는 아이들의 비율 같은 걸 라디오에서 들었다고 내게 말했다. 비율은 잊어버렸다. 꽤 높았던 것 같다. 부모들이 아이들을 키우려 하지 않는다는 것이었다. 우리는 그 문제에 대해 이야기했다. 그리고 생각했다, 다음 세대가 도래했는데 그들도 아이를 키우고 싶어하지 않는다면 누가 그 일을 할 것인가? 아이들의 부모 노릇을 할 사람은 주변에 조부모밖에 없을 텐데 그들도 아이들을 키우려 하지 않을 테니 말이다. 우리는 그 문제에 대한 답을 찾지 못했다. 좀더 희망찬 날에는 내가 잘 모르거나 빼먹은 무언가가 있을 거라고 생각하기도 한다. 하지만 그런 때는 드물다. 가끔 한밤중에 깨어날 때면 예수의 재림이 아니고는 이 폭주 기관차의 속도를 늦출 수 없겠다는 확신이 들기도 한다. 눈을 뜨고 누워 그런 생각을 하는 게 무슨 소용인지 모르겠다. 하지만 가끔 그러곤 한다.

내가 하는 일은 아내의 존재 없이는 불가능하다. 그것도 아주 특별한 아내. 요리사이자 간수이자 그 밖에 수많은 일을 해내는. 재소자들은 자신이 얼마나 운이 좋은지 모른다. 글쎄, 어쩌면 아는지도 모르지. 나는 아내의 안전에 대해서는 의심한 적이 없다. 재소자들은 거의 일

년 내내 정원에서 기른 신선한 야채를 먹는다. 훌륭한 옥수수빵. 콩 수프. 그들 사이에서 아내는 햄버거와 프렌치프라이를 잘 만들기로 유명하다. 우리는 심지어 수년 후에 그들을 초대하기도 했는데 그들은 결혼해서 잘 지내고 있었다. 그들은 자기 아내를 데려왔다. 심지어 아이들도 데려왔다. 그들은 나를 보러 온 것이 아니었다. 나는 그들이 자기 아내나 애인을 소개하면서 엉엉 우는 것을 보았다. 다 큰 남자들이. 그것도 꽤나 나쁜 짓을 저질렀던. 아내는 자기가 무슨 일을 하고 있는지 알았다. 늘 그랬다. 그래서 우리는 매달 교도소 관련 예산을 검토하지만 그 문제에 대해 우리가 뭘 할 수 있겠나? 아무것도 할 수 없다. 정말이지 아무것도.

시거는 131번 고속도로 교차점에서 도로변에 차를 세우고 무릎 위에 전화번호부를 펼쳐놓고 수의사 번호를 찾을 때까지 피 묻은 페이지를 넘겼다. 약 삼십 분 거리인 브래킷빌 외곽에 병원이 하나 있었다. 그는 다리에 감긴 수건을 보았다. 피가 수건을 흠뻑 적시고 좌석에까지 스며 있었다. 그는 전화번호부를 바닥에 던지고 양손을 핸들 윗부분에 올려놓은 채 가만히 앉아 있었다. 그렇게 삼 분 정도 앉아 있었다. 그러고는 기어를 넣고 다시 고속도로로 들어섰다.

그는 라프라이어의 교차로에 이르러 북쪽 유밸디 방면 도로로 진입했다. 다리가 고동치듯 욱신거렸다. 유밸디 외곽의 고속도로에서 그는 협동조합 매장 앞에 차를 세우고 다리에 감긴 끈을 풀고 수건을 벗겨냈다. 그러고는 차에서 내려 절뚝이며 안으로 들어갔다.

그는 수의사용 물품을 한 봉지 가득 구입했다. 솜과 테이프와 거즈. 망울 주입기와 과산화수소 한 병. 핀셋. 가위. 사 인치짜리 탈지면 몇 팩과 일 리터들이 베타딘 한 병. 그는 돈을 내고 밖으로 나와 램차저에 올라타서 시동을 걸고는 백미러로 건물을 바라보았다. 마치 더 필요한 게 없나 생각하는 듯 보였지만 그게 아니었다. 그는 손가락을 셔츠 소맷부리 안으로 집어넣고 눈가에 고인 땀을 조심스럽게 닦아냈다. 그러고는 기어를 넣고 차를 후진해 주차장을 빠져나온 다음 고속도로를 타고 시내로 향했다.

그는 중심가를 달리다가 게티 스트리트에서 북쪽으로 방향을 틀고 다시 노펄 스트리트에서 동쪽으로 방향을 튼 다음 차를 세우고 시동을 껐다. 다리에서는 여전히 피가 흐르고 있었다. 그는 봉지에서 가위와 테이프를 꺼내 솜이 담긴 판지 상자를 삼 인치 크기로 동그랗게 오려냈다. 그리고 그것을 테이프와 함께 셔츠 주머니에 넣었다. 그는 좌석 뒤쪽 바닥에서 옷걸이를 집어 끝부분을 비틀어 똑바로 폈다. 그러고는 몸을 숙이고 가방을 열어 셔츠를 한 장 꺼내 가위로 소매를 잘라내고 그것을 접어 주머니에 넣고는 가위를 매장에서 가져온 종이봉투에 다시 넣은 다음 차문을 열고 양손을 다친 다리의 무릎 아래로 집어넣어 다리를 들어올리며 천천히 내렸다. 그는 문을 붙든 채 가만히 서 있었다. 그러고는 머리를 가슴까지 숙인 채 다시 그 자세로 거의 일 분쯤 서 있었다. 그러다 고개를 들고 문을 닫은 뒤 거리를 걸어가기 시작했다.

중심가의 드러그스토어 바깥에서 걸음을 멈춘 그는 몸을 돌려 거기 주차된 차에 기댔다. 그리고 거리를 살폈다. 오는 사람은 아무도 없었다. 그는 팔꿈치 부근에 있는 주유구를 열고 옷걸이에 잘라낸 셔츠 소매를 걸어 연료 탱크 안으로 밀어넣었다가 끄집어냈다. 그리고 열린 주유구 위에 테이프로 판지를 붙이고 기름에 젖은 소매를 둥글게 말아 판지 위에 놓고 테이프로 고정한 뒤 불을 붙이고 돌아서서 절뚝거리며 드러그스토어로 들어갔다. 약국으로 향하는 통로를 절반 좀 넘게 걸어 갔을 때 바깥의 차가 폭발해 화염에 휩싸이며 드러그스토어의 전면 유리창을 거의 다 박살냈다.

그는 작은 출입구를 통과해 약국 쪽 통로로 들어갔다. 그리고 주사기 한 팩과 하이드로코돈* 알약 한 병을 찾아낸 후 다시 통로를 되짚어 나오며 페니실린을 찾으려 했다. 페니실린은 못 찾았지만 대신 테트라시클린과 술파제**를 찾았다. 그는 이것들을 주머니에 쑤셔넣고 오렌지색 화염 불빛을 받으며 카운터 뒤쪽에서 나와 통로를 걸어가서 알루미늄 목발 한 쌍을 집어들고 뒷문을 밀어 연 다음 스토어 뒤쪽의 자갈 깔린 주차장을 절뚝이며 가로질렀다. 뒷문에서 경보음이 울렸지만 아무도 신경쓰지 않았고 시거는 이제 활활 타오르고 있는 가게의 정면 쪽으로는 눈길 한번 던지지 않았다.

그는 혼도 외곽의 한 모텔에 차를 세우고 건물 맨 끝에 있는 방을 얻어 들어가 가방을 침대에 올려놓았다. 그러고는 권총을 베개 아래에 밀어넣고 협동조합 매장에서 가져온 봉투를 들고 욕실로 들어가 내용물을 세면대 안에 쏟았다. 그리고 주머니에 든 것을 모두 꺼내 세면대 위에 펼쳐놓았다―열쇠, 지갑, 항생제 약병과 주사기. 그는 욕조 가장

---

* 마약성 진통제.
** 테트라시클린과 술파제 모두 항생제의 일종이다.

자리에 앉아 부츠를 벗고 손을 아래로 뻗어 욕조에 마개를 끼운 뒤 수도꼭지를 틀었다. 그리고 옷을 벗고 물이 차오르는 욕조 안으로 천천히 들어갔다.

다리는 시퍼렇게 멍이 들고 심하게 부어 있었다. 뱀에 물린 상처 같았다. 그는 목욕 수건으로 상처 위에 물을 부었다. 그리고 물속에서 다리를 돌려 관통상을 살펴보았다. 작은 섬유 조각들이 근육조직에 달라붙어 있었다. 구멍은 엄지손가락을 집어넣을 수 있을 만큼 컸다.

그가 욕조에서 나왔을 때 물은 연분홍색으로 변해 있었고 다리에 난 구멍에서는 여전히 혈청으로 묽어진 옅은 피가 흘러나왔다. 그는 부츠를 벗어 물속에 담그고 몸을 수건으로 가볍게 두드려 닦아낸 다음 변기에 앉아 세면대에서 베타딘 병과 탈지면 팩을 집었다. 이로 팩을 뜯고 병을 열어 상처 위로 천천히 기울였다. 그런 다음 병을 내려놓고 몸을 숙여 탈지면과 핀셋으로 섬유 조각을 집어냈다. 그는 세면대에 물을 틀어놓은 채 가만히 앉아서 휴식을 취했다. 그러고는 핀셋 끝을 수도꼭지 아래에 대고 있다가 물을 털어내고 다시 몸을 숙여 작업을 이어나갔다.

작업이 끝나자 그는 상처를 마지막으로 소독하고 가로세로 사 인치짜리 탈지면 팩 여러 개를 뜯어 다리의 구멍 위에 대고 양과 염소 치료용으로 나온 두루마리 거즈로 감았다. 그러고는 일어나서 세면대에 놓인 플라스틱 텀블러에 물을 따라 마셨다. 다시 물을 따라서 두 번 더 마셨다. 그리고 침실로 돌아가서 다리를 베개에 받친 채 침대에 몸을 뻗고 누웠다. 이마에 가볍게 맺힌 땀방울을 제외하면 힘든 기색이라고는 거의 찾아볼 수 없었다.

다시 욕실로 돌아간 그는 비닐 포장지를 뜯고 주사기를 하나 꺼내 바늘을 테트라시클린 병뚜껑의 밀봉 부위에 찔러넣고는 주사기를 가득 채워 불빛에 비추어 보며 바늘 끝에 작은 물방울이 맺힐 때까지 엄지손가락으로 피스톤을 눌렀다. 그러고는 손가락으로 주사기를 두 번 톡톡 두드린 후 몸을 숙여 바늘을 오른쪽 다리 사두근에 찔러넣고 천천히 피스톤을 눌렀다.

그는 모텔에 닷새 동안 머물렀다. 목발을 짚고 절뚝거리며 아래층 카페로 내려가 식사하고 다시 올라왔다. 텔레비전은 계속 켜두었는데 침대에 앉아 텔레비전을 보면서 채널을 한 번도 바꾸지 않았다. 그는 무슨 방송이 나오든 보았다. 드라마도 뉴스도 토크쇼도 보았다. 하루에 두 번 붕대를 갈고 식염수로 상처를 씻어내고 항생제를 먹었다. 첫날 아침에 메이드가 오자 그는 문으로 가서 어떤 서비스도 필요 없다고 말했다. 그저 수건과 비누만 달라고 했다. 그가 십 달러를 주자 그녀는 돈을 받고 살짝 어리둥절한 표정으로 서 있었다. 그는 같은 말을 에스파냐어로 반복했고 그녀는 고개를 끄덕이고 돈을 앞치마에 넣은 뒤 카트를 밀며 돌아갔고 그는 거기 서서 주차장에 있는 차들을 살펴본 후 문을 닫았다.

닷새째 되는 날 그가 카페에 앉아 있을 때 밸디즈 카운티 보안관 사무실에서 나온 부관 두 명이 들어와 자리에 앉더니 각자 모자를 벗어 옆의 빈 의자에 올려놓고 크롬 홀더에 꽂힌 메뉴를 꺼내 펼쳤다. 둘 중 한 명이 그를 쳐다보았다. 시거는 몸이나 시선을 돌리지 않은 채 그 모든 걸 지켜보았다. 둘은 뭐라고 이야기를 나누었다. 그러더니 다른 한 명이 그를 쳐다보았다. 그때 웨이트리스가 왔다. 그는 커피를 다 마시고 일어나서 테이블에 돈을 놓아두고 걸어나갔다. 방에 목발을 두고 왔기에 보행로를 따라 느리고 차분하게 걸었고 카페 창문 앞을 지나며 절뚝이지 않으려 애썼다. 그는 자기 방을 지나 포치 끝까지 가서 몸을 돌렸다. 주차장 끝에 세워둔 램차저를 바라보았다. 사무실이나 식당에서는 보이지 않는 위치였다. 그는 방으로 돌아가서 면도 키트와 권총을 가방에 넣고 밖으로 나와 주차장을 가로지르고는 램차저에 올라타 시동을 걸고 콘크리트 장애물을 넘어 바로 옆 전자제품 가게 주차장으로 간 다음 고속도로로 빠져나갔다.

웰스는 불어오는 강바람에 가는 연갈색 머리칼이 헝클어진 채 다리 위에 서 있었다. 그는 몸을 돌리고 펜스에 기대서서 가지고 다니는 작은 싸구려 카메라를 들어 아무 곳이나 찍고는 다시 카메라를 내렸다. 그는 나흘 전에 모스가 서 있던 곳에 서 있었다. 보도의 핏자국을 살펴보았다. 핏자국이 차츰 옅어지다가 사라진 지점에서 걸음을 멈춘 그는 팔짱을 끼고 한 손을 턱끝에 댄 채 서 있었다. 굳이 사진은 찍지 않았다. 지켜보는 사람은 아무도 없었다. 그는 초록색 강물이 느리게 흘러가는 하류 쪽을 내다보았다. 그리고 열두 걸음쯤 걸어갔다가 다시 돌아왔다. 그러고는 차도로 내려서서 반대편으로 건너갔다. 트럭 한 대가 지나갔다. 교각 윗부분이 가볍게 떨렸다. 그는 보도를 따라 걷다가 걸음을 멈추었다. 피 묻은 부츠 발자국의 희미한 윤곽. 더 희미한 또다른 윤곽. 그는 쇠줄에도 피가 묻어 있는지 확인하려고 철조망을 살펴보았다. 그러고는 주머니에서 손수건을 꺼내 침을 바르고 마름모꼴 구멍 안으로 집어넣었다. 그는 서서 강을 내려다보았다. 미국 쪽 강변을 따라 이어진 도로가 보였다. 도로와 강 사이에는 빽빽한 물억새 군락이 있었다. 불어오는 강바람에 물억새가 부드럽게 흔들렸다. 만일 그가 돈을 멕시코로 가져갔다면 다 물건너간 일이겠지. 하지만 그는 그러지 않았어.

웰스는 물러나서 다시 부츠 발자국을 바라보았다. 몇몇 멕시코인들이 바구니와 그날 치 꾸러미를 들고 다리를 건너오고 있었다. 그는 카메라를 꺼내 하늘과 강과 세상을 찍었다.

벨은 책상에 앉아 수표에 서명하고 계산기를 두드리고 있었다. 일이 끝나자 그는 의자에 등을 기대고 앉아 창문 밖으로 삭막한 청사 뜰을 내다보았다. 몰리, 그가 말했다.

그녀가 와서 문가에 섰다.

그 차들에 대해 뭐라도 좀 알아낸 게 있나?

보안관님, 알아낼 수 있는 건 모두 알아냈습니다. 죽은 사람 명의로 등록되어 있더군요. 블레이저의 차주는 이십 년 전에 죽었습니다. 멕시코 차들에 대해서도 알아볼까요?

아니. 됐네. 수표 여기 있어.

그녀가 들어와 책상에서 커다란 인조가죽 수표책을 집어 겨드랑이 아래에 끼웠다. 그 마약단속국 요원이 또 전화했어요. 그 사람이랑 이야기하기 싫으신가요?

최대한 피하려고 노력중이네.

다시 현장에 나갈 건데 보안관님이 함께 가시길 원하는지 궁금하다고 하네요.

참 다정한 친구로군. 자신이 원하면 어디든 갈 수 있을 텐데. 그는 미합중국 정부의 정식 요원이지 않나.

보안관님이 그 차들을 어떻게 하실지 궁금해하던데요.

그래. 경매로 팔아 치우든가 해야겠어. 카운티 주머니 사정이 더 나빠졌으니. 그중 한 대는 최신식 엔진을 달고 있더군. 그거면 몇 달러는 챙길 수 있을지도 모르지. 미시즈 모스한테서는 아무 소식도 없고?

네, 없습니다.

알았네.

그는 바깥쪽 사무실 벽에 걸린 시계를 쳐다보았다. 혹시 로레타한테 전화해서 내가 이글패스로 갔고 거기서 전화한다고 했다고 전해줄 수 있을까. 내가 전화하면 집으로 오라고 할 텐데 그러면 아무래도 그렇게 될 것 같아서 말이야.

그럼 나가실 때까지 기다렸다가 전화할까요?

그렇게 해주게.

그는 의자를 뒤로 밀고 일어나 책상 뒤쪽의 코트 걸이에서 권총 벨트를 내려 어깨에 걸치고 모자를 집어 썼다. 토버트가 뭐라고 했더라? 진실과 정의에 대해서?

우리는 매일 새로이 몸과 마음을 바친다. 뭐 그런 식의 말이었죠.

나는 이제부터 하루에 몸과 마음을 두 번 바쳐야 할 것 같네. 사건이 끝나기 전에 세 번이 될지도 모르지. 내일 아침에 보세.

그가 카페에 들러 커피를 사서 나와 순찰차로 걸어가고 있을 때 평상형 트럭이 거리를 달려왔다. 잿빛 사막 먼지를 뒤집어쓰고 있었다. 그는 걸음을 멈추고 그것을 쳐다보다가 순찰차에 올라 차를 돌려서 트럭을 추월한 다음 멈춰 세웠다. 그가 차에서 내려 다가갔을 때 운전자는 운전석에 앉아 껌을 씹으며 부드러운 오만함을 띤 표정으로 그를 쳐다보았다.

벨은 운전석 쪽에 한 손을 올리고 운전자를 들여다보았다. 운전자가 고개를 끄덕였다. 보안관님, 그가 말했다.

지금 자네 짐칸이 어떤 상태인지 알고는 있나?

운전자가 거울을 들여다보았다. 왜 그러시죠, 보안관님?

벨이 트럭에서 물러섰다. 좀 내려보게, 그가 말했다.

남자는 문을 열고 내렸다. 벨이 턱끝으로 트럭 짐칸을 가리켰다. 저러고 다닌다는 건 도저히 용납할 수 없는 일이네, 그가 말했다.

남자는 뒤로 가서 짐칸을 확인했다. 고정 끈 하나가 느슨해졌네요, 그가 말했다.

그는 끈이 풀린 방수포 가장자리를 붙잡고 짐칸 위로 다시 끌어당겨 거기 눕혀진 시체들 위로 덮었는데, 시체들은 각각 푸른색 강화 비닐 시트로 싸서 테이프로 고정한 상태였다. 전부 여덟 구였는데 딱 봐도 시체처럼 보였다. 싸서 테이프로 고정한 시체들.

몇 구를 싣고 출발했나? 벨이 물었다.

떨어뜨린 건 없습니다, 보안관님.

승합차를 가져갈 순 없었나?

사륜구동 승합차는 없어서요.

남자는 방수포의 한쪽 가장자리를 단단히 묶고 가만히 서 있었다.

알겠네, 벨이 말했다.

적재 불량으로 딱지를 떼진 않으시겠죠?

내 눈앞에서 당장 사라지게.

벨은 해질녘에 데블스강 다리에 이르렀고 다리를 반쯤 건넜을 때 순찰차를 세우고 루프라이트를 켠 뒤 차에서 내려 문을 닫고 차 앞으로 돌아가 가드레일 상부 역할을 하는 알루미늄 파이프에 기대섰다. 해가 서쪽 철교 너머 푸른 저수지로 지는 모습을 지켜보았다. 불빛이 시야에 들어오더니 서쪽으로 향하는 세미트레일러가 저속 기어로 길게 이어진 커브길을 돌아서 다가왔다. 운전사가 지나가며 창밖으로 고개를 내밀었다. 뛰어내리지 마세요, 보안관님. 그럴 가치가 없는 여자예요. 그리고 디젤엔진이 돌아가면서 운전사가 더블 클러치를 밟고 기어를 바꾸더니 트레일러는 길게 휩쓸고 지나가는 바람과 함께 멀리 사라졌다. 벨은 미소를 지었다. 실은 말이지, 그가 말했다. 그럴 가치가 있는 여자라네.

481번 도로와 57번 도로의 교차로를 지나 이 마일 정도 달렸을 때 조수석에 놓아둔 박스가 한 번 삐 소리를 내더니 다시 잠잠해졌다. 시거는 갓길로 나와서 차를 세웠다. 그리고 박스를 집어들고 뒤집었다가 다시 앞으로 뒤집었다. 노브를 조정했다. 아무 반응도 없었다. 그는 다시 고속도로로 들어섰다. 눈앞의 낮고 푸른 언덕에 햇빛이 고여 있었다. 천천히 피를 흘리고 있었다. 사막 위로는 차갑고 어두운 황혼이 내렸다. 그는 선글라스를 벗어 글러브박스에 넣고 글러브박스 입구를 닫은 뒤 헤드라이트를 켰다. 그 순간 박스가 느린 박자로 신호음을 내기 시작했다.

그는 호텔 뒤쪽에 차를 세우고 내려 박스와 산탄총과 권총을 모두 담은 지퍼 가방을 들고 절뚝이며 트럭을 돌아 주차장을 건너서 호텔 계단을 올라갔다.

그는 숙박계를 작성한 뒤 열쇠를 받아 절뚝이며 계단을 오르고 복도를 지나 자기 방으로 들어가서 문을 잠근 다음 산탄총을 가슴 위에 올려놓은 채 침대에 누워 천장을 응시했다. 아무리 생각해도 트랜스폰더 송신장치가 호텔에 있어야 할 이유는 없었다. 그는 모스가 죽었다고 거의 확신했기에 모스는 배제한 상태였다. 그러면 남은 가능성은 경찰이었다. 혹은 마타쿰베 석유 회사에서 보낸 요원들. 그가 그들을 아주 우습게 생각한다고 그들이 생각할 거라고 그가 생각한다고 여기는 게 분명한 자들. 그는 그 점에 대해 생각했다.

그가 깨어났을 때는 밤 열시 삼십분이었고 그는 어스름한 정적 속에 가만히 누워 있었지만 해답이 무엇인지는 알고 있었다. 그는 자리에서 일어나 산탄총을 베개 뒤에 놓고 권총을 바지 허리끈 안쪽에 쑤셔넣었다. 그러고는 밖으로 나가서 절뚝이며 계단을 내려가 프런트로 갔다.

직원은 앉아서 잡지를 읽고 있다가 시거가 보이자 잡지를 프런트 아래에 밀어넣고 일어났다. 무엇을 도와드릴까요, 그가 말했다.

숙박계를 보고 싶소.

경찰관이신가요?

아니. 아니오.

죄송하지만 그렇게는 해드릴 수 없습니다.

아니, 해줄 수 있소.

다시 올라온 그는 자기 방문 앞에서 걸음을 멈추고 서서 귀를 기울였다. 그러고는 안으로 들어가 산탄총과 수신기를 들고 폴리스라인이 쳐진 방으로 가서 문 앞에 박스를 대고 전원을 켰다. 그리고 두번째 방으로 가서도 수신기를 확인했다. 그러고는 첫번째 방으로 돌아와 프런트에서 가져온 열쇠로 문을 열고 뒤로 물러나 복도 벽에 기대섰다.

주차장 너머의 거리에서 차들이 내는 소리가 들려왔음에도 그는 창문이 닫혀 있다고 판단했다. 공기의 움직임이 없었다. 그는 방안을 재빨리 들여다보았다. 침대가 벽에서 떨어져 있었다. 욕실 문은 열려 있었다. 그는 산탄총의 안전장치를 확인했다. 그러고는 문을 지나 안쪽으로 들어갔다.

방에는 아무도 없었다. 그는 박스를 들고 방안을 조사하다가 침대 옆 탁자의 서랍에서 송신장치를 발견했다. 침대에 앉아 그것을 손에 들고 돌려보았다. 도미노 패 크기의 매끄러운 작은 마름모꼴 금속. 그는 창밖으로 주차장을 내다보았다. 다리가 아팠다. 그는 그 금속 조각을 주머니에 넣고 수신기를 끈 다음 자리에서 일어나 방을 나오며 등 뒤로 문을 당겨 닫았다. 방안에서 전화벨이 울렸다. 그는 그것에 대해 잠시 생각했다. 그러고는 트랜스폰더를 복도 창턱에 올려놓고 돌아서서 다시 로비로 내려갔다.

그리고 거기서 웰스를 기다렸다. 그런 일을 할 만한 다른 사람은 생각할 수 없었다. 그는 구석에 밀어놓은 가죽 안락의자에 앉았는데, 앞문과 뒷문으로 통하는 복도가 모두 보이는 위치였다. 열한시 십삼분에 웰스가 호텔로 들어왔고 시거는 자리에서 일어나 읽고 있던 신문으로 느슨하게 감싼 산탄총을 든 채 그를 따라 계단을 올라갔다. 계단을 반쯤 올랐을 때 웰스가 돌아보았고 시거는 신문을 떨어뜨리며 산탄총을 허리 높이로 들어올렸다. 안녕, 카슨, 그가 말했다.

둘은 웰스의 방으로 가서 앉았다, 웰스는 침대에 시거는 창가 의자에. 이럴 필요까지는 없잖나, 웰스가 말했다. 나는 일용직이야. 그냥 집으로 돌아갈 수도 있네.

그럴 수도 있겠지.

보답은 하지. 현금인출기로 가세. 그냥 그렇게 정리하고 각자 갈 길 가자고. 거기 만사천 달러가 들어 있네.

괜찮은 봉급날이군.

그런 거지.

시거는 무릎에 산탄총을 올려놓은 채 창밖을 내다보았다. 다치니까 사람이 변하더군, 그가 말했다. 관점이 변했어. 어떤 면에서는 앞으로 나아갔다고도 할 수 있지. 전에는 없던 무언가가 비로소 제자리를 찾았어. 전에도 있다고 생각했지만 실은 그렇지 않았던 거지. 애써 설명하자면 내가 나 자신을 따라잡았다고나 할까. 나쁜 일은 아니지. 늦긴 했지만.

여전히 괜찮은 봉급날인 셈이군.

그렇지. 엉뚱한 화폐로 받기는 했어도.

웰스는 둘 사이의 거리를 눈으로 재보았다. 무의미했다. 이십 년 전이라면 달랐을까. 아마 그때도 똑같았을 것이다. 자네가 해야 할 일을 하게, 그가 말했다.

시거는 의자에 구부정한 자세로 편히 앉은 채 주먹에 턱을 괴었다.

웰스를 쳐다보면서. 그의 마지막 생각을 지켜보면서. 시거는 이미 웰스의 생각을 훤히 꿰고 있었다. 웰스도 마찬가지였다.

그 일이 시작된 건 그보다 전이야, 시거가 말했다. 당시에는 그 사실을 깨닫지 못했지. 예전에 국경에 내려왔을 때 이 동네의 어느 카페에 들어갔는데 거기서 맥주를 마시던 녀석들 중 하나가 자꾸 나를 돌아보더군. 나는 그에게 전혀 신경쓰지 않았지. 그냥 저녁식사를 주문해서 먹었어. 그런데 돈을 내려고 카운터로 가면서 그들을 지나쳐야 했는데 그들이 모두 히죽거리는 가운데 한 녀석이 무시하기 어려운 말을 내뱉더군. 내가 어떻게 했는지 아나?

그래. 알지.

나는 그를 무시했네. 돈을 내고 나서 문을 밀고 나가려는데 녀석이 그 말을 똑같이 반복하더군. 고개를 돌려 그를 쳐다보았지. 나는 그냥 거기 서서 이쑤시개로 이를 쑤시며 녀석에게 가볍게 고갯짓을 했어. 밖으로 나오라고. 만일 원한다면. 그러고는 밖으로 나갔지. 그리고 주차장에서 기다렸어. 녀석이 친구들과 함께 나왔고 나는 주차장에서 그를 죽이고 차에 올라탔지. 녀석들은 모두 그의 주위로 몰려들었어. 무슨 일이 일어났는지도 모르더군. 그들은 녀석이 죽었다는 걸 몰랐어. 그중 하나가 내가 그의 목을 졸랐다고 말하자 다른 녀석들도 다 그렇게 말했지. 그들은 그를 일으키려 애쓰고 있었어. 뺨을 때리면서 일으키려 애쓰고 있었지. 한 시간 후 텍사스주 소노라 외곽에서 어떤 보안관보가 내 차를 세웠고 나는 그가 내게 수갑을 채우고 시내로 끌고 가게 내버려두었네. 왜 그랬는지는 잘 모르겠지만 아마 의지를 발휘하면 나 자신을 탈출시킬 수 있는지 확인하고 싶었던 것 같아. 왜냐하면 나는 그럴 수 있다고 믿으니까. 그런 일은 충분히 가능해. 하지만 그건 멍청한 짓이었지. 헛수고였어. 내 말 이해하겠나?

자네 말을 이해하냐고?

그래.

자네가 얼마나 정신 나간 인간인지 알기나 하나?

이 대화의 성격이?

자네의 본성이.

시거는 의자에 등을 기댔다. 그리고 웰스를 유심히 쳐다보았다. 한번 말해보게, 그가 말했다.

뭘.

만일 자네가 따르던 규칙 때문에 이 꼴이 되었다면 그 규칙은 대체 무슨 소용인 거지?

무슨 소린지 모르겠군.

나는 자네의 인생에 대해 말하고 있는 거야. 이제 자네 인생의 모든 걸 한눈에 돌아볼 수 있는 상황이니까.

자네의 개소리에는 관심 없어, 앤턴.

자네가 자기 입장을 해명하길 원할지도 모른다고 생각했는데.

자네한테 내 입장을 해명할 필요는 없어.

나한테 말고. 자네 자신한테. 뭔가 할말이 있을 거라 생각했지.

지옥에나 가시지.

그냥 자네한테 놀라서 그러네. 나는 뭔가 다른 걸 기대했는데. 이렇게 되고 나면 과거의 일들에 의문을 제기해보게 되지. 그렇게 생각하지 않나?

내가 자네랑 입장을 바꾸고 싶어할 거라고 생각하나?

그래. 그렇게 생각해. 나는 여기 있고 자네는 거기 있네. 몇 분 후에도 나는 여전히 여기 있겠지.

웰스는 어두워진 창밖을 내다보았다. 나는 그 가방이 어디 있는지 알아. 그가 말했다.

가방이 어디 있는지 알았다면 이미 가지고 있겠지.

주변에 아무도 없을 때까지 기다려야만 했네. 밤까지. 새벽 두시. 대략 그 정도까지.

가방이 어디 있는지 안다고.

그래.

나는 더 좋은 걸 알고 있지.

그게 뭔가.

나는 가방이 어디로 갈지 알아.

그게 어딘데.

가방은 나한테 와서 내 발밑에 놓일 걸세.

웰스가 손등으로 입을 닦았다. 자네는 어떤 대가도 치르지 않아도 돼. 여기서 이십 분 거리에 있네.

그런 일은 일어나지 않는다는 걸 자네도 알잖아. 안 그런가?

웰스는 대답하지 않았다.

안 그런가?

지옥에나 가시지.

자네의 눈으로 그 일을 미룰 수 있다고 생각하는군.

그게 무슨 뜻이지?

자네는 나를 계속 쳐다보는 동안에는 그 일을 미룰 수 있다고 생각하고 있어.

그렇지 않아.

아니, 그래. 자네는 스스로가 처한 상황을 인정해야만 하네. 그러는 편이 더 품위가 있을 거야. 나는 자네를 도와주려는 걸세.

이런 개자식.

자네는 눈을 감지 않을 거라고 생각하겠지. 하지만 감게 될 거야.

웰스는 대답하지 않았다. 시거는 그를 지켜보았다. 자네가 또 무슨 생각을 하는지 나는 알지, 그가 말했다.

자네는 내가 무슨 생각을 하는지 몰라.

자네는 내가 자네랑 같다고 생각하겠지. 그저 탐욕 때문에 이러는 거라고. 하지만 나는 자네와는 달라. 나는 단순한 삶을 살지.

그냥 죽여.

자네는 이해하지 못할 거야. 자네 같은 사람은.

그냥 죽이라고.

그래, 시거는 말했다. 다들 늘 그렇게 말하지. 하지만 진심으로 하는 말은 아니야, 안 그런가?

쓰레기 같은 놈.

그런 태도는 좋지 않아, 카슨. 마음을 좀 가라앉힐 필요가 있겠군. 만일 자네가 나를 존중하지 않는다면 자네는 뭐가 되겠나? 지금 자네 꼴을 좀 보라고.

자네는 자신이 모든 것에서 벗어나 있다고 생각하겠지, 웰스가 말했다. 하지만 그렇지 않아.

모든 것에서는 아니지. 그건 아니야.

자네는 죽음에서 벗어나 있지 않아.

나보다는 자네한테 의미 있는 말 같군.

내가 죽음을 두려워한다고 생각하나?

그래.

그냥 죽여. 죽이라고, 이 망할 자식아.

우리는 같지 않아, 시거가 말했다. 자네는 수년 동안 많은 것을 포기한 끝에 지금 이 상황에 이르렀지. 나는 그것도 이해가 안 되네. 대체 한 인간이 어쩌다 삶을 포기하는 결정을 내리게 되는 걸까? 우리는 동종 업계에 종사하고 있지. 어느 수준까지는. 자네는 나를 그렇게 경멸했었나? 왜 그런 거지? 자네는 어쩌다 이런 상황에 처하게 된 거지?

웰스는 거리를 내다보았다. 지금 몇시지? 그가 물었다.

시거는 손목을 들어 시계를 보았다. 그러고는 열한시 오십칠분이라고 말했다.

웰스가 고개를 끄덕였다. 그 할머니의 달력에 따르면 내게는 삼 분이 더 남아 있군. 뭐 아무려면 어때. 아주 오래전부터 이런 일이 생길 줄 알고 있었단 생각이 들어. 마치 꿈을 꾸는 것 같군. 데자뷰 같아. 그가 시거를 쳐다보았다. 나는 자네 의견 따위에는 관심 없어, 그가 말했다. 어서 죽여. 이 빌어먹을 사이코야. 어서 죽이고 지옥에나 떨어져라.

그는 눈을 감았다. 눈을 감고 고개를 돌리며 한 손을 들어 막을 수 없는 것을 막으려 했다. 시거가 그의 얼굴을 쏘았다. 웰스가 알았거나 생각했거나 사랑했던 모든 것이 등뒤의 벽을 타고 천천히 흘러내렸다. 어머니의 얼굴, 첫영성체, 알았던 여자들. 그의 앞에 무릎을 꿇고 죽은 남자들의 얼굴. 다른 나라의 도로변 협곡에 죽어 있던 아이의 시체. 웰스는 머리가 반쯤 날아간 채 침대에 누워 양팔을 활짝 펼치고 있었는데, 오른손은 거의 다 사라지고 없었다. 시거는 일어나서 깔개에 떨어진 탄피를 집어들어 후 불고 주머니에 넣은 다음 시계를 쳐다봤다. 새 날까지는 아직 일 분이 더 남아 있었다.

그는 뒷계단으로 내려가 주차장을 가로질러 웰스의 차로 가서 웰스가 들고 다니던 열쇠고리에서 차 열쇠를 찾아 문을 열고 앞쪽과 뒤쪽과 좌석 아래쪽을 모두 확인했다. 렌터카였고 도어 포켓에 든 렌트 계약서를 제외하면 안에는 아무것도 없었다. 그는 문을 닫고 절뚝이며 뒤쪽으로 가서 트렁크를 열었다. 아무것도 없었다. 그는 다시 운전석 쪽으로 가서 문을 열고 후드를 열고는 앞쪽으로 걸어가 후드를 들어올리고 엔진실을 들여다본 후 후드를 닫고 서서 호텔을 쳐다보았다. 그렇게 서 있는 동안 웰스의 전화가 울렸다. 그는 주머니에서 전화기를 꺼내 버튼을 누르고는 귀에 갖다댔다. 네, 그가 말했다.

모스는 간호사의 팔에 매달려 병동의 복도를 걸어갔다가 되돌아왔다. 그녀가 그에게 에스파냐어로 격려의 말을 건넸다. 그들은 병동 끝에서 몸을 돌려 다시 걸어가기 시작했다. 그의 이마에 땀이 맺혔다. 안달레,* 그녀가 말했다. 케 부에노,** 그가 고개를 끄덕였다. 정말이지 더럽게 좋군요, 그가 말했다.

---

* '자, 어서요'라는 뜻.
** '아주 좋아요'라는 뜻.

밤늦게 뒤숭숭한 꿈에서 깨어난 그는 힘겹게 복도를 걸어가 전화를 사용하게 해달라고 부탁했다. 그는 오데사로 전화를 걸고 카운터에 무겁게 몸을 기댄 채 신호음에 귀를 기울였다. 신호음은 오랫동안 울렸다. 마침내 그녀의 어머니가 전화를 받았다.

루엘린입니다.

그애는 자네랑 말하고 싶어하지 않네.

그럴 리가요.

지금이 몇시인 줄 아나?

그건 제 알 바 아닙니다. 전화 끊지 마세요.

나는 무슨 일이 일어날지 그애한테 진즉 말했어, 안 그런가? 그것도 아주 조목조목. 나는 이렇게 말했네. 언젠가는 일어날 일이었다. 그리고 지금이 바로 그 순간이다.

전화 끊지 마세요. 아내를 깨워서 좀 바꿔주세요.

그녀는 전화를 받더니 이렇게 말했다. 나는 자기가 나한테 이럴 줄 몰랐어.

안녕 자기, 잘 지냈어? 괜찮은 거야, 루엘린? 그런 말을 해줘야 하는 거 아냐?

지금 어딘데.

피에드라스네그라스.

내가 뭘 어떻게 해야 하는 거야, 루엘린?

당신은 괜찮은 거지?

아니, 전혀 괜찮지 않아. 어떻게 괜찮겠어? 사람들이 자꾸 전화해서 당신을 찾아. 테럴 카운티의 보안관이 여기까지 찾아왔어. 바로 문 앞에 나타났다고. 나는 자기가 죽은 줄 알았어.

나 안 죽었어. 보안관한테 뭐라고 말했어?

내가 무슨 말을 해줄 수 있겠어?

그가 당신을 꼬드겨서 무슨 말이든 하게 했을 수도 있으니까.

다쳤구나, 그렇지?

왜 그렇게 말하는 거야?

목소리를 들으면 알 수 있어. 괜찮은 거야?

괜찮아.

지금 어디 있어?

방금 말했잖아.

꼭 버스 정류장에 있는 것처럼 들려.

칼라 진, 아무래도 거기서 나와야 할 것 같아.

어디서?

그 집에서.

무섭게 왜 그래, 루엘린. 여기서 나가면 어디로 가라고?

어디든 상관없어. 어쨌든 거기 있으면 안 될 것 같아. 모텔에 가면 되잖아.

엄마는 어쩌고?

장모님은 괜찮으실 거야.

괜찮으실 거라고?

그래.

그건 모르는 일이지.

루엘린은 대답하지 않았다.

안 그래?

아마도 장모님을 괴롭히는 사람은 아무도 없을 거야.

아마도라고?

거기서 나와야 해. 그럼 어머니를 데리고 나와.

엄마를 모텔로 데려갈 수는 없어. 기억하는지 모르겠지만 지금 아프시잖아.

보안관이 뭐라고 말했는데.

자기를 찾고 있다고 말했지, 그럼 뭐라고 말했겠어?

또 무슨 말을 했는데.

그녀는 대답하지 않았다.

칼라 진?

그녀는 울고 있는 것 같았다.

또 무슨 말을 했어, 칼라 진?

자기가 죽임을 당하게 될 거라고 했어.

그래, 그렇게 말했겠지.

그녀는 오랫동안 말이 없었다.

칼라 진?

루엘린, 나는 그 돈을 원하지도 않아. 그냥 우리가 예전처럼 살았으면 좋겠어.

그렇게 될 거야.

아니, 그렇지 않아. 그 문제에 대해 생각해봤어. 그건 가짜 신이야.

그래. 하지만 진짜 돈이지.

그녀는 다시 그의 이름을 부르더니 울기 시작했다. 그는 말을 걸려고 애썼지만 그녀는 대답하지 않았다. 그는 거기 가만히 서서 그녀가 오데사에서 조용히 흐느껴 우는 소리를 듣고 있었다. 내가 어떻게 했으면 좋겠어? 그가 말했다.

그녀는 대답하지 않았다.

칼라 진?

모든 게 예전으로 돌아갔으면 좋겠어.

모든 걸 바로잡으려 노력해보겠다고 말하면 내가 부탁한 대로 할 거야?

그래. 그럴게.

여기서 전화번호를 하나 얻었어. 우리를 도와줄 수 있는 사람이지.

믿을 수 있는 사람이야?

모르겠어. 그런데 그 사람 말고는 믿을 사람이 아무도 없어. 내일 전화할게. 그들이 자기가 거기 있는 걸 찾아낼 줄 알았으면 절대 그곳에 보내지 않았을 거야. 내일 전화할게.

그는 전화를 끊고 웰스에게 받은 이동전화 번호로 전화를 걸었다. 두번째 신호음이 울렸을 때 상대방이 전화를 받았는데 웰스가 아니었다. 잘못 건 것 같습니다. 그가 말했다.

잘못 걸지 않았네. 와서 나 좀 보지.

누구요?

누군지 알 텐데.

모스는 주먹 쥔 손으로 이마를 받치고 카운터에 몸을 기댔다.

웰스는 어디 있소?

이제는 자네를 도와줄 수 없게 되었네. 그와 무슨 거래를 한 건가?

어떤 거래도 하지 않았소.

아니, 했어. 그가 자네한테 얼마를 주기로 했지?

무슨 소린지 모르겠군.

돈은 어디 있나.

웰스를 어떻게 한 거요.

견해 차이가 있었지. 웰스는 신경쓸 필요 없네. 그는 이제 관련 없는 사람이니까. 나랑 이야기하면 돼.

당신이랑은 할 얘기 없소.

있을걸. 내가 어디로 갈 건지 아나?

당신이 어디로 가든 그게 나랑 무슨 상관이지?

내가 어디로 갈 건지 아나?

모스는 대답하지 않았다.

듣고 있나?

듣고 있소.

나는 자네가 어디 있는지 알아.

그래? 내가 어디 있는데?

자네는 피에드라스네그라스의 병원에 있지. 하지만 거기로 갈 건 아니야. 내가 어디로 갈지 아나?

그래. 알 것 같군.

자네는 이 모든 상황을 뒤집을 수 있어.

내가 왜 당신을 믿어야 하지?

웰스는 믿지 않았나.

나는 웰스를 믿지 않았어.

전화했잖아.

전화했지.

내가 어떻게 하길 바라는지 말해보게.

모스는 발의 무게중심을 옮겼다. 이마에 땀방울이 맺혔다. 그는 대답하지 않았다.

뭐라도 말해보게. 기다리고 있으니까.

당신이 거기 갔을 때 이미 내가 거기서 당신을 기다리고 있을 수도 있어, 모스가 말했다. 비행기를 전세 내서 가면 되니까. 그런 생각은 안 해봤나?

그것도 괜찮겠군. 하지만 자네는 그러지 않을 거야.

그걸 어떻게 알지?

그럴 거라면 내게 말하지 않았겠지. 어쨌든 나는 가봐야겠네.

가봤자 아무도 없을 텐데.

그들이 어디 있든 달라지는 건 아무것도 없어.

그러면 거기는 왜 가는 거지?

이 일이 어떻게 끝날지 알고 있겠지, 안 그런가?

아니. 당신은 아나?

그래. 알지. 자네도 알 거야. 아직 인정하지 않을 뿐. 이렇게 하도록 하지. 자네가 돈을 가져오면 여자는 살려주겠네. 그러지 않으면 그녀도 책임을 져야 해. 자네와 마찬가지로. 자네 마음에 드는 제안인지는 모르겠군. 하지만 그게 자네가 할 수 있는 최상의 거래야. 자네가 목숨을 부지할 수 있을 거라고는 말하지 않겠네, 왜냐하면 그런 일은 없을 테니까.

당신한테 멋진 선물을 안겨주도록 하지, 모스가 말했다. 당신을 특별 대우 해주기로 마음먹었거든. 당신은 나를 찾을 필요도 없을 거야.

그렇다니 기쁘군. 자네한테 실망하려던 차였거든.

실망하는 일은 없을 거야.

잘됐군.

맹세컨대 실망할 걱정은 전혀 할 필요 없을 거야.

모스는 날이 밝기 전에 모슬린 환자복에 외투를 걸치고 떠났다. 외투의 옷자락이 피로 뻣뻣하게 굳어 있었다. 신발은 없었다. 외투 주머니 안에 접어서 넣어둔 돈도 피가 묻어 뻣뻣했다.

그는 거리에 서서 불빛이 비치는 쪽을 쳐다보았다. 자신이 어디에 있는지도 몰랐다. 발아래에서 전해지는 콘크리트의 냉기. 그는 길모퉁이로 걸어갔다. 차 몇 대가 지나갔다. 그는 불빛이 비치는 다음 모퉁이로 걸어가서 걸음을 멈추고 한 손으로 건물을 짚으며 몸을 기댔다. 외투 주머니에 챙겨두었던 흰 알약 두 개 중 하나를 꺼내 물 없이 삼켰다. 토할 것 같은 기분이었다. 그는 오랫동안 거기 가만히 서 있었다. 그곳 건물에는 창턱이 하나 있었는데 어슬렁거리는 자들을 쫓아내려고 박아둔 뾰족한 쇠막대만 없었더라면 거기 앉았을 것이었다. 택시 한 대가 지나가서 그가 손을 들었지만 택시는 그냥 가버렸다. 그는 거리로 나가야 했고 잠시 후 그렇게 했다. 한동안 비틀거리며 걷던 중에 택시가 또 한 대 지나갔고 그가 손을 들자 도로 경계석 옆에 멈춰 섰다.

운전사가 그를 유심히 쳐다보았다. 모스는 창 쪽에 몸을 기댔다. 다리 건너편으로 가줄 수 있소? 그가 물었다.

건너편이요.

그래요. 건너편.

돈은 있습니까.

그렇소. 돈은 있소.

운전사가 미심쩍다는 표정을 지었다. 이십 달러입니다. 그가 말했다.

좋아요.

게이트에서 경비대원이 몸을 숙이더니 어둑한 택시 뒷좌석에 앉아 있는 그를 주시했다. 국적이 어디입니까? 경비대원이 물었다.

미국입니다.

뭘 갖고 들어오는 겁니까?

아무것도 없습니다.

경비대원이 그를 유심히 살폈다. 잠시 내려주시겠습니까? 그가 말했다.

모스는 문손잡이를 누르면서 앞좌석에 몸을 기댄 채 천천히 택시에서 내렸다. 그리고 일어섰다.

신발은 어디 있습니까?

모르겠군요.

옷을 하나도 안 입었군요, 안 그런가요?

옷은 입었소만.

두번째 경비대원은 수신호로 차들을 통과시키고 있었다. 그가 택시 운전사를 가리켰다. 택시를 저기 두번째 공간에 세워주시겠습니까?

운전사가 택시에 기어를 넣었다.

차에서 좀 물러나주시겠습니까?

모스가 차에서 물러났다. 택시는 주차 공간에 들어갔고 운전사는 시동을 껐다. 모스는 경비대원을 쳐다보았다. 경비대원은 그가 무슨 말을 하기를 기다리는 듯한 눈치였지만 그는 아무 말도 하지 않았다.

그들은 모스를 작고 하얀 사무실로 데려가서 철제 의자에 앉혔다. 또다른 남자가 들어오더니 철제 책상에 기대섰다. 그가 모스를 훑어보았다.

술을 얼마나 많이 마신 거요?

한 방울도 안 마셨습니다.

무슨 일이 있었던 거요?

무슨 뜻이죠?

옷은 어디에 두고 왔소?

모르겠군요.

신분증은 있소?

아니요.

아무것도 없다.

네.

남자가 팔짱을 낀 채 상체를 뒤로 젖혔다. 그리고 말했다. 어떤 사람이 이 게이트를 통과해서 미합중국으로 간다고 생각하시오?

글쎄요. 미국 시민이겠죠.

일부 미국 시민. 그걸 누가 결정한다고 생각하시오?

당신인 것 같군요.

맞혔소. 그럼 내가 그걸 어떻게 결정할 것 같소?

글쎄요.

질문을 해서 결정하지. 적절히 답하면 미국으로 갈 수 있소. 적절히

답하지 못하면 못 가는 거고. 내가 말한 내용 중에 이해가 안 되는 부분이 있소?

아닙니다, 없습니다.

그럼 이제 다시 시작해도 되겠군.

알겠습니다.

왜 옷을 안 입고 여기까지 온 건지 좀더 설명해보시오.

외투는 입었습니다만.

지금 나랑 말장난하자는 거요?

아닙니다, 그렇지 않습니다.

나랑 말장난하지 마시오. 혹시 군인이시오?

아닙니다. 퇴역했습니다.

어디에 있었소.

미국 육군.

베트남에 갔었소?

그렇습니다. 두 차례.

소속은.

12보병대대.

복무 기간은.

1966년 8월 7일부터 1968년 9월 2일까지.

남자는 한동안 그를 지켜보았다. 모스는 그를 쳐다보다가 눈길을 돌렸다. 그리고 출입문을, 텅 빈 현관을 쳐다보았다. 팔꿈치를 무릎에 올리고 외투를 걸친 몸을 앞으로 숙인 채로.

괜찮은 거요?

그렇습니다. 괜찮아요. 저를 보내주시면 아내가 데리러 올 겁니다.

돈은 좀 있소? 전화할 잔돈은?

네, 있습니다.

발톱이 타일을 긁는 소리가 들렸다. 경비대원 한 명이 목줄을 맨 독일셰퍼드를 데리고 서 있었다. 남자가 경비대원을 향해 턱짓을 했다. 누구를 좀 시켜서 이분을 도와드리도록 하게. 시내로 가서야 한다는군. 택시는 갔나?

네, 갔습니다. 깨끗하던데요.

나도 알아. 누구를 좀 시켜서 이분을 도와드리도록 하게.

그가 모스를 쳐다보았다. 어디 출신이시오?

텍사스주 샌새바 출신입니다.

당신이 어디 있는지 부인이 알고 있소?

네, 그렇습니다. 좀전에 통화했습니다.

둘이 싸운 거요?

누가 말입니까?

당신과 당신 부인.

글쎄요. 약간은 그랬던 것 같군요. 네, 맞습니다.

부인한테 사과하시오.

네?

부인한테 사과하라고 했소.

네. 그래야죠.

비록 부인이 잘못했다고 생각하더라도.

네.

어서 가보시오. 내 눈앞에서 당장 사라지시오.

네.

때로는 작은 문제를 해결하지 않고 그냥 두면 어느 날 갑자기 그게 더는 작은 문제가 아니게 되는 법이오. 내 말 이해하겠소?

네. 이해합니다.

어서 가보시오.

네.

날은 거의 밝았고 택시는 떠난 지 오래였다. 그는 거리를 걸어가기 시작했다. 상처에서 혈청이 새어나와 다리 안쪽을 타고 흘러내렸다. 사람들은 그에게 거의 신경을 쓰지 않았다. 애덤스 스트리트로 접어든 그는 옷가게 앞에서 걸음을 멈추고 안을 들여다보았다. 상점 뒤쪽에 불이 켜져 있었다. 그는 문을 두드리고 기다렸다가 다시 문을 두드렸다. 마침내 흰 셔츠와 검은 넥타이 차림의 작은 남자가 문을 열고 그를 내다보았다. 아직 문을 열지 않았다는 건 알고 있소, 모스가 말했다. 하지만 옷이 정말 간절히 필요해서 말이오. 남자는 고개를 끄덕이며 문을 활짝 열었다. 들어오세요, 그가 말했다.

그들은 부츠 코너로 향하는 통로를 나란히 걸어갔다. 토니 라마, 저스틴, 노코나. 거기에는 낮은 의자가 몇 개 있었고 모스는 팔걸이를 손으로 꽉 잡고 천천히 의자에 앉았다. 부츠랑 옷이 좀 필요합니다, 그가 말했다. 몸이 좀 불편해서 가능하면 돌아다니고 싶지 않군요.

남자가 고개를 끄덕였다. 네, 손님, 그가 말했다. 물론이죠.

래리 메이핸도 있소?

아뇨, 손님, 없습니다.

괜찮소. 허리 삼십이 인치에 밑아래 길이가 삼십사 인치인 랭글러 청바지가 필요해요. 라지 사이즈 셔츠 한 벌도. 양말 몇 켤레도. 10.5 사이즈의 노코나 부츠도 보여주시오. 벨트도 필요하고요.

　네, 손님. 모자도 보시겠습니까?

　모스가 가게를 둘러보았다. 모자도 괜찮을 것 같군요. 챙이 좁은 카우보이모자 있습니까? 칠과 팔분의 삼 사이즈로요?

　네, 있습니다. 레지스톨 3X* 비버 모자랑 조금 더 나은 등급의 스테트슨 모자도 있습니다. 아마 5X일 거예요.

　스테트슨으로 보여주시오. 저기 저 옅은 은색으로.

　알겠습니다, 손님. 흰색 양말도 괜찮을까요?

　나는 흰색 양말만 신소.

　속옷은 안 필요하십니까?

　삼각팬티가 괜찮을 것 같군요. 삼십이 인치. 아니면 미디엄 사이즈로.

　네, 손님. 그냥 편하게 계십시오. 괜찮으시죠?

　괜찮소.

　남자는 고개를 끄덕이고는 가려고 돌아섰다.

　뭣 좀 물어봐도 되겠소? 모스가 말했다.

　네, 손님.

　옷을 하나도 안 걸치고 들어오는 손님이 많소?

　아뇨, 손님. 많다고는 할 수 없겠죠.

　그는 새 옷을 잔뜩 들고 탈의실로 가서 외투를 벗어 문에 달린 고리

---

* X는 카우보이모자의 품질 단위로, 숫자가 많을수록 비버 모피가 많이 사용된 것이다.

에 걸었다. 움푹 들어간 창백한 배에 얇은 피딱지가 앉아 있었다. 반창고 테이프의 양쪽 끄트머리를 눌러봤지만 테이프는 달라붙지 않았다. 그는 나무 벤치에 천천히 앉아 양말을 신은 후 팬티 포장을 뜯어 꺼낸 다음 두 발을 넣어 무릎까지 올리고 일어나서 붕대 위로 조심스럽게 끌어올렸다. 그러고는 다시 앉아 수많은 핀으로 고정된 셔츠를 판지에서 떼어냈다.

탈의실에서 나왔을 때 그의 팔에는 외투가 걸쳐져 있었다. 그는 삐걱거리는 나무 복도를 이리저리 걸어다녀보았다. 점원은 서서 부츠를 내려다보고 있었다. 도마뱀 가죽이라 길을 들이려면 시간이 좀 걸릴 겁니다, 그가 말했다.

그렇겠군. 여름에 신으면 더 덥기도 하고. 괜찮은 것 같소. 저 모자도 한번 써보겠소. 제대한 후로 이렇게 차려입은 건 처음이로군.

보안관은 커피를 한 모금 마시고는 책상 유리에 둥근 자국이 나 있는 자리에 정확히 잔을 도로 내려놓았다. 호텔이 문을 닫기로 했다는군, 그가 말했다.

벨이 고개를 끄덕였다. 놀랍지도 않네.

직원들이 다 관뒀어. 그 친구는 교대 근무를 고작 두 번밖에 서지 못했는데. 내 책임일세. 그 개자식이 다시 올 거라고는 생각지도 못했네. 정말이지 전혀 상상도 못했어.

애초에 떠나지 않았는지도 모르지.

그 생각도 해봤네.

녀석이 어떻게 생겼는지 아무도 모르는 이유는 그걸 말해줄 만큼 오래 생존한 사람이 아무도 없기 때문이지.

그놈은 망할 미치광이 살인마야, 에드 톰.

그래. 그런데 미치광이는 아닌 것 같아.

그럼 자네는 녀석을 뭐라고 부를 텐가?

나도 모르겠네. 호텔 문은 언제 닫는 거지?

벌써 닫은 거나 마찬가지지.

열쇠 있나?

그래. 열쇠는 있네. 범죄 현장이니까.

같이 가서 좀더 살펴보는 게 어떤가.

좋네. 그러지.

두 사람이 가장 먼저 발견한 것은 복도 창턱에 놓인 트랜스폰더였다. 벨은 그것을 집어들고 손안에서 이리저리 돌리며 다이얼과 노브를 살펴보았다.

망할 폭탄은 아니겠지?

아니야.

그럼 됐군.

이건 추적장치야.

그럼 추적한 게 뭐였든 녀석들이 그걸 찾았다는 말이군.

아마도. 여기 얼마나 오래 놓여 있었을까?

모르겠네. 하지만 녀석들이 뭘 추적하고 있었는지는 알 것 같군.

아마도, 벨이 말했다. 이 사건에는 전체적으로 어딘가 석연치 않은 구석이 있어.

당연히 그래야겠지.

여기서 발견된 퇴역 대령은 머리가 대부분 날아가서 지문으로 신분을 확인해야 했지. 총에 맞지 않고 남아 있던 손가락 지문으로 말일세. 정규군이었어. 십사 년 복무했고. 발견 당시에는 지니고 있던 게 아무것도 없었어.

털린 거로군.

그렇지.

이 사건에 대해 자네가 알면서 내게 이야기하지 않은 게 있나?

자네가 아는 게 내가 아는 사실의 전부일세.

나는 사실을 이야기하는 게 아니네. 자네는 이 모든 소동이 이제 남부의 일이 되었다고 생각하나?

벨이 고개를 저었다. 모르겠군.

이 추격전에 자네랑 관련된 사람이 있나?

딱히 그런 건 아니네. 연루되지 말았어야 했는데 어느 정도 연루되어버린 젊은이 두어 명이 있긴 하지만.

어느 정도 연루되었다라.

그래.

친척인가?

아니. 그냥 우리 카운티 사람들이야. 내가 보살펴야 하는 사람들.

벨은 트랜스폰더를 보안관에게 건넸다.

나더러 이걸로 뭘 어쩌라는 건가?

매버릭 카운티의 소유물일세. 범죄 현장 증거물.

보안관이 고개를 저었다. 그놈의 마약, 그가 말했다.

그놈의 마약.
놈들은 그걸 어린 학생들한테 팔고 있어.
그보다 더 심각한 상황이지.
어째서?
어린 학생들이 그걸 사잖나.

VII

    전쟁에 대해서도 말하지 않으련다. 나는 소위 전쟁 영웅이었지만 전 분대원을 잃었다. 그걸로 훈장을 받았다. 그들은 죽었고 나는 훈장을 받았다. 사람들이 그 문제에 대해 어떻게 생각하는지 알 필요도 없다. 하루도 그날을 떠올리지 않은 날이 없다. 내가 알던 몇몇 어린 군인들은 돌아와서 제대군인 원호법의 지원을 받아 오스틴의 학교에 다녔는데 거기서 남부 사람들을 향해 험한 말을 쏟아냈다. 일부는 그랬다. 그들을 무식한 백인 촌놈이라느니 하는 식으로 불렀다. 그들의 정치적 견해를 좋아하지 않았다. 이 나라에서 두 세대는 긴 시간이다. 그들이 그렇게 비난하는 사람들은 초기 정착민이다. 나는 사람들에게 아내와 아이들이 살해당하고 머리 가죽이 벗겨지고 물고기처럼 내장이 제거되는 일을 당하면 대체로 화가 많아지는 법이라고 말하곤 했지만 그들은 내가 무슨 말을 하는지도 모르는 듯했다. 그래도 이 나라가 육십 년대를 거치며 그들 중 일부는 제정신을 차린 것 같다. 그랬기를 바란다. 얼마 전에는 지역 신문에서 삼십 년대에 전국의 여러 학교에 발송되었던 설문지를 몇몇 교사들이 우연히 발견했다는 기사를 읽었다. 설문지의 내용은 학교에서 가르치면서 겪는 문제가 무엇인지에 대한 것이었다. 교사들이 발견한 이 설문지는 질문에 대한 답이 적힌 채로 전국에서 되돌아온 것이었다. 그리고 거기서 거론된 가장 큰 문제들은 수업시간에 떠들고 복도에서 뛰어다니는 수준의 것들이었다. 껌을 씹는 것. 숙제를 베끼는 것. 그런 성격의 문제들. 그래서 교사들은 빈 설문지를 하나 찾아내 잔뜩 복사한 다음 똑같은 학교로 다시 보냈다. 사십 년이 지난 후에 말이다. 그리하여 돌아온 답들은 이러하다. 강간, 방화, 살인, 마약, 자살. 그래서 나는 그 문제에 대해 생각해보고 있다. 왜냐하면 세상이 급속도로 망해가고 있다고 내가 누누이 이야기할 때마다 사람들은 그저 미소를 지으며 내가 늙었다고 말할 뿐이기 때문이다. 전형적인 노화 증상 중 하나라고. 하지만 그런 말을 들을 때면 사람을 강간하고 죽이는 것과 껌을 씹는 것의 차이를 구분하지 못하는 사람은 나보다 훨씬 더 심각한 문제를 지닌 사람이라는 느낌이 든다. 사십 년이라는 세월은 긴 시간도 아니다. 어쩌면 다음 사십 년 동안 그들 중 일부는 마취 상태에서 깨어날지도 모른다. 그때는 이미 너무 늦었을 수도 있겠지만.

일이 년 전 로레타와 함께 코퍼스크리스티에서 열린 한 회의에 참석했을 때 나는 누군가의 부인인 어떤 여자 옆에 앉게 되었다. 그녀는 계속 우익이 어쩌고저쩌고하는 이야기만 떠들어댔다. 나는 그녀의 말이 무슨 뜻인지조차 이해할 수 없었다. 내가 아는 사람들은 대부분 그냥 평범한 사람들이다. 흔히 말하듯 먼지처럼 평범한 사람들. 내가 그녀에게 그렇게 말하자 그녀는 수상쩍다는 표정으로 나를 쳐다봤다. 그녀는 내가 그들에 대해 뭔가 나쁜 말을 한다고 생각했지만 내가 속한 세계에서 그것은 물론 최고의 칭찬이었다. 그녀는 계속 떠들고 또 떠들었다. 그러더니 마침내 내게 이렇게 말했다. 저는 이 나라가 나아가는 방향이 마음에 들지 않아요. 저는 제 손녀가 낙태를 할 수 있었으면 좋겠어요. 그래서 나는 이렇게 말해주었다. 글쎄요, 부인, 그렇다면 이 나라가 나아가는 방향에 대해 걱정하실 필요가 전혀 없을 것 같습니다. 세상이 돌아가는 꼴을 보아하니 부인의 손녀는 분명 낙태를 할 수 있게 될 것 같거든요. 손녀분은 낙태를 할 수 있을 뿐만 아니라 부인을 안락사시킬 수도 있을 겁니다. 그러자 대화는 사실상 끝나고 말았다.

시거는 차가운 콘크리트 통로의 콘크리트 계단을 통해 십칠층까지 절뚝이며 올라가 층계참의 철문에 이르자 스턴건의 플런저로 자물쇠 실린더를 날려버리고는 문을 열고 복도로 들어가 등뒤로 문을 닫았다. 그는 양손으로 산탄총을 들고 문에 기대선 채 귀를 기울였다. 방금 의자에서 일어났다고 해도 좋을 만큼 숨소리가 조용했다. 그는 복도를 따라 내려가 바닥에서 찌그러진 실린더를 주워 주머니에 넣은 뒤 엘리베이터로 가서 다시 선 채로 귀를 기울였다. 그러고는 부츠를 벗어 엘리베이터 문 옆에 세워두고 부상당한 다리를 조심하며 양말 바람으로 천천히 복도를 걸어갔다.

사무실 문들은 복도 쪽으로 열려 있었다. 그는 걸음을 멈추었다. 남자가 바깥 복도 벽에 비친 불분명하지만 숨길 수 없는 자신의 그림자를 보지 못했을지도 모른다는 생각이 들었다. 시거는 그것이 이상한 실수라고 생각했지만 그는 종종 사람들이 적에 대한 두려움 때문에 다른 위험, 특히 자신들이 세상에 만들어놓은 형상은 보지 못한다는 사실을 알고 있었다. 그는 어깨에 멘 스트랩을 내리고 산소 탱크를 바닥에 내려놓았다. 그리고 남자 뒤쪽의 어둡게 코팅된 유리창을 통해 들어오는 빛이 만들어낸 남자의 그림자 위치를 살펴보았다. 그러고는 손바닥의 볼록한 부분으로 산탄총의 탄창 밀대를 살짝 밀어 장전된 총알을 확인하고 안전장치를 풀었다.

남자는 벨트 높이에 작은 권총을 들고 있었다. 시거는 문으로 들어가서 10번 샷으로 남자의 목을 쏘았다. 수집가들이 조류 표본을 얻을 때 사용하는 크기의 총알이었다. 남자는 회전의자 쪽으로 쓰러지며 의자를 넘어뜨리고는 바닥에 누워 경련하며 꺽꺽거렸다. 시거는 카펫에 떨어진 연기가 나는 산탄총 탄피를 집어들어 주머니에 넣은 뒤 톱으로 잘라낸 총신 끝에 장착한 캔에서 여전히 피어오르는 희미한 연기와 함께 방으로 걸어들어갔다. 그는 책상 뒤로 돌아가 서서 남자를 내려다보았다. 남자는 등을 대고 누워 한 손으로 목을 붙잡고 있었지만 손가락 사이로 피가 계속 뿜어져나와 깔개를 적시고 있었다. 남자의 얼굴에는 작은 구멍이 잔뜩 나 있었지만 오른쪽 눈은 온전해 보였고 남자는 시거를 올려다보며 거품이 이는 입으로 무언가를 말하려 애썼다. 시거는 한쪽 무릎을 꿇고 산탄총에 몸을 기댄 채 그를 쳐다보았다. 왜 그러시오? 그가 말했다. 내게 무슨 말을 하려는 거요?

남자가 머리를 움직였다. 목에서 피가 꾸르륵거렸다.

내 말 들리시오? 시거가 말했다.

그는 대답하지 않았다.

나는 당신이 카슨 웰스를 보내 죽이려던 사람이오. 알고 싶은 게 그거요?

그는 남자를 지켜보았다. 남자는 파란색 나일론 러닝복과 흰색 가죽신발 차림이었다. 남자의 머리 주위로 피가 고이기 시작했고 남자는 춥기라도 한 듯 몸을 부들부들 떨고 있었다.

내가 버드샷을 사용한 이유는 유리를 깨뜨리고 싶지 않았기 때문이오. 당신 뒤에 있는 유리 말이오. 거리의 사람들 위로 유리가 비처럼 쏟아지게 하고 싶지 않았거든. 그는 턱끝으로 창문 쪽을 가리켰는데 창유리에는 납 탄알이 남긴 작은 회색 자국들 사이로 남자의 위쪽 실루엣이 비치고 있었다. 그는 남자를 바라보았다. 목에 대고 있던 남자의 손이 늘어지고 피가 흐르는 속도가 느려졌다. 그는 거기 놓인 권총을 바라보았다. 그러고는 일어나서 산탄총의 안전장치를 잠그고 남자를 지나 창가로 가서 납 탄알이 만든 자국을 자세히 살폈다. 다시 남자를 내려다보았을 때 남자는 죽어 있었다. 그는 방을 가로질러가 문가에 서서 귀를 기울였다. 그리고 복도로 나가서 산소 탱크와 스턴건을 챙긴 다음 부츠에 발을 넣고 끌어올렸다. 그러고는 복도를 걸어가 철문을 통해 밖으로 나간 다음 콘크리트 계단을 내려가서 자신의 차를 세워둔 차고로 갔다.

그들이 버스 정류장에 도착했을 때는 이제 막 동이 트고 있었고 우중충하고 추운 가운데 이슬비가 내렸다. 그녀는 좌석 앞으로 몸을 숙여 운전사에게 요금을 지불하고 이 달러를 팁으로 주었다. 운전사는 차에서 내려 트렁크 쪽으로 돌아가서 트렁크를 열고 둘의 가방을 꺼내 주랑현관에 내려놓은 후 보행 보조기를 들고 그녀의 어머니가 탄 좌석 쪽으로 돌아가서 문을 열었다. 그녀의 어머니는 몸을 돌려 빗속으로 나오려고 애쓰기 시작했다.

엄마 잠깐 기다리고 있을래요? 저기 좀 다녀올게요.

결국 이렇게 될 줄 알았다, 어머니가 말했다. 삼 년 전에도 말했어.

아직 삼 년 안 됐어요.

정확히 그렇게 말했지.

저기 좀 다녀올 테니 잠깐만 기다리세요.

빗속에서 말이지, 그녀의 어머니가 말했다. 그리고 택시 운전사를 쳐다보았다. 나는 암에 걸렸어요, 그녀가 말했다. 그런데 이 꼴을 좀 보세요. 돌아갈 집도 없다니.

네, 부인.

우린 텍사스주 엘패소로 가고 있어요. 텍사스주 엘패소에 내가 아는 사람이 몇이나 되는 줄 아세요?

아니요, 부인.

그녀가 팔을 문에 기대며 잠시 멈췄다가 손을 들어 엄지와 검지로 O 모양을 만들었다. 이만큼 알죠, 그녀가 말했다.

네, 부인.

둘은 커피숍에 앉아 가방과 꾸러미에 둘러싸인 채 비가 내리는 풍경과 쉬고 있는 버스들을 응시했다. 동이 터오는 흐린 날에. 그녀는 어머니를 쳐다보았다. 커피 좀더 드실래요? 그녀가 물었다.

노인은 대답하지 않았다.

말이 없으시네요.

할말이 뭐가 있겠니.

뭐, 저도 그런 것 같네요.

이미 엎질러진 물인 게지. 내가 왜 경찰을 피해 도망쳐야 하는지 모르겠구나.

우린 경찰을 피해 도망치는 게 아니에요, 엄마.

하지만 그들에게 도움을 청할 수도 없는 상황이잖니, 안 그래?

누구한테요?

경찰한테.

네. 맞아요.

그럴 줄 알았다.

노인은 엄지손가락으로 틀니를 조정하고는 창밖을 응시했다. 잠시 후 버스가 왔다. 운전사는 그녀의 보행 보조기를 버스 아래쪽 짐칸에 집어넣고 계단을 오르는 그녀를 노인의 딸과 함께 부축한 후 맨 앞좌석에 앉혔다. 나는 암에 걸렸어요, 그녀가 운전사에게 말했다.

칼라 진은 가방을 모두 머리 위 짐칸에 넣고 자리에 앉았다. 노인은 그녀를 쳐다보지 않았다. 삼 년 전에 말이다. 그녀가 말했다. 무슨 예지몽 따위를 꿀 필요도 없었어. 계시 같은 건 필요 없었다고. 내가 특별히 잘나서 일이 이렇게 될 줄 안 게 아니다. 누구라도 너한테 똑같이 말했을 거야.

저는 물어보지도 않았는걸요.

노인은 고개를 저었다. 창밖으로 둘이 앉아 있던 테이블을 내다보면서. 내가 특별히 잘나서 그런 게 아니다. 그녀가 말했다. 나만큼 잘난 것과 거리가 먼 사람도 없을 거야.

시거는 길 건너편에 차를 세우고 시동을 껐다. 그러고는 라이트를 끄고 앉아서 어두워진 집을 지켜보았다. 라디오에 녹색 숫자로 표시된 시간은 한시 십칠분이었다. 그는 한시 이십이분까지 거기 앉아 있다가 글러브박스에서 손전등을 꺼내들고 차에서 내려 문을 닫고 길을 건너 집으로 갔다.

그는 망사문을 열고 자물쇠 실린더를 날린 다음 안으로 들어가서 등뒤로 문을 닫고 선 채로 귀를 기울였다. 부엌에서 불빛이 흘러나왔고 그는 한 손에는 손전등을 들고 다른 손에는 산탄총을 든 채 복도를 걸어갔다. 문간에 이른 그는 걸음을 멈추고 다시 귀를 기울였다. 불빛은 뒤쪽 포치의 알전구에서 비치는 것이었다. 그는 부엌으로 들어갔다.

부엌의 중앙에는 아무것도 깔지 않은 포마이카와 크롬 소재로 된 식탁이 있었고 시리얼 박스 하나가 그 위에 놓여 있었다. 리놀륨 바닥에 드리운 부엌 창문 그림자. 그는 부엌을 가로질러가 냉장고 문을 열고 안을 들여다보았다. 그러고는 산탄총을 팔꿈치 안쪽에 끼우고 오렌지맛 탄산음료 한 캔을 꺼내 검지손가락으로 따서 선 채로 마시며 캔을 따는 금속성 소리에 이어 다른 무슨 소리가 들리진 않는지 귀를 기울였다. 그는 탄산음료를 마시고 반쯤 비운 캔을 조리대에 내려놓은 뒤 냉장고 문을 닫고 다이닝룸을 지나 거실로 가서 구석에 있는 안락의자에 앉아 거리를 내다보았다.

잠시 후 일어난 그는 거실을 가로질러 계단을 올라갔다. 계단통 꼭대기에 서서 귀를 기울였다. 노인의 방에 들어가자 들척지근하고 퀴퀴한 질병의 냄새가 났고 심지어 그는 노인이 아직 침대에 누워 있을지도 모른다고 잠시 생각했다. 그는 손전등을 켜고 화장실로 들어갔다. 선 채로 화장대에 놓인 약병들의 라벨을 읽었다. 그는 창밖으로 아래의 거리를, 가로등이 비추는 흐릿한 겨울빛을 내다보았다. 새벽 두시. 건조한 공기. 추위. 정적. 그는 밖으로 나가 복도를 지나 집 뒤쪽에 있는 작은 침실로 들어갔다.

그는 그녀의 옷장 서랍의 내용물을 침대 위에 모두 쏟은 다음 앉아서 그것들을 자세히 살펴보며, 때로는 어떤 물건을 집어들고 마당 조명등의 푸르스름한 불빛에 비추어 보았다. 플라스틱 머리빗. 장터에서 산 싸구려 팔찌. 그는 물건으로 주인에 대한 어떤 사실을 알아낼 수 있는 영매라도 되는 것처럼 그것들을 손에 들고 무게를 가늠해보았다. 그는 앉아서 사진첩을 한 장씩 넘겼다. 학교 친구들. 가족. 개. 이 집이 아닌 다른 집. 그녀의 아버지일지도 모를 남자. 그는 그녀의 사진 두 장을 셔츠 주머니에 넣었다.

머리 위에는 천장 선풍기가 달려 있었다. 그는 일어나서 줄을 잡아당기고 산탄총을 옆에 둔 채 침대에 누워 창밖에서 비쳐 드는 빛 속에서 나무 날이 천천히 돌아가는 것을 지켜보았다. 잠시 후 일어난 그는 구석에 놓인 책상 의자를 가져와 기울인 다음 등받이 가로대의 맨 윗부분을 문손잡이 아래로 밀어넣었다. 그러고는 침대에 앉아 부츠를 벗은 후 몸을 뻗고 누워 잠들었다.

아침에 그는 다시 집의 위층과 아래층을 한 바퀴 돌아보고 복도 끝에 있는 욕실로 돌아가서 샤워를 했다. 커튼을 걷은 채로 놓아두어서 물이 바닥에 튀었다. 복도 문은 열려 있었고 산탄총은 바로 옆 화장대에 놓여 있었다.

그는 헤어드라이어로 다리를 감은 붕대를 말리고 면도를 하고 옷을 입은 뒤 부엌으로 가서 우유를 부은 시리얼 한 그릇을 먹으며 집안을 돌아다녔다. 그러다가 거실에서 걸음을 멈추고 현관문의 놋쇠 구멍 아래쪽 바닥에 놓인 우편물을 쳐다보았다. 그는 시리얼을 천천히 씹으며 가만히 서 있었다. 그러고는 그릇과 스푼을 탁자에 내려놓고 거실을 가로지른 다음 허리를 숙여 우편물을 집어들고 그 자리에 서서 하나씩 넘기며 살펴보았다. 그는 문 옆 의자에 앉아 전화 요금 명세서 봉투를 뜯어 동그랗게 말아 쥐고는 입구 안을 후 불었다.

그는 통화 기록을 훑어보았다. 목록 중간쯤에 테럴 카운티 보안관 사무실이 있었다. 그는 명세서를 접어 다시 봉투에 넣고 봉투를 셔츠 주머니에 넣었다. 그러고는 다른 우편물을 다시 살펴보았다. 그는 일어나 부엌으로 가서 식탁에서 산탄총을 집어들고 돌아와 방금 섰던 자리에 섰다. 그리고 싸구려 마호가니 책상으로 가로질러가서 맨 위쪽 서랍을 열었다. 서랍은 우편물로 가득했다. 그는 산탄총을 내려놓고 의자에 앉아 우편물을 끄집어내 책상에 쌓아놓고 살펴보기 시작했다.

모스는 시내 외곽의 싸구려 모텔에서 하루를 보내며 새 옷들은 옷장 옷걸이에 걸어둔 채 침대에서 발가벗고 잠을 잤다. 깨어났을 때는 모텔 안뜰에 그림자가 길게 드리워 있었고 그는 힘겹게 몸을 일으켜 침대 가장자리에 앉았다. 시트에 그의 손바닥만한 연한 핏자국이 묻어 있었다. 침실용 탁자 위에는 시내의 드러그스토어에서 구입한 물건들이 담긴 종이봉투가 놓여 있었고 그는 그것을 들고 절뚝이며 욕실로 들어갔다. 그는 닷새 만에 처음으로 샤워하고 면도하고 이를 닦은 뒤 욕조 가장자리에 앉아 상처에 새 거즈를 대고 테이프로 붙였다. 그리고 옷을 입고 택시를 불렀다.

그가 모델 사무실 앞에 서 있을 때 택시가 도착했다. 그는 뒷좌석에 올라타 숨을 돌리고 손을 뻗어 문을 닫았다. 그리고 백미러로 운전사의 얼굴을 살폈다. 돈을 좀 벌어보고 싶소? 그가 물었다.

네. 돈을 좀 벌어보고 싶군요.

모스는 백 달러짜리 지폐 다섯 장을 꺼내 반으로 찢은 다음 운전석 너머로 운전사에게 절반을 건넸다. 운전사는 찢어진 돈을 세어보고 셔츠 주머니에 넣은 뒤 거울로 모스를 쳐다보며 기다렸다.

이름이 뭡니까?

폴입니다, 운전사가 말했다.

당신 태도가 마음에 드네요, 폴. 문제에 휘말리는 일은 없을 겁니다. 그저 내가 남겨지길 바라지 않는 어딘가에 나를 남겨두고 떠나지만 마요.

알겠습니다.

손전등 있소?

네. 있습니다.

이리 주시오.

운전사가 손전등을 뒤로 넘겼다.

완벽하군요, 모스가 말했다.

어디로 갈까요.

강변도로로.

아무도 태우지 않는 거겠죠.

아무도 태우지 않을 거요.

운전사가 거울로 그를 쳐다봤다. 드로가*는 안 됩니다, 그가 말했다.

드로가는 아니오.

운전사는 기다렸다.

나는 서류 가방을 가지러 갈 거요. 내 물건이지. 원한다면 가방 안을 봐도 괜찮소. 불법적인 것은 하나도 없으니까.

가방 안을 봐도 괜찮다고요.

그렇소.

저를 곤경에 빠뜨리진 않길 바랍니다.

물론.

돈도 좋아하지만 감옥에 들어가지 않는 걸 훨씬 더 좋아하거든요.

나도 마찬가지요, 모스가 말했다.

택시는 다리로 향하는 도로를 천천히 달렸다. 모스가 앞좌석 너머로 몸을 숙였다. 다리 아래에 세워주시오, 그가 말했다.

알겠습니다.

이 실내등의 전구를 빼야겠소.

이 도로는 스물네 시간 감시되는 곳입니다, 운전사가 말했다.

---

* '마약'이라는 뜻의 에스파냐어.

알고 있소.

운전사는 도로에 차를 세운 뒤 시동과 라이트를 끄고 거울로 모스를 쳐다보았다. 모스는 실내등의 전구를 빼서 플라스틱 커버 위에 올려 앞좌석 너머로 운전사에게 건넨 다음 문을 열었다. 몇 분 안에 돌아오겠소, 그가 말했다.

물억새는 먼지투성이였고 줄기가 빽빽이 자라 있었다. 그는 손전등을 무릎 높이로 들고 렌즈 일부를 손으로 가린 채 물억새를 조심스럽게 밀치며 나아갔다.

가방은 누가 거기 놓아두기라도 한 것처럼 덤불 속에 온전하게 똑바로 놓여 있었다. 그는 손전등을 끈 뒤 가방을 집어들고 머리 위쪽의 다리를 기준으로 거리를 가늠하며 어둠 속을 걸어 돌아왔다. 택시에 다다른 그는 문을 열고 가방을 좌석에 놓고 조심스럽게 올라탄 후 문을 닫았다. 그리고 손전등을 운전사에게 건네고 좌석에 등을 기댔다. 갑시다, 그가 말했다.

안에 뭐가 들었나요, 운전사가 말했다.

돈.

돈이요?

돈.

운전사는 시동을 걸고 도로로 들어섰다.

라이트를 켜시오, 모스가 말했다.

운전사가 라이트를 켰다.

돈이 얼마나 되죠?

아주 많지. 얼마를 주면 나를 샌안토니오까지 데려다주겠소.

운전사는 그 문제에 대해 생각해보았다. 오백 달러에 더 얹어주겠다는 뜻인가요.

그렇소.

총 천 달러 어떻습니까.

다 합해서.

네.

좋소.

운전사가 고개를 끄덕였다. 아까 주신 이 오백 달러의 나머지 절반은요.

모스가 주머니에서 돈을 꺼내 운전석 너머로 건네주었다.

미그라*가 차를 세우면 어쩌죠.

그럴 일은 없을 거요. 모스가 말했다.

어떻게 압니까?

나는 아직 처리해야 할 거지같은 일이 산더미처럼 쌓여 있거든. 여기서 끝낼 수는 없지.

그 말이 맞길 바랍니다.

나를 믿어요, 모스가 말했다.

그런 말은 딱 질색입니다, 운전사가 말했다. 한 번도 좋았던 적이 없어요.

이 말을 해본 적이 있소?

네. 있죠. 그러니 그 말이 무슨 의미인지 아는 겁니다.

---

* 미국의 이민세관단속국과 국경순찰대를 가리키는 에스파냐어 속어.

모스는 시내 바로 서쪽에 위치한 90번 고속도로의 로드웨이 모텔에서 밤을 보내고 아침에 아래로 내려가 신문을 구입한 뒤 힘들게 다시 자기 방으로 돌아갔다. 신분증이 없었기 때문에 딜러에게 총을 구입할 수는 없었지만 신문을 통해 구입할 수는 있었으므로 그렇게 했다. TEC-9 기관단총 한 자루에 여분의 탄창 두 개와 총알 한 상자 반. 남자는 그의 문 앞으로 총을 배달해주었고 그는 남자에게 현금으로 값을 지불했다. 모스는 총을 손에 쥐고 돌려보았다. 푸르스름하게 파커라이징 처리를 한 물건이었다. 반자동식. 마지막으로 쏘아본 게 언제죠? 그가 물었다.

한 번도 쏴본 적이 없는데요.

발사되긴 하는 거 맞습니까?

그러지 않을 이유가 뭐겠어요?

나야 모르죠.

저도 모릅니다.

남자가 떠나자 모스는 모텔 베개 하나를 겨드랑이에 끼고 모텔 뒤쪽의 초원으로 나가서 베개로 총구를 감싸고 세 발을 쏘고는 차가운 햇빛 속에 서서 깃털이 잿빛 수풀 위로 날리는 모습을 바라보며 자기 삶에 대해, 과거와 앞으로 다가올 일에 대해 생각했다. 그러고는 불에 탄 베개를 땅에 버려둔 채 돌아서서 천천히 모텔로 돌아갔다.

그는 로비에서 휴식을 취하다가 다시 방으로 올라갔다. 그러고는 욕조에 들어가서 몸을 씻고 화장실 거울로 허리에 난 관통상을 바라보았다. 꽤나 보기 흉했다. 구멍 두 개에 고름이 차 있어서 빼내고 싶었지만 그러지 않았다. 그는 팔에 댄 깁스를 느슨하게 잡아당겨 총알이 스치며 생긴 깊은 상처를 확인하고는 다시 붕대에 테이프를 붙였다. 그리고 옷을 입고 청바지 뒷주머니에 돈을 좀더 넣고 권총과 탄창을 케이스에 넣은 후 케이스를 닫고 택시를 부른 다음 서류 가방을 집어들고 밖으로 나가 계단을 내려갔다.

그는 노스 브로드웨이의 중고차 매장에서 사륜구동에 460엔진을 장착한 1978년형 포드 픽업트럭을 구입하고 직원에게 현금으로 값을 치른 후 사무실에서 차량 권리 증서의 공증을 받고 권리 증서를 글러브 박스에 넣은 다음 차를 몰고 나왔다. 그리고 모텔로 돌아와 체크아웃을 한 후 운전석 아래에 TEC-9을 놓고 조수석 바닥에 서류 가방과 옷 가방을 세워놓고는 트럭을 몰고 모텔을 떠났다.

버니의 고속도로 진입로 쪽에 히치하이크하려는 소녀가 있었고 모스는 차를 세우고 경적을 울리고는 백미러로 그녀를 바라보았다. 작은 파란색 나일론 배낭을 한쪽 어깨에 둘러메고 달려오는 모습을. 소녀는 트럭에 올라타더니 그를 쳐다보았다. 열다섯 아니면 열여섯. 빨간 머리. 어디까지 가세요? 그녀가 물었다.

운전할 줄 아니?

네. 알아요. 수동 기어는 아니죠?

아니야. 내려서 이쪽으로 와.

그녀는 배낭을 조수석에 놓고 트럭에서 내려 앞으로 돌아서 운전석으로 왔다. 모스는 배낭을 바닥으로 밀어내고 천천히 조수석으로 건너갔고 그녀는 차에 타서 기어를 넣고 주간 고속도로로 들어섰다.

몇 살이니?

열여덟.

헛소리. 여기서 뭐하는 거야? 히치하이크가 얼마나 위험한지 몰라?

네. 저도 알아요.

그는 모자를 벗어서 옆에 내려놓고 좌석에 등을 기댄 채 눈을 감았다. 제한속도 이상으로 달리지는 마. 그가 말했다. 경찰이 차를 세우면 너나 나나 더럽게 곤란해질 테니까.

알겠어요.

농담 아니야. 제한속도 이상으로 달리면 너를 도로변에 버리고 가버릴 줄 알아.

알겠어요.

그는 잠을 청해보려 했지만 잠들 수가 없었다. 통증이 너무 심했다. 잠시 후 그는 똑바로 앉아서 모자를 집어 쓰고 속도계를 힐끗 쳐다보았다.

뭐 하나 여쭤봐도 돼요? 그녀가 물었다.

그래 물어봐.

경찰한테서 도망치는 중인가요?

모스는 천천히 자세를 고쳐 앉은 뒤 그녀를 쳐다보고는 고속도로를 내다보았다. 왜 그렇게 묻는 거지?

방금 하신 말씀 때문에요. 경찰이 차를 세우면 안 된다고 했잖아요.

만일 그렇다면?

그러면 여기서 당장 내려야겠죠.

그럴 작정은 아닌 것 같은데. 너는 그냥 지금 네가 처한 상황을 제대로 이해하고 싶은 거겠지.

그녀는 그를 곁눈질했다. 모스는 지나가는 풍경을 바라보았다. 만약

네가 나랑 사흘을 함께 보내면 너는 주유소를 터는 강도가 되어 있을 거다. 전혀 어려운 일이 아니지.

그녀는 수상쩍다는 듯 희미한 미소를 지어 보였다. 하시는 일이 그 거예요? 그녀가 말했다. 주유소 털이?

아니. 그런 일은 할 필요가 없지. 배고프니?

괜찮아요.

마지막으로 먹은 게 언제야.

저는 사람들이 마지막으로 먹은 게 언제인지 묻는 걸 좋아하지 않아요.

알겠다. 마지막으로 먹은 게 언제니?

트럭에 탔을 때부터 아저씨가 아주 잘나신 분이라는 걸 알았죠.

그래. 다음 출구에서 빠지렴. 사 마일쯤 더 가면 나올 거야. 그리고 좌석 밑에 있는 저 기관총 좀 집어주고.

벨은 캐틀가드를 천천히 지난 다음 차에서 내려 게이트를 닫고 다시 차에 타서 목초지를 지나 우물가에 차를 세우고 물탱크로 걸어갔다. 그리고 한 손을 물에 담가 손바닥 가득 떴다가 다시 쏟았다. 그는 모자를 벗어 젖은 손으로 머리를 쓸어넘기고 풍차를 쳐다보았다. 바람에 휘어진 건조한 풀밭에서 느리고 어둡게 돌아가는 타원형의 날개들을 내다보았다. 그의 발아래에서 돌아가는 나무 바퀴. 그는 손가락으로 모자챙을 천천히 만지작거리며 거기 가만히 서 있었다. 어쩌면 방금 무언가를 땅에 묻은 것 같은 사람처럼. 빌어먹을, 아무것도 모르겠군, 그가 말했다.

그가 집에 왔을 때 그녀는 저녁을 준비해두고 기다리고 있었다. 그는 픽업트럭 열쇠를 부엌 서랍에 던져넣고 싱크대로 가서 손을 씻었다. 그의 아내가 종이 한 장을 조리대에 내려놓았고 그는 서서 그것을 쳐다보았다.

자기가 어디 있는지 말하던가? 이건 서부 텍사스 번호인데.

그냥 자기가 칼라 진이라고 말하고 이 번호만 알려줬어.

그는 찬장 쪽으로 가서 전화를 걸었다. 그녀와 그녀의 할머니는 엘패소 외곽의 어느 모텔에 있었다. 이거 하나만 말씀해주세요, 그녀가 말했다.

알겠습니다.

보안관님이 하시는 말을 믿어도 되는 건가요?

그렇습니다.

저한테 하시는 말도요?

부인에게 하는 말은 더더욱 그렇죠.

수화기에서 그녀의 숨소리가 들렸다. 멀리서 들리는 차 소리.

보안관님?

네, 부인.

남편이 어디서 전화했는지 알려드려도 그에게 아무런 해가 없을 거라고 약속하실 수 있나요.

제가 남편분에게 해를 끼치는 일은 없을 거라고 약속드리죠. 그러겠습니다.

잠시 후 그녀가 말했다. 알겠어요.

경첩이 달린 다리로 벽에 연결된 작은 접이식 합판 테이블에 앉아 있던 남자가 노트 패드에 글을 다 쓰고는 헤드셋을 벗어 테이블에 올려놓고 두 손으로 검은 머리카락 양옆을 쓸어넘겨 매만졌다. 그리고 몸을 돌려 두번째 남자가 침대에 몸을 뻗고 누워 있는 트레일러 뒤쪽을 바라보았다. 리스토? 남자가 말했다.

두번째 남자가 몸을 일으켜 앉더니 두 다리를 바닥 쪽으로 휙 내렸다. 잠시 그렇게 앉아 있다가 일어나서 앞으로 걸어왔다.

알아냈나?

그래.

남자는 노트 패드에서 종이를 찢어 그에게 건넸고 그는 그것을 읽고 접어서 셔츠 주머니에 넣었다. 그리고 손을 뻗어 부엌 수납장을 열고 위장색을 칠한 기관단총과 여분의 클립 두 개를 꺼낸 다음 문을 밀어 열고 밖으로 나가 등뒤로 문을 닫았다. 그는 자갈길을 가로질러 검은 플리머스 배러쿠다가 주차된 곳으로 가서 문을 열고 옆 좌석에 기관총을 던져넣고는 몸을 숙여 차에 타서 문을 닫고 시동을 걸었다. 그는 몇 차례 레브매칭*을 하고는 아스팔트 도로로 올라가 라이트를 켜고 기어를 이단으로 놓은 후 커다란 타이어가 달린 뒷부분을 좌우로 미끄러뜨리며 타이어가 내는 굉음과 구름처럼 휘날리는 고무 타는 연기를 뒤로 한 채 도로를 달려갔다.

---

* 수동 변속기 차량에서 엔진의 회전속도와 기어를 맞추기 위해 가속페달을 빠르게 밟았다 떼는 것.

VIII

요 몇 년간 많은 친구를 잃었다. 그들이 나보다 나이가 많은 것도 아니었다. 나이듦에 대해 우리가 깨닫게 되는 사실 중 하나는 모두가 우리와 함께 나이들어가진 않으리라는 것이다. 우리 같은 사람들은 우리에게 봉급을 주는 시민들을 도우려 애쓰면서 또한 우리가 어떤 기록을 남기는지에 대해서도 생각하지 않을 수 없다. 이곳 카운티는 지난 사십일 년 동안 미제 살인사건이 한 건도 없었다. 그런데 이제 한 주에 아홉 건이 생겨버렸다. 그걸 다 해결할 수 있을까? 모르겠다. 하루하루가 나에게 불리하다. 시간은 내 편이 아니다. 마약상 일당의 의도를 잘 알아차리기로 유명한 게 칭찬이 되는지도 모르겠다. 정작 놈들은 우리의 의도를 알아차리려고 크게 애쓰지도 않으니까. 놈들이 법을 존중하지 않는다고? 그건 반만 맞는 소리다. 놈들은 법을 염두에 두지도 않는다. 아예 관심도 없는 것 같다. 물론 얼마 전에 이곳 샌안토니오에서 놈들이 연방법원 판사를 총으로 쏴 죽이긴 했다. 그 판사는 그들의 관심을 끌었나보다. 거기에 덧붙여 이 국경 지역에는 마약으로 많은 돈을 버는 보안관들이 있다. 알면 괴로운 사실이다. 아니면 나만 괴로운지도 모른다. 십 년 전만 해도 이렇지는 않았던 것 같다. 부정직한 보안관은 그저 지독하게 추악한 존재다. 내가 할 수 있는 말은 그게 전부다. 범죄자보다 열 배는 더 나쁘다. 그리고 이런 일은 없어지지 않을 것이다. 내가 아는 사실은 사실상 그게 전부다. 이런 일은 없어지지 않을 것이다. 어떻게 없어지겠나?

  무식하게 들릴지도 모르겠지만 나에게 있어 가장 최악의 사실은 어쩌면 내가 아직 살아 있는 유일한 이유가 놈들이 나를 존중하지 않기 때문인지도 모른다는 사실을 내가 안다는 것인지도 모르겠다. 그리고 그것은 아주 고통스러운 일이다. 아주 고통스럽다. 불과 몇 년 전만 해도 상상조차 할 수 없던 일이다. 얼마 전에 이곳 프리시디오 카운티에서 더글러스 DC-4 비행기 한 대가 발견되었다. 그냥 사막에 덩그러니 놓여 있었다. 놈들이 어느 날 밤에 그곳에 와서 일종의 간이 활주로를 만들고 조명을 위해 타르 통을 두 줄로 세웠지만 그 비행기를 다시 띄울 방법이 없었던 것이다. 비행기 내부는 모두 뜯겨나간 상태였다. 안에는 조종석 하나만 남아 있었다. 마리화나 냄새가 났는데 확인을 위해 개를 끌고 올 필요도 없었다. 그곳의 보안관—이름은 밝히지 않겠다—은 만반의 준비를 하고 있다가 놈들이 비행기를 찾으러 돌아오면 잡아들이려 했는데 마침내 누군가가 그에게 아무도 돌아오지 않을 거라고 말했다. 그랬던 적은 한 번도 없다고. 그들의 말뜻을 마침내 이해

했을 때 그는 말을 잃더니 돌아서서 차를 타고 떠나버렸다.

국경 지역에서 마약 전쟁이 터지면 어디를 가도 반 리터짜리 유리병 하나 구입하기가 어려워진다. 병조림 같은 걸 넣는 유리병 말이다. 피클용 유리병. 하나도 구할 수 없다. 놈들은 수류탄을 넣는 용도로 그 유리병을 사용했다. 만일 누군가의 집이나 건물들 위로 날아가며 수류탄을 떨어뜨리면 수류탄은 땅에 닿기도 전에 터져버릴 것이다. 그래서 놈들은 안전핀을 뽑은 수류탄을 유리병 안에 쑤셔넣고 다시 뚜껑을 달았다. 그러면 유리병이 땅에 부딪힐 때 유리가 깨지면서 스푼이 풀리게 된다. 손잡이 말이다. 놈들은 그런 것을 몇 상자씩 미리 실어놓는다. 작은 비행기에 그런 화물을 싣고 밤에 돌아다니는 사람이 있다니 믿기 어려운 일이지만 놈들은 실제로 그렇게 했다.

만일 당신이 사탄이어서 인류를 무릎 꿇릴 수 있는 게 무엇인지 곰곰이 생각해본다면 아마 마약을 떠올리게 될 것이다. 어쩌면 사탄은 실제로 그렇게 했는지도 모른다. 요전날에 아침식사를 하다가 누군가에게 그런 이야기를 했더니 사람들은 내게 사탄을 믿느냐고 물었다. 나는 말했다, 글쎄 요점은 그게 아닌데요. 그러자 그들은 말했다, 그건 나도 알지만 그래도 믿으시나요? 나는 그 문제에 대해 잠시 생각해봐야 했다. 어렸을 때는 믿었던 것 같다. 중년이 되어서는 그에 대한 믿음이 어느 정도 시들해졌던 것 같다. 이제 나는 반대쪽으로 기울기 시작했다. 사탄은 만일 그가 없다면 설명되지 않을 많은 문제를 설명해준다. 그게 아니라면 도저히 설명이 되지 않는다.

모스는 칸막이 좌석에 서류 가방을 놓고 천천히 자리에 앉았다. 그는 철제 거치대에서 머스터드와 케첩과 함께 나란히 세워져 있는 메뉴판을 집어들었다. 그녀가 서둘러 칸막이 좌석 맞은편으로 들어와 앉았다. 그는 고개를 들지 않았다. 뭐 먹을 거니, 그가 말했다.
 모르겠네요. 아직 메뉴를 안 봐서.
 그는 메뉴를 돌려서 그녀 앞으로 밀어주고는 몸을 돌려 웨이트리스를 찾았다.
 아저씨는 뭐죠? 소녀가 물었다.
 나는 뭐 먹냐고?
 아니요. 아저씨는 뭐냐고요. 기인인가요?
 그는 그녀를 유심히 쳐다보았다. 내가 아는 바로는 기인을 알아볼 수 있는 사람은, 그가 말했다, 또다른 기인뿐이지.
저는 그냥 길동무일 뿐인걸요.
길동무라.
네.
글쎄, 그렇긴 하군.
다치셨죠, 안 그래요?
왜 그렇게 말하는 거지?
잘 걷지도 못하잖아요.
오래전에 전쟁에서 입은 부상 때문인지도 모르지.
아닌 것 같은데요. 무슨 일이 있었던 거예요?
그러니까 최근에?
네. 최근에.
알 필요 없어.
왜요?
나로 인해 마음이 들뜨는 건 원치 않으니까.
왜 내 마음이 들뜰 거라고 생각하는데요?
나쁜 여자는 나쁜 남자를 좋아하는 법이거든. 뭐 먹을 거니?
모르겠어요. 아저씨는 무슨 일을 하세요?
삼 주 전까지만 해도 나는 법을 준수하는 시민이었어. 아홉시부터 다섯시까지 일하는. 여덟시부터 네시까지, 그거야 어쨌든. 일은 늘 갑자기 터지지. 터져도 되냐고 먼저 물어보지 않아. 허락을 구하는 법은 없지.
그렇다고 하시니 사실이겠죠, 그녀가 말했다.

노인을 위한 나라는 없다 241

나랑 있다보면 그에 관해 좀더 들을 수 있을 거야.

제가 나쁜 여자애라고 생각하시나요?

그렇게 되고 싶어하는 것 같군.

저 서류 가방 안에는 뭐가 들었죠?

서류.

뭐가 들었나요.

말해줄 수는 있지만 그러면 너를 죽여야 해.

공공장소에서는 총을 들고 다니면 안 돼요. 모르셨나요? 특히 그런 종류의 총은.

뭣 좀 물어보자.

물어보세요.

총격전이 벌어지면 무장을 하겠니, 아니면 법을 준수하겠니?

저는 총격전이 벌어지는 곳에는 있고 싶지 않아요.

아니, 넌 있고 싶어해. 그렇다고 얼굴에 다 쓰여 있어. 총에 맞고 싶지 않을 뿐이지. 뭐 먹을 거니?

아저씨는요?

치즈버거랑 초콜릿 우유.

웨이트리스가 왔고 둘은 주문을 했다. 그녀는 핫 비프 샌드위치와 그레이비소스를 끼얹은 매시트포테이토를 주문했다. 제가 어디로 가는지는 묻지도 않으셨네요, 그녀가 말했다.

어디로 가는지 알거든.

어디로 가는데요.

길을 따라서.

그건 대답이 아니잖아요.

그냥 대답 이상이지.

뭐든 다 안다고 생각하지 마세요.

그렇게 생각 안 해.

사람 죽여본 적 있어요?

그래, 그가 말했다. 너는?

그녀는 당황스러운 표정을 지었다. 그런 적 없다는 거 아시잖아요.

나야 모르지.

어쨌든 그런 적 없어요.

그렇다면 그런 거로군.

아저씨도 그래본 적 없죠. 안 그래요?

뭘 말이냐.

방금 제가 말한 거요.

사람 죽이는 거?

그녀는 누가 엿듣고 있지 않을까 싶어서 주위를 둘러보았다.

네, 그녀가 말했다.

대답하기 어렵군.

잠시 후 웨이트리스가 음식을 들고 왔다. 그는 마요네즈 봉지를 입으로 뜯어 치즈버거에 뿌리고는 손을 뻗어 케첩을 집었다. 어디 출신이니? 그가 물었다.

그녀는 아이스티를 한 모금 마시고는 종이 냅킨으로 입을 닦았다. 포트아서*요.

그가 고개를 끄덕였다. 그러고는 양손으로 치즈버거를 들고 한입 베어 물고는 등을 기대고 앉아 음식을 씹었다. 포트아서에는 가본 적이 없어.

저도 거기서 아저씨를 본 적은 없네요.

내가 거기 가본 적이 없는데 네가 어떻게 나를 볼 수 있었겠어?

볼 수 없죠. 그냥 못 봤다고 말한 거예요. 아저씨 말에 맞장구쳐준 거라고요.

모스는 고개를 저었다.

두 사람은 먹었다. 그는 그녀를 쳐다보았다.

캘리포니아로 가는 중인 것 같군.

어떻게 아셨어요?

가는 방향이 그쪽이니까.

네, 거기로 가고 있는 거 맞아요.

돈은 좀 있니?

그게 아저씨랑 무슨 상관이죠?

나랑은 아무 상관이 없지. 있어?

좀 있어요.

그는 치즈버거를 다 먹고 종이 냅킨으로 손을 닦은 다음 남은 우유를 마셨다. 그러고는 주머니에 손을 넣어 백 달러짜리 돈뭉치를 꺼내 펼쳤다. 그리고 거기서 천 달러를 빼서 포마이카 테이블 위에 놓은 후 그녀 쪽으로 밀고는 돈뭉치를 다시 주머니에 넣었다. 가자, 그가 말했다.

이게 뭐죠?

---

* 텍사스주 동부 휴스턴 옆에 있는 항구도시.

캘리포니아까지 갈 돈.

제가 대가로 뭘 해야 하는 거죠?

아무것도 할 필요 없어. 눈먼 암퇘지도 가끔은 도토리를 찾아내는 법이지. 그 돈 집어넣고 가자.

둘은 음식값을 내고 밖으로 나와 트럭으로 갔다. 방금 저보고 암퇘지라고 한 건 아니죠?

모스는 못 들은 체했다. 열쇠나 줘, 그가 말했다.

그녀는 주머니에서 열쇠를 꺼내 그에게 건넸다. 제가 가지고 있다는 걸 아저씨가 까먹은 줄 알았어요, 그녀가 말했다.

나는 기억력이 좋거든.

저는 그냥 화장실에 가는 척하고 쓱 빠져나와서 아저씨 트럭을 몰고 혼자 달아날 수도 있었어요.

아니, 너는 그럴 수 없었어.

왜요?

트럭에 타기나 해.

그들은 트럭에 탔고 그는 서류 가방을 둘 사이에 놓은 다음 벨트에서 TEC-9을 꺼내 좌석 아래로 밀어넣었다.

왜 그럴 수 없었는데요? 그녀가 물었다.

평생 그렇게 멍청하게 살지는 마라. 우선 나는 앞문에서부터 트럭이 똑똑히 보이는 주차장까지 훤히 볼 수 있었어. 다음으로 내가 문을 등지고 앉을 만큼 바보였다고 해도 그냥 택시를 불러 뒤쫓아가서 트럭을 세우고 너를 흠씬 두들겨팬 다음 그냥 거기 버려두고 떠날 수도 있었겠지.

노인을 위한 나라는 없다 245

그녀는 아주 조용해졌다. 그는 시동장치에 열쇠를 꽂아 시동을 걸고 트럭을 뒤로 뺐다.

정말 그러셨을 거예요?

네 생각은 어때?

둘이 밴혼에 도착했을 때는 저녁 일곱시였다. 그녀는 배낭을 베개 삼아 몸을 웅크린 채 거의 내내 잠들어 있었다. 그가 트럭 휴게소에 도착해 시동을 끄자 그녀가 사슴처럼 눈을 번쩍 떴다. 그녀는 똑바로 앉아서 그를 쳐다보고는 주차장을 내다보았다. 여기가 어디죠? 그녀가 물었다.

밴혼. 배고프니?

조금 고프긴 하네요.

디젤 프라이드치킨 먹을래?

뭐요?

그가 머리 위의 간판을 가리켰다.

그런 건 안 먹어요, 그녀가 말했다.

그녀는 화장실에 오래 들어가 있었다. 화장실에서 나왔을 때 그녀는 그에게 주문했는지 물었다.

했지. 너 먹으라고 아까 말한 프라이드치킨을 좀 주문했어.

거짓말, 그녀가 말했다.

그들은 스테이크를 시켰다. 늘 이런 식으로 사세요? 그녀가 물었다.

물론이지. 최고의 무법자가 되면 세상에 못할 일이 없거든.

목걸이에 달린 그건 뭐예요?

이거?

네.

멧돼지 송곳니.

그런 건 왜 달고 다니는 거죠?

내 게 아니야. 그냥 어떤 사람을 위해 갖고 있는 거지.

어떤 여자요?

아니, 어떤 죽은 사람.

스테이크가 나왔다. 그는 그녀가 먹는 모습을 지켜보았다. 네가 어디 있는지 아는 사람이 있니? 그가 물었다.

뭐요?

네가 어디 있는지 아는 사람이 있냐고.

이를테면 누구 말이죠?

아무나 말이야.

아저씨요.

나는 네가 누군지 모르니 네가 어디 있는지도 알 수 없어.

그건 저도 마찬가지네요.

너도 네가 누군지 모른다고?

아뇨, 바보 같기는. 저도 아저씨가 누군지 모른다고요.

그럼 계속 이 상태를 유지하는 게 우리 둘 다에게 좋겠다. 알겠니?

알겠어요. 그런데 그건 왜 물으신 거죠?

모스는 반 남은 롤빵으로 스테이크의 그레이비를 쓱 닦았다. 아마 네가 어디 있는지 아는 사람이 아무도 없을 거라고 생각했거든. 너한테는 그게 호사겠지. 나한테는 꼭 그래야만 하는 일이고.

왜요? 아저씨를 쫓는 사람이 있어서?

아마도.

저도 계속 이 상태를 유지하는 게 좋아요, 그녀가 말했다. 완전히 동의해요.

그런 즐거움에 맛을 들이기까지는 그리 오래 걸리지도 않지, 안 그러니?

네, 그녀가 말했다. 그래요.

그런데 그게 그리 간단하지만은 않아. 너도 알게 되겠지만.

왜 그런데요.

누군가는 늘 우리가 어디 있는지 알고 있는 법이거든. 어디에 왜 있는지. 대체로.

신에 대해 말하는 건가요?

아니. 너에 대해 말하고 있는 거야.

그녀는 먹었다. 글쎄요, 그녀가 말했다. 자기가 어디에 있는지 모르면 곤경에 빠지게 되는 거죠.

글쎄. 너는 어떤데?

글쎄요.

네가 어딘지 알 수 없는 어떤 곳에 있다고 치자. 그런데 네가 진짜로 알 수 없는 것은 다른 어딘가가 어디에 있는지야. 혹은 그곳이 얼마나 먼지. 그런다고 네가 있는 곳이 달라지지는 않겠지.

그녀는 그 문제에 대해 생각해보았다. 되도록 그런 문제는 생각하지 않을래요, 그녀가 말했다.

너는 캘리포니아에 가면 다시 시작할 수 있다고 생각하지.

그럴 생각이에요.

어쩌면 그게 바로 요점인지도 모르겠어. 캘리포니아로 가는 길이 있고 거기서 돌아오는 길이 있지. 하지만 최고의 방법은 그냥 거기에 나타나는 거야.

거기에 나타나는 거라고요.

그래.

거기에 어떻게 갔는지는 몰라도 된다는 뜻인가요?

그래. 거기에 어떻게 갔는지는 몰라도 되지.

어떻게 그럴 수 있을지 모르겠네요.

나도 몰라. 그게 바로 요점이지.

그녀는 먹었다. 그리고 주위를 둘러보았다. 커피 좀 마셔도 돼요? 그녀가 물었다.

뭐든 마셔도 돼. 너에게는 돈이 있으니까.

그녀는 그를 쳐다보았다. 아무래도 요점이 뭔지 잘 모르겠어요, 그녀가 말했다.

요점 같은 건 없다는 게 바로 요점이야.

아뇨. 아저씨가 한 말 말이에요. 자기가 어디 있는지 아는 거.

그가 그녀를 쳐다보았다. 잠시 후 그가 말했다. 네가 어디 있는지 아는 게 중요하다는 말이 아니야. 빈손으로 거기 가겠다는 생각에 대해 말한 거지. 다시 시작하겠다는 네 생각 말이야. 혹은 누구의 생각이든. 다시 시작한다는 건 불가능해. 바로 그게 중요한 점이지. 네가 내딛는 모든 발걸음은 영원해. 사라지게 만들 수 없어. 단 하나도. 내 말이 무슨 뜻인지 이해하겠니?

아마도요.

이해 못하는 거 알지만 그래도 한 번만 더 설명해주마. 너는 아침에 일어나면 어제는 중요하지 않다고 생각할 거야. 하지만 중요한 건 어제뿐이지. 어제 말고 또 뭐가 있겠니? 너의 인생은 인생을 이루는 그 하루하루의 날들로 이루어져 있어. 어제 말고는 아무것도 없지. 너는 그저 도망쳐서 이름을 바꾸고 어쩌고 하면 된다고 생각할지도 몰라. 다시 시작하면 된다고 말이지. 그러다 어느 날 아침 일어나서 천장을 쳐다보며 이렇게 생각하게 되는 거야, 여기 누워 있는 사람은 대체 누구지?

그녀가 고개를 끄덕였다.

내 말이 무슨 뜻인지 이해하겠니?

이해해요. 저도 그랬던 적이 있거든요.

그래, 그랬다는 거 안다.

그래서 무법자가 돼서 유감이신가요?

더 일찍 시작하지 못해 유감이지. 준비됐니?

모텔 사무실에서 나온 그는 그녀에게 열쇠를 건넸다.

그게 뭐죠?

네 방 열쇠.

그녀가 열쇠를 받아들고 그를 쳐다보았다. 뭐, 그녀가 말했다. 아저씨 마음이니까요.

그래.

아저씨는 제가 그 가방 안에 뭐가 있는지 볼까봐 걱정인가요.

별로.

그는 트럭의 시동을 걸고 모텔 뒤쪽의 주차장으로 차를 몰았다.

아저씨 게이예요? 그녀가 물었다.

나? 그래, 게이 하면 나지.

그렇게 안 보이는데요.

그래? 게이를 많이 아니?

아저씨는 게이처럼 행동하지 않는 것 같아서요.

글쎄 네가 게이에 대해 뭘 아는데?

모르겠어요.

다시 말해봐.

뭘요?

다시 말해봐. 모르겠다고.

모르겠어요.

잘했다. 너는 그 말을 연습해야겠어. 너한테 어울리는 말이거든.

나중에 그는 밖으로 나와서 차를 몰고 편의점에 갔다. 다시 모텔로 돌아온 그는 차 안에 앉아서 주차장에 있는 차들을 살펴보았다. 그러고는 차에서 내렸다.

그는 그녀의 방으로 가서 문을 똑똑 두드렸다. 그리고 기다렸다. 그러고는 다시 똑똑 두드렸다. 커튼이 움직이는 게 보이더니 그녀가 문을 열었다. 그녀는 아까와 똑같은 청바지와 티셔츠 차림으로 거기 서 있었다. 방금 잠에서 깬 것처럼 보였다.

네가 술을 마셔도 될 나이가 아니라는 건 알지만 혹시 맥주 생각이 있을까 싶어서.

네, 그녀가 말했다. 맥주 좋죠.

그는 갈색 종이봉투에서 차가운 맥주 한 병을 꺼내 그녀에게 건넸다. 여기 있다. 그가 말했다.

그는 이미 돌아서서 떠나려 하고 있었다. 그녀가 문밖으로 나왔고 등 뒤로 문이 닫혔다. 그렇게 서둘러 가버릴 건 없잖아요. 그녀가 말했다.

그는 아래쪽 계단에서 걸음을 멈추었다.

그 봉투 안에 맥주 한 병 더 있죠?

그래. 두 병 더 있지. 두 병 다 내가 마실 생각이야.

저는 그냥 여기 앉아서 그중 한 병을 저랑 마시면 어떻겠냐는 뜻으로 한 말이었어요.

그는 눈을 가늘게 뜨고 그녀를 쳐다보았다. 여자들이 싫다는 대답을 잘 받아들이지 못한다는 사실을 알아차린 적 있니? 내 생각에는 세 살 때부터 그러는 것 같아.

남자들은요?

남자들은 거기에 익숙해지지. 그편이 나으니까.

한마디도 안 할게요. 그냥 여기 앉아만 있을게요.

한마디도 안 하겠다고.

네.

벌써 거짓말을 한 셈이로군.

거의 한마디도 안 할게요. 정말 조용히 있을게요.

그는 계단에 앉아 봉투에서 맥주 한 병을 꺼낸 뒤 뚜껑을 돌려 따고는 병을 기울여 마셨다. 그녀도 바로 위쪽 계단에 앉아 그와 똑같이 했다.

잠이 많은 편이니? 그가 물었다.

틈만 나면 자죠. 네. 아저씨는요?

대략 지난 두 주 동안 제대로 잔 적이 하루도 없어. 이게 어떤 기분인지 잘 모르겠구나. 슬슬 멍청해지기 시작하는 것 같아.

제 눈에는 멍청해 보이지 않는걸요.

글쎄. 그건 네 기준에서 봤을 때 얘기고.

그게 무슨 뜻이죠?

아무 뜻도 아니야. 그냥 널 놀리는 거지. 이제 그만 놀리마.

저 가방에 마약이 들어 있는 건 아니죠?

아니야. 왜? 너 마약 하니?

마리화나 좀 있으면 피우려고요.

그런 건 없어.

괜찮아요.

모스가 고개를 저었다. 그리고 맥주를 마셨다.

그냥 여기 앉아서 맥주만 마셔도 괜찮다는 뜻으로 한 말이에요.

괜찮다니 다행이로구나.

어디로 가는 중인데요? 말을 안 해주셨어요.

말하기 어렵군.

하지만 캘리포니아로 가는 건 아니죠, 그렇죠?

그래. 거긴 아니야.

그럴 줄 알았어요.

나는 엘패소로 가고 있어.

저는 아저씨도 자기가 어디로 가는지 모르는 줄 알았어요.

어쩌면 방금 정했는지도 모르지.

아닌 것 같은데요.

모스는 대답하지 않았다.

여기 앉아 있으니 좋네요. 그녀가 말했다.

그건 그동안 어디 앉아 있었느냐에 따라 다르겠지.

이제 막 교도소 같은 데서 나왔다거나 그런 건 아니죠?

이제 막 사형수 감방에서 나왔지. 녀석들은 나를 전기의자에 앉히려고 내 머리를 밀었어. 머리가 다시 자라기 시작한 부분이 지금도 보일 거다.

진짜 되는대로 떠드시는군요.

그래도 사실이면 재미있겠지, 안 그러니?

보안관이 아저씨를 쫓고 있는 거예요?

모두가 나를 쫓고 있지.

무슨 짓을 했길래요?

히치하이크하는 여자애들을 차에 태워서 사막에 파묻었어.

재미없어요.

그래. 네 말이 맞아. 재미없어. 그냥 장난 한번 쳐본 거야.

그만 놀리겠다면서요.

그럴게.

진실을 말하는 적이 있기는 한가요?

그래. 진실을 말할 때도 있지.

결혼하셨죠, 안 그래요?

그래.

부인 이름이 뭐예요?

칼라 진.

부인이 엘패소에 있나요?

그래.

부인은 아저씨가 무슨 일을 하는 사람인지 아세요?

그래. 알지. 나는 용접공이야.

그녀가 그를 빤히 쳐다보았다. 그가 또 무슨 말을 하는지 보려고. 그는 아무 말도 하지 않았다.

아저씨는 용접공이 아니에요. 그녀가 말했다.

왜 아니라는 거지?

저 기관총은 왜 들고 다니는 거죠?

나쁜 놈들이 나를 쫓고 있으니까.

그들에게 뭘 어쨌길래요?

내가 그들의 물건을 들고 왔는데 그들은 그걸 되찾길 원해.

그게 용접공이 하는 일은 아닌 것 같은데요.

그런가? 그 생각은 못해봤군.

그는 맥주를 홀짝였다. 엄지와 검지로 병목을 잡고서.

그럼 저 가방에 든 게 그것이로군요. 그렇죠?

말하기 어렵군.

아저씨 금고털이범이에요?

금고털이범?

네.

왜 그렇게 생각하는데?

몰라요. 그런 거예요?

아니.

어쨌든 아저씨는 남다른 사람 같아요. 안 그런가요?

사람은 누구나 남과 다르지.

캘리포니아에 가본 적 있나요?

그래. 가봤지. 거기 동생이 한 명 살고 있어.

동생은 그곳을 좋아하나요?

모르겠네. 어쨌든 거기 살고 있어.

하지만 아저씨는 거기 살고 싶지 않은 거죠, 그렇죠?

그래.

아저씨는 거기가 제가 가야 하는 곳이라고 생각하세요?

그는 그녀를 쳐다보고는 다시 고개를 돌렸다. 그리고 두 다리를 콘크리트 바닥에 뻗고 부츠를 신은 한쪽 발을 다른 발 위에 얹고는 주차장 너머 고속도로와 고속도로의 불빛을 내다보았다. 얘야, 그가 말했다. 네가 가야 하는 곳이 어딘지 내가 어떻게 알겠니?

그래요. 음, 돈을 주신 건 감사하게 생각해요.

천만에.

그러실 필요는 없었잖아요.

말없이 있겠다고 했던 것 같은데.

알겠어요. 그래도 큰돈이잖아요.

네가 생각하는 것만큼 큰돈은 아니야. 너도 알게 될 거다.

펑펑 써버리진 않을게요. 머물 곳을 마련하려면 돈이 필요하니까요.

다 잘될 거다.

그러길 바라야죠.

캘리포니아에서 가장 잘사는 방법은 다른 어딘가에서 그곳으로 가는 거야. 아마 화성에서 가는 게 최고겠지.

그 말은 틀렸으면 좋겠네요. 저는 화성인이 아니니까요.

다 잘될 거야.

뭐 하나만 물어봐도 될까요?

그래. 물어보렴.

몇 살이세요?

서른여섯.

꽤 많네요. 아저씨 나이가 그렇게 많은 줄 몰랐어요.

나도 알아. 나 자신도 좀 놀랄 정도니까.

아저씨를 두려워해야 한다는 느낌이 드는데도 두렵지가 않아요.

글쎄. 그 문제에 있어서는 나도 조언해줄 입장이 못 되는군. 대부분의 사람은 자기 어머니한테서 달아나서 죽음의 목을 껴안으러 가곤 하니까. 다들 죽고 싶어서 환장한 것처럼.

제가 지금 그러고 있다고 생각하시는군요.

나는 네가 지금 뭘 하고 있는지 알고 싶지도 않다.

오늘 아침에 아저씨를 못 만났더라면 지금 저는 어디 있었을까요.

나도 모르지.

저는 늘 운이 좋았어요. 이런 일에 있어서요. 인복이 있달까요.

글쎄, 너무 섣부른 판단 같은데.

왜요? 저를 사막에 파묻으시게요?

아니. 하지만 세상에는 불운한 일도 많아. 너도 오래 버티다보면 네 몫의 불운을 받게 될 거다.

불운은 이미 겪은 것 같네요. 이제 운이 바뀔 때가 온 것 같아요. 어쩌면 진작 그때가 왔어야 했는지도 모르고요.

그래? 그렇지는 않을걸.

왜 그렇게 말씀하시죠?

그는 그녀를 쳐다보았다. 내 말 잘 들어, 꼬마 아가씨. 너는 행운을 몰고 다니는 사람과는 이 세상에서 가장 거리가 멀어 보여.

말이 너무 심하시네요.

아니, 그렇지 않아. 나는 그저 네가 조심하길 바랄 뿐이야. 엘패소에 도착하면 버스 정류장에 내려줄게. 이제 돈이 있잖아. 히치하이크는 할 필요 없어.

알겠어요.

그래.

그런데 아까 하신 말 진심이에요? 제가 아저씨 트럭을 몰고 달아나면 그러겠다는 말?

내가 뭐라고 했는데?

아시잖아요. 저를 흠씬 두들겨패겠다는 말.

아니야.

그럴 줄 알았어요.

이 마지막 맥주는 나눠 마실까?

좋아요.

방에 뛰어가서 컵 하나 가져오렴. 나는 금방 돌아오마.

좋아요. 아직도 마음은 안 바뀌셨어요?

무슨 마음?

뭔지 아시잖아요.

마음이 바뀔 일은 없어. 나는 원래 첫 단추부터 똑바로 잘 끼우는 성격이거든.

그는 일어나서 복도를 걸어가기 시작했다. 그녀는 문 앞에 서 있었다. 언젠가 영화에서 들은 대사를 말해드리고 싶네요, 그녀가 말했다.

그는 걸음을 멈추고 돌아섰다. 그게 뭔데?

세상에는 훌륭한 세일즈맨이 많고 당신은 무언가를 살지도 모른다.

글쎄, 네가 좀 늦은 것 같구나. 나는 이미 샀거든. 그리고 지금 가진 것을 바꿀 생각은 없어.

그는 통로를 걸어가서 계단을 오른 다음 안으로 들어갔다.

배러쿠다는 밸머레이 외곽의 트럭 휴게소에 도착해 인접한 세차장 구역으로 들어갔다. 운전사는 차에서 내려 문을 닫고 차를 쳐다보았다. 유리와 판금 위에 피와 다른 물질의 자국이 기다랗게 나 있었고 그는 걸어가 잔돈 교환기에서 이십오 센트짜리 동전을 바꿔서 돌아온 다음 동전 투입구에 넣고 거치대에서 스프레이건을 들어 차를 깨끗이 씻어낸 후 다시 차에 올라 서쪽 방면 고속도로로 빠져나갔다.

벨은 일곱시 삼십분에 집을 떠나 285번 도로를 타고 북쪽 포트스톡턴으로 향했다. 밴혼까지는 약 이백 마일 거리였고 그는 세 시간 내로 도착할 수 있겠다고 생각했다. 그는 루프라이트를 켰다. 10번 주간 고속도로를 타고 포트스톡턴에서 서쪽으로 십 마일쯤 달렸을 때 도로변에서 불타고 있는 차 한 대를 지나쳤다. 현장에는 경찰차들이 와 있었고 고속도로 한 차선은 폐쇄된 상태였다. 그는 멈추지는 않았지만 불안한 느낌이 들었다. 밸머레이에서 차를 세우고 보온병에 커피를 리필한 후 열시 이십오분에 밴혼에 도착했다.

그는 뭘 찾아야 하는지 몰랐지만 굳이 찾을 필요도 없었다. 한 모텔 주차장에 컬버슨 카운티 순찰차 두 대와 텍사스주 경찰차 한 대가 경광등을 켜놓고 서 있었다. 모텔은 노란색 폴리스라인으로 출입이 통제되어 있었다. 그는 주차장으로 들어가 차를 세우고 경광등을 켜놓은 채 차에서 내렸다.

부관은 그를 몰랐지만 보안관은 그를 알았다. 그들은 순찰차의 열린 뒷좌석에 셔츠 바람으로 앉아 있는 한 남자를 심문하고 있었다. 나쁜 소식은 참 빨리도 퍼지는군, 보안관이 말했다. 여기서 뭐하는 건가, 보안관?

이게 무슨 일인가, 마빈?

작은 총격전이 벌어졌어. 이 사건에 대해 뭐 좀 아는 게 있나?

모르네. 희생자는 있나?

삼십 분쯤 전에 구급차에 실려갔어. 남자 둘이랑 여자 하나. 여자는 죽었고 남자 하나도 오래 버티진 못할 것 같아. 다른 한 남자는 가망이 있을지도 모르겠군.

그들이 누구인지 아나?

아니. 남자 한 명은 멕시코인인데 지금 저기 주차된 그의 차량 등록증 확인을 기다리는 중일세. 신분증을 가진 사람이 아무도 없더군. 소지하고 있지도 않았고 방에도 없어.

이 남자는 뭐라고 하던가?

이 남자 말로는 멕시코인이 먼저 시작했다는군. 멕시코인이 여자의 방에서 여자를 끌고 나오자 다른 남자가 총을 들고 나왔는데 멕시코인이 여자의 머리에 총을 겨누고 있는 것을 보고는 자기 총을 내려놓았대. 그리고 남자가 그러자마자 멕시코인은 여자를 밀치고 여자에게 총을 쏜 다음 돌아서서 남자를 쏘았다지. 남자는 바로 저기 117호 앞에 서 있었다네. 그들에게 망할 기관총을 쏘아댔지. 여기 이 목격자에 따르면 남자는 계단에 쓰러진 다음 다시 자기 총을 집어들고 멕시코인을 쏘았다고 해. 어떻게 그랬는지 모르겠네. 이미 벌집이 되어 있었거든. 저기 통로에 가면 핏자국을 볼 수 있을 걸세. 우리는 정말 빨리 출동했어. 아마 약 칠 분 만에. 여자는 즉사했고.

신분증은 없고.

신분증은 없네. 다른 남자의 트럭에는 차량 판매인 번호판이 달려 있더군.

벨이 고개를 끄덕였다. 그리고 목격자를 쳐다보았다. 목격자는 담배를 달라고 해서 불을 붙이고 앉아 담배를 피우고 있었다. 꽤 편안해 보였다. 마치 전에도 순찰차 뒷좌석에 타본 적이 있는 듯 보였다.

그 여자 말일세, 벨이 말했다. 백인이었나?

그래. 백인이었지. 금발이었어. 약간 붉은빛을 띤 것 같기도 했고.

혹시 발견된 마약이 있나?

아직. 지금도 찾고 있네.

돈은?

아직 발견된 건 없네. 여자애는 121호에 묵었지. 배낭에 든 건 옷이랑 개인 물품이 전부였고.

벨은 일렬로 늘어선 모텔 문을 쭉 훑어보았다. 사람들이 삼삼오오 모여 서서 이야기를 나누고 하고 있었다. 그는 검은 배러쿠다를 쳐다보았다.

저 차에 저만한 타이어를 굴릴 만한 게 달려 있던가?

아주 잘 굴러갈 것 같은데. 후드 아래에 터보차저*가 장착된 440엔진이 달려 있더군.

터보차저?

그래.

안 보이는데.

방울뱀 같은 거야. 후드 아래에 숨어 있지.

벨은 서서 차를 바라보았다. 그러고는 몸을 돌려 보안관을 쳐다보았다. 자네 잠깐 자리를 비울 수 있나?

가능해. 그런데 왜?

같이 병원에 가볼까 해서 말이야.

알겠네. 그냥 내 차를 타고 가지.

그럼 그러세. 내 순찰차만 좀더 제대로 주차해놓고.

나 원, 그냥 둬도 괜찮아, 에드 톰.

내 차가 길을 막지 않게 여기 이쪽으로 빼놓는 게 낫겠어. 어딘가로 떠날 때 얼마나 빨리 돌아오게 될지는 아무도 장담할 수 없는 법이니까.

접수대에서 보안관이 야간 간호사의 이름을 불렀다. 그녀가 벨을 쳐

---

* 배기가스의 압력을 이용해 엔진 출력을 높이는 장치.

다 보았다.

신원을 확인하러 오신 분입니다, 보안관이 말했다.

그녀는 고개를 끄덕이고 일어나 읽고 있던 책 사이에 연필을 끼워넣었다. 두 명은 DOA* 상태였어요. 그 멕시코인은 이십 분쯤 전에 헬리콥터로 실어갔고요. 이미 알고 계실 수도 있겠지만.

아무 말도 못 들었는데요, 보안관이 말했다.

두 사람은 그녀를 따라 복도를 걸어갔다. 콘크리트 바닥에 연한 핏자국이 이어져 있었다. 찾기가 어렵진 않았겠군, 안 그런가? 벨이 말했다.

복도 끝에 '출구'라고 적힌 붉은색 표지판이 있었다. 그곳에 이르기 전에 그녀가 몸을 왼쪽으로 돌려 철문에 열쇠를 꽂아 열고는 스위치를 눌러 불을 켰다. 거친 콘크리트 벽에 창문 하나 없는 방에는 바퀴 달린 철제 작업용 테이블 세 개 말고는 아무것도 없었다. 그중 두 테이블 위에 비닐 시트로 덮인 시체가 놓여 있었다. 간호사가 열린 문을 등지고 서 있는 동안 둘은 그 옆을 차례로 지나갔다.

혹시 자네 친구는 아니지, 에드 톰?

아니야.

얼굴에 총알을 두어 발 맞았으니 그리 보기 좋은 모습은 아닐 걸세. 물론 더한 모습도 본 적이 있긴 하지만. 사실대로 말하자면 저쪽 고속도로는 망할 무법 지대나 다름없지.

그는 시트를 들춰 보았다. 벨은 테이블 끝으로 돌아갔다. 모스는 목 아래에 받침대가 없어서 머리가 옆으로 돌아가 있었다. 한쪽 눈은 살

---

* Dead On Arrival. 병원에 도착했을 때 이미 사망한 상태를 이르는 말.

짝 뜨여 있었다. 시체 안치대에 놓인 악당처럼 보였다. 피는 닦아냈지만 얼굴에 구멍이 나 있었고 이는 총에 맞아 박살이 난 상태였다.

그 친구인가?

그래, 그 친구야.

아니었길 바랬던 얼굴이군.

부인에게 알려야 해.

그렇다니 유감이네.

벨이 고개를 끄덕였다.

음, 보안관이 말했다. 자네가 할 수 있는 일은 아무것도 없었네.

그렇지, 벨이 말했다. 그래도 늘 뭔가 할 수 있는 일이 있을 거라고 생각하게 되거든.

보안관이 모스의 얼굴을 덮고 다른 테이블의 비닐 시트를 걷어올리고는 벨을 쳐다보았다. 벨은 고개를 저었다.

둘은 방을 두 개 빌렸어. 아니면 남자가 다 빌렸거나. 현금으로 계산했지. 숙박계에 쓰인 이름은 읽을 수가 없었어. 그냥 아무렇게나 휘갈겨쓴 거라.

그의 이름은 모스야.

그렇군. 사무실에 가서 자네가 말해준 정보를 기록해두도록 하지. 좀 문란해 보이는 여자애야.

그래.

보안관은 그녀의 얼굴을 다시 덮었다. 부인으로서는 이런 사실도 마음에 들지 않겠군, 그가 말했다.

그래, 그럴 것 같군.

보안관이 간호사를 쳐다보았다. 그녀는 여전히 문에 등을 기대고 서 있었다. 이 여자애는 몇 방이나 맞았죠? 그가 물었다. 혹시 아세요?

아뇨, 몰라요, 보안관님. 원하시면 살펴보세요. 저는 괜찮고 그애도 뭐라고 하진 않을 테니.

됐습니다. 어차피 부검하면 나올 테니까. 갈 준비 됐나, 에드 톰?

그래. 여기 들어오기 전부터 그랬지.

벨은 보안관 사무실에 혼자 앉아서 문을 닫아놓은 채 책상 위 전화만 쳐다보고 있었다. 마침내 그는 자리에서 일어나 밖으로 나갔다. 부관이 고개를 들었다.

보안관은 집에 갔나보군.

네, 보안관님, 부관이 말했다. 혹시 제가 도와드릴 게 있을까요?

엘패소까지는 거리가 얼마나 되나?

백이십 마일쯤 됩니다.

보안관께 고맙다고 전해주고 내일 내가 전화하겠다고 말씀드리게.

네, 보안관님.

그는 밴혼 외곽에 차를 세우고 저녁을 먹은 뒤 칸막이 좌석에 앉아 커피를 홀짝이며 고속도로의 불빛을 쳐다봤다. 뭔가 잘못됐다는 느낌이 들었다. 이해가 되질 않았다. 그는 손목시계를 보았다. 한시 이십분. 그는 계산을 하고 밖으로 나가 순찰차에 올라타서는 가만히 앉아 있었다. 그러다 차를 몰고 주간 고속도로로 가서 동쪽으로 방향을 튼 다음 다시 모텔로 돌아갔다.

시거는 주간 고속도로의 동쪽 방향 차로에 있는 모텔에 체크인을 하고 밖으로 나와 바람이 부는 어두운 들판을 가로질러 걸어가 쌍안경으로 고속도로 쪽을 내다보았다. 렌즈에 커다란 오프로드 트럭들이 흐릿하게 모습을 드러냈다가 서서히 사라졌다. 그는 양쪽 팔꿈치를 무릎에 올린 채 쪼그리고 앉아 계속 지켜보았다. 그러고는 모텔로 돌아갔다.

그는 알람을 한시에 맞추었고 알람이 울리자 일어나서 샤워하고 옷을 입고 작은 가죽가방을 들고 밖으로 나가 트럭으로 가서 가방을 좌석 뒤쪽에 내려놓았다.

그는 모텔 주차장에 차를 세워두고 한동안 가만히 앉아 있었다. 몸을 등받이에 기대고 백미러를 쳐다보면서. 아무것도 없었다. 경찰차들은 사라진 지 오래였다. 문에 쳐놓은 노란색 폴리스라인이 바람에 흔들렸고 애리조나와 캘리포니아로 향하는 트럭들이 웅웅거리며 지나갔다. 그는 차에서 내려 문으로 걸어가 스턴건으로 자물쇠를 날려버린 후 안으로 들어가 등뒤로 문을 닫았다. 창문으로 들어오는 빛 덕분에 방안이 꽤 잘 보였다. 합판 문에 뚫린 총알구멍들을 통해 작은 빛줄기가 새어들어왔다. 그는 침대 옆의 작은 탁자를 벽 쪽으로 끌어당기고 그 위에 올라서서 뒷주머니에서 드라이버를 꺼내 통풍관의 철제 창살 덮개의 나사를 풀기 시작했다. 그는 덮개를 탁자에 내려놓고 안으로 손을 뻗어 가방을 꺼내고는 내려와서 창가로 걸어가 주차장을 내다보았다. 그리고 벨트 뒤쪽에서 권총을 꺼내들고 문을 열고 나가 등뒤로 닫은 다음 허리를 굽혀 폴리스라인을 통과한 후 트럭으로 가서 차에 올라탔다.

그가 가방을 바닥에 내려놓고 열쇠를 돌려 시동을 걸려는 순간 백 피트 떨어진 모텔 사무실 앞 주차장에 테럴 카운티 순찰차가 들어오는 모습이 보였다. 그는 열쇠에서 손을 떼고 좌석에 깊게 기대앉았다. 순찰차가 주차 공간에 들어오더니 라이트가 꺼졌다. 뒤이어 시동이 꺼졌다. 시거는 권총을 무릎에 올려놓은 채 기다렸다.

차에서 내린 벨은 주차장을 둘러본 후 117호 문 쪽으로 걸어가서 손잡이를 돌리려 했다. 문은 잠겨 있지 않았다. 그는 폴리스라인 아래로 몸을 숙이고 들어가 문을 밀어 열고는 손을 더듬어 벽 스위치를 찾아 불을 켰다.

처음 눈에 들어온 것은 탁자에 놓인 창살 덮개와 나사였다. 그는 등 뒤로 문을 닫고 가만히 서 있었다. 그러다가 창가로 걸어가서 커튼 가장자리로 주차장을 내다보았다. 그는 한동안 그렇게 서 있었다. 움직이는 것은 아무것도 없었다. 그는 바닥에 무언가가 놓여 있는 것을 보고 걸어가 주워 들었지만 그것이 무엇인지는 이미 알고 있었다. 그는 그것을 손에서 이리저리 돌려봤다. 그리고 침대로 걸어가 앉아서 그 작은 놋쇠 조각의 무게를 손으로 가늠해보았다. 그리고는 손을 기울여 침대 옆 탁자에 놓인 재떨이에 그것을 떨어뜨렸다. 수화기를 집어들었지만 전화선이 끊겨 있었다. 수화기를 다시 수화기 거치대에 내려놓았다. 그리고 권총집에서 권총을 꺼내 로딩 게이트를 열고 실린더의 총알을 확인한 후 엄지손가락으로 게이트를 닫고 권총을 무릎에 올린 채 앉아 있었다.

녀석이 밖에 있다는 게 확실하지는 않잖아, 그가 말했다.

아니, 확실해. 식당에 있을 때 그렇다는 걸 알았잖아. 그래서 여기로 돌아온 거고.

이제 뭘 어쩔 생각이야?

그는 일어나서 걸어가 불을 껐다. 문에 난 다섯 개의 총알구멍. 그는 손에 리볼버를 쥐고 혹처럼 튀어나온 공이치기에 엄지손가락을 올려놓은 채 서 있었다. 그러고는 문을 열고 밖으로 나갔다.

그는 순찰차로 걸어갔다. 주차장의 차들을 살펴보면서. 대부분은 픽업트럭이었다. 총구에서 번쩍이는 섬광이야 늘 먼저 볼 수 있다. 먼저 본다고 해도 너무 늦는다는 게 문제지. 누군가가 자신을 지켜보는 시선을 느끼는 게 가능한가? 많은 이들은 그렇다고 생각한다. 순찰차에 다다른 그는 왼손으로 문을 열었다. 실내등이 켜졌다. 그는 차에 올라타 문을 닫고 권총을 옆 좌석에 내려놓은 뒤 열쇠를 꺼내 시동장치에 꽂고 시동을 걸었다. 그러고는 주차 공간에서 차를 후진시키며 라이트를 켜고 차를 휙 돌려 주차장을 빠져나왔다.

모텔이 시야에서 사라지자 그는 차를 갓길에 세우고 무전기를 집어 들어 보안관 사무실에 전화했다. 그들은 순찰차를 두 대 보냈다. 그는 무전기를 제자리에 걸고 순찰차의 기어를 중립에 놓은 다음 모텔 간판이 겨우 보일 때까지 고속도로 가장자리에서 천천히 후진했다. 손목시계를 보았다. 한시 사십오분. 칠 분 후면 한시 오십이분이 될 것이었다. 그는 기다렸다. 모텔에서는 아무런 움직임도 보이지 않았다. 한시 오십이분에 그는 순찰차 두 대가 앞뒤로 나란히 사이렌을 울리고 경광등을 번쩍이며 고속도로를 따라 내려오다가 출구를 빠져나오는 것을 보았다. 그는 모텔에서 눈을 떼지 않았다. 주차장에서 나와 진입로로 향하는 어떤 차량이든 추격하기로 이미 마음먹은 터였다.

순찰차들이 모텔에 도착하자 그는 시동을 걸고 라이트를 켠 뒤 유턴

해서 도로를 역주행해 주차장에 들어가 차에서 내렸다.

그들은 손전등을 들고 총을 겨눈 채 주차장을 돌며 차를 한 대씩 살펴보고 돌아왔다. 벨이 가장 먼저 돌아와 순찰차에 몸을 기대고 서 있었다. 그는 부관들에게 고개를 끄덕였다. 제군들, 그가 말했다. 아무래도 놈이 선수를 쓴 것 같군.

그들은 권총을 권총집에 넣었다. 벨은 수석 부관과 함께 모텔방으로 걸어가서 그에게 자물쇠와 통풍관과 자물쇠 실린더를 보여주었다.

놈이 뭘로 이런 짓을 한 겁니까, 보안관님? 부관이 손에 실린더를 들고 말했다.

설명하자면 기네, 벨이 말했다. 여기까지 와서 헛수고하게 만들어 미안하군.

괜찮습니다, 보안관님.

내가 엘패소에서 전화할 거라고 보안관께 전해주게.

네, 꼭 전하겠습니다.

두 시간 후 그는 엘패소 동쪽에 있는 로드웨이 모텔에 체크인을 하고 열쇠를 받아 자기 방으로 가서 잠자리에 들었다. 늘 그러듯 여섯시에 깨어난 그는 일어나서 커튼을 치고 다시 침대로 갔지만 잠을 이룰 수 없었다. 결국 그는 일어나서 샤워하고 옷을 입고 커피숍으로 내려가서 아침을 먹으며 신문을 읽었다. 아직 모스와 여자애에 대한 기사는 없었다. 웨이트리스가 커피를 더 따라주러 왔을 때 그는 석간신문은 몇시에 나오냐고 물었다.

모르겠네요, 그녀가 말했다. 저는 이제 신문을 읽지 않아서요.

그럴 만도 하죠. 나도 가능하면 안 읽고 싶으니까.

저는 신문 읽기를 관뒀고 남편도 관두게 했어요.

그렇습니까?

왜 신문이라고 부르는지도 모르겠어요. 새로울 것도 없는 소식들인데 말이에요.

그러게요.

신문에서 마지막으로 예수그리스도에 대한 기사를 읽어보신 게 언제죠?

벨은 고개를 저었다. 모르겠군요, 그가 말했다. 아무래도 꽤 오래전인 것 같습니다.

제 생각도 그래요, 그녀가 말했다. 한참 됐죠.

그는 전에도 똑같은 소식을 전하기 위해 다른 문을 두들겼었고, 그것은 그에게 그리 새로운 일이 아니었다. 창문 커튼이 조금 움직이더니 문이 열렸고 그녀가 뒷자락이 삐져나온 셔츠와 청바지 차림으로 서서 그를 쳐다보았다. 아무 표정도 없었다. 그저 기다리고만 있었다. 그는 모자를 벗었고 그녀는 문설주에 몸을 기대며 얼굴을 돌렸다.

죄송합니다, 부인, 그가 말했다.

하느님 맙소사, 그녀가 말했다. 그녀는 비틀거리며 방으로 들어가 바닥에 푹 쓰러지더니 양손으로 머리를 감싼 채 팔에 얼굴을 묻었다. 벨은 모자를 붙든 채 거기 서 있었다. 어떻게 해야 할지 알 수 없었다. 할머니의 흔적은 전혀 보이지 않았다. 스페인 메이드 두 명이 주차장에 서서 쳐다보며 서로 속삭였다. 그는 방으로 들어가 문을 닫았다.

칼라 진, 그가 말했다.

하느님 맙소사, 그녀가 말했다.

정말 죄송합니다.

하느님 맙소사.

그는 모자를 손에 든 채 거기 서 있었다. 죄송합니다. 그가 말했다.

그녀가 고개를 들어 그를 쳐다보았다. 얼굴이 일그러져 있었다. 이런 망할, 그녀가 말했다. 거기 그렇게 서서 나한테 죄송하다고요? 내 남편이 죽었다고요. 이해하세요? 한 번만 더 죄송하다고 하면 하느님께 맹세코 총으로 당신을 쏴버리겠어요.

IX

 나는 그녀의 말을 곧이들어야 했다. 달리 할 수 있는 게 별로 없었다. 그후로 다시는 그녀를 보지 못했다. 나는 신문에서 그 두 사람을 다룬 방식이 옳지 않다고 그녀에게 말해주고 싶었다. 그와 그 여자애에 대해서 말이다. 여자애는 가출 청소년으로 밝혀졌다. 나이는 열다섯 살. 나는 그와 여자애가 무슨 관계가 있다고 믿지 않고 그녀가 그렇게 생각하는 게 정말 싫었다. 물론 그녀는 그렇게 생각했다. 나는 여러 번 전화했지만 그녀는 전화를 끊어버렸고 그런 그녀를 탓할 수는 없다. 그러다 오데사에서 전화가 와서 무슨 일이 벌어졌는지 들었을 때 나는 그 말을 믿을 수가 없었다. 전혀 이해가 되지 않았다. 나는 차를 몰고 그곳으로 갔지만 내가 할 수 있는 일은 아무것도 없었다. 그녀의 할머니도 얼마 전에 세상을 떠났다고 했다. 나는 FBI 데이터베이스에서 놈의 지문을 확인할 수 있는지 알아보았지만 아무 결과도 얻지 못했다. 놈의 이름이 무엇이고 무슨 짓을 저질렀는지 등의 정보를 알아내고 싶었다. 하지만 결국 바보짓만 한 꼴이 됐다. 놈은 유령이다. 하지만 놈은 세상 어딘가에 있다. 그렇게 그냥 왔다가 사라지는 게 가능할 리 없지 않은가. 나는 다른 소식이 들려오길 계속 기다리고 있다. 어쩌면 언젠가는 들을지도 모른다. 아닐 수도 있고. 자신을 속이기란 쉬운 법이다. 자신에게 듣고 싶은 말만 들려주기란. 밤에 깨어나 이런저런 일들에 대해 생각해본다. 내가 듣고 싶은 말이 뭔지 이제는 나도 잘 모르겠다. 어쩌면 이 일이 끝났을지도 모른다고 중얼거려본다. 하지만 그렇지 않다는 걸 안다. 소망은 그저 소망일 뿐.

 아버지는 내게 늘 그저 최선을 다하고 진실을 말하라고 말씀하셨다. 아침에 일어나 자신이 누구인지 고민할 필요가 없는 것만큼 안심되는 일도 없다고. 그리고 무슨 잘못을 저질렀다면 그냥 일어나서 그랬다고 고백하고 사과하고 계속 나아가라고. 죄책감을 질질 끌고 다니지 말라고. 요즘 세상에서는 너무 단순한 말처럼 들리는 것 같다. 심지어 나한테도. 그러니 더욱 생각해봐야 하는 말이 아닌가 싶다. 아버지는 말수가 많지 않았기 때문에 나는 아버지의 말을 잘 기억하는 편이다. 그리고 아버지는 같은 말을 두 번 할 만큼 인내심이 많지 않았으므로 나는 처음부터 주의깊게 듣는 법을 배웠다. 젊은 시절엔 아버지의 말씀에서 좀 벗어났을지 모르지만 다시 그 길로 들어선 후에는 영영 떠나지 않겠다고 결심했고 실제로도 그러지 않았다. 내 생각에 진실은 늘 단순한 것 같다. 정말로 그래야 한다. 아이도 이해할 수 있을 만큼 단순해야 한다. 그렇지 않으면 너무 늦고 말리라. 진실을 이해할 때쯤엔 너무 늦고 말리라.

시거는 넥타이 정장 차림으로 안내 데스크에 서 있었다. 그는 가방을 발치에 내려놓고 사무실을 둘러보았다.
이름의 철자가 어떻게 되시죠? 그녀가 말했다.
그는 철자를 말해주었다.
약속하고 오셨나요?
아니오. 그렇지 않소. 하지만 나를 보면 기뻐할 거요.
잠깐만 기다리세요.
그녀가 안쪽 사무실로 전화를 걸었다. 침묵이 이어졌다. 이윽고 그녀가 전화를 끊었다. 들어가보세요, 그녀가 말했다.
그는 문을 열고 안으로 들어갔고 책상에 앉아 있던 남자가 일어나서 그를 쳐다보았다. 남자가 책상을 돌아 나와 그에게 손을 내밀었다. 자네 이름은 들어봤지, 그가 말했다.

둘은 사무실 구석의 소파에 앉았고 시거는 가방을 탁자에 내려놓고는 턱짓으로 그것을 가리켰다. 당신 거요, 그가 말했다.

이게 뭐요?

당신 돈이오.

남자는 앉아서 가방을 쳐다보았다. 그러더니 일어나서 책상으로 가 몸을 기대고 버튼을 눌렀다. 전화 연결하지 마, 그가 말했다.

그는 돌아서서 두 손으로 등뒤의 책상 양끝을 짚고 뒤로 기댄 채 시거를 유심히 쳐다봤다. 나를 어떻게 찾았소? 그가 물었다.

어떻게 찾았든 무슨 차이가 있소?

나한테는 차이가 있지.

걱정할 것 없소. 나 말고 오는 사람은 없으니까.

자네가 그걸 어떻게 알지?

왜냐하면 누가 오고 안 오고를 결정하는 사람이 바로 나니까. 내 생각에는 바로 이 자리에서 문제를 해결해야 할 것 같소. 당신을 안심시키려 애쓰는 데 많은 시간을 허비하고 싶진 않으니까. 그건 쓸데없고 보람도 없는 일일 거요. 그러니 돈 이야기나 합시다.

좋소.

총액에서 좀 모자랄 거요. 십만 달러 정도. 일부는 도둑맞았고 일부는 내 경비로 사용되었지. 당신 재산을 되찾느라 꽤나 고생을 했으니 나쁜 소식을 전하러 온 사람 취급을 당하지는 않았으면 좋겠군. 저 가방에 이백삼십만 달러가 들어 있소. 다 찾지 못해 유감이지만 어쨌든 돈이 저기 있소.

노인을 위한 나라는 없다

남자는 움직이지 않았다. 잠시 후 그가 말했다. 당신은 대체 누구요?

내 이름은 앤턴 시거요.

그건 나도 알고 있소.

그러면 왜 묻는 거지?

원하는 게 뭐요. 내가 해야 할 질문은 이것인 것 같군.

글쎄. 나의 방문 목적은 그저 나의 성실함을 입증하기 위함이라고 말해야겠군. 까다로운 분야의 전문가인 사람으로서. 완전히 신뢰할 수 있고 완전히 정직한 사람으로서. 뭐 그런 거랄까.

내가 거래할 만한 사람으로서.

그렇소.

당신 진지하군.

아주.

시거는 남자를 유심히 바라보았다. 남자의 동공이 커지고 목동맥이 뛰는 것을 보았다. 남자의 호흡이 빨라지는 것을. 처음에 두 손을 등뒤의 책상에 올렸을 때 남자는 다소 느긋해 보였었다. 그는 여전히 똑같은 자세로 서 있었지만 이제 더는 그렇게 보이지 않았다.

저 망할 가방 안에 폭탄이 들어 있진 않겠지?

그렇소. 폭탄은 없소.

시거는 스트랩을 풀고 놋쇠 걸쇠를 끄르고는 가죽 덮개를 열어 가방을 앞으로 기울였다.

알겠소, 남자가 말했다. 가방은 저리 치우시오.

시거가 가방을 닫았다. 남자는 기대고 있던 책상에서 몸을 떼고 섰다. 그리고 손가락 관절 부분으로 입을 닦았다.

내가 보기에 당신은, 시거가 말했다, 이 돈을 애초에 어떻게 잃어버렸는지 생각해볼 필요가 있소. 당신이 누구 말을 들었고 그랬을 때 어떤 일이 벌어졌는지.

알겠소. 하지만 여기서는 이야기할 수 없소.

이해하오. 어쨌거나 나는 당신이 모든 걸 단번에 이해하리라고 기대하진 않으니까. 이틀 후에 전화하지.

좋소.

시거는 소파에서 일어났다. 남자는 턱짓으로 가방을 가리켰다. 저 돈이면 당신만의 사업을 제대로 시작할 수도 있었을 텐데, 그가 말했다.

시거가 미소를 지었다. 우리는 할 이야기가 많은 것 같소, 그가 말했다. 이제 우리는 새로운 사람들을 상대하게 될 테니까. 더이상 문제는 없을 거요.

예전 사람들은 어떻게 됐지?

다른 일로 넘어갔소. 이런 종류의 일에 모두가 적합한 것은 아니니까. 커다란 이익이 눈앞에 보이면 사람은 자기 능력을 과신하게 되는 법이오. 마음속에서. 그런 자들은 실은 자신의 통제하에 있지 않은 사건들을 자기가 통제하는 것처럼 굴지. 그리고 불확실한 근거에 기반한 태도야말로 늘 적의 관심을 끄는 법이오. 아니면 관심을 꺾거나.

그럼 당신은? 당신의 적은 어떻소?

나에겐 적이 없소. 나는 그런 것을 허용하지 않지.

그는 방을 둘러보았다. 멋진 사무실이군, 그가 말했다. 낮은 목소리로. 그가 턱짓으로 벽에 걸린 그림을 가리켰다. 원본이오?

남자는 그림을 쳐다보았다. 아니오, 그가 말했다. 원본은 아니오. 하지만 원본도 가지고 있지. 금고에 보관하고 있소.
멋지군, 시거가 말했다.

장례식은 춥고 바람 부는 3월의 어느 날에 치러졌다. 그녀는 작은할머니 옆에 서 있었다. 작은할머니 앞에는 작은할아버지가 휠체어에 탄 채 손으로 턱을 괴고 있었다. 고인은 자기한테 친구가 그렇게 많은지 몰랐을 것이다. 그녀는 놀랐다. 그들은 얼굴에 검은 베일을 두르고 왔다. 그녀는 작은할아버지의 어깨에 손을 올렸고 작은할아버지는 가슴 위로 손을 뻗어 그녀의 손을 토닥거려주었다. 그녀는 작은할아버지가 아마도 잠들었을 거라고 생각했었다. 바람이 불고 목사의 설교가 이어지는 내내 그녀는 누군가가 자신을 지켜보고 있다는 느낌이 들었다. 그녀는 실제로 주위를 두 번이나 둘러보았다.

집으로 돌아왔을 때는 날이 어두워져 있었다. 그녀는 부엌으로 가서 주전자의 물을 끓이기 시작하고는 식탁에 앉았다. 아까는 울고 싶은 기분이 아니었다. 이제는 그런 기분이었다. 그녀는 팔짱 낀 팔에 얼굴을 묻었다. 오, 엄마, 그녀가 말했다.
그녀가 위층으로 올라가 침실의 불을 켰을 때 시거가 작은 책상 앞에 앉아 그녀를 기다리고 있었다.
그녀는 문가에 선 채 벽 스위치에서 천천히 손을 뗐다. 그는 조금도 움직이지 않았다. 그녀는 모자를 손에 든 채 거기 가만히 서 있었다. 마침내 그녀가 말했다. 이 일이 끝나지 않았을 줄 알았어요.

똑똑한 여자로군.

나한테 없어요.

뭐가?

좀 앉을게요.

시거가 턱짓으로 침대를 가리켰다. 그녀는 침대에 앉아서 모자를 옆에 내려놓았다가 다시 집어들고는 계속 들고 있었다.

너무 늦었소. 시거가 말했다.

나도 알아요.

당신한테 뭐가 없다는 거지?

내가 뭘 말하는지 알 텐데요.

얼마나 있소.

나한테는 한 푼도 없어요. 모두 합해서 칠천 달러 정도 있었는데 그건 이미 다 써버렸고 아직 처리하지 못한 청구서도 잔뜩 쌓여 있어요. 오늘 어머니의 장례를 치렀어요. 장례비도 아직 내지 못했죠.

그건 이제 걱정할 필요 없겠소.

그녀가 침대 옆 탁자를 쳐다보았다.

거기 없소. 그가 말했다.

그녀는 모자를 품에 안은 채 몸을 앞으로 푹 숙였다. 당신한테는 나를 해칠 아무런 이유도 없어요. 그녀가 말했다.

나도 알고 있소. 하지만 약속했거든.

약속?

그렇소. 우리는 고인 덕분에 지금 한자리에 있는 거지. 그러니까 당신 남편 덕분에.

그건 말이 안 돼요.

미안하지만 말이 돼.

돈은 나한테 없어요. 당신도 알잖아요.

알고 있소.

남편한테 나를 죽이겠다고 약속했다고요?

그렇소.

그이는 죽었어요. 내 남편은 죽었다고요.

알고 있소. 하지만 나는 아니지.

죽은 사람과 한 약속은 아무 의미도 없어요.

시거가 고개를 살짝 옆으로 기울였다. 없다고? 그가 말했다.

어떻게 의미가 있을 수 있죠?

어떻게 의미가 없을 수 있지?

그들은 죽었으니까요.

그렇지. 하지만 내 약속은 죽지 않았소. 어떤 것도 그 사실을 바꾸진 못하지.

당신이 바꿀 수 있잖아요.

나는 그렇게 생각하지 않소. 심지어 불신자도 하느님을 본받는 게 유익하다는 사실은 알 수 있지. 아닌 게 아니라 아주 유익하거든.

당신은 그저 신성모독자일 뿐이야.

어려운 말이군. 하지만 엎지른 물은 다시 담을 수 없는 법이지. 당신도 이해할 거라고 생각하오. 알면 괴로운 사실이겠지만 당신 남편은 당신을 위험에서 구할 기회가 있었으나 그러지 않는 쪽을 택했소. 선택권이 주어졌을 때 그러지 않겠다고 대답했지. 그게 아니었다면 나는 지금 여기 없었을 거요.

나를 죽일 셈이로군요.

유감이군.

그녀는 모자를 침대에 내려놓고 몸을 돌려 창밖을 내다보았다. 마당의 증기등에 비친 나무들의 새잎이 저녁 바람에 흔들리다가 다시 제자리로 돌아왔다. 내가 뭘 했다고 그러는지 모르겠어요, 그녀가 말했다. 정말로 모르겠어요.

시거는 고개를 끄덕였다. 어쩌면 알지도 모르지, 그가 말했다. 모든 것에는 이유가 있는 법이니까.

그녀는 고개를 저었다. 똑같은 말을 몇 번이나 해야 하는지 모르겠군요. 더는 하지 않겠어요.

당신은 믿음을 잃는 고통을 겪었지.

나는 내가 가진 모든 것을 잃는 고통을 겪었어요. 내 남편이 나를 죽이고 싶어했다고요?

그렇소. 남기고 싶은 말이라도 있소?

누구에게?

여기 있는 사람은 나밖에 없지.

당신한테는 아무 할말 없어요.

괜찮을 거요. 걱정할 필요 없소.

뭐라고요?

당신의 표정을 보니 그렇군, 그가 말했다. 내가 어떤 종류의 사람인지는 아무 상관도 없소. 나를 악인으로 여긴다고 해서 죽는 걸 더 두려워할 필요는 없소.

당신이 거기 앉아 있는 걸 봤을 때부터 미친 사람이라는 걸 알았어요, 그녀가 말했다. 나한테 어떤 일이 닥칠지 정확히 알았죠. 비록 그렇다고 말하진 못했지만.

시거는 미소를 지었다. 이해하기 어려운 일이오, 그가 말했다. 사람들은 그 문제로 늘 고심하더군. 그런 표정을 지으면서. 그들은 늘 똑같은 말을 하지.

뭐라고 하는데요.

그들은 이렇게 말하지. 이럴 필요는 없지 않냐고.

없죠.

그래 봤자 별 도움은 안 되지, 안 그렇소?

네.

그런데 왜 그렇게 말하는 거지?

나는 그렇게 말한 적 없어요.

누구든.

여기에는 나뿐이에요, 그녀가 말했다. 다른 사람은 없다고요.

그렇소. 물론이지.

그녀는 총을 쳐다보았다. 그리고 시선을 돌렸다. 그녀는 고개를 숙인 채 앉아서 어깨를 들썩였다. 오, 엄마, 그녀가 말했다.

당신 잘못은 하나도 없소.

그녀가 흐느끼며 고개를 저었다.

당신은 아무것도 한 게 없소. 운이 나쁠 뿐이지.

그녀는 고개를 끄덕였다.

그는 손으로 턱을 괸 채 그녀를 쳐다보았다. 좋소, 그가 말했다. 이게 내가 해줄 수 있는 최선이오.

그는 다리를 뺀 채 주머니에 손을 넣어 동전 몇 개를 꺼내더니 그중 한 개를 들어올렸다. 그리고 동전을 뒤집었다. 그녀에게 속임수가 없음을 보여주기 위해. 그는 엄지와 검지로 동전을 잡고 무게를 가늠해보고는 공중에 핑그르르 던진 후 붙잡아서 손목에 탁 내려놓았다. 정하시오, 그가 말했다.

그녀가 그와 그가 내민 손목을 쳐다보았다. 뭐라고요? 그녀가 말했다.

정하시오.

하지 않겠어요.

아니, 하게 될 거요. 정하시오.

하느님께서도 내가 그러는 걸 원치 않으실 거예요.

당연히 원하실 거요. 스스로의 목숨을 구하려고 노력은 해봐야지. 정하시오. 마지막 기회요.

앞면, 그녀가 말했다.

그가 손을 뗐다. 뒷면이었다.

유감이군.

그녀는 대답하지 않았다.

어쩌면 이게 최선인지도 모르지.

그녀는 시선을 돌렸다. 당신은 마치 동전이 결정한 것처럼 말하는군요. 하지만 결정한 건 당신이에요.

앞면이 나올 수도 있었지.

동전은 아무 권한도 없어요. 그저 당신이 내린 결정일 뿐.

어쩌면. 하지만 내 관점에서 보면 말이오. 내가 여기 오게 된 것도 결국 동전 던지기와 다를 바 없었소.

그녀는 앉아서 조용히 흐느꼈다. 아무 대답 없이.

목적지가 같은 것들은 가는 길도 같은 법이지. 그걸 아는 게 늘 쉬운 일은 아니오. 하지만 그렇다는 사실에는 변함이 없소.

모든 것이 결국 내 생각과 어긋났어요. 그녀가 말했다. 내 인생에서 내가 예측할 수 있었던 부분은 하나도 없었어요. 이 일도 전혀 예측할 수 없었고.

그렇겠지.

당신은 나를 절대 놓아주지 않을 생각이군요.

나는 그 문제에 있어 아무 권한도 없소. 삶의 모든 순간이 갈림길이고 선택이지. 당신은 어느 시점엔가 선택을 했소. 그게 이 순간으로 이어진 거지. 계산은 정확하오. 그림은 이미 그려졌지. 어떤 선도 지울 수 없소. 당신에게 마음대로 동전을 움직일 수 있는 능력이 있다고는 믿지 않아. 어떻게 그럴 수 있겠소? 한 사람의 행로는 좀처럼 변하는 법이 없고 갑자기 변하는 법은 더욱 없지. 그리고 당신의 행로는 처음부터 뻔히 정해져 있었소.

그녀는 앉아서 흐느꼈다. 고개를 저었다.

나는 이 모든 게 어떻게 끝날지 당신에게 말해줄 수도 있었지만 수의 같은 어둠이 내리기 전에 마지막으로 세상에서 희망을 엿보고 생기를 얻게 해주는 것도 그리 무리한 일은 아니라고 생각했소. 알겠소?

하느님 맙소사, 그녀가 말했다. 하느님 맙소사.

유감이군.

그녀가 마지막으로 그를 쳐다보았다. 이럴 필요는 없잖아요, 그녀가 말했다. 그렇잖아요. 그렇잖아요.

그는 고개를 저었다. 당신은 지금 나더러 마음을 약하게 만들라고 부탁하고 있는데 나는 절대 그럴 수 없소. 내가 살아가는 방식은 딱 하나뿐이지. 그 방식은 특별한 경우를 허용하지 않소. 기껏해야 동전 던지기 정도지. 이 경우에는 별 의미가 없었지만. 대부분의 사람들은 그런 사람이 존재할 수 있다는 사실을 믿지 않아. 당신은 그들의 문제가 뭔지 알 수 있을 거요. 존재 자체를 인정하지 않으려는 무언가를 어떻게 이길 수 있겠소. 내 말 이해하겠소? 내가 당신 인생에 들어왔을 때 당신 인생은 이미 끝난 거였소. 당신 인생에는 시작과 중간과 끝이 있지. 이게 끝이오. 당신은 상황이 달라질 수도 있었다고 말하겠지. 다른 길도 존재할 수 있었다고. 하지만 그게 무슨 의미요? 다른 길은 없소. 이 길만이 있을 뿐. 당신은 지금 나더러 세상을 부정하라고 부탁하고 있는 거요. 알겠소?

그래요, 그녀가 흐느끼며 말했다. 알겠어요. 정말 알겠어요.

좋소, 그가 말했다. 훌륭하군. 그러고는 그녀를 쏘았다.

그 집에서 세 블록 떨어진 교차로에서 시거의 차를 친 차는 정지신호를 무시하고 달린 십 년 된 뷰익이었다. 현장에는 스키드 마크가 전혀 없었고 차는 브레이크를 밟으려고 하지도 않았다. 시거는 바로 그런 위험을 우려해 시내에서 운전할 때는 안전벨트를 절대 매지 않았는데 비록 차가 오는 것을 보고 트럭의 옆 좌석으로 몸을 던졌음에도 충돌 즉시 운전석 문이 함몰되며 그를 덮쳐 팔을 두 군데 분질렀고 갈비뼈 몇 개를 부서뜨렸고 그의 머리와 다리에 상처를 입혔다. 그는 조수석 문밖으로 기어나와 비틀거리며 보도로 걸어가서 누군가의 집 잔디밭에 앉아 팔을 바라보았다. 피부 밖으로 뼈가 튀어나와 있었다. 상태가 좋지 않았다. 실내복 차림의 한 여자가 비명을 지르며 달아났다.

피가 계속 눈으로 흘러내렸고 그는 생각을 해보려 애썼다. 그는 팔을 들고 돌려서 피가 얼마나 많이 나는지 보려고 했다. 정중동맥이 끊어졌는지 보려고. 그러지는 않은 것 같았다. 머리가 윙윙 울렸다. 고통은 없었다. 아직은.

십대 소년 두 명이 거기 서서 그를 쳐다보고 있었다.

괜찮으세요, 아저씨?

그래, 그가 말했다. 괜찮다. 여기 잠깐 앉아 있어야겠군.

구급차가 올 거예요. 저기 있는 아저씨가 부르러 갔거든요.

그래.

정말 괜찮으신 거 맞죠.

시거가 두 소년을 쳐다보았다. 그 셔츠 얼마에 팔래? 그가 말했다.

둘은 서로를 쳐다보았다. 무슨 셔츠요?

망할 아무 셔츠나. 얼마에 팔래?

그는 다리를 쭉 뻗고 주머니에 손을 넣어 지폐 클립을 꺼냈다. 머리를 감쌀 것과 팔걸이로 쓸 게 필요해.

한 소년이 셔츠의 단추를 풀기 시작했다. 아니, 아저씨. 진작 그렇게 말씀하시지 그랬어요? 제 셔츠 드릴게요.

시거는 셔츠를 받더니 이로 물어뜯어서 등 쪽을 반으로 갈랐다. 그러고는 셔츠 반쪽으로 머리를 감싸고 나머지 반쪽을 꼬아서 팔걸이를 만들어 그 안에 팔을 넣었다.

이것 좀 묶어다오. 그가 말했다.

둘은 서로를 쳐다보았다.

그냥 묶어.

티셔츠를 입은 소년이 앞으로 나서서 무릎을 꿇고 팔걸이를 매듭지었다. 팔 상태가 안 좋아 보이는데요. 그가 말했다.

시거는 엄지손가락으로 클립에서 지폐 한 장을 빼내고 클립을 다시 주머니에 넣은 다음 이 사이에 물고 있던 지폐를 들고 일어나 그들에게 내밀었다.

아니, 아저씨. 그냥 제가 원해서 도와드린 거예요. 너무 큰돈이에요.

받아. 이거 받으면 너희는 내 얼굴을 모르는 거다. 알겠어?

소년이 지폐를 받았다. 네, 아저씨, 그가 말했다.

둘은 그가 머리를 감싼 셔츠를 붙든 채 살짝 절뚝이며 보도를 걸어가는 모습을 지켜보았다. 그거 일부는 내 몫이다. 다른 소년이 말했다.

너는 아직 그 망할 셔츠를 입고 있잖아.

그건 셔츠값이 아니야.

그럴지도 모르지만 어쨌든 셔츠를 준 건 나야.

두 소년은 차들이 주저앉아 연기를 내뿜고 있는 거리로 걸어갔다. 가로등이 켜져 있었다. 녹색 부동액이 웅덩이를 이룬 채 배수로로 흘러들고 있었다. 시거가 탔던 트럭의 열린 문 쪽을 지나는 순간 티셔츠를 입은 소년이 손으로 다른 소년을 멈춰 세웠다. 저거 보여? 그가 말했다.

젠장, 다른 소년이 말했다.

그들이 본 것은 트럭 바닥에 놓인 시거의 권총이었다. 벌써 사이렌 소리가 멀리서 들려오고 있었다. 집어, 셔츠를 입지 않은 소년이 말했다. 어서.

왜 내가 집어?

나는 셔츠가 없으니 감출 수가 없잖아. 어서. 서둘러.

그는 나무 계단을 세 칸 올라가서 현관에 이르러 손등으로 문을 대충 두드렸다. 그리고 모자를 벗고 셔츠 소매로 이마를 누른 다음 다시 모자를 썼다.

들어와, 목소리가 들렸다.

그는 문을 열고 서늘한 어둠 속으로 들어갔다. 엘리스 삼촌?

안쪽에 있어. 안쪽으로 들어와.

그는 부엌으로 들어갔다. 노인은 식탁 옆 휠체어에 앉아 있었다. 부엌은 오래된 베이컨 기름 냄새와 난로의 퀴퀴한 장작 연기 냄새가 났고 전체적으로 희미한 지린내에 뒤덮여 있었다. 고양이 냄새 같았지만 단지 그것만은 아니었다. 벨은 문가에 서서 모자를 벗었다. 노인이 고개를 들어 그를 쳐다봤다. 여러 해 전에 말에서 떨어지며 선인장 가시에 찔린 한쪽 눈이 흐릿했다. 안녕, 에드 톰, 그가 말했다. 너인 줄 몰랐구나.

어떻게 지내세요?

지금 네가 보는 대로. 혼자 왔나?

네, 삼촌.

앉아. 커피 좀 줄까?

벨은 체크무늬 유포油布 식탁보에 놓인 잡동사니를 쳐다봤다. 약병들. 빵가루. 경마 잡지들. 괜찮습니다, 그가 말했다. 말씀은 감사하지만요.

네 부인이 편지를 보냈더구나.

로레타라고 부르셔도 됩니다.

나도 알아. 부인이 내게 편지를 보내는 걸 알고 있었어?

한두 번 정도 보낸 걸로 알고 있는데요.

한두 번 이상이지. 꽤 자주 보낸다. 가족 소식을 전해주지.

소식이랄 게 없을 텐데요.

들으면 놀랄걸.

이번 편지에는 어떤 특별한 내용이 담겨 있던가요.

네가 관둔다는 이야기, 그게 전부더군. 앉아라.

노인은 그가 앉으려 하는지 아닌지 확인하지도 않았다. 그는 팔꿈치 쪽에 있던 담뱃잎 자루에서 담뱃잎을 꺼내 담배를 말기 시작했다. 그러고는 입으로 담배 끝을 꼬아서 거꾸로 돌린 다음 닳아서 놋쇠 빛깔이 된 낡은 지포 라이터로 불을 붙였다. 그리고 담배를 손가락 사이에 연필처럼 낀 채 앉아서 담배를 피웠다.

별일 없으시죠? 벨이 물었다.

별일이야 없지.

노인은 휠체어를 살짝 옆으로 돌리고 연기 사이로 벨을 쳐다보았다. 너는 좀 늙어 보이는구나, 그가 말했다.

실제로 늙었지요.

노인이 고개를 끄덕였다. 벨은 의자를 당겨서 앉고는 모자를 식탁에 내려놓았다.

뭣 좀 여쭤봐도 될까요. 그가 말했다.

그럼.

살면서 가장 후회하시는 일이 뭐죠.

노인은 질문을 곱씹으며 그를 쳐다보았다. 모르겠구나, 그가 말했다. 후회되는 일이 그리 많진 않아서. 가능했다면 더 행복했을 만한 일들은 잔뜩 떠올릴 수 있지. 걸어서 돌아다닐 수 있는 것도 그중 하나일 테고. 너도 너만의 리스트를 만들 수 있을 거야. 이미 하나 가지고 있는지도 모르겠군. 내 생각에 사람은 나이가 들면 자신이 행복해지고자 하는 만큼 행복해지는 법이야. 좋을 때도 있고 나쁠 때도 있겠지만 결국에는 예전에 행복했던 만큼 행복해지는 법이지. 아니면 그만큼 불행해지거나. 그렇다는 걸 절대 이해하지 못하는 사람들도 있더군.

무슨 말씀인지 압니다.

그렇겠지.

노인은 담배를 피웠다. 나를 가장 불행하게 만든 일이 뭔지 물어볼 작정이라면 대답은 네가 생각하는 그게 맞을 거다.

네, 삼촌.

이 휠체어랑 관련된 건 아니야. 이 희뿌연 눈이랑 관련된 것도 아니고.

네, 삼촌. 저도 알아요.

말을 타는 일에 서명하는 사람은 그 말이 향하는 곳이 어딘지 어느 정도는 알고 있다고 생각하기 마련이지. 하지만 모를 수도 있어. 혹은 안다고 착각했을 수도 있고. 그렇다면 아마 누구도 너를 비난하진 않을 거다. 네가 그만두더라도 말이야. 하지만 이 일이 단지 네가 생각했던 것보다 좀더 힘들어서 그런 거라면. 음. 그때는 이야기가 달라지지.

벨이 고개를 끄덕였다.

시험해보지 않는 편이 더 나은 일도 있는 것 같아.

그런 것 같습니다.

네가 무슨 일을 저지르면 로레타가 도망칠까?

모르겠군요. 아마 아주 지독한 일을 저질러야겠죠. 그저 상황이 좀 힘들어졌다고 도망치진 않을 거라고 확신합니다. 로레타도 힘든 일을 한두 번쯤 경험했으니까요.

엘리스가 고개를 끄덕였다. 그리고 테이블에 놓인 병뚜껑에 담배를 기울여 재를 떨었다. 그 점에 있어서는 나도 네 말을 믿는다, 그가 말했다.

벨이 미소를 지었다. 그리고 주위를 둘러보았다. 저 커피는 얼마나 된 거죠?

괜찮을 거야. 나는 보통 커피가 좀 남아 있더라도 매주 커피를 새로 끓이거든.

벨이 다시 미소를 짓고는 일어나 커피 주전자를 들고 조리대로 가서 플러그를 꽂았다.

그들은 식탁에 앉아서 벨이 태어나기 전부터 그 집에 있었던, 잔금이 간 그 같은 도자기 잔으로 커피를 마셨다. 벨은 잔을 쳐다보고는 부엌을 둘러보았다. 음, 그가 말했다. 변하지 않는 것들도 있는 것 같군요.

뭐가 그렇지? 노인이 말했다.

허, 모르겠네요.

나도 모르겠어.

고양이를 몇 마리나 키우시는 거죠?

몇 마리 되지. 키운다는 게 무슨 의미인지에 따라 대답이 달라지겠지만. 몇 마리는 반쯤 야생이고 나머지는 그저 무법자들이야. 네 트럭이 오는 소리를 듣고는 문밖으로 도망쳐버리더군.

트럭이 오는 소리를 들으셨나요?

뭐라고?

그러니까 트럭이 오는 소리를…… 그냥 장난치신 거로군요.

왜 그렇게 생각하나?

그럼 들으셨어요?

아니. 고양이들이 내빼는 걸 봤지.

커피 좀더 드릴까요?

나는 됐어.

삼촌을 쏜 남자는 감옥에서 죽었어요.

앙골라에서였지. 그래.

그 남자가 풀려났더라면 어쩌실 생각이었나요?

모르겠어. 아무것도 안 했겠지. 뭘 했더라도 아무 소용 없었을 거야. 아무런 소용도 없는 일이지. 전혀.

그렇게 말씀하시다니 좀 놀라운데요.

사람은 지치는 법이야, 에드 톰. 빼앗긴 것을 되찾으려 애쓰는 내내 더 많은 걸 잃어버리게 되지. 얼마 후에는 거기 지혈대를 대려고 애써야 할 거야. 네 할아버지는 내게 부관으로 일해달라고 부탁하신 적이 한 번도 없어. 나 스스로 결정한 일이지. 뭐, 달리 할일도 없었지만. 카우보이가 받는 만큼의 월급을 받았지. 어쨌든 그 불운이 나를 더 큰 불운에서 구해주었을지 누가 알겠어. 나는 한 전쟁에는 너무 어려서 나가지 못했고 다음 전쟁에는 너무 늙어서 나가지 못했지. 하지만 그것이 어떤 결과를 낳았는지는 봤어. 여전히 애국심을 잃지 않으면서도 어떤 일은 그 가치보다 더 큰 대가를 요구한다고 믿는 것도 충분히 가능한 일이야. 전사자의 어머니들에게 그들이 무슨 대가를 치렀고 그것으로 무엇을 얻었는지 물어보라고. 치러야 하는 대가가 늘 너무 커. 특히 약속에 대한 대가. 헐값을 요구하는 약속 같은 건 존재하지 않지. 너도 알게 될 거다. 어쩌면 이미 알고 있을지도 모르겠지만.

벨은 대답하지 않았다.

나는 늘 나이를 먹으면 하느님이 어떤 식으로든 내 인생에 들어오실 거라고 생각했다. 그런 일은 일어나지 않았지. 하느님을 비난할 생각은 없어. 내가 하느님이었더라도 나에 대해 똑같은 의견을 가졌을 테니까.

하느님의 생각을 아실 순 없죠.

아니, 알아.

그가 벨을 쳐다보았다. 너희 부부가 덴턴으로 이사간 후에 네가 나를 보러 왔을 때가 떠오르는군. 너는 들어와서 주위를 둘러보더니 내게 어쩔 작정이냐고 물었지.

그랬죠.

하지만 지금은 그렇게 묻지 않겠지, 안 그래?

아마도요.

묻지 않을 거야.

그는 맛이 고약한 블랙커피를 홀짝였다.

가끔 해럴드 삼촌 생각을 하시나요? 벨이 물었다.

해럴드?

네.

딱히. 해럴드는 나보다 나이가 조금 많았지. 1899년생이었어. 아마도. 그런데 해럴드는 왜?

그냥 할머니가 해럴드 삼촌한테 보낸 편지 몇 통을 읽어서요. 해럴드 삼촌에 대해 어떤 기억을 갖고 계신지 궁금했어요.

해럴드가 보낸 편지도 있었나?

아니요.

네 가족에 대해 생각하고 있는 게로군. 그 모든 일을 이해하고 싶은 게야. 나는 그게 어머니한테 어떤 영향을 끼쳤는지 안다. 어머니는 절대 그 일을 극복하지 못하셨어. 나도 그게 말이나 되는 일인지 모르겠다. 그 복음성가 알지? 우리는 머지않아 그것을 다 이해하게 되리니. 그러려면 많은 믿음이 필요하지. 해럴드는 그곳에 가서 어딘가의 도랑에 처박혀 죽었어. 열일곱 살에. 네가 나한테 설명을 좀 해줘보렴. 나는 정말이지 하나도 이해가 가질 않으니까.

무슨 말씀인지 알겠어요. 삼촌은 어딘가 다른 곳으로 가고 싶지 않으셨나요?

나는 다른 누군가한테 이리저리 끌려다니고 싶지 않아. 그냥 여기 가만히 앉아 있을 생각이다. 나는 괜찮다, 에드 톰.

어려운 일도 아닌데요.

나도 안다.

그래요.

벨은 그를 쳐다보았다. 노인은 담배를 병뚜껑에 비벼 껐다. 벨은 자신의 인생에 대해 생각해보려 애썼다. 그러고는 생각하지 않으려 애썼다. 신앙심을 버리신 건 아니죠, 엘리스 삼촌?

아니. 아니야. 그런 건 아니다.

세상에서 무슨 일이 벌어지고 있는지 하느님이 아신다고 생각하세요?

그러길 바라지.

하느님이 그 일을 멈추실 수도 있다고 생각하세요?

아니. 그렇게 생각하진 않아.

둘은 식탁에 조용히 앉아 있었다. 얼마 후 노인이 말했다. 어머니는 옛 사진과 가족 물건이 너무 많다고 말씀하셨지. 그걸 어떻게 해야 하느냐고. 글쎄. 내 생각에는 어떻게 할 방법이 없는 것 같아. 방법이 있을까?

아니요. 없는 것 같아요.

나는 어머니한테 맥 삼촌의 낡은 신코 페소 배지*와 단발식 리볼버

---

* 텍사스 기마경찰대 배지를 일컫는 말로, 오 페소짜리 동전을 재료로 만들어서 붙은 이름이다.

를 기마경찰대에 보내버리라고 말했어. 그들한테는 아마 박물관 같은 게 있을 테니까. 하지만 그 이상 뭐라 말해야 좋을지는 알 수 없었지. 그 물건들은 다 여기 있다. 저기 저 양복장 안에. 저 뚜껑 달린 책상 안에도 서류가 가득 들어 있지. 그는 잔을 기울이더니 잔 밑바닥을 들여다보았다.

그분은 커피 잭*과 함께 일하지 않았어. 맥 삼촌 말이야. 그건 다 헛소리지. 누가 먼저 그런 헛소문을 퍼뜨렸는지 모르겠다. 삼촌은 허드스퍼스 카운티의 자기 집 현관에서 총에 맞아 돌아가셨어.

저도 늘 그렇게 들었어요.

일곱 명인가 여덟 명이 집으로 찾아왔어. 이런저런 요구를 하면서. 삼촌은 집으로 들어가서 산탄총을 들고 나왔지만 녀석들이 훨씬 빨리 움직여서 문가에 있는 삼촌을 쏘았지. 숙모는 밖으로 달려나와 피를 멈추려 했어. 삼촌을 다시 집안으로 들이려 했지. 삼촌은 계속 다시 산탄총을 집으려 했다는구나. 녀석들은 말을 탄 채 그냥 거기 그대로 있었어. 그러더니 결국 가버렸지. 왜 그랬는지는 나도 모르겠다. 무언가에 겁을 먹었던 것 같아. 그중 한 명이 원주민 말로 뭐라고 말하자 다들 말을 돌려서 떠나버렸어. 그후로 다시는 집을 찾아오지도 무슨 짓을 저지르지도 않았지. 숙모는 삼촌을 집안으로 들였지만 삼촌의 덩치가 너무 커서 침대 위로 올릴 방법이 없었어. 숙모는 바닥에 거적을 깔

---

* 텍사스 공화국의 군인이자 텍사스 기마경찰대의 대위였던 존 커피 헤이스(1817~1883)를 가리킨다. 커피 잭은 토지 측량사이기도 했는데, 측량 일을 하다가 코만치 부족 등과 무력 충돌을 빚은 바 있다. "커피 잭과 함께 일하지 않았어"라는 말은 북미 원주민과 멕시코인을 죽이지 않았다는 뜻이다.

앉지. 달리 할 수 있는 일이 없었어. 숙모는 삼촌을 거기 그냥 내버려둔 채 말을 타고 도움을 청하러 갔어야 했다고 늘 말씀하셨지만 나는 숙모가 말을 타고 어디로 갈 수 있었을지 모르겠다. 어쨌거나 삼촌은 숙모를 보내주지 않았을 거야. 부엌에도 거의 가지 못하게 했으니까. 숙모는 몰랐지만 삼촌은 일이 어떻게 될지 아셨던 거지. 삼촌은 오른쪽 폐를 관통당했어. 그렇게 된 거다. 흔히들 쓰는 표현을 빌리자면.

언제 돌아가신 거죠?

1879년.

아니요, 바로 돌아가셨는지 아니면 그날 밤이나 그후에 돌아가셨는지 여쭤본 거예요.

그날 밤이었을 거다. 아니면 이튿날 아침 일찍이었거나. 숙모가 직접 삼촌을 묻었어. 그 단단한 칼리치*를 파고서. 그러고는 그냥 짐을 싸서 짐마차에 싣고 마차에 말을 매고는 그곳을 떠나 다시는 돌아오지 않으셨지. 그 집은 이십 년대의 어느 때엔가 불타버렸다. 아직 흔적이 남아 있을 거야. 지금이라도 데려가 보여줄 수 있지. 예전에는 바위 굴뚝이 남아 있었는데 아마 지금도 있을 거다. 법적으로 보장된 토지도 꽤 많았지. 내가 기억하기로 팔 섹션**이나 십 섹션쯤 될 거야. 숙모는 얼마 안 되는 세금도 낼 형편이 못 되었어. 팔 수도 없었지. 숙모 기억하니?

아니요. 제가 네 살쯤 됐을 때 그분이랑 같이 찍은 사진은 본 적이 있어요. 그분은 이 집의 현관 흔들의자에 앉아 계시고 저는 옆에 나란

---

* 건조한 지대에서 탄산칼슘이 단단히 응고되어 형성된 지표면.
** 일 제곱마일에 해당하는 땅.

히 서 있는 사진이었죠. 기억난다고 말할 수 있으면 좋겠지만 그렇지 않네요.

재혼은 한 번도 안 하셨지. 후년에는 교사로 일하셨어. 샌앤젤로에서. 이 나라는 사람들한테 야속하게 굴었어. 하지만 사람들은 절대 그 책임을 추궁하지 않는 듯했지. 기이해 보일 정도로 그랬어. 이 하나의 가족에게 일어난 그 모든 일을 한번 생각해보렴. 나는 내가 왜 하는 일도 없이 아직도 이렇게 살아 있는지 모르겠다. 그 많던 젊은이들. 우리는 그중 절반이 어디에 묻혀 있는지도 몰라. 그 모든 일이 무슨 소용이었는지 물어야만 해. 그러니 다시 그 문제에 대해 생각해보자꾸나. 어째서 사람들은 이 나라가 책임질 게 아주 많다고 느끼지 않는 걸까? 당최 그렇게 느끼질 않아. 나라는 그저 나라일 뿐 적극적으로 뭘 하는 게 아니라고 말할 수도 있겠지만 그런 말은 별 의미가 없지. 한번은 어떤 남자가 자기 픽업트럭을 산탄총으로 쏘는 걸 본 적이 있어. 픽업트럭이 무슨 잘못이라도 저질렀다고 생각했던 게 분명해. 이 나라는 우리를 순식간에 죽여버릴 수도 있는데 그래도 사람들은 여전히 이 나라를 사랑하지. 내 말이 무슨 뜻인지 이해하겠니?

아마도요. 삼촌은 이 나라를 사랑하시나요?

아마도 그런 것 같구나. 하지만 분명히 말하건대 나는 돌멩이처럼 무식한 사람이니까 너는 내 말을 모두 무시하는 게 좋을 거다.

벨은 미소를 지었다. 그리고 일어나서 싱크대로 갔다. 노인이 벨을 볼 수 있는 방향으로 휠체어를 살짝 돌렸다. *뭐하는 거냐?* 그가 물었다.

설거지 좀 하려고요.

아니, 됐어, 에드 톰. 아침에 루페가 올 거야.

얼마 안 걸려요.

수도꼭지에서 나오는 물은 우물물이었다. 그는 싱크대에 물을 가득 채우고 가루비누를 한 숟갈 넣었다. 그러고는 한 숟갈을 더 넣었다.

예전에 여기 텔레비전을 두셨던 걸로 기억하는데요.

예전에는 많은 것들이 있었지.

왜 말씀 안 하셨어요? 하나 사드릴게요.

필요 없다.

친구로 삼으시면 좋잖아요.

나를 가만히 내버려두질 않더구나. 그래서 내쫓아버렸다.

뉴스는 안 보세요?

안 봐. 너는?

별로 안 봐요.

그는 접시를 헹구고 마르게 둔 다음 서서 창밖으로 잡초가 무성한 작은 마당을 내다보았다. 비바람에 닳은 훈제실. 블록으로 받쳐놓은 말 두 마리 운반용 알루미늄 트레일러. 예전에는 닭도 키우셨죠, 그가 말했다.

그랬지, 노인이 말했다.

벨은 손을 말리고 식탁으로 돌아와 앉았다. 그러고는 삼촌을 쳐다보았다. 아무에게도 말 못할 만큼 부끄러운 일을 해본 적이 있으신가요?

삼촌은 그 문제에 대해 잠시 생각했다. 아마 그럴 거야, 그가 말했다. 누구나 그렇지 않을까. 내가 저지른 무슨 부끄러운 일을 알아내기라도 한 거냐?

진지하게 여쭤본 거예요.

알겠다.

그러니까 나쁜 일 말이에요.

얼마나 나쁜 일.

글쎄요. 계속 마음에 걸릴 만한 그런 일.

감옥에 갈 만한 그런 일 말이냐?

음, 그런 종류의 일일 수도 있겠네요. 반드시 그런 건 아니지만.

생각을 좀 해봐야겠구나.

아니, 생각 안 하실 거잖아요.

대체 왜 그러는 거냐? 이제는 너를 초대하지 말아야겠구나.

이번에는 삼촌이 초대해서 온 게 아닌데요.

흠. 그건 그렇지.

벨은 앉아서 식탁에 팔꿈치를 올린 채 손깍지를 끼었다. 벨의 삼촌이 그를 유심히 바라보았다. 나한테 어떤 끔찍한 고백을 하려는 건 아니길 바란다. 그가 말했다. 듣고 싶지 않을지도 모르니까.

듣고 싶으세요?

그래. 말해봐.

알겠어요.

성적인 문제는 아니지?

아니에요.

상관없다. 뭐든 어서 말해봐라.

전쟁 영웅이 되는 일에 대한 거예요.

그렇군. 그럼 너에 관한 이야기냐?

네. 저에 관한 이야기예요.

어서 말해봐.

그러려고 하고 있어요. 이건 실제로 있었던 일이에요. 제가 어떻게 그 훈장을 받게 되었는지에 관한 이야기.

어서 말해봐.

우리는 전방 진지를 구축하고 라디오 신호를 모니터하고 있었고 우리가 숨어 있던 곳은 어느 농가였어요. 방이 두 개뿐인 석조 가옥이었죠. 이틀째 머물고 있었는데 비가 그치질 않았어요. 정말이지 끝도 없이 내리더군요. 둘째 날 중반쯤에 무전병이 헤드셋을 벗더니 이렇게 말했어요. 들어봐. 그래서 우리는 들었죠. 누군가가 들으라고 말하면 들어야 하는 법이니까요. 그런데 아무것도 들리지 않았어요. 그래서 제가 말했죠. 뭘 들으라는 거야? 그러자 그가 말했어요. 아무것도.

저는 말했어요, 대체 그게 무슨 소리야, 아무것도라니? 대체 뭘 들은 거야? 그러자 그가 말했어요. 그러니까 내 말은 아무것도 안 들린다고. 들어봐. 그리고 그의 말이 맞았어요. 그 어떤 소리도 들리지 않았죠. 야포 소리 하나 들리지 않았어요. 들리는 소리라고는 빗소리뿐이었어요. 그리고 그게 제가 기억하는 마지막 일이었죠. 깨어났을 때 저는 비가 내리는 바깥에 누워 있었는데 얼마나 오랫동안 누워 있었는지도 모르겠더군요. 온몸이 젖은 채로 춥고 귀는 윙윙 울렸는데 그러다 일어나서 보니 농가가 사라지고 없었어요. 한쪽 끝에 벽의 일부가 남아 있을 뿐이었죠. 대포알이 벽으로 날아와서 집을 박살내버린 거였어요. 음, 저는 아무 소리도 들을 수 없었어요. 빗소리도 뭣도 들리지 않았죠. 무슨 말을 하면 머릿속에서만 울릴 뿐이었어요. 저는 일어서서 집이 있던 곳으로 걸어갔고 그곳에는 지붕 파편이 가득했는데 동료 한 명이 바위와 목재 아래에 파묻혀 있는 게 보였고 저는 그것들을 치워 그를 구해내려고 했어요. 머리가 완전히 멍한 상태였죠. 그러다가 몸을 일으켜 내다보니 독일 소총병들이 들판을 가로질러오고 있더군요. 이백 야드 정도 떨어진 작은 숲에서 나와 들판을 가로지르는 중이었어요. 저는 여전히 무슨 일이 벌어졌는지 정확히 파악하지 못하고 있었죠. 정신이 좀 혼미한 상태였거든요. 벽면에 붙어 웅크리고 앉았는데 목재 더미 아래로 튀어나온 윌리스 30구경 기관총이 가장 먼저 눈에 띄더군요. 그 기관총은 공랭식이었고 탄약 상자에 든 탄띠로 탄약이 자동 공급되는 방식이었는데 놈들이 조금만 더 가까이 다가오면 그걸로 바깥에서 놈들을 쏠 수 있겠다는 생각이 들었고 놈들은 저랑 너무 가까워서 지원군을 부르지도 못할 것이었어요. 저는 잔해 더미를 힘들게 치워 마침내 기관총과 삼각대를 끄집어낸 후 잔해를 조금 더 뒤져서 탄약 상자를 찾아내고는 벽면 뒤에서 자세를 잡고 총열에서 흙을 떨어낸 다음 슬라이드를 당기고 쏘아대기 시작했어요.

땅이 젖어 있었기 때문에 총알이 어디로 날아가는지는 알기 어려웠지만 제가 꽤 잘하고 있다는 건 알 수 있었죠. 이 피트 정도 되는 탄띠를 다 사용한 후 계속 전방을 주시했는데 이삼 분 정도 조용한가 싶더니 독일놈 하나가 뛰어나와서 숲으로 도망치려 했지만 저는 그 상황에 대한 대비가 되어 있었어요. 저는 나머지 놈들을 계속 꼼짝 못하게 붙잡아두었고 그러는 동안에도 몇몇 동료의 신음소리가 계속 들려왔는데 날이 어두워지면 어떻게 해야 할지 전혀 모르겠더군요. 그리고 저는 바로 그 일로 동성훈장을 받았어요. 저를 수여자로 추천한 사람은 조지아주 출신의 매캘리스터라는 소령이었죠. 저는 그에게 훈장을 원하지 않는다고 말했어요. 그러자 그는 그냥 그 자리에 앉아서 저를 쳐다보더니 이렇게 말하더군요. 무공훈장을 거절하려는 이유를 말해보게. 그래서 저는 이유를 말했죠. 제 말을 다 듣더니 그가 말했어요. 병장, 자네는 훈장을 받아야 할 걸세. 아마 그들은 그 일을 미화하고 싶은 모양이야. 어떤 의미가 있어 보이도록. 진지를 빼앗긴 일 말일세. 자네는 훈장을 받을 것이며 만일 나한테 했던 말을 떠벌리고 다니다가 그 말이 내 귀에 들어오기라도 하는 날이면 차라리 허리가 부러진 채로 지옥에 떨어지는 게 낫겠다고 생각하게 해주겠네. 내 말 알아듣겠나? 그래서 저는 알겠다고 말했죠. 똑똑히 알아들었다고 말했어요. 그렇게 됐던 거예요.

그래서 이제 네가 무슨 일을 저질렀는지 털어놓으려는 거구나.

네, 삼촌.

어두워졌을 때.

어두워졌을 때. 그래요.

어떻게 했니?

황급히 달아났죠.

노인은 그것에 대해 잠시 생각했다. 잠시 후 그가 말했다. 내 생각에 그 당시로서는 꽤 괜찮은 대책이었던 것 같다만.

네, 벨이 말했다. 그랬죠.

만일 거기 계속 있었다면 어땠게 됐을까?

놈들이 어둠 속에서 다가와 제게 수류탄을 던졌겠죠. 아니면 숲으로 돌아가서 지원군을 불렀거나.

그래.

벨은 식탁보 위에 양손을 교차해 얹은 채 앉아 있었다. 그는 삼촌을 쳐다봤다. 노인이 말했다. 네가 나한테 원하는 게 뭔지 잘 모르겠다.

저도 모르겠네요.

너는 전우들을 버리고 갔어.

네.

너한테는 선택의 여지가 없었지.

그렇지 않아요. 저는 그곳에 머물 수도 있었어요.

너는 그들을 도울 수 없었을 거야.

아마도요. 저는 그 30구경 기관총을 들고 백 피트 정도 떨어진 곳으로 가서 놈들이 수류탄이든 뭐든 던질 때까지 기다릴까 생각해보기도 했어요. 올 테면 오라지 하는 마음으로요. 몇 명 더 죽일 수도 있었어요. 어둠 속이었다고 해도요. 모르겠어요. 저는 거기 앉아서 밤이 오는 걸 지켜봤죠. 석양이 예쁘더군요. 그때쯤에는 날이 완전히 개어 있었어요. 마침내 비가 그쳤죠. 그 들판에는 귀리가 심겨 있었는데 남은 건 줄기뿐이었어요. 가을이었죠. 저는 어둠이 내리는 풍경을 지켜봤는데 그곳의 잔해 속에서는 한동안 누구의 소리도 들리지 않았어요. 그때쯤에는 다들 죽었을 수도 있었죠. 하지만 정말 그런지는 알 수 없었어요. 어두워지자마자 저는 일어나서 그곳을 떠났어요. 저에게는 총 한 자루도 없었어요. 그 30구경 기관총은 당연히 가져가지 않았고요. 머리의 통증은 좀 가라앉았고 심지어 청력도 약간 돌아왔어요. 비는 그쳤지만 몸은 완전히 젖은 상태였고 이가 딱딱 부딪칠 만큼 추웠죠. 저는 북두칠성을 찾아내 최대한 서쪽을 향해 계속 걸었어요. 집이 한두 채 나왔지만 사람은 아무도 없었죠. 그 지역은 전투지대였어요. 사람들은 모두 떠난 후였죠. 해가 떴을 때 저는 작은 숲에 누워 있었어요. 숲이라고 할 수도 없었죠. 그 지역 전체가 불에 탄 잔해 같았으니까요. 남은 거라고는 나무의 몸통이 전부였어요. 그리고 이틀날 밤 어느 땐가 미국군 진지에 이르렀고 그걸로 끝난 셈이었죠. 저는 여러 해가 지나면 다 잊힐 거라고 생각했어요. 왜 그렇게 생각했는지 모르겠군요. 그러다 어쩌면 그 일을 만회할 수 있을지도 모른다는 생각이 들었고 실제로 그러려고 애써왔던 것 같아요.

두 사람은 그대로 앉아 있었다. 잠시 후 노인이 말했다. 글쎄, 솔직히 말하면 그게 그리 나쁜 일인지 잘 모르겠구나. 어쩌면 너는 스스로에 대해 마음을 좀 편히 먹을 필요가 있을 것 같아.

어쩌면요. 하지만 전투에 나간다는 것은 전우를 돌보겠다는 피의 맹세를 하는 것인데 저는 왜 그러지 않았는지 모르겠어요. 그러길 원했거든요. 그런 요구를 받은 사람은 결과를 감수하겠다고 마음먹어야만 하는 법이죠. 하지만 그 결과가 무엇일지는 아무도 알 수 없어요. 결국 예정에 없던 것들이 문 앞에 잔뜩 쌓이게 되는 거죠. 만일 맹세를 지키며 거기서 죽는 게 제가 할 일이었다면 실제로 그렇게 했어야 했죠. 그것에 대해 어떤 식으로든 말할 수 있겠지만 어쨌든 그렇게 하는 게 옳은 거예요. 저는 그렇게 했어야 했지만 하지 않았어요. 그리고 제 마음 한구석에는 끊임없이 그날로 돌아가고픈 소망이 들끓어요. 하지만 그럴 수가 없죠. 저는 우리가 자기 삶을 훔칠 수도 있다는 걸 몰랐어요. 그리고 훔친 삶은 우리가 훔칠 수 있는 다른 것들과 마찬가지로 아무런 이득도 가져다주지 않는다는 사실 또한 몰랐죠. 저는 훔친 삶으로 최선을 다했다고 생각하지만 그것은 여전히 제 삶이 아니었어요. 제 삶이었던 적이 한 번도 없었던 거죠.

노인은 오랫동안 가만히 앉아 있었다. 그는 몸을 살짝 앞으로 숙여 바닥을 내려다보았다. 잠시 후 그가 고개를 끄덕였다. 네가 이제 무슨 말을 하려는 건지 알겠구나, 그가 말했다.

네, 삼촌.

네 할아버지라면 어떻게 했을 것 같니?

할아버지라면 어떻게 했을지 저는 알아요.

그래. 나도 알 것 같다.

할아버지라면 지옥이 얼어붙을 때까지* 자리를 지키고 있다가 그 얼음 위에 좀더 머무르셨겠죠.

그래서 네 할아버지가 너보다 나은 사람이라고 생각하는 거냐?

네, 삼촌. 그렇게 생각해요.

내가 네 할아버지에 대해 좀더 말해주면 생각이 바뀔지도 모르겠구나. 나는 그분을 꽤 잘 알았으니까.

글쎄요, 아무래도 그럴 것 같진 않은데요. 삼촌 말씀은 충분히 존중하지만요. 물론 삼촌이 그런 이야기를 들려주실 것 같지도 않고요.

그렇지. 그렇긴 하지만 그분은 다른 시대를 사셨다고 말해주고 싶구나. 오십 년 늦게 태어나셨다면 다른 견해를 가지셨을 거야.

그럴 수도 있겠죠. 하지만 이 방에 있는 누구도 그러리라 믿지 않을 거예요.

그래, 아마도 그렇겠지. 그는 고개를 들어 벨을 쳐다보았다. 내게 왜

---

* '지옥이 얼어붙다'로 직역한 'hell freezes over'는 결코 일어나지 않을 일을 말할 때 사용하는 관용구이다.

노인을 위한 나라는 없다

이런 이야기를 한 거니?

그냥 마음의 짐을 좀 덜어야 했던 것 같아요.

그러려고 참 오래도 기다렸구나.

네, 삼촌. 어쩌면 저는 제 말을 제 귀로 직접 들어야 했는지도 모르겠어요. 사람들은 제가 옛날 사람이라고 말하지만 사실은 그렇지 않거든요. 저도 그랬으면 좋겠어요. 하지만 저는 이 시대 사람이에요.

어쩌면 이건 그저 연습인지도 모르겠구나.

어쩌면요.

로레타한테 말할 작정이니?

네, 삼촌. 그럴 것 같아요.

흠.

로레타가 뭐라고 할까요?

글쎄, 네 생각보다는 결과가 좀더 나을 거라고 생각한다.

네, 삼촌. 벨이 말했다. 저도 정말 그랬으면 좋겠네요.

X

　삼촌은 내가 나 자신에게 너무 가혹하게 굴고 있다고 말했다. 그게 노년의 징후라고도 말했다. 잘못을 바로잡으려 애쓰는 것. 어느 정도는 맞는 말 같다. 하지만 전부 맞는 말은 아니다. 나는 나이가 드는 일에는 별로 좋은 게 없다는 삼촌의 말에 동의했고 삼촌이 그래도 좋은 게 하나 있다고 말하기에 그게 뭔지 물었다. 그러자 삼촌은 노년은 그리 오래가지 않는다고 말했다. 나는 삼촌이 미소 짓기를 기다렸지만 삼촌은 그러지 않았다. 나는 글쎄요, 그건 꽤 차가운 말이네요, 하고 말했다. 그러자 삼촌은 실제 사실은 말보다 더 차갑다고 말했다. 그렇게 이야기는 마무리되었다. 미안한 말이지만 나는 삼촌이 뭐라고 말할지 알고 있었다. 우리는 우리가 아끼는 사람들이 지닌 마음의 짐을 덜어주려고 애쓰는 법이다. 심지어 그 짐이 스스로 짊어진 것일 때조차도. 마음 한구석에 남아 있던 또다른 일은 여유가 없어서 말하지 못했지만 그것도 이 문제와 관련되어 있을 텐데, 왜냐하면 우리가 살면서 하는 모든 일은 결국 우리에게 돌아온다고 믿기 때문이다. 충분히 오래 살면 결국 그렇게 된다. 그리고 나는 그 못된 녀석이 그 여자를 죽인 이유를 도저히 모르겠다. 그녀가 자신에게 대체 무슨 짓을 했다고? 사실 나는 애초에 그곳에 찾아가지 말았어야 했다. 이제 그들은 그 주 경찰관을 죽였다는 이유로, 그 경찰관을 총으로 쏜 후 그가 안에 있는 채로 차를 불태웠다는 이유로 헌츠빌에서 멕시코인을 잡아들였는데 나는 그게 그의 짓이라고 믿지 않는다. 하지만 그는 그 이유로 사형을 선고받게 될 것이다. 이 경우에 나의 의무는 대체 뭐란 말인가? 나는 이 모든 일이 어떻게든 지나가길 기다렸던 것 같은데 물론 그런 일은 일어나지 않았다. 아마 처음부터 이렇게 될 줄 알았던 것 같다. 그런 느낌이 있었다. 돌아오는 길이 아주 먼 어떤 곳으로 끌려가고 있다는 느낌.

　왜 그토록 오랜 세월이 지난 지금에야 그 일이 떠올랐냐고 삼촌이 물었을 때 나는 그 일을 늘 마음 한구석에 품고 있었다고 말했다. 다만 그냥 대체로 무시하고 지냈다고. 하지만 삼촌 말대로 그 일은 떠오른 게 맞다. 내 생각에 때로 우리는 어떤 문제에 대해 대답을 아예 안 하느니 나쁜 대답을 해버리는 것 같다. 내가 그 이야기를 꺼냈을 때 그것은 내가 예측하지 못했던 모양새를 띠었으므로 그런 면에서도 삼촌 말은 맞았던 셈이다. 그것은 한때 어느 야구선수가 내게 말해주었듯이 작은 부상을 입어서 살짝 신경이 쓰이고 성가시면 보통 더 나은 경기를 하게 되는 경우와 마찬가지였다. 부상은 그가 백 가지 대신 한 가지

일에 집중할 수 있게 해주었다. 충분히 이해가 가는 일이다. 그런다고 뭐가 바뀐다는 말은 아니지만.

만일 내가 아는 가장 엄격한 방식대로 삶을 살아간다면 나를 그런 식으로 갉아먹는 일을 또다시 겪지는 않을 거라고 생각했었다. 나는 그때 내가 스물한 살이었고, 특히 실수로부터 배우는 게 있어서 그로 인해 내가 생각했던 종류의 사람이 될 수만 있다면 한 번쯤 실수할 권리는 있다고 말했다. 글쎄, 완전히 잘못된 생각이었다. 이제 나는 관둘 생각이고 그것의 가장 큰 의미는 더이상 그 사람을 쫓을 일이 없다는 것이다. 그도 사람이긴 하겠지. 그러니 나는 하나도 변하지 않았다고 할 수 있고 그 문제에 대해 논쟁하고 싶은 마음도 없다. 삼십육 년의 세월. 그런 사실을 아는 것은 고통스러운 일이다.

삼촌은 이런 말도 했다. 하느님이 자기 인생에 찾아오기를 팔십여 년 동안 기다려온 남자를 생각해보라고, 어쨌든 그분이 오실 거라고 생각하는 남자를. 그런 사람은 만일 하느님이 오시지 않더라도 다 깊은 뜻이 있어서 그러는 거라고 생각해야만 한다고. 그렇지 않으면 하느님을 달리 어떻게 설명할 수 있겠나. 결국 도달한 결론은 하느님이 말을 걸어준 사람들은 그 일을 가장 간절히 바랐던 자들이라는 것이다. 그것은 쉽게 받아들일 수 있는 일이 아니다. 특히 로레타 같은 사람의 경우에는. 하지만 결국 우리는 모두 망원경을 거꾸로 든 채 세상을 바라보고 있는지도 모르겠다. 늘 그랬던 건지도.

캐럴린 할머니가 해럴드 삼촌에게 보낸 편지들. 할머니가 그 편지들을 가지고 있었던 이유는 삼촌이 그것들을 간직하고 있었기 때문이다. 할머니는 삼촌을 키워주었고 삼촌에게는 어머니나 다름없었다. 그 편지들은 모서리가 접히고 찢어졌으며 흙과 알 수 없는 것들이 잔뜩 묻어 있었다. 그 편지들에 얽힌 사연. 그중 일단 한 가지 확실한 것은 그들이 그저 시골 사람이었다는 것이다. 삼촌은 텍사스주는 고사하고 아이리언 카운티 밖으로 나가본 적도 없었을 것이다. 하지만 그 편지들과 관련해서 분명히 말할 수 있는 것은 삼촌이 돌아왔을 때 도래해 있길 할머니가 바랐던 세상은 결코 도래하지 않으리라는 사실이다. 지금은 그것이 명백해 보인다. 육십여 년이 흘렀으니. 하지만 두 사람은 그것을 전혀 알지 못했다. 그것이 좋든 싫든 바꿀 수 있는 것은 하나도 없다. 나는 내 부관들에게 고칠 수 있는 것은 고치되 나머지는 그냥 놓아두라고 몇 번이고 말했다. 아무 조치도 취할 수 없는 문제는 문제라고 할 수도 없다. 그것은 그저 짜증나는 일일 뿐이다. 그리고 사실 나는 시끄러운 바깥세상에 대해 해럴드 삼촌만큼이나 아는 게 없다.

물론 삼촌은 결국 집에 돌아오지 못했다. 그 편지들에는 할머니가 그럴 가능성을 염두에 두었다는 사실을 암시하는 내용이 전혀 없었다.

글쎄, 할머니는 당연히 그럴 가능성을 염두에 두었을 것이다. 단지 삼촌에게 그런 말을 한마디도 하지 않았을 뿐.

나는 물론 그 훈장을 아직도 가지고 있다. 훈장은 리본이 달린 고급 보라색 상자에 담겨 있었다. 그것은 오랫동안 내 사무용 책상 안에 있었는데 어느 날 나는 그것을 꺼내서 다시는 쳐다볼 일이 없게 거실 탁자의 서랍 안에 집어넣었다. 그후로 다시 본 일은 없지만 그래도 그것은 아직 거기 있다. 해럴드 삼촌은 훈장을 받지 못했다. 삼촌은 그저 나무상자에 담겨 집으로 돌아왔을 뿐이다. 제1차세계대전 때는 전사자의 어머니에게 훈장을 수여하지 않았던 것 같지만 만일 그랬더라도 캐럴린 할머니는 훈장을 받지 못했을 텐데, 왜냐하면 삼촌은 할머니의 친아들이 아니었기 때문이다. 하지만 할머니는 훈장을 받았어야 했다. 할머니는 전상자 연금도 받지 못했다.

그래서. 나는 다시 한번 그곳을 찾아갔다. 그 땅 위를 거닐었는데 그곳에서 무슨 일이 벌어졌다는 흔적은 거의 찾아볼 수 없었다. 탄피 한두 개를 주웠다. 그게 다였다. 오랫동안 거기 서서 생각에 잠겼다. 겨울에 가끔 찾아오는 그런 포근한 날 중 하루였다. 가벼운 바람. 나는 어쩌면 이 나라가 문제인지도 모르겠다는 생각을 아직도 하고 있다. 엘리스 삼촌이 말했던 것과 비슷하게. 내 가족과 그 낡은 집에서 휠체어를 타고 있는 삼촌에 대해 생각해보았는데 아무래도 이 나라는 기이한 역사를, 저주받은 피비린내 나는 역사를 지닌 것 같다는 생각이 든다. 어디를 봐도 그렇다. 한 걸음 물러서서 그들처럼 그런 생각에 대해 미소를 지어 보일 수도 있겠지만 그래도 아직 그 생각은 사라지지 않는다. 나는 내가 생각하는 방식에 대해 변명하지 않는다. 더이상은. 나는 딸과 대화한다. 살아 있다면 이제 서른 살이 되었을 것이다. 괜찮다. 이 말이 어떻게 들리든 상관없었다. 딸과 대화하는 것을 좋아한다. 미신이라고 부르든 뭐라고 부르든 내 알 바 아니다. 나는 내가 늘 받기를 원했던 마음을 딸에게 여러 해 동안 쏟았고 그것은 괜찮은 일이었다. 그게 내가 딸의 말을 듣는 이유다. 나는 딸에게서 늘 최고의 말을 들을 수 있다는 것을 안다. 그 말은 나 자신의 무지나 비열함과 뒤섞이지 않는다. 이 말이 어떻게 들릴지 알지만 그래도 상관없다고 말해야 할 것 같다. 나는 아내에게도 이 사실을 말해준 적이 없는데, 나와 아내는 서로 비밀이 별로 없는데도 그렇다. 아내가 나더러 미쳤다고 하지는 않겠지만 어떤 이들은 그럴지도 모르겠다. 에드 톰? 그래, 정신병 때문에 그에게 영장을 발부해야만 했다더군. 듣자 하니 문 아래로 밥을 넣어준대. 그래도 괜찮다. 나는 딸이 하는 말에 귀를 기울이고 그 말은 앞뒤가 아주 잘 맞는다. 딸이 더 많은 말을 해줬으면 좋겠다. 나는 최대한의 도움이 필요하니까. 자, 그럼 이 정도로 해두자.

그가 집으로 들어갔을 때 전화벨이 울리고 있었다. 보안관 벨입니다, 그가 말했다. 그는 찬장 쪽으로 가서 수화기를 집어들었다. 보안관 벨입니다, 그가 말했다.

보안관님, 저는 오데사 경찰서의 쿡 형사라고 합니다.

네, 형사님.

보고서 하나가 들어왔는데 거기에 보안관님 이름이 적혀 있어서요. 지난 3월에 이곳에서 살해된 칼라 진 모스라는 여자와 관련된 보고서입니다.

네, 형사님. 전화 주셔서 감사합니다.

FBI 탄도 데이터베이스에서 살인 무기를 찾아내 추적해보니 이곳 미들랜드의 한 소년이 가지고 있던 것이었습니다. 소년은 사고 현장의 트럭에서 그 총을 주웠다고 합니다. 그냥 보이길래 가져왔다고요. 아마 맞을 겁니다. 제가 소년과 이야기를 나누어봤거든요. 소년은 총을 팔았고 그 총은 루이지애나주 슈리브포트의 편의점 강도사건에서 다시 등장했습니다. 그런데 소년이 총을 주운 곳에서 있었던 사고와 그 여자의 살인사건은 같은 날에 벌어졌습니다. 그 총을 소유했던 남자는 총을 트럭에 두고 사라진 이후로 종적을 감추었고요. 그러니 이게 어떤 상황인지 아시겠지요. 이곳에는 미제 살인사건이 그리 많지 않고 저희는 그것을 별로 좋아하지 않습니다. 왜 이 사건에 관심을 가지셨던 건지 여쭤봐도 괜찮을까요, 보안관님?

벨은 그에게 이야기를 했다. 쿡은 가만히 들었다. 그러고는 벨에게 전화번호를 하나 알려주었다. 이 사건 수사관의 번호입니다. 로저 캐트런이라는 친구죠. 제가 그에게 먼저 전화해두겠습니다. 그가 보안관님께 전화 드릴 거예요.

괜찮습니다, 벨이 말했다. 제가 전화하도록 하죠. 오래 알고 지낸 사이거든요.

그는 그 번호로 전화를 걸었고 캐트런이 받았다.

어떻게 지냈나, 에드 톰.

딱히 자랑할 일은 없군.

무슨 일인가.

벨은 그에게 사고에 대해 말했다. 그래, 캐트런이 말했다. 똑똑히 기억하지. 그 사고로 두 소년이 죽었어. 다른 차의 운전자는 아직 찾지 못했네.

어찌된 일인가?

개들은 마리화나를 피우고 있었어. 정지신호를 무시하고 달리다가 신형 닷지 픽업트럭의 측면을 들이받았지. 완전히 박살을 내버렸어. 픽업트럭에 타고 있던 남자는 차에서 기어나와서 사라져버렸다네. 우리가 거기 도착하기 전에. 트럭은 멕시코에서 구입한 것이었어. 불법차량이었지. 환경보호국 인증서 같은 것도 없었어. 등록 번호도 없었고.

다른 차는 어땠나.

남자애들 셋이 타고 있었지. 나이는 열아홉이나 스무 살 정도. 모두 멕시코인이었어. 유일한 생존자는 뒷좌석에 탄 소년이었지. 보아하니 마리화나를 돌려 피우며 교차로를 시속 육십 마일로 지나다가 남자가 타고 있던 트럭의 측면을 박아버린 모양이야. 조수석에 타고 있던 소년은 앞유리를 머리부터 뚫고 나와 거리를 날아간 다음 어느 여자네 집 현관에 떨어졌지. 여자는 밖에서 우편함에 우편물을 넣고 있었고 소년은 여자를 아슬아슬하게 피해갔어. 여자는 실내복 차림에 헤어롤을 만 채 거리에 쓰러져 그저 고함만 질러댔지. 아직도 제정신이 아닌 것 같아.

총을 가져간 소년은 어떻게 했나?

풀어줬지.

거기 가면 그 소년이랑 이야기를 해볼 수 있을까?

가능할 거야. 지금 화면으로 그 소년의 정보를 확인하고 있네.

이름이 뭔가?

데이비드 더마코.

멕시코인인가?

아니야. 차에 탄 애들은 그랬지. 이 녀석은 아니야.

그 녀석이 나랑 이야기를 할까?

일단 시도해보는 수밖에.

아침에 그리로 가겠네.

기다리고 있겠네.

캐트런은 소년에게 전화해 카페로 나오라고 말했는데 카페로 들어오는 소년을 보니 별로 걱정스러워하는 기색이 아니었다. 소년은 칸막이 좌석에 들어와 앉아 한쪽 발을 자리에 올린 채 잇새로 스읍 하는 소리를 내며 벨을 쳐다보았다.

커피 좀 마시겠니?

네. 그러죠.

벨은 손가락을 치켜들었고 웨이트리스가 와서 주문을 받았다. 그는 소년을 쳐다보았다.

내가 묻고 싶었던 것은 사고 현장에서 사라진 남자에 대한 거야. 그 남자에 대해 뭔가 생각나는 게 있는지 궁금하구나. 기억나는 게 있다면 뭐든.

소년은 고개를 저었다. 아뇨, 그가 말했다. 그러고는 카페 안을 둘러보았다.

그자가 얼마나 심하게 다쳤지?

몰라요. 보니까 팔이 부러진 것 같던데요.

또.

머리에 상처가 나 있었어요. 얼마나 심하게 다쳤는지는 저도 모르겠어요. 걸을 수는 있던데요.

벨이 소년을 쳐다보았다. 그자가 몇 살쯤 돼 보이던?

아니, 보안관님. 저도 몰라요. 완전 피투성이였거든요.

보고서에 따르면 너는 그자가 삼십대 후반인 것 같다고 말했어.

네. 대충요.

그때 누구랑 같이 있었니.

네?

누구랑 같이 있었냐고.

아무도 없었어요.

보고서에 따르면 신고한 이웃은 두 명을 봤다고 말했어.

뭐, 그냥 되는대로 지껄인 거겠죠.

그래? 오늘 아침에 만나서 이야기를 나눠봤는데 전혀 되는대로 지껄이는 사람 같아 보이진 않던데.

웨이트리스가 커피를 가져왔다. 더마코는 자기 커피에 설탕을 거의 사분의 일 컵을 넣고 저었다.

그 남자는 그 사고가 나기 직전에 거기서 두 블록 떨어진 곳에서 어떤 여자를 죽였어.

네. 그때는 그런 줄 몰랐어요.

그자가 사람을 몇 명이나 죽인 줄 아니?

그 남자에 대해서는 아무것도 몰라요.

키는 어느 정도였지?

그렇게 크진 않았어요. 중간 키 정도.

부츠를 신고 있던가.

네. 부츠를 신고 있었던 것 같아요.

어떤 부츠였지.

아마 타조 가죽 부츠였던 것 같아요.

비싼 부츠로군.

네.

출혈이 얼마나 심했지?

모르겠어요. 피를 흘리긴 했죠. 머리에 상처가 있었어요.

그자가 뭐라고 말하던?

아무 말도 안 했어요.

너는 뭐라고 했는데?

아무 말도 안 했어요. 그냥 괜찮냐고 물어봤죠.

그자가 죽었을 수도 있다고 생각하니?

모르겠어요.

벨이 의자에 등을 기댔다. 그리고 테이블 위에 있는 소금통을 반쯤 돌렸다. 그러고는 다시 원위치로 돌려놓았다.

누구랑 같이 있었는지 말해봐.

아무도 없었다니까요.

벨은 소년을 유심히 쳐다보았다. 소년은 잇새로 스읍 하는 소리를 냈다. 그러고는 머그잔을 들어 커피를 한 모금 마시고는 잔을 다시 내려놓았다.

나를 도와줄 생각이 없구나, 그렇지?

제가 아는 건 모두 말씀드렸어요. 보고서 보셨잖아요. 제가 아는 건 그게 전부예요.

벨은 앉아서 그를 가만히 쳐다보았다. 그러고는 일어나서 모자를 쓰고 그곳을 떠났다.

이튿날 아침 그는 고등학교로 가서 데마코의 선생님으로부터 이름 몇 개를 알아냈다. 그가 가장 먼저 이야기한 소년은 벨이 자신을 어떻게 찾았는지 알고 싶어했다. 덩치가 큰 그 소년은 손깍지를 낀 채 앉아서 자신의 테니스화를 내려다보았다. 14 사이즈 정도의 신발이었고 신발코에 자주색 잉크로 각각 '왼쪽'과 '오른쪽'이라고 쓰여 있었다.

너희는 내게 뭔가를 숨기고 있어.

소년은 고개를 저었다.

그자가 너희를 협박하던?

아뇨.

어떻게 생겼지? 멕시코인이었나?

아닐걸요. 피부색이 약간 어두울 뿐이었어요.

그자가 무서웠니?

보안관님이 나타나시기 전까지는 안 그랬죠. 아니, 보안관님, 그 망할 물건을 가져가지 말았어야 했다는 건 저도 알았어요. 정말 멍청한 짓이었죠. 지금 이 자리에서 그게 데이비드의 생각이었다고는 말하지 않겠어요. 설령 그게 사실이라고 해도요. 저도 이제 다 컸으니까요.

그래, 그렇지.

그냥 다 좀 이상했어요. 차에 있던 그 남자애들은 죽어 있었고요. 제가 이 일로 문제에 휘말리게 되는 건가요?

그자가 너한테 또 뭐라고 말했니.

소년은 구내식당 안을 둘러보았다. 거의 눈물을 터뜨릴 것 같은 표정이었다. 다시 그 일을 겪게 된다면 이번에는 다르게 행동할 거예요. 정말로요.

그자가 뭐라고 했니.

우리는 자기 얼굴을 모르는 거라고 했어요. 그러고는 데이비드한테 백 달러를 줬어요.

백 달러.

네. 데이비드가 그 사람한테 자기 셔츠를 줬거든요. 팔걸이를 만들 수 있게요.

벨이 고개를 끄덕였다. 알겠다. 어떻게 생긴 사람이었니.

중간 키였어요. 보통 체격이었고요. 몸이 좋아 보였어요. 나이는 삼십대 중반쯤. 머리는 짙은 색. 짙은 갈색이었던 것 같아요. 모르겠어요, 보안관님. 그냥 보통 사람 같았어요.

보통 사람 같았다라.

소년은 자기 신발을 쳐다보았다. 그러고는 고개를 들어 벨을 쳐다보았다. 평범하게 보이진 않았어요. 다만 그리 특이한 인상은 아니었다는 말이죠. 하지만 함부로 건드릴 수 있는 만만한 사람으로 보이진 않았어요. 그 사람이 뭐라고 말하면 잠자코 들을 수밖에 없었죠. 팔의 피부 밖으로 뼈가 튀어나와 있었는데도 전혀 신경쓰지 않더라고요.

알겠다.

제가 이 일로 문제에 휘말리게 되는 건가요?

아니다.

감사합니다.

살면서 벌어지는 일들이 우리를 어디로 데려갈지는 아무도 모르는 법이지, 안 그러니?

네, 그렇죠. 저는 이 일에서 뭔가 배운 게 있는 것 같아요. 보안관님께 도움이 되는 말인지는 모르겠지만요.

 도움이 되지. 더마코도 뭔가 배운 게 있을 거라고 생각하니?

 소년은 고개를 저었다. 저야 모르죠. 그가 말했다. 제가 데이비드를 대신해서 말할 수는 없으니까요.

XI

 나는 몰리에게 그의 친척들을 찾아보라고 지시했고 마침내 우리는 샌새바에 살고 있는 그의 아버지를 찾아냈다. 금요일 저녁에 그곳으로 출발했는데 떠나면서 아무래도 또 멍청한 짓을 하고 있다는 생각이 들었지만 그럼에도 그냥 출발했던 기억이 난다. 그와는 이미 전화로 이야기한 후였다. 특별히 나를 보고 싶다거나 보고 싶지 않다거나 하는 느낌은 없었지만 어쨌든 그는 나더러 오라고 했고 그래서 나는 갔다. 도착해서 모텔에서 체크인하고 이튿날 아침에 차를 몰고 그의 집으로 갔다.
 그의 부인은 몇 년 전에 세상을 떠났다. 우리는 현관에 앉아서 아이스티를 마셨고 내가 아무 말도 안 했더라면 아마 계속 그렇게 앉아만 있었을 것이다. 그는 나보다 나이가 조금 많았다. 아마 열 살 정도. 나는 그에게 하려고 했던 말을 했다. 그의 아들에 대해. 사실을 말해주었다. 그는 그냥 거기 앉아서 고개만 끄덕였다. 흔들의자에 앉아 유리잔을 무릎에 놓고 그저 몸을 앞뒤로 조금 흔들기만 할 뿐이었다. 나는 달리 더 할 말이 없어 그냥 입을 다물었고 우리는 한동안 그렇게 앉아 있었다. 그러다가 그가 입을 열었는데 나를 쳐다보지도 않고 그저 마당 너머를 내다보며 이렇게 말했다. 녀석은 내가 아는 최고의 명사수였소. 단연코 최고였지. 나는 무슨 말을 해야 좋을지 몰랐다. 나는 이렇게 말했다. 네, 그렇군요.

녀석은 베트남에서 저격수로 활약했소.

나는 몰랐다고 대답했다.

마약 거래를 하진 않았을 거야.

네. 그렇진 않았습니다.

그는 고개를 끄덕였다. 그렇게 키우지 않았거든. 그가 말했다.

네.

당신도 참전했소?

네, 그랬죠. 유럽 전장에 있었습니다.

그는 고개를 끄덕였다. 루엘린은 귀국 후에 돌아오지 못한 전우들의 몇몇 가족을 방문했었지. 그러다가 그러길 그만두었소. 그들에게 뭐라고 말해야 좋을지 몰랐던 거지. 그들이 거기 앉아서 자기를 쳐다보며 자기가 죽었기를 바라는 것 같았다고 하더군. 얼굴을 보면 알 수 있다고 했소. 그러니까 그들이 사랑하던 가족 대신 말이오.

네. 이해가 됩니다.

나도 그렇소. 하지만 그것과는 별개로 그들은 모두 그곳에서 그냥 거기에 두고 오는 편이 나았을 법한 일을 했지. 그동안 우리에게 그런 전쟁은 없었소. 있어도 아주 적었거나. 아들 녀석은 히피 한두 명을 두들겨팬 적이 있소. 아들에게 침을 뱉었거든. 아들을 '유아 살인마'라고 부르면서. 살아 돌아온 많은 젊은이들은 여전히 문제를 안고 있소. 나는 그게 나라가 그들의 편이 되어주지 않아서 그런 거라고 생각했었지. 하지만 지금 생각해보면 문제는 그보다 더 심각한 것 같소. 이 나라는 갈가리 찢겨 있었소. 지금도 그렇고. 그건 히피들의 잘못이 아니었어. 그곳에 파병된 젊은이들의 잘못도 아니었소. 고작 열여덟, 열아홉에 불과했으니까.

그는 고개를 돌려 나를 쳐다보았다. 그러자 그가 훨씬 더 나이들어 보인다는 생각이 들었다. 나이들어 보이는 눈이었다. 그는 말했다. 사람들은 베트남이 이 나라를 굴복시켰다고 말하곤 하지. 하지만 나는 그말을 믿은 적이 없소. 이 나라는 이미 상태가 안 좋았거든. 베트남은 그저 이미 쓰러지기 직전의 상대를 쓰러뜨렸을 뿐이야. 우리는 그곳을 점령하러 젊은이들을 보내면서 그들에게 줄 게 아무것도 없었소. 만일 총 없이 보냈다 해도 그보다 더 나쁠 수 있었을까. 그렇게 전쟁에 나갈 수는 없는 법이오. 하느님도 없이 전쟁에 나갈 수는 없는 법이오. 다음 전쟁이 일어나면 무슨 일이 벌어질지 모르겠군. 정말로 모르겠소.

그리고 우리가 나눈 대화는 대충 그 정도가 전부였다. 나는 그에게 시간을 내줘서 감사하다고 말했다. 다음날은 내가 근무하는 마지막날이었고 생각해야 할 일들이 많았다. 나는 시골길을 따라 10번 주간 고속도로로 돌아갔다. 체로키까지 가서 501번 도로를 탔다. 나는 상황을 객관적으로 보려고 애썼지만 때로 우리는 상황과 너무 가까이 붙어 있다. 자신이 정말 누구인지 아는 것은 평생이 걸리는 일인데 그러고도 틀리는 수가 있다. 그런데 나는 그것만은 틀리고 싶지 않다. 내가 왜 보안관이 되길 바랐는지 생각해봤다. 나에게는 늘 책임자가 되고 싶은 마음이 있었다. 거의 그러기를 고집하는 마음이. 사람들이 내 말에 귀를 기울이길 바랐다. 하지만 나에게는 그저 모두를 다시 방주에 태우고 싶은 마음도 있었다. 만일 내가 갈고닦으려 애써온 무언가가 있다면 바로 그것이리라. 나는 우리가 모두 다가올 일에 준비가 되어 있지 않다고 생각하고 그것이 어떤 형태로 다가올지는 중요하지 않다. 그리고 무엇이 오든 그 방주는 우리를 지탱해줄 작은 힘을 지닐 것이다. 내가 이야기를 나누는 노인들에게 우리 텍사스 거리에 머리를 녹색으로 물들이고 코에 피어싱을 한 채 이해할 수 없는 말을 해대는 사람들이 나타날 거라고 말하면 그들은 그 말을 죽어도 믿지 않을 것이다. 하지만 그 노인들에게 그들이 당신들의 손주라고 말하면 어떻게 될까? 글쎄, 그 모든 것은 표징과 기적*이지만 그렇다고 해서 그것이 어쩌다 이런 상황이 되었는지를 말해주지는 않는다. 그리고 앞으로 어떤 상황이 될지를 말해주는 것도 아니다. 나는 마음속으로 늘 적어도 어떤 식으로든 잘못을 바로잡을 수 있지 않을까 생각했지만 더는 그렇게 느끼지 않는 것 같다. 내가 어떻게 느끼는지도 모르겠다. 나는 내가 방금 이야기한 노인들처럼 느낀다. 그리고 그렇다고 해서 기분이 나아지는 것은 아니다. 나는 예전만큼 강하게 믿지 않는 무언가를 옹호하라는 요구를 받고 있다. 예전과는 그에 대한 나의 입장이 달라진 무언가를 믿으라

---

* signs and wonders. 『구약성서』「탈출기」 7장 3절에서 비롯된 표현.

는 요구를 받고 있다. 바로 그게 문제다. 나는 그러려고 했음에도 실패했다. 이제 나는 그것을 명확히 보고 있다. 많은 신봉자들이 떠나가는 것을 보았다. 나는 어쩔 수 없이 그것을 다시 바라보았고 어쩔 수 없이 나 자신도 바라보았다. 그게 좋은 건지 나쁜 건지는 모르겠다. 나는 이제 누군가에게 나와 운명을 함께하자고 조언하고 싶은지도 잘 모르겠는데, 예전에는 그런 종류의 의심은 가진 적이 없었다. 만일 내가 세상 물정에 좀더 밝았더라면 대가가 따랐을 것이다. 그것도 꽤 비싼 대가가. 로레타에게 그만두겠다고 말했을 때 처음에 그녀는 내 말을 곧이곧대로 받아들이지 않았지만 나는 그녀에게 진심이라고 말했다. 이 카운티 사람들이 나를 뽑는 대신 좀더 지각 있게 행동하길 바란다고 말했다. 그들의 돈을 받는 게 바람직하지 않다는 느낌이 든다고 말했다. 로레타는 진심이 아니지 않냐고 말했고 나는 전부 진심이라고 말했다. 우리는 이 일을 하면서 육천 달러의 빚을 지기도 했는데 그 문제를 어떻게 해결해야 좋을지도 모르겠다. 우리는 한동안 그렇게 그냥 앉아 있었다. 나는 그 말이 그녀를 그렇게 당황하게 할 줄 몰랐다. 마침내 내가 말했다. 로레타, 더는 못하겠어. 그러자 그녀가 미소를 짓고는 말했다. 이기고 있는데도 관두겠다고? 나는 말했다. 그래, 그냥 관둘래. 나는 조금도 이기고 있지 않아. 앞으로도 계속 그럴 테고.

하나만 더 이야기하고 입을 다물련다. 나는 그 사건이 차라리 알려지지 않았으면 했지만 결국 신문에 실렸다. 나는 오조나로 가서 그곳 지방 검사와 이야기를 나누었는데 그들은 내가 원하면 그 멕시코인의 변호사와 이야기를 나눌 수 있고 어쩌면 법정에서 증언할 수도 있지만 해줄 수 있는 건 그게 다라고 했다. 자신들은 아무것도 하지 않겠다는 뜻이었다. 그래서 나는 그렇게 했지만 결국 헛수고였고 그 남자는 사형을 선고받았다. 그래서 나는 그를 보러 헌츠빌로 갔고 거기서 일어난 일은 다음과 같다. 나는 안으로 들어가서 자리에 앉았고 법정에서 나를 보았으므로 당연히 내가 누구인지 알고 있던 그는 이렇게 말했다. 날 위해 뭘 가져왔나? 그래서 내가 아무것도 안 가져왔다고 말하자 그는 내가 분명 무언가를 가져올 줄 알았다고 말했다. 사탕이나 뭐 그런 것을. 내가 자기한테 반한 줄 알았다고 말했다. 내가 간수를 쳐다보자 간수는 시선을 돌렸다. 나는 그 남자를 쳐다보았다. 멕시코인, 나이는 아마 서른다섯이나 마흔 살쯤. 영어를 잘했다. 나는 그에게 모욕이나 당하자고 여기까지 온 게 아니고 다만 그를 위해 최선을 다했으며 그가 범인이 아니라고 생각하기에 유감이라고 말했는데 그러자 그가 고개를 뒤로 젖히고 웃음을 터뜨리더니 이렇게 말했다. 당신 같은 사람을 대체 어디서 데려온 거지? 혹시 아직도 기저귀를 차고 있는 거 아니야? 나는 그 개자식의 양미간에 총을 쏘고 녀석의 머리끄덩이를 잡아끌어 다시 차에 태우고는 그 차에 불을 질러 녀석을 활활 태워버렸다니까.

글쎄. 이런 사람들은 사람의 마음을 꽤 잘 읽는다. 설령 내가 녀석의 입을 후려쳤어도 그 간수는 한마디도 하지 않았을 것이다. 그리고 그도 그렇다는 걸 알고 있었다. 분명 알고 있었다.

나는 그 지방 검사가 그곳에서 나오는 것을 보았고 서로 이야기를 나눌 만큼은 아는 사이였기에 우리는 서서 잡담을 좀 나누었다. 나는 그에게 무슨 일이 있었는지 말하지 않았지만 그는 내가 그 멕시코인을 도와주려 했다는 것을 알았고 이런저런 사실을 종합해서 추측을 했을 것이다. 나도 모르겠다. 그는 그 멕시코인과 관련해서는 아무것도 묻지 않았다. 내가 거기서 무엇을 하고 있는지 묻지 않았다. 질문이 많지 않은 사람은 두 부류로 나뉜다. 너무 멍청한 부류와 질문이 필요 없는 부류. 내가 그를 어느 부류로 여기는지는 추측에 맡기겠다. 그는 자신의 서류 가방을 들고 그냥 그곳 복도에 서 있었다. 자신에게는 남는 게 시간뿐이라는 듯이. 그는 법대를 졸업한 후 한동안 피고측 변호사로 일했다고 했다. 그 일로 삶이 너무 복잡해졌다고 말했다. 그는 매일 당연하다는 듯이 거짓말을 들으며 나머지 삶을 보내고 싶어하지 않았다. 나는 언젠가 어느 변호사로부터 법대에서는 옳고 그름에 대해 걱정하지 않고 다만 법만 따르도록 가르친다고 들었다고 말하고는 그게 맞는지 잘 모르겠다고 했다. 그는 그 문제에 대해 생각하더니 고개를 끄덕이고는 그 변호사의 말에 대체로 동의한다고 말했다. 그리고 만일 우리가 법을 따르지 않으면 옳고 그름도 우리를 지켜주지 못할 거라고 말했다. 그 말이 무슨 뜻인지는 나도 알 것 같다. 하지만 그렇다고 해서 내 생각이 바뀌는 것은 아니다. 마침내 나는 그에게 맘몬*이 누구인지 아느냐고 물었다.

그러자 그가 말했다. 맘몬이요?

네. 맘몬.

하느님과 맘몬이라고 할 때의 그 맘몬이요?

네.

글쎄요, 그가 말했다, 잘 모르겠군요. 성경에 나온다는 건 압니다.

---

* '부'나 '재물'을 뜻하는 말로, 성경에 등장하는 악한 탐욕의 신이다.

악마인가요?

저도 모릅니다. 한번 찾아봐야겠군요. 녀석이 누구인지 알아야겠다는 느낌이 들어요.

그는 살짝 미소를 짓고는 이렇게 말했다. 마치 녀석이 보안관님 집의 빈 침실을 차지할 준비를 하고 있다는 듯이 말씀하시네요.

글쎄요, 내가 말했다. 그것도 걱정거리 중 하나겠죠. 어쨌든 저는 녀석의 습성에 익숙해질 필요가 있다는 느낌이 듭니다.

그가 고개를 끄덕였다. 미소 비슷한 표정을 띠고. 그러고는 내게 질문을 던졌다. 그는 말했다. 주 경찰관을 죽이고 차에 태워 불을 질렀다고 생각하시는 그 수수께끼의 인물. 그자에 대해 아는 게 있으신가요?

아무것도 모릅니다. 알았으면 좋겠군요. 아니면 그랬으면 좋겠다고 생각만 하고 있거나.

네.

그자는 거의 유령이나 다름없습니다.

유령이나 마찬가지라는 말인가요, 진짜 유령이라는 말인가요?

아니요. 그자는 실제로 존재합니다. 존재하지 않는다면 좋겠어요. 하지만 존재합니다.

그는 고개를 끄덕였다. 만일 그자가 유령이라면 걱정할 필요가 없었겠죠.

나는 동감이라고 대답했지만 그후로도 그 문제에 대해 좀더 생각해봤는데, 세상에서 어떤 것과, 어떤 것의 증거와 마주치게 되었을 때 우리는 자신이 결코 감당할 수 없는 무엇과 맞닥뜨렸다는 사실을 깨닫게 되는 경우가 있고 이번 일도 그중 하나라고 생각한다는 게 그의 질문에 대한 대답이 될 수 있을 것 같다. 그것이 그저 상상이 아니라 실재하는 존재라고 우리가 말했을 때, 나는 그게 무슨 뜻인지 전혀 확신하지 못하겠다.

 로레타는 한마디밖에 하지 않았다. 그녀는 그것이 나의 잘못이 아니라는 취지의 말을 했고 나는 나의 잘못이라고 말했다. 그리고 나는 그 문제에 대해서도 생각해보았다. 나는 그녀에게 만일 누군가가 마당에 정말로 사나운 개를 키우면 사람들이 피해갈 거라고 말했다. 그런데 이 경우에 사람들은 그러지 않았다.

그가 집에 돌아왔을 때 그녀는 없었지만 그녀의 차는 있었다. 그는 밖으로 나가서 헛간으로 갔는데 그녀의 말이 보이지 않았다. 그는 다시 집으로 돌아가기 시작했지만 그러다가 걸음을 멈추고 어쩌면 그녀가 다쳤을지도 모른다는 생각에 마구실에서 안장을 꺼내들고 마구간으로 가서 휘파람으로 자기 말을 부르고는 헛간 끝의 마구간 문 위로 귀를 씰룩거리며 튀어나오는 녀석의 머리를 보았다.

그는 한 손에 고삐를 쥔 채 말을 쓰다듬으며 앞으로 나아갔다. 그리고 가면서 말에게 말했다. 밖으로 나오니 기분이 좋구나, 안 그러니. 너는 그 둘이 어디로 갔는지 아니? 괜찮아. 걱정할 것 없어. 우리가 찾을 테니까.

사십 분 후에 그녀를 발견한 그는 말을 세우고 가만히 앉아 지켜보왔다. 그녀는 안장 머리에 양손을 얹은 채 말을 타고 붉은 산등성이를 따라 남쪽으로 향하며 저무는 태양을 바라보고 있었고, 말은 고요한 공중에 붉은 흙먼지를 날리며 푸석푸석한 모래흙을 천천히 걸어가고 있었다. 저기 내 사랑이 있구나, 그가 말에게 말했다. 언제나 내 사랑이었지.

두 사람은 함께 워너네 우물가로 가서 말에서 내려 미루나무 아래에 앉았고 그동안 말들은 풀을 뜯었다. 비둘기들이 물탱크 쪽으로 날아들고 있었다. 올해도 다 갔군. 저 녀석들을 볼 날도 얼마 남지 않았어.

그녀는 미소를 지었다. 올해도 다 갔네, 그녀가 말했다.

당신은 그러고 싶지 않지.

여길 떠나는 거?

여길 떠나는 거.

난 괜찮아.

하지만 나 때문에 떠나는 거잖아, 안 그래?

그녀는 미소를 지었다. 글쎄, 그녀가 말했다, 어느 정도 나이가 들고 나면 좋은 변화라는 것은 사실상 없는 것 같아.

그러면 곤란한데.

괜찮을 거야. 저녁식사 시간에 당신이 집에 있는 건 좋을 것 같아.

집에 있는 건 언제든 좋지.

아버지가 은퇴하셨을 때 어머니가 아버지에게 이렇게 말씀하셨던 기억이 나. 기쁠 때나 슬플 때나 함께하겠다는 말은 했지만 당신 점심을 차려주겠다는 말은 안 했어.

벨은 미소를 지었다. 지금은 분명 장모님도 장인어른이 집에 돌아왔으면 하고 바라실 거야.

내 생각도 그래. 그 문제에 대해서는 나 역시 같은 마음이고.

내가 괜한 말을 했군.

당신은 잘못 말한 거 없어.

당신이야 늘 그렇게 말하니까.

그게 내 일인걸.

벨은 미소를 지었다. 당신은 내가 잘못을 저질러도 말해주지 않을 거야?

응.

만일 당신이 그래주길 내가 바란다면?

어렵겠는데.

그는 작은 얼룩무늬 사막 비둘기들이 흐릿한 장밋빛 속에서 먹이를 향해 활강하는 것을 보았다. 정말이야? 그가 말했다.

아마도. 절대로 안 하겠다는 건 아니지만.

그게 좋은 생각일까?

글쎄, 그녀가 말했다. 무슨 문제가 됐든 당신은 내 도움 없이 해결해 낼 수 있을 거야. 그리고 우리가 방금 의견을 달리한 문제에 관해서라면 어쨌든 나는 괜찮을 거라고 생각해.

나는 괜찮지 못하겠지만.

그녀는 미소를 짓고는 손을 그의 손에 올렸다. 기운 내, 그녀가 말했다. 여기 나와 있으니 좋다.

그렇네. 정말 그래.

XII

 잠에서 깨자마자 로레타를 깨울 것이다. 그러면 그녀는 거기 누운 채 내 이름을 부르리라. 내가 거기 있는지 확인이라도 하려는 듯이. 때로 나는 부엌에 가서 그녀가 마실 진저에일을 가져올 테고 우리는 어둠 속에 가만히 앉아 있을 것이다. 나는 그녀를 안심시켜주고 싶다. 내가 본 세상은 나를 영적인 사람으로 만들지 않았다. 그녀와는 다르게. 그녀도 나를 걱정한다. 그렇다는 게 눈에 보인다. 아마도 내가 더 나이가 많고 그녀가 무언가를 배울 수 있는 대상이며 실제로 많은 면에서 그래왔기 때문에 그런 것 같다. 하지만 진짜 빚을 지고 있는 게 어느 쪽인지 나는 안다.
 나는 우리가 어디로 향해 가고 있는지 알 것 같다. 우리는 우리 자신의 돈에 팔리고 있다. 단지 마약 문제만은 아니다. 세상에는 아무도 알지 못할 만큼 많은 부가 쌓이고 있다. 우리는 그 돈으로 무엇을 할 수 있다고 생각하는 걸까? 나라 전체를 다 살 수 있는 돈. 이미 사버린 돈. 이 나라도 살 수 있을까? 아마 아니리라. 하지만 돈은 우리를 함께 있어서는 안 되는 사람과 한 침대에 밀어넣을 것이다. 그것은 심지어 법 집행의 문제도 아니다. 과연 그랬던 적이 있기나 했을까. 마약은 늘 있었다. 하지만 사람들이 갑자기 어느 날 아무 이유 없이 마약을 하기로 결심하지는 않는다. 그것도 수백만 명이나. 나는 그에 대한 답을 알지 못한다. 특히 희망을 얻을 만한 답은 더더욱. 얼마 전에 나는 이곳의 한 기자에게 말한 적이 있다―충분히 다정해 보이는 젊은 여자였다. 그녀는 그저 기자 노릇을 하려는 중이었다. 그녀는 말했다. 보안관님, 어째서 관할 카운티의 범죄가 손을 쓸 수 없을 지경에 이르도록 내버려두신 거죠? 타당한 질문처럼 들렸던 것 같다. 어쩌면 타당한 질문이었는지도 모르겠다. 어쨌든 나는 그녀에게 이렇게 말했다. 예의에 어긋나는 행동을 못 본 체하고 넘어가기 시작하는 순간 모든 게 시작되는 법이죠. 존칭이 더이상 들리지 않는 순간 종말이 눈앞에 와 있는 거나 마찬가지인 겁니다. 나는 계속 말했다. 그것은 모든 계층에 손을 뻗칩니다. 당신도 들어본 적 있지 않나요? 모든 계층이 그렇다는 말? 그러다보면 결국 상도덕이 무너져서 사람들이 자기 차에 탄 채 사막 한복판에서 죽어 있는 일이 벌어지게 되고 그때쯤이면 모든 게 너무 늦은 거죠.

그녀는 내게 좀 묘한 표정을 지어 보였다. 어쨌든 나는 마지막 말을 덧붙였고, 어쩌면 이 말은 하지 말았어야 했는지도 모르겠는데, 나는 그녀에게 마약 복용자 없이 마약 산업이 존재할 수는 없지 않겠느냐고 말했다. 그중에는 옷을 잘 차려입고 보수가 좋은 직업을 가진 사람들도 많다면서. 나는 말했다. 당신도 몇 명 알고 있을지 모르겠군요.

또다른 하나는 노인들에 대한 이야기인데, 나는 계속 그들에 대한 이야기로 돌아가게 된다. 그들이 나를 볼 때마다 의문이 든다. 수년 전에는 그러지 않았다. 내가 오십 년대에 보안관이었을 때도 그러지 않았다. 그들은 심지어 혼란스러워 보이지도 않는다. 그냥 미친 사람처럼 보일 뿐. 그 점이 나를 괴롭게 한다. 그들은 마치 잠에서 깨어났는데 자신이 왜 거기 있는지 모르는 사람 같다. 글쎄, 어떤 의미에서 그것은 사실이기도 하지만.

저녁식사 때 그녀는 성 요한의 글을 읽고 있다고 말했다.『요한계시록』말이다. 내가 요즘 일어나는 일에 대해 말할 때마다 그녀는 성경에서 관련 내용을 찾아내곤 했고, 그래서 내가 지금의 돌아가는 상황에 대해『요한계시록』은 뭐라고 말하는지 묻자 그녀는 찾아보고 알려주겠다고 말했다. 나는 성경에 녹색 머리와 코 피어싱에 대한 내용은 없느냐고 물었고 그녀는 그렇게 딱 꼬집어서 말한 부분은 없다고 대답했다. 그게 좋은 징조인지 아닌지는 모르겠다. 그러고서 그녀는 내 의자 뒤로 와서 내 목에 양팔을 두르고 귀를 살짝 깨물었다. 그녀는 여러 면에서 아주 젊은 여자다. 만일 내게 그녀가 없다면 무엇이 있을까 싶다. 글쎄, 하지만 내게는 그녀가 있다. 상자에 담아둘 필요도 없는 보물이다.

그가 마지막으로 청사에서 걸어나온 날은 춥고 바람이 거셌다. 어떤 남자들은 울고 있는 여자를 안아줄 수도 있었겠지만 그에게는 그런 게 전혀 자연스럽게 느껴지지 않았다. 그는 계단을 내려가 뒷문으로 나가서 트럭에 올라 가만히 앉아 있었다. 뭐라 설명할 수 없는 기분이 들었다. 그것은 슬픔인 동시에 다른 감정이기도 했다. 그리고 그 다른 감정 때문에 그는 트럭의 시동을 거는 대신 거기 가만히 앉아 있었다. 전에도 느껴본 감정이었지만 아주 오랜만에 느끼는 것이었고, 그렇게 중얼거리는 순간 그는 그게 뭔지 알 수 있었다. 그것은 패배감이었다. 짓밟히는 기분. 그에게는 죽음보다 더 쓰라린 것이었다. 극복해야만 해, 그는 말했다. 그러고는 트럭의 시동을 걸었다.

XIII

 그 집 뒷문으로 나왔을 때 집 옆의 잡초 속에 돌구유가 하나 있었다. 지붕에서 아연 도금된 파이프 하나가 떨어졌는데도 구유는 거의 완전한 형태를 유지하고 있었는데 거기서 걸음을 멈추고 쪼그리고 앉아 그것을 바라보며 그것에 대해 생각해보던 때가 떠오른다. 그것이 얼마나 오랫동안 거기 있었는지는 모르겠다. 백 년. 이백 년. 돌에 끌로 깎은 흔적이 보였다. 그것은 단단한 바위를 깎아서 만든 것으로 길이는 육 피트 정도이고 폭은 아마도 일과 이분의 일 피트에 깊이도 대략 그 정도였다. 그냥 바위를 통째로 깎아 만든 것이었다. 나는 그것을 만든 사람에 대해 생각해보았다. 내가 알기로 그 나라는 평화로웠던 시기가 거의 없었다. 나는 그후로 그 나라의 역사에 대해 조금 읽어보았는데 그런 시기가 한 번이라도 있었는지 모르겠다. 하지만 이 남자는 망치와 끌을 들고 앉아서 만 년은 버틸 돌구유를 깎아냈다. 왜 그랬을까? 그에게는 어떤 믿음이 있었던 것일까? 아무것도 변하지 않으리라는 믿음은 아니었을 거다. 아마 다들 그렇게 생각하겠지만. 그는 그 정도로 어리석은 사람은 아니었으리라. 나는 그 문제에 대해 많이 생각해봤다. 그 집이 산산조각이 나서 그곳을 떠난 후로도 그 문제에 대해 생각해봤다. 감히 말하건대 그 구유는 아직도 거기 있을 것이다. 그냥은 옮길 수 없는 것이니 말이다. 그래서 나는 어쩌면 저녁식사를 마치고 한두 시간쯤 후에 망치와 끌을 들고 거기 앉아 있었을 그에 대해 생각해본다. 그리고 내가 유일하게 생각할 수 있는 것은 그의 마음속에 어떤 약속이 있었으리라는 것이다. 나는 돌구유를 깎을 생각이 전혀 없다. 하지만 그런 종류의 약속은 할 수 있었으면 좋겠다. 내 생각에는 그게 내가 가장 하고 싶은 일인 것 같다.

또다른 하나는 내가 나의 아버지에 대해 별말을 하지 않았고 그것은 아버지에게 부당한 처사라는 것을 나도 안다는 사실이다. 이제 나는 아버지가 가장 나이들었을 때보다 거의 스무 살이나 더 많고 그러니 어떤 의미에서는 한 젊은이를 되돌아보고 있는 셈이다. 아버지는 소년 티를 채 벗지 못했을 때부터 말을 사고팔며 떠돌이 생활을 했다. 처음 한두 번은 사업 실패로 빈털터리가 되었지만 그로부터 배운 게 있었다고 말했다. 한번은 어떤 상인이 자기한테 어깨동무하고 자기를 내려다보며 이렇게 말했다고 했다. 여보게 젊은이, 나는 자네한테 말이 한 마리도 없다고 생각하고 자네랑 거래하려고 하네. 여기서 요점은 어떤 사람들은 우리에게 자신의 의도를 실제로 말해주기도 하는데 그럴 때면 우리는 그 말에 귀를 기울여야 한다는 것이다. 그 말은 나에게 깊은 인상을 남겼다. 아버지는 말에 대해 잘 알았고 말을 잘 다루었다. 나는 아버지가 말을 길들이는 모습을 몇 번 본 적 있는데 아버지는 자기가 하는 일이 무엇인지 잘 알았다. 말을 아주 살살 다뤘다. 말과 많은 이야기를 나눴다. 아버지는 나를 절대 길들이지 않으셨고 나는 아버지에게 생각보다 많은 것을 빚지고 있다. 세상의 관점에서 보기에는 내가 더 나은 사람이었을 것 같다. 끔찍하게 들리는 말이지만. 말하기 끔찍한 말이지만. 그것은 분명 힘든 삶이었을 것이다. 할아버지의 삶은 말할 것도 없고. 아버지는 결코 보안관이 될 수 없었을 것이다. 아버지는 이 년 동안 대학을 다녔지만 졸업은 하지 못했다. 나는 아버지 생각을 더 했어야 했는데 그러질 못했고 그것은 옳지 않은 일임을 안다. 아버지가 돌아가신 후 아버지에 대한 꿈을 두 번 꾸었다. 첫번째 꿈은 그리 잘 기억나지 않는데 어쨌든 어느 마을에서 아버지를 만났고 아버지가 내게 돈을 좀 주셨는데 나는 그걸 잃어버렸던 것 같다. 하지만 두번째 꿈에서 우리는 둘 다 옛날로 돌아가 있었고 나는 밤에 말을 타고 산을 지나고 있었다. 산속의 좁은 길을 지나고 있었다. 날은 추웠고 땅에는 눈이 쌓였는데 아버지는 나를 지나쳐 가더니 멈추지 않고 계속 나아갔다. 한마디도 하지 않고. 아버지는 그저 나를 지나쳐 갔고 담요를 두른 채 고개를 숙이고 있었는데 아버지가 나를 지나쳐 갈 때 보니 사람들이 예전에 그랬듯 안에 불을 밝힌 뿔 등불*을 들고 있었고 나는 안에서 비치는 불 덕분에 뿔 등불을 볼 수 있었다. 달빛 같은 색깔이었다. 그리고 꿈속에서 나는 아버지가 앞서가서 그토록 어둡고 그토록 추운

---

* horn lantern. 반투명하게 깎은 동물의 뼈를 창유리로 사용한 등불로, 유리가 보급되기 전인 18~19세기에 주로 사용되었다.

세상 어딘가에 불을 지필 작정이라는 것을 알았고 내가 언제 도착하든 그곳에 계시리라는 것을 알았다. 그러고서 나는 잠에서 깼다.

해설

어둡고 추운 세상에 피워낸 불꽃 한 점

　『노인을 위한 나라는 없다』는 코맥 매카시가 이른바 '국경 삼부작'으로 불리는 『모두 다 예쁜 말들』 『국경을 넘어』 『평원의 도시들』 이후 칠 년 만에 발표한 아홉번째 작품이자 서부를 배경으로 쓴 다섯번째 작품이다. 매카시의 팬들과 비평가들 사이에서 평가가 크게 갈린다는 사실과는 무관하게 그의 가장 유명한 작품이기도 한데, 코언 형제가 연출한 동명의 영화가 그들의 필모그래피에서뿐만 아니라 영화사에도 길이 남을 명작으로 인정받았기 때문이다(혹시라도 영화와 소설의 결정적 차이가 궁금한 독자는 영화 개봉 당시 영화평론가 정성일이 〈씨네21〉 644호에 쓴 정치한 글 「진화는 미국영화의 전통이다」를 참고하시길).

　이 작품에서 매카시는 1980년 텍사스와 멕시코 국경지대를 배경으로 그곳에서 벌어지는 마약과 돈과 총과 관련된 피비린내나는 이야기를 그 어느 때보다도 건조한 문체로 다루고 있다. 소설 초입에 등장하는 사막과 화산 지형이 거의 성경 속 장소처럼 감각되는 등 매카시 특유의 묵시록적 분위기도 여전하다. 노년의 보안관(에드 톰 벨), 베트남전에 두 차례 참전한 민간인(루엘린 모스), 냉혹한 무법자(앤턴 시거)가 쫓고 쫓기는 삼각구도를 그리며 등장한다는 점에서 외견상 현대판 서부극처럼 보이기도 한다. 하지만 어디까지나 장르적 외형만 그러할 뿐 내용 면에서는 여러모로 서부극의 전통을 깨뜨리는 '네오 웨스턴neo-western'의 모습을 보여주고 있다. 정의의 사도여야 할 보안관 벨은 끔찍한 사건들 앞에서 철저히 무력하고, 모스는 다시 한번 전쟁터에 뛰어들기라도 한 듯 훌륭히 싸우지만 결국 허무하게 죽고 말며, 절대 쓰러지지 않을 악의 화신 같았던 시거는 우연히 차에 치인 후 이야기에서 퇴장해버린다. 『노인을 위한 나라는 없다』는 사건이 속시원히 해결되는 결말 대신 일종의 안티클라이맥스를 취하며 과거의 법과 가치가 더이상 통하지 않는 암울한 시대를 보여주는 데 더 초점을 맞춘 작품인 것이다.

총 13장으로 이루어진 소설의 각 장은 대체로 비슷한 형식으로 이루어져 있다. 사건 수사의 당사자임에도 시종일관 사건의 밖에 있는 듯한 벨의 독백으로 시작해서, 주로 모스와 시거의 '액션' 장면과 대사가 별다른 심리 묘사 없이 건조하게 이어진다. 벨의 독백과 함께 잠시 생각에 잠길 때를 제외하면 시종일관 질주하기만 하는 서사랄까. 작품 속에서 벨은 이 묵시록적인 시대를 "폭주 기관차"에 비유하는데, 독자로서는 차라리 이 소설 전체를 한 권의 '폭주 기관차'라 칭하고 싶은 심정이다.

　이러한 빠른 전개, 그리고 그것을 채찍질하는 요소로서의 건조한 문체는 소설의 태생적 특징이기도 하다. 매카시는 원래 『노인을 위한 나라는 없다』를 소설이 아닌 영화 시나리오로 썼으나 할리우드에서 주목받지 못하자 소설로 개작했다. 역설적이게도 소설은 출간 전 코언 형제의 관심을 끌어 영화화가 결정되었다. 하지만 개작했다고는 해도 이미 다 쓴 시나리오를 완전히 예전 스타일로 다시 쓰기란 불가능했을 것이고, 그럴 필요도 없었을 것이다. 『평원의 도시들』과 『노인을 위한 나라는 없다』 사이에는 무려 칠 년이라는 시간이 존재한다. 매카시처럼 문체에 예민한 작가가 예전 스타일을 그대로 답보할 이유는 없었을 것이다. 그리고 이런 새로운 시도는 어느 정도 성공을 거두어서, 또다른 네오 웨스턴 작가인 샘 셰퍼드는 "괴물 같은 책이다. 코맥 매카시는 무자비한 단순함을 한 방울씩 떨어뜨리는 듯한 과정을 통해 기념비적인 성취를 이루어낸다. 이 책은 당신을 숨가쁘고 경외심에 사로잡히게 할 것이다"라고 극찬하기도 했다.

* * *

　〈세인트피터즈버그 타임스〉의 리뷰대로 『노인을 위한 나라는 없다』에서 코맥 매카시는 "죄책감과 책임감, 사랑과 도덕적 불확실성, 기억이 우리에게 영향을 끼치는 방식을 탐구한다". 하지만 작품을 몇 번이고 읽은 후 가장 강렬하게 남은 인상은, 각 장의 서두에서 벨이 말하듯 옛 도덕성이 사라져가는 시대 앞에서 우리가 느끼는 절대적 무력감이다. 벨은 이전의 범죄자들과는 다른 "어떤 새로운 부류"가 나타났다고 느끼며 "이제 더는 그들을 어찌해야 할지도 모르겠"다고 고백한다.

물론 사건의 중심에는 대체로 돈이 있고, 본격적인 이야기 또한 모스가 우연히 돈 가방을 손에 넣게 되면서부터 시작된다. 하지만 벨이 헌츠빌에서 가스실로 보낸 소년의 경우가 그러하듯 이 새로운 부류가 저지르는 살인에는 아무 이유가 없고, 돈 가방을 되찾기 위해 고용된 시거는 "돈이나 마약 같은 걸 모두 뛰어넘는 원칙"을 지닌 "특이한 인간"이다. "설령 그에게 돈을 준다 해도 그는 여전히 당신을 죽일" 것이다. 이러한 그의 원칙이 가장 극적으로 드러나는 순간은 바로 저 유명한 '동전 던지기' 장면이다.

그에게 동전은 그저 동전에 지나지 않는 사소한 물건이 아니다. 누군가의 '인생 전체'가 걸린 무엇이다. 셰필드의 주유소 주인과 동전 던지기를 하며 시거는 말한다. "그것들은 손에서 손으로 건네지지. 사람들은 그것에 관심을 기울이지 않소. 그러다 어느 날 결산이 이루어지지. 그리고 나면 모든 게 달라지는 거요. 뭐, 당신은 말하겠지. 그건 그저 동전일 뿐이라고. (…) 바로 그게 문제요. 행위를 사물로부터 분리해서 생각하는 것. 마치 역사 속 어떤 순간의 일부를 다른 어떤 순간의 일부와 맞바꿀 수 있다는 듯이. 어떻게 그럴 수 있겠소?" 그는 인과율을 철저히 신봉한다. 인생에서의 어떤 순간은 다른 순간과 맞바꿀 수 없으며, 어느 날 그 모든 순간의 최종 결산이 이루어진다는 철저한 믿음.

하지만 그렇다고 해서 이 인과율이 정당하게 받아들일 수 있는 성질의 것은 아니다. 시거가 동전 던지기를 제안한 또다른 인물인 칼라 진이 "모든 것이 결국 내 생각과 어긋났어요. (…) 내 인생에서 내가 예측할 수 있었던 부분은 하나도 없었어요. 이 일도 전혀 예측할 수 없었고"라고 말하듯 당사자로서 그러한 인과는 어디까지나 우연적이고 부당한 것이다. 그럼에도 시거가 말하듯 "삶의 모든 순간이 갈림길이고 선택이"고, "당신은 어느 시점에선가 선택을 했"으며, "그게 이 순간으로 이어진" 것이다. "계산은 정확하"다.

시거의 인과율 이야기는 단지 궤변으로 여기고 넘어가기에는 소설에서 너무나도 중요하게 다루어지는 주제다. 소설 내내 벌어지는 일련의 '쫓고 쫓김'이 인과율의 긴 사슬 몇 개를 구체화한 것처럼 느껴질 만큼. 놀랍게도 심지어 시거의 대척점에 있는 듯한 인물인 모스의 입에서도 비슷한 이야기가 나온다. 모스는 히치하이크하는 소녀에게 "다시 시작한다는 건 불가능해. 바로 그게 중요한 점이지. 네가 내딛는 모든 발걸음은 영원해. 사라지게 만들 수 없어. 단 하나도"라고, 또 "너는 아침에 일어나면 어제는 중요하지 않다고 생각할 거야. 하지만 중요한 건 어제뿐이지. 어제 말고 또 뭐가 있겠니? 너의 인생은 인생을 이루는 그 하루하루의 날들로 이루어져 있어. 어제 말고는 아무것도 없지. 너는 그저 도망쳐서 이름을 바꾸고 어쩌고 하면 된다고 생각할지도 몰라. 다시 시작하면 된다고 말이지. 그러다 어느 날 아침 일어나서 천장을 쳐다보며 이렇게 생각하게 되는 거야. 여기 누워 있는 사람은 대체 누구지?"라고 말한다. 어투만 다를 뿐 시거의 입에서 나왔다고 해도 이상하지 않은 말이다.

물론 모스는 인과율에 대해 잘 알고 있음에도 유혹에 흔들린다. 그가 돈 가방을 발견했을 때의 상황은 이렇게 묘사된다. "그의 삶 전체가 지금 바로 눈앞에 놓여 있었다. 새벽부터 밤까지 매일 죽을 때까지 이어질 삶이. 그 모든 게 작은 가방 안에 사십 파운드짜리 종이로 압축된 채 들어 있었다." 그는 그 가방으로 인해 자신이 커다란 위험에 처하게 될 것임을 직감하면서도 자기 인생을 송두리째 바꾸고자 그것을 집어 들고, 결국 인과율의 굴레에서 벗어나지 못한 채 파멸하고 만다.

이처럼 한낱 "사이코패스 살인마"일 뿐인 시거와 돈의 유혹에 가족을 위험으로 내몬 인간일 뿐인 모스의 말은 어쩐지 인생을 다시 한번 생각해보게 한다. 우리가 살면서 한 모든 선택과 그로 인해 도달한 과거와 현재의 지점들, 또 그로 인해 도달하게 될 미래의 지점들을 다시 한번 무겁고도 무섭게 생각해보게 한다. 그것이 바로 그들이 전통적 서부극과 범죄극 속 인물들과 차별되는 지점이다. 그들의 대사는 소설의 중추적 장치로서 기능하며 액션 활극에 가까운 이 텍사스 누아르극을 피비린내 나는 인과율의 역사에 대한 깊은 명상으로 이끈다.

* * *

번역과 제목에 관하여 조금 길게 설명할 필요가 있겠다. 먼저 번역에 관하여. 매카시 특유의 복잡하고 서정적이며 시적인 문체는 옮기기 어렵기로 유명한데, 『로드』 등과 함께 후기작에 속하는 『노인을 위한 나라는 없다』는 그 경우가 좀 다르다. 앞서 말했다시피 애초에 영화 시나리오로 쓰였기 때문인지 벨의 독백 부분을 제외하면 문장이 앙상하기 그지없기 때문이다. '그리고(and)'를 계속 사용해 아주 길게 나열한, 주로 동사와 목적어로 이루어진 단순한 문장들은 건조하기 이를 데 없다. 많은 평자들이 『노인을 위한 나라는 없다』의 이런 문체를 헤밍웨이의 그것에 비하기도 했을 만큼.

　이유야 어쨌든, 그리고 그 평가야 어쨌든 이런 극도로 미니멀한 문체의 장점은 뚜렷하다. 바로 꼭 필요한 말만 하는 데서 오는 쾌감과 두려움과 아름다움의 극대화. 원문에서처럼 수많은 '그리고'로 이어진 문장은 사실 쓰기도 읽기도 이해하기도 쉽다. 하지만 이처럼 '그리고'의 연쇄로 인해 생겨나는 문체적 리듬을 한국어 문장에서 재현하기란 불가능에 가까운데, '그리고'로 똑같이 옮기는 대신 '~고' '~고서' '~고는' '~한 후' '~한 다음' 등으로 다변화시킬 수밖에 없기 때문이다. 한국어 문장은 그러지 않으면 자연스럽게 읽히지 않는다. 그리고 이런 비교적 단순해 보이는 작업은 극도의 섬세함과 많은 시간을 요한다.

　사실 '그리고'로 이어진 원문의 긴 문장을 몇 개로 잘라도 전체 의미는 전혀 달라지지 않는다. 그럼에도 역자는 그런 쉽고 안이한 길을 택하지 않았다. 문장을 자르면 가독성은 더 좋아지겠지만 여러 사건이 엄청난 속도로 연이어 일어날 때 발생하는 속도감과 긴장감은 완전히 사라지고 말기 때문이다. 원문에서는 액셀만 밟는데 번역문에서는 중간중간 브레이크를 밟는 것이나 마찬가지다. 이를테면 다음과 같은 문장의 원문에는 '그리고'가 열한 번이나 들어 있다.

　유리와(and) 판금 위에 피와(and) 다른 물질의 자국이 기다랗게 나 있었고(and) 그는 걸어가(and) 잔돈 교환기에서 이십오 센트짜리 동전을 바꿔서(and) 돌아온 다음(and) 동전 투입구에 동전을 넣고(and) 거치대에서 스프레이건을 들어(and) 차를 깨끗이 씻어(and)낸 후(and) 다시 차에 올라(and) 서쪽 방면 고속도로로 빠져나갔다.

There was blood and other matter streaked over the glass and over the sheet-metal and he walked out and got quarters from a change-machine and came back and put them in the slot and took down the wand from the rack and washed the car and rinsed it off and got back in and pulled out onto the highway going west.

어차피 완전히 다른 성격의 언어로 옮기는 과정에서 원문의 문체를 모방하려 애쓰는 것은 헛수고가 될 공산이 크지만, 어쨌든 매카시는 그렇게 썼다는 사실을 분명히 말해두고 싶다. 그는 이로써 아주 복잡한 과정 전체를 긴 한 문장으로 건조하게 처리해버린다. 마치 시간을 압축해버리기라도 하듯이. 부차적인 사항을 모두 날려버리고 일말의 감정조차 제거해버린 데서 어떤 경제적인 느낌과 함께 두려움에 가까운 긴장감이 엄습한다. 마치 무심히 차갑고 단단한 총알 하나가 발사된 것처럼.

대화 역시 극히 짧은 문장의 연쇄로 이루어져 있는데, 그렇기에 뉘앙스 파악에 실패하면 곧바로 오역으로 이어질 위기의 순간이 비일비재했다. 역자로서는 원문의 단순한 구성을 최대한 존중하면서도 한국어에서 그 뉘앙스가 온전히 전달되도록 최선을 다했다.

다음으로 제목에 관하여. 이미 너무 유명해진 제목이라 이번에도 '노인을 위한 나라는 없다'로 옮기긴 했지만, 사실 이는 좀 이상한 번역이다. 소설의 원제인 'No Country for Old Men'은 요즘 유행하는 식으로 (다소 무책임하게) 그냥 '노 컨트리 포 올드 멘'으로 옮겨야 할 제목인지도 모르겠는데, 원문에 정확히 대응하는 한국어 문장을 만들어내기가 애초에 불가능하기 때문이다.

이제는 잘 알려져 있다시피 저 원제는 윌리엄 버틀러 예이츠의 시 「비잔티움 항행 Sailing to Byzantium」의 첫 연에서 가져온 것이다. 영문학 개론을 들었다면 한 번쯤 접해봤을 만큼 유명한 시다. 설명을 돕기 위해 첫 연을 조금 줄여서 옮겨보면 다음과 같다.

> 그곳은 노인을 위한 나라가 아니다(That is no country for old men). 서로의
> 품에 안긴 젊은이들, (…)
> [그들은] 여름 내내 찬양한다
> 배고, 태어나고, 죽는 모든 것을.
> 그 관능적 음악에 사로잡혀 다들
> 늙지 않는 지성의 기념비는 잊고 마는구나.

그러니까 'no country for old men'은 '노인을 위한 나라는 없다'라기보다는 지금 이 세상은 노인(현자)이 살 만한 나라가 못 된다는 의미를 담고 있다. 노인의 입장에서 그곳은 떠나야 할 나쁜 공간이다.

또 한 가지 명심할 점은, 예이츠의 시에서 '노인'은 부정적인 의미가

아니라 오히려 긍정적인 의미를 담고 있다는 사실이다. 젊은이의 세계는 '관능적 음악'으로, 노인의 세계는 '늙지 않는 지성의 기념비'(의 추구)로 압축된다. 젊은 시절을 이미 허망하게 통과한 노인은 찰나적인 감각적 쾌락보다 불멸하는 지성이 훨씬 더 중요함을 깨닫고 적어도 그것에 도달하려 애쓰는 존재다.

물론 그렇다고 해서 매카시가 말하는 '노인'이 예이츠의 시 속 '노인'과 완전히 일치한다고 보는 것은 너무 순진한 믿음일 것이다. 언뜻 보면 제목의 '노인'을 상징하는 인물은 이제 곧 은퇴를 앞둔 보안관 벨인 것 같다('언뜻 보면'이라고 말한 것은 새로 등장한 어린 세대의 악 앞에서는 등장인물 모두가 노인일 수도 있기 때문이다). 하지만 벨은 법을 집행하는 보안관이지 영혼을 노래하는 예술가가 아니다. 그럼에도 무언가 다른 가치, 이 시대에 사라져버린 중요한 가치를 놓지 않고 있다는 점에서 벨은 예이츠의 노인과 만난다. 이 점은 에필로그 형식의 13장에서 가장 은은하고도 강력히 전달된다.

13장은 예이츠의 시를 아는 독자라면 그것을 다시 한번 떠올리게 되는 대목이기도 하다. 여기서 벨은 아버지에 대한 꿈 두 개를 이야기하는데, 첫번째 꿈은 자연히 시의 첫 연을 연상시킨다. 꿈은 간단하다. "첫번째 꿈은 그리 잘 기억나지 않는데 어쨌든 어느 마을에서 아버지를 만났고 아버지가 내게 돈을 좀 주셨는데 나는 그걸 잃어버렸던 것 같다." 여기서도 돈이 나온다. 돈의 의미가 무엇이든 그것은 아버지(노인)가 베풀어준 것인데 그(젊은이)는 그것을 잃어버리고 만다. 심지어 잘 기억나지도 않는다고 말한다. 어쩌면 대부분의 젊은이가 그러하듯 그는 그것을 감각적인 향락을 위해 써버렸는지도 모른다. 독자를 위해 다시 상기시켜주자면 예이츠의 시 1연은 이렇게 끝났다. "그 관능적 음악에 사로잡혀 다들/늙지 않는 지성의 기념비는 잊고 마는구나."

두번째 꿈은 좀더 자세하고 훨씬 더 의미심장하다. "두번째 꿈에서 우리는 둘 다 옛날로 돌아가 있었고 나는 밤에 말을 타고 산을 지나고 있었다. (…) 아버지가 나를 지나쳐 갈 때 보니 사람들이 예전에 그랬 듯 안에 불을 밝힌 뿔 등불을 들고 있었고 나는 안에서 비치는 불 덕분에 뿔 등불을 볼 수 있었다. 달빛 같은 색깔이었다. 그리고 꿈속에서 나는 아버지가 앞서가서 그토록 어둡고 그토록 추운 세상 어딘가에 불을 지필 작정이라는 것을 알았고 내가 언제 도착하든 그곳에 계시리라는 것을 알았다."

여기서는 노인과 젊은이의 이분법 대신, 둘 다 결국 같은 곳을 향해 가는 동반자라는 의식이 자리한다. 다만 아버지가 조금 먼저 가서 "그토록 어둡고 그토록 추운 세상 어딘가에 불을 지필" 뿐이다. 나도 언젠가는 그곳으로 갈 것이다. 그리고 내가 언제 도착하든 아버지는 그곳에 계실 것이다. 분명 먼저 불을 지피고 기다리고 계실 것이다. 이 부분은 은연중에 예이츠의 시 3연을 떠올리게 한다.

> 벽면의 황금 모자이크 속에 있는 것처럼
> 오오 신의 거룩한 불 속에 서 있는 현자들이여,
> 성스러운 불에서 나와, 소용돌이치듯 돌며,
> 내 영혼에게 노래를 가르치는 스승이 되어다오.
> 나의 심장을 불살라다오, 욕망에 병들고
> 죽어가는 동물에 얽매여

그것은 자기가 무엇인지도 모른다, 그러니 나를
영원의 작품 속으로 거두어다오.

현자들은 그곳 비잔티움의 벽면에 모자이크처럼 늘 존재하고, 노인이 된 나는 현자들이 자신을 제자로 받아주길, 그 거룩한 불로 자신을 정화해주길 바란디. "욕망에 병들고 죽어가는 동물에 얽매인" 나를 그들이 "영원의 작품 속으로 거두어"주길 바란다. 그리하여 함께 거룩한 불 속에서 타오를 수 있게. 자신도 언젠가 현자가 되어 선대의 현자들과 함께 "그토록 어둡고 그토록 추운 세상 어딘가에 불을 지필" 수 있게.

잠깐 덧붙이자면, 두번째 꿈에 등장하는 '뿔 등불'은 과거의 전통적인 미덕을 상징하는 중요한 이미지이다. 그것은 소설 내내 등장하는, 모스와 시거가 시체를 살피거나 돈 가방을 숨길 때 쓰는 '손전등'과 정반대에 놓인 불이다. 반투명한 뼈 너머로 흐릿하게 비치는 불빛은 손전등의 차갑고 날카로운 불빛과 달리 은은한 "달빛 같은 색깔"이다.

이 소설의 한국어판이 처음 출간되었을 때 읽고, 또 영화가 처음 개봉했을 때 극장에서 봤던 기억이 난다. 무엇보다도 숨막히듯 속도감 있는 전개에 말 그대로 손에 땀을 쥐었던 감각이 아직 그대로 남아 있다.

그로부터 거의 이십 년이 지난 지금, 그동안 많은 것이 변해버렸다. 코맥 매카시는 이제 고인이 되었고, 아무리 칠흑같이 어두워도 아무래도 남의 나라 이야기 같다는 거리감에 안심하고 봤던 이야기는 어쩐지 좀더 가까이 느껴지게 되었다. 우리나라가 마약 청정국이었다는 이야기는 이제 역사책에나 나오는 사실이 되었고, 이른바 '묻지마 살인'은 물론 간혹 총기 사건까지 벌어진다. 다행인 것은 그만큼 소설에서 말하는 희망 역시 좀더 가까이 느껴지게 되었다는 사실이다. 특히 그사이 '1인 가족'이 훨씬 더 늘어 사실상 가족이 해체되기 직전인 오늘날, 매카시가 벨의 입을 빌려 말하는 남부 특유의 보수적 가족주의는 더이상 부정적으로만 느껴지지 않는다. 가족 소멸이 사회 붕괴로 이어진다는 단순한 사실이 단지 예감을 넘어 현실이 된 상황에서, 기분좋은 일은 아니지만, 좋은 작품은 시대에 따라 새로운 생명력을 얻게 된다는 당연한 진리를 몸소 체험했달까.

  이 소설을 예전에 접했던 독자도, 이번에 새 번역으로 처음 접하는 독자도 이 책을 통해 악의 본질뿐만 아니라 가족의 가치에 대해서도 다시 한번 생각하고 이야기해보는 뜻깊은 시간이 되었으면 하는 바람이다.

황유원

코맥 매카시 연보

1933년   미국 로드아일랜드주 프로비던스에서 찰스 조지프 매카시와 글래디스 크리스티나 맥그레일 사이에서 여섯 남매 중 한 명으로 태어남.

1937년   변호사인 아버지를 따라 가족 모두 테네시주 녹스빌로 이주함. 세인트메리 교구학교와 녹스빌 가톨릭 고등학교에 다녔고, 녹스빌에 있는 성모무염시태성당에서 복사로 활동함.

1951년   테네시대학에 입학했으나 1953년 미 공군에 합류하기 위해 중퇴하고 1957년까지 사 년간 복무. 알래스카에 주둔하는 동안 독서에 탐닉함.

1957년   대학에 돌아가 영문학을 배웠으며 학생 문예지 〈더 피닉스〉에 단편소설 「수전을 위한 경야 *Wake for Susan*」와 「익사 사건 *A Drowning Incident*」을 발표함. 이 작품들로 잉그램 메릴 재단에서 수여하는 문예창작 기금을 받았으나 1959년 학교를 자퇴하고 시카고로 떠남.

1959년   작가로 활동하기 위해 이름을 찰스에서 코맥으로 개명. 코맥은 아일랜드의 고모들이 그의 아버지에게 지어준 가족 애칭임. 블라니성을 지은 아일랜드 족장 코맥 매카시를 기리는 의미라는 설도 있음.

1961년   대학 동창이던 리 홀먼과 결혼. 결혼 후 녹스빌 외곽 스모키산맥 부근으로 이주.

1962년   아들 컬런이 태어남. 이후 얼마 지나지 않아 아내가 이혼을 청구한 후 와이오밍으로 이주함.

1965년	시카고에 있는 자동차 부품 공장에서 파트타임으로 일하며 쓴 첫번째 장편소설 『과수원지기 The Orchard Keeper』를 랜덤하우스에서 출간. 랜덤하우스의 편집자 앨버트 어스킨은 그후 이십 년간 매카시의 작품을 맡아 편집하게 됨.
1966년	포크너 작품과의 유사성과 독특한 이미지 사용에 대한 비평가들의 호평 속에서 『과수원지기』로 포크너상을 수상함. 미국문예아카데미에서 받은 지원금으로 여객선 실바니아호를 타고 아일랜드로 가던 중 가수 겸 댄서로 일하던 앤 드라일을 만나 잉글랜드에서 결혼함. 록펠로 재단에서 받은 지원금으로 남부 유럽을 여행하며 이비사섬에서 두번째 소설 집필.
1968년	두번째 장편소설 『바깥의 어둠 Outer Dark』 출간.
1969년	테네시주 루이빌로 이주. 헛간을 직접 개조해 살며 극심한 빈곤을 겪음.
1973년	애팔래치아산맥 남부를 배경으로 하는 세번째 장편소설 『신의 아이 Child of God』를 발표함.
1976년	두번째 아내와 이혼 후 텍사스주 엘패소로 이주. 당해 애리조나의 한 모텔에서 열여섯 살의 핀란드계 미국인 여성 오거스타 브리트와 만남. 이 관계는 훗날 소설 『서트리 Suttree』에서 묘사가 되기도 하며 브리트와는 죽을 때까지 친구로 남음.
1977년	각본을 쓴 PBS 드라마 〈비전스 Visions〉의 '정원사의 아들 The Gardener's Son' 에피소드가 방영된 이후 수많은 해외 영화제에서 상영되며 이 작품으로 1977년 에미상 두 개 부문 후보에 오름.
1979년	테네시강 녹스빌에서의 경험을 바탕으로 이십 년 동안 쓴 반자전적 소설 『서트리』 출간.
1981년	맥아더 펠로십 수상. 후속작을 쓰기 위해 상금으로 미국 남

	서부 여행을 떠남.
1985년	『핏빛 자오선 Blood Meridian, or the Evening Redness in the West』 출간. 이 작품은 후에 〈타임〉에서 '100대 영문소설'로 선정됨.
1992년	『모두 다 예쁜 말들 All the Pretty Horses』 출간. 〈뉴욕 타임스〉 베스트셀러에 올라 육 개월 만에 양장본 19만 부가 판매됨. 이 책으로 전미도서상과 전미도서비평가협회상을 수상함.
1994년	『국경을 넘어 The Crossing』 출간.
1998년	『평원의 도시들 Cities of the Plain』 출간. 이로써 국경 삼부작을 완성함.
2005년	80년대를 배경으로 하는 서부극 『노인을 위한 나라는 없다 No Country for Old Men』 발표. 2007년 코언 형제가 동명의 영화로 제작하여 아카데미 4관왕, 골든 글로브 2관왕을 비롯해 전 세계 일흔다섯 개 이상의 상을 받음.
2006년	『로드 The Road』 출간. 평단과 언론으로부터 코맥 매카시 최고의 작품이라는 평가를 받으며 제임스 테이트 블랙 메모리얼 상 수상. 미국에서만 350만 부 이상 판매되는 성공을 거두었고 영화로도 제작됨. 같은 해 극 형식의 소설인 『선셋 리미티드 The Sunset Limited』를 발표함.
2007년	『로드』로 퓰리처상 수상.
2009년	펜/솔벨로상 수상.
2015년	『과수원지기』 출간 50주년 기념 행사에서 신작 『패신저 The Passenger』의 제목과 등장인물을 발표함.
2017년	비영리 연구기관인 산타페 연구소에서 지내며 에세이 「케쿨레 문제 The Kekulé Problem」를 발표함.
2022년	연작 형식의 장편소설인 『패신저』와 『스텔라 마리스 Stella

Maris』 출간.
2023년　89세를 일기로 세상을 떠남.

문학동네 세계문학전집 발간에 부쳐

　세계문학은 국민문학 혹은 지역문학을 떠나 존재하는 문학이 아니지만 그것들의 총합도 아니다. 세계문학이라는 용어에는 그 나름의 언어와 전통을 갖고 있는 국민문학이나 지역문학의 존재를 인정하면서 그것을 넘어서는 문학의 보편적 질서에 대한 관념이 새겨져 있다. 그 용어를 처음 고안한 19세기 유럽인들은 유럽문학을 중심으로 그 질서를 구축했지만 풍부한 국민문학의 전통을 가지고 있는 현대의 문학 강국들은 나름의 방식으로 세계문학을 이해하면서 정전(正典)의 목록을 작성하고 또 수정한다.

　한국에서도 세계문학 관념은 우리 사회와 문화의 변화 속에서 거듭 수정돼왔다. 어느 시기에는 제국 일본의 교양주의를 반영한 세계문학 관념이, 어느 시기에는 제3세계 민족주의에 동조한 세계문학 관념이 출현했고, 그러한 관념을 실천한 전집물이 출판됐다. 21세기 한국에 새로운 세계문학전집이 필요하다는 것은 명백하다. 우리의 지성과 감성의 기준에 부합하는 세계문학을 다시 구상할 때가 되었다.

　문학동네 세계문학전집은 범세계적으로 통용되는 고전에 대한 상식을 존중하면서도 지난 반세기 동안 해외 주요 언어권에서 창작과 연구의 진전에 따라 일어난 정전의 변동을 고려하여 편성되었다. 그래서 불멸의 명작은 물론 동시대 세계의 중요한 정치·문화적 실천에 영감을 준 새로운 작품들을 두루 포함시켰다.

　창립 이후 지금까지 한국문학 및 번역문학 출판에서 가장 전문적이고 생산적인 그룹을 대표해온 문학동네가 그간 축적한 문학 출판 경험을 바탕으로 새로운 세계문학전집을 펴낸다. 인류가 무지와 몽매의 어둠 속을 방황하면서도 끝내 길을 잃지 않은 것은 세계문학사의 하늘에 떠 있는 빛나는 별들이 길잡이가 되어주었기 때문이다. 우리가 자부심과 사명감 속에서 그리게 될 이 새로운 별자리가 독자들의 관심과 애정에 힘입어 우리 모두의 뿌듯한 자산이 되기를 소망한다.

문학동네 세계문학전집 편집위원
민은경, 박유하, 변현태, 송병선, 이재룡, 홍길표, 남진우, 황종연

세계문학전집 268
노인을 위한 나라는 없다

1판 1쇄 2025년 9월 12일
1판 2쇄 2025년 10월 28일

지은이 코맥 매카시 | 옮긴이 황유원

책임편집 박효정 | 편집 이봄이랑 윤정민
디자인 김현아 이원경 | 저작권 박지영 형소진 주은수 오서영 조경은
마케팅 정민호 서지화 한민아 이민경 왕지경 정유진 정경주 김혜원 김예진 이서진
브랜딩 함유지 박민재 이송이 박다솔 조다현 김하연 이준희
제작 강신은 김동욱 이순호 | 제작처 영신사

펴낸곳 (주)문학동네 | 펴낸이 김소영
출판등록 1993년 10월 22일 제2003-000045호
주소 10881 경기도 파주시 회동길 210
전자우편 editor@munhak.com | 대표전화 031) 955-8888 | 팩스 031) 955-8855
문학동네카페 http://cafe.naver.com/mhdn
인스타그램 @munhakdongne | 트위터 @munhakdongne
북클럽문학동네 http://bookclubmunhak.com

ISBN 979-11-416-0257-4 04840
      978-89-546-0901-2 (세트)

잘못된 책은 구입하신 서점에서 교환해드립니다.
기타 교환 문의 031) 955-2661, 3580

www.munhak.com

1, 2, 3 안나 카레니나 레프 톨스토이 | 박형규 옮김
4 판탈레온과 특별봉사대 마리오 바르가스 요사 | 송병선 옮김
5 황금 물고기 J. M. G. 르 클레지오 | 최수철 옮김
6 템페스트 윌리엄 셰익스피어 | 이경식 옮김
7 위대한 개츠비 F. 스콧 피츠제럴드 | 김영하 옮김
8 아름다운 애너벨 리 싸늘하게 죽다 오에 겐자부로 | 박유하 옮김
9, 10 파우스트 요한 볼프강 폰 괴테 | 이인웅 옮김
11 가면의 고백 미시마 유키오 | 양윤옥 옮김
12 킴 러디어드 키플링 | 하창수 옮김
13 나귀 가죽 오노레 드 발자크 | 이철의 옮김
14 피아노 치는 여자 엘프리데 옐리네크 | 이병애 옮김
15 1984 조지 오웰 | 김기혁 옮김
16 벤야멘타 하인학교 - 야콥 폰 군텐 이야기 로베르트 발저 | 홍길표 옮김
17, 18 적과 흑 스탕달 | 이규식 옮김
19, 20 휴먼 스테인 필립 로스 | 박범수 옮김
21 체스 이야기·낯선 여인의 편지 슈테판 츠바이크 | 김연수 옮김
22 왼손잡이 니콜라이 레스코프 | 이상훈 옮김
23 소송 프란츠 카프카 | 권혁준 옮김
24 마크롤 가비에로의 모험 알바로 무티스 | 송병선 옮김
25 파계 시마자키 도손 | 노영희 옮김
26 내 생명 앗아가주오 앙헬레스 마스트레타 | 강성식 옮김
27 여명 시도니가브리엘 콜레트 | 송기정 옮김
28 한때 흑인이었던 남자의 자서전 제임스 웰든 존슨 | 천승걸 옮김
29 슬픈 짐승 모니카 마론 | 김미선 옮김
30 피로 물든 방 앤절라 카터 | 이귀우 옮김
31 숨그네 헤르타 뮐러 | 박경희 옮김
32 우리 시대의 영웅 미하일 레르몬토프 | 김연경 옮김
33, 34 실낙원 존 밀턴 | 조신권 옮김
35 복낙원 존 밀턴 | 조신권 옮김
36 포로기 오오카 쇼헤이 | 허호 옮김
37 동물농장·파리와 런던의 따라지 인생 조지 오웰 | 김기혁 옮김
38 루이 랑베르 오노레 드 발자크 | 송기정 옮김
39 코틀로반 안드레이 플라토노프 | 김철균 옮김
40 어두운 상점들의 거리 파트릭 모디아노 | 김화영 옮김
41 순교자 김은국 | 도정일 옮김
42 젊은 베르테르의 슬픔 요한 볼프강 폰 괴테 | 안장혁 옮김
43 더블린 사람들 제임스 조이스 | 진선주 옮김
44 설득 제인 오스틴 | 원영선, 전신화 옮김
45 인공호흡 리카르도 피글리아 | 엄지영 옮김
46 정글북 러디어드 키플링 | 손향숙 옮김
47 외로운 남자 외젠 이오네스코 | 이재룡 옮김
48 에피 브리스트 테오도어 폰타네 | 한미회 옮김

49 둔황 이노우에 야스시 | 임용택 옮김
50 미크로메가스·캉디드 혹은 낙관주의 볼테르 | 이병애 옮김
51, 52 염소의 축제 마리오 바르가스 요사 | 송병선 옮김
53 고야산 스님·초롱불 노래 이즈미 교카 | 임태균 옮김
54 다니엘서 E. L. 닥터로 | 정상준 옮김
55 이날을 위한 우산 빌헬름 게니치노 | 박교진 옮김
56 톰 소여의 모험 마크 트웨인 | 강미경 옮김
57 카사노바의 귀향·꿈의 노벨레 아르투어 슈니츨러 | 모명숙 옮김
58 바보들을 위한 학교 사샤 소콜로프 | 권정임 옮김
59 어느 어릿광대의 견해 하인리히 뵐 | 신동도 옮김
60 웃는 늑대 쓰시마 유코 | 김훈아 옮김
61 팔코너 존 치버 | 박영원 옮김
62 한눈팔기 나쓰메 소세키 | 조영석 옮김
63, 64 톰 아저씨의 오두막 해리엇 비처 스토 | 이종인 옮김
65 아버지와 아들 이반 투르게네프 | 이항재 옮김
66 베니스의 상인 윌리엄 셰익스피어 | 이경식 옮김
67 해부학자 페데리코 안다아시 | 조구호 옮김
68 긴 이별을 위한 짧은 편지 페터 한트케 | 안장혁 옮김
69 호텔 뒤락 애니타 브루크너 | 김정 옮김
70 잔해 쥘리앵 그린 | 김종우 옮김
71 절망 블라디미르 나보코프 | 최종술 옮김
72 더버빌가의 테스 토머스 하디 | 유명숙 옮김
73 감상소설 미하일 조셴코 | 백용식 옮김
74 빙하와 어둠의 공포 크리스토프 란스마이어 | 진일상 옮김
75 쓰가루·석별·옛날이야기 다자이 오사무 | 서재곤 옮김
76 이인 알베르 카뮈 | 이기언 옮김
77 달려라, 토끼 존 업다이크 | 정영목 옮김
78 몰락하는 자 토마스 베른하르트 | 박인원 옮김
79, 80 한밤의 아이들 살만 루슈디 | 김진준 옮김
81 죽은 군대의 장군 이스마일 카다레 | 이창실 옮김
82 페레이라가 주장하다 안토니오 타부키 | 이승수 옮김
83, 84 목로주점 에밀 졸라 | 박명숙 옮김
85 아베 일족 모리 오가이 | 권태민 옮김
86 폭풍의 언덕 에밀리 브론테 | 김정아 옮김
87, 88 늦여름 아달베르트 슈티프터 | 박종대 옮김
89 클레브 공작부인 라파예트 부인 | 류재화 옮김
90 P세대 빅토르 펠레빈 | 박혜경 옮김
91 노인과 바다 어니스트 헤밍웨이 | 이인규 옮김
92 물방울 메도루마 슌 | 유은경 옮김
93 도깨비불 피에르 드리외라로셸 | 이재룡 옮김
94 프랑켄슈타인 메리 셸리 | 김선형 옮김
95 래그타임 E. L. 닥터로 | 최용준 옮김

96 캔터빌의 유령 오스카 와일드 | 김미나 옮김
97 만(卍)·시게모토 소장의 어머니 다니자키 준이치로 | 김춘미, 이호철 옮김
98 맨해튼 트랜스퍼 존 더스패서스 | 박경희 옮김
99 단순한 열정 아니 에르노 | 최정수 옮김
100 열세 걸음 모옌 | 임홍빈 옮김
101 데미안 헤르만 헤세 | 안인희 옮김
102 수레바퀴 아래서 헤르만 헤세 | 한미희 옮김
103 소리와 분노 윌리엄 포크너 | 공진호 옮김
104 곰 윌리엄 포크너 | 민은영 옮김
105 롤리타 블라디미르 나보코프 | 김진준 옮김
106, 107 부활 레프 톨스토이 | 박형규 옮김
108, 109 모래그릇 마쓰모토 세이초 | 이병진 옮김
110 은둔자 막심 고리키 | 이강은 옮김
111 불타버린 지도 아베 고보 | 이영미 옮김
112 말라볼리아가의 사람들 조반니 베르가 | 김운찬 옮김
113 디어 라이프 앨리스 먼로 | 정연희 옮김
114 돈 카를로스 프리드리히 실러 | 안인희 옮김
115 인간 짐승 에밀 졸라 | 이철의 옮김
116 빌러비드 토니 모리슨 | 최인자 옮김
117, 118 미국의 목가 필립 로스 | 정영목 옮김
119 대성당 레이먼드 카버 | 김연수 옮김
120 나나 에밀 졸라 | 김치수 옮김
121, 122 제르미날 에밀 졸라 | 박명숙 옮김
123 현기증. 감정들 W. G. 제발트 | 배수아 옮김
124 강 동쪽의 기담 나가이 가후 | 정병호 옮김
125 붉은 밤의 도시들 윌리엄 버로스 | 박인찬 옮김
126 수고양이 무어의 인생관 E. T. A. 호프만 | 박은경 옮김
127 맘브루 R. H. 모레노 두란 | 송병선 옮김
128 익사 오에 겐자부로 | 박유하 옮김
129 땅의 혜택 크누트 함순 | 안미란 옮김
130 불안의 책 페르난두 페소아 | 오진영 옮김
131, 132 사랑과 어둠의 이야기 아모스 오즈 | 최창모 옮김
133 페스트 알베르 카뮈 | 유호식 옮김
134 다마세누 몬테이루의 잃어버린 머리 안토니오 타부키 | 이현경 옮김
135 작은 것들의 신 아룬다티 로이 | 박찬원 옮김
136 시스터 캐리 시어도어 드라이저 | 송은주 옮김
137 고독한 산책자의 몽상 장자크 루소 | 문경자 옮김
138 용의자의 야간열차 다와다 요코 | 이영미 옮김
139 세기아의 고백 알프레드 드 뮈세 | 김미성 옮김
140 햄릿 윌리엄 셰익스피어 | 이경식 옮김
141 카산드라 크리스타 볼프 | 한미희 옮김
142 이 글을 읽는 사람에게 영원한 저주를 마누엘 푸익 | 송병선 옮김

143 마음 나쓰메 소세키 | 유은경 옮김
144 바다 존 밴빌 | 정영목 옮김
145, 146, 147, 148 전쟁과 평화 레프 톨스토이 | 박형규 옮김
149 세 가지 이야기 귀스타브 플로베르 | 고봉만 옮김
150 제5도살장 커트 보니것 | 정영목 옮김
151 알렉시·은총의 일격 마르그리트 유르스나르 | 윤진 옮김
152 말라 온다 알베르토 푸겟 | 엄지영 옮김
153 아르세니예프의 인생 이반 부닌 | 이항재 옮김
154 오만과 편견 제인 오스틴 | 류경희 옮김
155 돈 에밀 졸라 | 유기환 옮김
156 젊은 예술가의 초상 제임스 조이스 | 진선주 옮김
157, 158, 159 카라마조프가의 형제들 표도르 도스토옙스키 | 김희숙 옮김
160 진 브로디 선생의 전성기 뮤리얼 스파크 | 서정은 옮김
161 13인당 이야기 오노레 드 발자크 | 송기정 옮김
162 하지 무라트 레프 톨스토이 | 박형규 옮김
163 희망 앙드레 말로 | 김웅권 옮김
164 임멘 호수·백마의 기사·프시케 테오도어 슈토름 | 배정희 옮김
165 밤은 부드러워라 F. 스콧 피츠제럴드 | 정영목 옮김
166 야간비행 앙투안 드 생텍쥐페리 | 용경식 옮김
167 나이트우드 주나 반스 | 이예원 옮김
168 소년들 앙리 드 몽테를랑 | 유정애 옮김
169, 170 독립기념일 리처드 포드 | 박영원 옮김
171, 172 닥터 지바고 보리스 파스테르나크 | 박형규 옮김
173 싯다르타 헤르만 헤세 | 권혁준 옮김
174 야만인을 기다리며 J. M. 쿳시 | 왕은철 옮김
175 철학편지 볼테르 | 이봉지 옮김
176 거지 소녀 앨리스 먼로 | 민은영 옮김
177 창백한 불꽃 블라디미르 나보코프 | 김윤아 옮김
178 슈틸러 막스 프리슈 | 김인순 옮김
179 시핑 뉴스 애니 프루 | 민승남 옮김
180 이 세상의 왕국 알레호 카르펜티에르 | 조구호 옮김
181 철의 시대 J. M. 쿳시 | 왕은철 옮김
182 카시지 조이스 캐럴 오츠 | 공경희 옮김
183, 184 모비 딕 허먼 멜빌 | 황유원 옮김
185 솔로몬의 노래 토니 모리슨 | 김선형 옮김
186 무기여 잘 있거라 어니스트 헤밍웨이 | 권진아 옮김
187 컬러 퍼플 앨리스 워커 | 고정아 옮김
188, 189 죄와 벌 표도르 도스토옙스키 | 이문영 옮김
190 사랑 광기 그리고 죽음의 이야기 오라시오 키로가 | 엄지영 옮김
191 빅 슬립 레이먼드 챈들러 | 김진준 옮김
192 시간은 밤 류드밀라 페트루솁스카야 | 김혜란 옮김
193 타타르인의 사막 디노 부차티 | 한리나 옮김

194 고양이와 쥐 귄터 그라스 | 박경희 옮김
195 펠리시아의 여정 윌리엄 트레버 | 박찬원 옮김
196 마이클 K의 삶과 시대 J. M. 쿳시 | 왕은철 옮김
197, 198 오스카와 루신다 피터 케리 | 김시현 옮김
199 패싱 넬라 라슨 | 박경희 옮김
200 마담 보바리 귀스타브 플로베르 | 김남주 옮김
201 패주 에밀 졸라 | 유기환 옮김
202 도시와 개들 마리오 바르가스 요사 | 송병선 옮김
203 루시 저메이카 킨케이드 | 정소영 옮김
204 대지 에밀 졸라 | 조성애 옮김
205, 206 백치 표도르 도스토옙스키 | 김희숙 옮김
207 백야 표도르 도스토옙스키 | 박은정 옮김
208 순수의 시대 이디스 워턴 | 손영미 옮김
209 단순한 이야기 엘리자베스 인치볼드 | 이혜수 옮김
210 바닷가에서 압둘라자크 구르나 | 황유원 옮김
211 낙원 압둘라자크 구르나 | 왕은철 옮김
212 피라미드 이스마일 카다레 | 이창실 옮김
213 애니 존 저메이카 킨케이드 | 정소영 옮김
214 지고 말 것을 가와바타 야스나리 | 박혜성 옮김
215 부서진 사월 이스마일 카다레 | 유정희 옮김
216 사람은 무엇으로 사는가 레프 톨스토이 | 이항재 옮김
217, 218 악마의 시 살만 루슈디 | 김진준 옮김
219 오늘을 잡아라 솔 벨로 | 김진준 옮김
220 배반 압둘라자크 구르나 | 황가한 옮김
221 어두운 밤 나는 적막한 집을 나섰다 페터 한트케 | 윤시향 옮김
222 무어의 마지막 한숨 살만 루슈디 | 김진준 옮김
223 속죄 이언 매큐언 | 한정아 옮김
224 암스테르담 이언 매큐언 | 박경희 옮김
225, 226, 227 특성 없는 남자 로베르트 무질 | 박종대 옮김
228 앨프리드와 에밀리 도리스 레싱 | 민은영 옮김
229 북과 남 엘리자베스 개스켈 | 민승남 옮김
230 마지막 이야기들 윌리엄 트레버 | 민승남 옮김
231 벤저민 프랭클린 자서전 벤저민 프랭클린 | 이종인 옮김
232 만년양식집 오에 겐자부로 | 박유하 옮김
233 이상한 나라의 앨리스 루이스 캐럴 | 존 테니얼 그림 | 김희진 옮김
234 소네치카·스페이드의 여왕 류드밀라 울리츠카야 | 박종소 옮김
235 메데야와 그녀의 아이들 류드밀라 울리츠카야 | 최종술 옮김
236 실종자 프란츠 카프카 | 이재황 옮김
237 진 알랭 로브그리예 | 성귀수 옮김
238 말테의 수기 라이너 마리아 릴케 | 홍사현 옮김
239, 240 율리시스 제임스 조이스 | 이종일 옮김
241 지도와 영토 미셸 우엘벡 | 장소미 옮김

242 사막 J. M. G. 르 클레지오 | 홍상희 옮김
243 사냥꾼의 수기 이반 투르게네프 | 이종현 옮김
244 험볼트의 선물 솔 벨로 | 전수용 옮김
245 바베트의 만찬 이자크 디네센 | 추미옥 옮김
246 나르치스와 골드문트 헤르만 헤세 | 안인희 옮김
247 변신·단식 광대 프란츠 카프카 | 이재황 옮김
248 상자 속의 사나이 안톤 체호프 | 박현섭 옮김
249 가장 파란 눈 토니 모리슨 | 정소영 옮김
250 꽃피는 노트르담 장 주네 | 성귀수 옮김
251, 252 울프홀 힐러리 맨틀 | 강아름 옮김
253 시체들을 끌어내라 힐러리 맨틀 | 김선형 옮김
254 샌프란시스코에서 온 신사 이반 부닌 | 최진희 옮김
255 포화 앙리 바르뷔스 | 김웅권 옮김
256 추락 J. M. 쿳시 | 왕은철 옮김
257 킬리만자로의 눈 어니스트 헤밍웨이 | 정영목 옮김
258 오래된 빛 존 밴빌 | 정영목 옮김
259 고리오 영감 오노레 드 발자크 | 이철의 옮김
260 동네 공원 마르그리트 뒤라스 | 김정아 옮김
261 앨리스 B. 토클러스의 자서전 거트루드 스타인 | 윤희기 옮김
262 댈러웨이 부인 버지니아 울프 | 민은영 옮김
263 인간 실격 다자이 오사무 | 홍은주 옮김
264 감정의 혼란 슈테판 츠바이크 | 황종민 옮김
265 돌아온 토끼 존 업다이크 | 정영목 옮김
266 토끼는 부자다 존 업다이크 | 김승욱 옮김
267 토끼 잠들다 존 업다이크 | 김승욱 옮김
268 노인을 위한 나라는 없다 코맥 매카시 | 황유원 옮김
269 허조그 솔 벨로 | 김진준 옮김
270 보스턴 사람들 헨리 제임스 | 윤조원 옮김

● 문학동네 세계문학전집은 계속 출간됩니다